Peter Cameron

Die Stadt am Ende der Zeit

Peter Cameron

Die Stadt am Ende der Zeit

Roman

Aus dem Amerikanischen
von Oliver Wolfskehl

Aufbau-Verlag

Die Originalausgabe unter dem Titel
»The City of Your Final Destination«
erschien 2002
bei Farrar, Straus and Giroux, New York

ISBN 3-351-02952-7

1. Auflage 2002

Einbandgestaltung Henkel/Lemme
Druck und Binden GGP Media, Pößneck
Printed in Germany

www.aufbau-verlag.de

Für Norberto

Erster Teil

Wir sind unglücklich, weil wir nicht erkennen, wie unser Unglück ein Ende nehmen soll, weil wir blind für die Tatsache sind, daß Unglück nicht dauern kann, da selbst eine Fortsetzung der gleichen Umstände eine Änderung der Einstellung, der Stimmung mit sich bringt. Aus dem gleichen Grund ist auch das Glück nicht von Dauer.

William Gerhardie, *Of Mortal Love*

1. Kapitel

An
Mrs. Caroline Gund
Ms. Arden Langdon
Mr. Adam Gund
Ochos Rios
Tranqueras, Uruguay

13. September 1995

Sehr geehrte Mrs. Gund, Ms. Langdon
und sehr geehrter Mr. Gund,

ich wende mich an Sie, weil ich erfahren habe, daß Sie die Verwalter von Jules Gunds literarischem Nachlaß sind. Ich plane, eine Biographie über Mr. Gund zu schreiben, und möchte Sie hiermit um Ihr Einverständnis dafür bitten.

Ich bin Doktorand an der University of Kansas und wurde für meine Dissertation mit dem Titel »Erinnert sich noch jemand? Kulturelle Entwurzelung und sprachlicher Zerfall im Werk von Jules Gund« für den »Dolores-Faye-und-Bertram-Siebert-Petrie-Preis für biographische Studien« ausgewählt. Die Vergabe des Preises, der neben einem Stipendium auch die Veröffentlichung der Gund-Biographie durch den Verlag der University of Kansas vorsieht, ist allerdings nur möglich, wenn ich Ihre Einwilligung zu diesem Buch erhalte. Ich bin sicher, daß eine sorgfältig recherchierte Biographie über Jules Gund, wie ich sie zu schreiben gedenke, seine literarische Reputation festigen und die Verkaufszahlen seines im Moment nicht hinreichend publiken Romans erhöhen wird (insbesondere mit Blick auf das derzeitig steigende Interesse an der Holocaust-Forschung wie der lateinamerikanischen Literatur).

Neben der Beglaubigung des Stipendiumskomitees schicke ich Ihnen auch das Inhaltsverzeichnis meiner Dissertation sowie ein Probekapitel daraus zu, damit Sie mein Anliegen gründlich prü-

fen können. (Selbstverständlich schicke ich Ihnen gern meine gesamte Dissertation, wenn Sie das wünschen.)

Da ich Ihre Einwilligung bis November nachweisen muß, um noch in diesem Jahr die erste Stipendiumsrate zu erhalten, bitte ich Sie, mir möglichst rasch zu antworten. Sollten Sie bereits mit meinem Vorhaben einverstanden sein, brauchen Sie mir nur das Autorisierungsformular unterschrieben zurückzusenden, das ich mir erlaubt habe beizufügen. Rufen Sie mich bitte an, wenn Sie irgendwelche Fragen haben. (Die Kosten für das Telefonat übernehme selbstverständlich ich.)

Vielen Dank für Ihre Mühe.

Mit freundlichen Grüßen,
Omar Razaghi

2. Kapitel

Adam stand vorm Spiegel und versuchte sich an einem Krawattenknoten, der ihm nicht gelingen wollte. Seine Hände zitterten, was die Sache erschwerte, doch es schien auch so, als wüßte er nicht mehr, wie man einen Krawattenknoten bindet. Aber er gab nicht auf. Er löste die häßlichen unförmigen Schlaufen, glättete den Stoff wieder und versuchte es erneut. Immer und immer wieder. Er schien darauf zu hoffen, daß irgendwann aus Zufall ein Krawattenknoten entstand.

Pete lehnte am Geländer im zweiten Stock und verfolgte Adams Anstrengungen mit ausdrucksloser Miene. Nach einer Weile stieg er die Treppe hinunter. Adam hörte ihn kommen und stellte den Kampf mit seiner Krawatte ein. Er sah jedoch nicht hoch zu ihm.

Pete trat hinter ihn – so nah, daß sie sich fast berührten – und griff nach der Krawatte. Dann verfolgten beide im Spiegel, wie in Petes Händen ein perfekter Krawattenknoten entstand. Als sei er ihm nicht perfekt genug, zupfte Pete noch ein Weilchen an ihm herum. Dann schlug er mit den Fingern auf den Knoten und sagte: »Da, bitte sehr.«

»Dank dir«, antwortete Adam. Er nahm Petes Hand und legte sie auf den Binder. »Was würde ich nur ohne dich machen?«

»Dasselbe wie sonst auch«, sagte Pete.

»Ja, aber sans cravate. Sans Krawattenknoten zumindest.«

»Das wäre wohl auch besser. Ich frage mich sowieso, was du mit einer Krawatte willst.«

»In feiner Gesellschaft trägt man eine Krawatte. Ich habe das so gelernt.«

»Wir gehen doch bloß zum Abendessen bei Arden und Caroline. Nennst du das eine feine Gesellschaft?«

»Es ist die einzige Gesellschaft, die wir haben«, sagte Adam. »Die ich habe. Vielleicht hast du ja Gesellschaft, von der ich nichts weiß. Hast du?«

»Nein«, sagte Pete und legte sein Kinn auf Adams Schulter. Sie standen noch immer vorm Spiegel. Adam strich über Petes langes schönes Haar und betrachtete ihre Ebenbilder im Spiegel: einen alten Mann europäischer Abstammung und einen jungen Asiaten.

Pete trat einen Schritt zurück und verschwand aus der kleinen Welt des Spiegels.

»Fertig?« fragte Adam.

»Ja«, sagte Pete. »Fahren wir mit dem Wagen, oder willst du zu Fuß gehen?«

»Es ist so ein schöner Abend«, sagte Adam. »Laß uns zu Fuß gehen.«

»Und zurück, willst du da auch zu Fuß gehen?«

»Das weiß ich noch nicht.«

»Vielleicht sollten wir dann lieber den Wagen nehmen«, sagte Pete.

»Wieso?« fragte Adam.

»Damit wir die Möglichkeit haben zurückzufahren.«

»Aber du könntest doch auch zurücklaufen und den Wagen holen.«

»Ja, aber es wäre doch einfacher, wenn wir gleich mit dem Wagen fahren.«

»Das verstehe ich nicht«, sagte Adam. »Wenn wir nach Hause gehen wollen, dann gehen wir. Wenn nicht, holst du einfach den Wagen. Für dich macht das doch keinen Unterschied: In beiden Fällen läufst du, oder nicht?«

»Nicht, wenn wir gleich den Wagen nehmen.«

»Aber ich würde lieber hinlaufen.«

»Wie du meinst«, sagte Pete. »Wie geht es denn eigentlich deinem Bein?«

»Ach, dem geht es wie immer«, sagte Adam.

»Willst du denn nicht endlich mal zum Arzt damit?« fragte Pete.

»Nein, der Arzt ist so ein unangenehmer Mensch, und so schlecht geht es mir ja gar nicht.«

»Deine Hände zittern, deine Beine tun dir weh ...«

»Ja, und ich bin alt. Das paßt doch alles gut zusammen.«

»Deshalb sollten wir auch zu Arden und Caroline mit dem Auto fahren«, sagte Pete.

»Nein. Ich mag zwar alt sein, aber nach Ochos Rios schaffe ich es noch zu Fuß. Vielleicht sogar zurück. Je nachdem, wie spät es wird, wieviel ich esse und trinke und wie ich mich fühle. Wir werden ja sehen.« Er blickte in den Spiegel. »Danke für den Knoten. Ich finde, die Krawatte steht mir wirklich gut. Ich habe sie damals in Venedig gekauft. 1955. Und sie hat mir immer sehr gefallen. Es ist wichtig, daß man sich schöne Dinge kauft, wenn man jung ist. Wenn ich jetzt diese Krawatte sehe, erinnere ich mich sofort, wie glücklich ich einmal war.«

»Und was hat dich glücklich gemacht?« fragte Pete.

»Das habe ich vergessen. Wer merkt sich schon die Einzelheiten? Ich war glücklich, und allein das zählt. Ich muß glücklich gewesen sein, sonst hätte ich mir nicht so eine schöne Krawatte gekauft.«

»Jetzt ist sie aber nicht mehr so schön«, sagte Pete. »Sie hat Flecken.«

»Wirklich?« Adam beugte sich nach vorn und begutachtete die Krawatte im Spiegel. »Das sehe ich gar nicht mehr. Meine Augen haben sich verschlechtert. Aber das ist nicht schlimm.

Es ist sogar gut. Es ist der beste Beweis für die Existenz Gottes.«

»Wieso denn das?« fragte Pete.

»Weil er aus Barmherzigkeit unser Augenlicht trübt, wenn wir alt werden. Denn anders würden wir unseren Anblick nicht ertragen. Besonders diejenigen nicht, die in ihrer Jugend einmal schön waren.«

»Warst du denn früher schön?«

«Hör mal, so alt war ich doch noch gar nicht, als wir uns kennenlernten. Ich dachte immer, damals hätte ich noch gut ausgesehen. Hätte ich dir sonst gefallen?«

Pete antwortete nicht. Adam drehte sich um und schaute seinen Lebensgefährten an. Pete hatte die Tür geöffnet, und das Abendlicht fiel auf sein hübsches Gesicht. Sie blickten hinaus in den kleinen Hof ihres Mühlhauses. Vor der Treppe hockte ein Kater.

»Ich glaube, Chuco hat Hunger«, sagte Adam.

»Chuco kann warten«, erwiderte Pete. »Wir sollten jetzt losgehen, wenn wir zu Fuß laufen wollen. Sonst kommen wir zu spät.«

Adam bemerkte, daß Pete verstimmt war. In letzter Zeit war er öfter verstimmt – auf seine ihm eigene stille Art. Doch er mußte schon sehr verstimmt sein, wenn er Chuco, in den er so vernarrt war, kein Abendessen geben wollte. Das tut er nur, um mich zu ärgern, dachte Adam. »Vielleicht nehmen wir doch lieber den Wagen«, sagte er. »Ich fühle mich auf einmal etwas schwächlich.«

»Nein«, erwiderte Pete. »Wir laufen.« Er bückte sich und hob den Kater in seine Arme. Chuco wand den Kopf ab. »Laß mich nur schnell das kleine Schweinchen hier füttern.«

Portia saß an dem runden Tisch im Hof und machte ihre Hausaufgaben. Sie zeichnete eine Karte von Südamerika, dessen Länder sie ausmalte und beschriftete. Sie ging in Tranqueras auf die Klosterschule. Der Hof war zu drei Seiten von den Flügeln des großzügigen Hauses umgeben; die vierte Seite begrenzte eine Mauer mit einem Rundbogen. In der Mitte des Hofs befand sich ein kleiner Springbrunnen. Portias Mutter Arden kam gerade nach draußen und lief mit Servietten, Besteck und einem Tischtuch in den Händen auf sie zu. Sie blieb hinter ihrer Tochter stehen und sah zu, wie sie Uruguay als einziges Land golden ausmalte. Die anderen Länder waren in unterschiedlichen Grüntönen gehalten und sahen aus wie Felder, die man aus einem Flugzeug betrachtet.

»Warum ist Uruguay denn als einziges Land golden?« fragte Arden.

Portia antwortete nicht. Sie war acht Jahre alt und hatte vor kurzem entdeckt, daß ihr das Zurückhalten von Informationen eine gewisse Macht verlieh. »Darum«, sagte sie.

»Aber das paßt doch gar nicht zu den anderen Ländern«, beharrte Arden.

»Soll es ja auch nicht«, erwiderte Portia.

Es machte Arden froh, daß Portia ihr Heimatland mit solcher Sorgfalt ausmalte. »Es sieht sehr hübsch aus«, sagte sie.

»Soll es aber nicht«, sagte Portia.

»Aber es ist doch nicht schlimm, wenn es trotzdem hübsch aussieht, oder? Das tut es nämlich. Genauso wie du.« Sie lehnte sich über sie und küßte sie auf die Stirn. »Dein Haar riecht nach Benzin«, sagte sie. »Wo warst du denn schon wieder?«

»Nirgendwo«, sagte das Kind.

»Hast du in der Garage gespielt?«

Portia überlegte einen Moment. Dann sagte sie: »Nein.«

»Dann wirst du dir wohl heute abend die Haare waschen müssen. Auch wenn wir kein warmes Wasser haben. Aber jetzt nimm mal die Sachen hier weg. Ich muß den Tisch decken.«

»Wozu brauchen wir denn ein Tischtuch?« fragte Portia.

»Ich will, daß es schön aussieht, wenn Onkel Adam und Pete zum Essen kommen. Eigentlich sollte man immer ein Tischtuch benutzen, aber wenn wir allein sind, vergesse ich das oft.«

»Muß ich denn mit euch zusammen essen?«

»Willst du denn nicht?«

»Nein. Ich würde lieber in der Küche essen.«

»Warum denn?« fragte Arden.

»Weil ihr alle zuviel redet.«

»Aber das macht man nun mal, wenn man zusammen ißt. Man unterhält sich«, sagte Arden.

»Aber das ist langweilig. Besonders wenn Onkel Adam dabei ist.«

»Na gut, wie du willst. Kannst du mir jetzt mal mit dem Tischtuch helfen?«

»Ich verstehe nicht, wozu wir ein Tischtuch brauchen«, sagte Portia erneut. »Es wird doch nur schmutzig. Dann müssen wir es waschen, und das ist schlecht für die Umwelt. Ohne Tischtuch fegt man die Krümel einfach vom Tisch. Die können dann die Vögel fressen. Das ist viel ökolischer.«

»Ökologischer, meinst du«, korrigierte sie Arden. »Aber es gibt nun auch mal Dinge im Leben, die nicht ökologisch, aber trotzdem schön sind. Und ein Tischtuch richtet doch keinen so großen Schaden an, oder?«

»Schwester Domina hat gesagt, es sind die kleinen Sünden, die am schlimmsten sind. Weil sie sich aufaddieren. Weil Gott sie aufaddiert.«

»Ja, das stimmt wahrscheinlich auch. Aber laß uns heute mal ein Tischtuch benutzen. Wenn du älter bist und immer noch so schlicht leben willst, kannst du ja zu den Nonnen ziehen.«

»Man muß nicht ins Kloster ziehen, um schlicht zu leben«, sagte Portia.

»Aber es ist leichter, wenn man fern der Welt ist.«

»Schwester Domina sagt, daß wir es sind, die fern der Welt sind. Ihre Welt ist die wahre Welt.«

»Nun, das ist wohl eine Sache des Standpunkts«, sagte Arden. »Und jetzt nimm mal endlich deine Karte und deine Stifte herunter.«

Portia legte ihre Sachen auf den Stuhl und deckte mit ihrer Mutter zusammen den Tisch. Nach einer Weile kamen Stimmen vom Haus. »Hörst du das?« fragte Arden. »Onkel Adam und Pete sind da. Kannst du mal hingehen und sagen, daß wir draußen essen?«

Portia ging ins Haus. Kurz darauf kam sie mit Pete zurück, der Arden begrüßte und auf die Wange küßte.

»Wo ist denn Adam?« fragte Arden.

»Noch im Haus«, sagte Pete. »Er sieht die Zeitungen durch.«

»Möchtest du etwas trinken, Pete?« fragte sie.

»Ja, gern«, sagte er.

»Gin?«

»Ja, bitte.«

Arden ging durch die Verandatür ins Foyer des Hauses. Es war eine große zweistöckige Halle mit einer kuppelförmigen Decke. Gegenüber der Verandatür befand sich die schwere hölzerne Eingangstür zur Einfahrt hin. Rechts und links führten verschnörkelte Treppenaufgänge in die erste und zweite Etage des Hauses. Unter der linken Treppe waren die Türen zur Toilette und zum Küchentrakt. Daneben lagen die beiden großen quadratischen Räume im vorderen Teil des Hauses: die Bibliothek und das Wohnzimmer. An der Tür zur Bibliothek, an deren Schreibtisch Adam saß, blieb sie stehen. »Hallo Adam«, sagte sie. »Laß dich nicht stören. Ich wollte nur fragen, was du trinken möchtest. Pete und ich trinken Gin.«

»Oh, Gin. Eine hervorragende Idee«, sagte Adam. »Dann bring mir doch bitte auch ein Glas Gin.«

»Mit Limonen?«

»Ja. Mit so viel Limone, wie du entbehren kannst.«

Arden lief in die Küche und bereitete die Drinks zu. Dann trug sie sie auf einem Tablett in die Bibliothek. Sie stellte Adams Glas neben ihn auf den Schreibtisch. »Danke, meine Liebe«, sagte er, ohne von seiner Zeitung aufzusehen.

Als Arden zurück in den Hof kam, waren Pete und Portia verschwunden. Sie stellte das Tablett auf den Gartentisch und ging mit ihrem Glas zum Springbrunnen. Unter den Seerosen, die auf dem trüben Wasser schwammen, kreisten fette Karpfen. Als sie Arden bemerkten, kamen sie langsam an die Oberfläche. Doch Arden hatte nichts zum Füttern für sie dabei, und so tauchten sie bald wieder ab – mit ausdruckslosen Augen, als hätten sie gar nicht erwartet, etwas zu bekommen.

Arden strich mit der Hand durchs Wasser, worauf ein paar Fische zurückkehrten. Sie knabberten an ihren von Luftbläschen umsäumten Fingern. So wie Jules immer an ihren Fingerkuppen gesaugt hatte, als wäre er ein … Kind? Jedenfalls kein Fisch, dachte sie.

Pete und Portia kamen durch den Rundbogen in der Mauer zurück in den Hof und setzten sich zu ihr. Einen Moment lang sprach keiner von ihnen, nur das Geplätscher des Brunnens war zu hören. Die Stille war nicht unangenehm. Schließlich sagte Arden: »Pete, dein Glas steht auf dem Tisch. Portia, bist du mal so nett und holst es ihm?«

Pete stand auf und sagte: »Ich hole es mir schon selber.«

Portia kniete sich neben den Brunnen und hielt ihre Haarspitzen in das trübe Wasser. Wieder kamen die Fische angeschwommen.

»Mach das nicht«, ermahnte Arden sie.

»Warum denn nicht?« fragte Portia. »Ich muß mir doch sowieso die Haare waschen.«

»Na gut«, sagte Arden.

Pete kam mit seinem Glas zurück.

»Wo wart ihr zwei denn eigentlich?« fragte Arden.

Portia sah zu Pete. Dann antwortete sie: »Nirgendwo.«

»Das ist unser kleines Geheimnis«, sagte Pete und lächelte.

Jetzt betrat auch Adam den Hof. Er trug eine Zeitung, die er sorgfältig zusammengefaltet hatte, in der Hand und setzte sich an den gedeckten Tisch.

»Portia, komm mal her«, rief er. »Du kannst mir mal mit dem Rätsel helfen.«

Portia ging zu ihm. Pete und Arden blieben sitzen. Sie nippten an ihren Gläsern und blickten schweigend auf die Karpfen im Wasser.

Caroline schaute aus ihrem Atelier im Turm zu ihnen hinab. Eigentlich war es gar kein Turm, eher ein einzelnes Zimmer mit großen Fenstern zu zwei Seiten, das aufs Dach gesetzt worden war. Jules hatte es angebaut, weil ihr der Rest des Hauses zu dunkel gewesen war. Jules' Eltern hatten, um sich wie in ihrer bayrischen Heimat zu fühlen, Hunderte von Bäumen angepflanzt – Lärchen, Schwarzkiefern, norwegische Fichten –, die inzwischen zu einem dichten Mischwald herangewachsen waren, der dem Haus das Licht nahm. Caroline sah Pete und Arden schweigend am Brunnen sitzen. Sie drehte sich wieder um und betrachtete ihre Leinwand. Seit sie sich eingestanden hatte, nicht in der Lage zu sein, je etwas besonders Gutes oder Originelles zu malen, beschränkte sie sich auf das Kopieren von Gemälden. Ansonsten hätte sie ganz mit der Malerei aufhören müssen, die sie doch so liebte. Zur Zeit arbeitete sie an Bellinis *Madonna auf der Wiese.* Sie blickte über die Leinwand hinweg in den Himmel, der ein fahles, träges und irgendwie altertümliches Blau aufwies. Als sie ein Knirschen vom Schotterweg hörte, ging sie auf die andere Seite des Zimmers und sah aus dem Fenster: Diego, der aus dem Dorf gekommen war, um ihren Wasserboiler zu reparieren, lief die Auffahrt hinunter. Vielleicht war er jetzt in Ordnung, dann könnte sie heute abend baden. Diego blieb am Ende der langen Auffahrt stehen und zündete sich eine Zigarette an. Er wartete auf seinen Sohn, der ihn abholen würde. Sie ging zurück und schaute wieder auf ihr Gemälde, als hätte es sich in ihrer Abwesenheit verwandelt. Nach einer Weile hörte sie einen Wagen. Sie schritt wieder ans gegenüberliegende Fenster und sah Diego in den Wagen seines Sohns steigen. Als sie abfuhren, ging Caroline auf die andere Seite und sah durch das Fenster zum Hof, wo Arden, Adam und Pete inzwischen am Tisch saßen und aßen. Arden hatte sogar ein Tischtuch herausgesucht und Kerzen aufgestellt. Der Anblick der drei gab ihr das Gefühl, ausgeschlossen zu sein, obwohl sie Ardens Einladung selber ausgeschlagen hatte. Trotzdem hatte sie das Gefühl, nicht dazuzugehören.

»Wird Caroline uns denn nicht Gesellschaft leisten?« fragte Adam.

»Nein«, sagte Arden. »Sie hat zu tun und möchte nicht gestört werden.«

»Dann werde ich nachher mal zu ihr hochgehen«, sagte er. »Nach dem Essen.«

»Sie wird sich freuen, dich zu sehen«, sagte Arden.

»Ich staune, wie fleißig sie ist«, sagte Adam. »Auch jetzt noch, nach all den Jahren.«

Arden nickte.

»Du weißt ja, daß sie nie eine schlechte Malerin war«, sagte Adam. »Zwar hoffnungslos epigonal, aber keineswegs schlecht. Doch die meisten Künstlerinnen sind ja epigonal.«

Arden hatte keine Lust auf ein Streitgespräch. »Ich habe ihre Gemälde immer gemocht«, sagte sie. »Zumindest die, die ich kenne.«

»Das wundert mich nicht«, erwiderte Adam. »Du hast ja auch nicht viel Ahnung von der Malerei.«

»Nein, habe ich auch nicht«, antwortete Arden und lachte. »Ich habe heute übrigens einen interessanten Brief bekommen«, sagte sie, um das Thema zu wechseln.

»Oh, wie schön für dich«, sagte Adam. »Ich wünschte, ich bekäme auch mal einen interessanten Brief. Ich habe schon lange keinen mehr bekommen. Von wem ist denn dieser interessante Brief?«

»Von einem Doktoranden aus einer Universität in den Staaten. Er arbeitet an einer Dissertation über Jules. Jetzt will er auch eine Biographie über ihn schreiben. Er hat ein Stipendium bekommen, und der Verlag seiner Universität will die Biographie veröffentlichen.«

»Und warum hat er dir geschrieben?«

»Er will, daß wir unsere Zustimmung zu der Biographie geben. Offenbar braucht er sie, um sie zu schreiben.«

»Mhm«, sagte Adam. »Es will also tatsächlich jemand eine Biographie über Jules schreiben.«

»Ja«, sagte Arden.

»Ist er denn überhaupt ausreichend qualifiziert?«

»Ja, warum nicht«, sagte Arden. »Immerhin ist er ein Doktorand.«

»Und an welcher Uni?« fragte Adam.

»Ich weiß nicht mehr genau«, sagte Arden. »Irgendeine staatliche Uni. In Kansas oder Nebraska.«

»Kann ich den Brief mal sehen?«

Arden ging ins Haus und kam mit dem Brief zurück. Adam nahm ihn ihr aus der Hand und hielt ihn dicht vor die Kerze. Arden und Pete schauten ihm beim Lesen zu.

»Nun«, sagte Adam nach einer Weile. »Eine Biographie über Jules hätte sicher so manchen Vorteil.«

»Welchen denn?« fragte Arden.

»Das Interesse an seinem Buch würde steigen, und es würde sich somit besser verkaufen.«

»Ja, das schreibt er auch. Aber sollten wir der Biographie aus rein finanziellen Gründen zustimmen? Es ist ja gar nicht mal sicher, ob sich das Buch dann wirklich besser verkauft, oder?«

»Nein. Aber schaden könnte eine Biographie trotzdem nicht.«

»Wirklich?« fragte Arden.

»Nein, wieso denn?«

»Sie könnte Jules schaden«, sagte Arden.

»Aber Jules ist tot«, sagte Adam.

»Ich meine, daß sie seinem Ruf schaden könnte.«

»Du meinst, sie könnte *deinem* Ruf schaden«, sagte Adam.

»Warum sollte sie meinem Ruf schaden?« fragte Arden.

»Nun, sie könnte dich kompromittieren. Schließlich warst du Jules' Geliebte.«

»Ja, ich war Jules' Geliebte, aber es gibt nichts, wofür ich mich schämen müßte. Also würde sie auch nicht meinem Ruf schaden. Ich dachte dabei wirklich nur an Jules. Ich weiß nicht, ob ihm eine Biographie recht gewesen wäre.«

»Jules braucht nichts mehr recht zu sein. Jules ist tot.«

Arden runzelte die Stirn.

»Hast du schon mit Caroline gesprochen?« fragte er.

»Ja, sie ist gegen die Biographie. Sie wird ihr nicht zustimmen.«

»Und warum nicht?« fragte Adam.

»Sie hat ihre Gründe nicht genannt.«

»Das ist ja mal wieder typisch für sie«, sagte Adam.

»Aber ich bin ganz ihrer Meinung«, sagte Arden.

»Wie kannst du ihrer Meinung sein, wenn du ihre Gründe nicht kennst?«

»Ich bin insofern ihrer Meinung, als ich dagegen bin. Und damit wären wir zu zweit. Du wärst also überstimmt.«

»Es geht hier um Jules' literarisches Werk. Willst du dich in einer so wichtigen Angelegenheit auf einfältige demokratische Ideale berufen?«

»Warum nicht? Das ist doch das Nächstliegende«, sagte Arden. »Wie sollten wir sonst zu einer Entscheidung kommen?«

»Das Wichtigste ist Jules' Werk, und insofern wäre eine Biographie sehr angebracht.«

»Nein«, sagte Arden. »Das Wichtigste ist Jules.«

»Aber Jules ist tot, Arden.«

»Ja, aber das ist kein Grund, Jules zu übergehen.«

»Doch, das ist ein sehr guter Grund«, sagte Adam. »Das ist zumindest meine Meinung. Vielleicht bin ich aber auch zu unsensibel in solchen Sachen.«

Arden schwieg. Dann stand sie auf und stellte die Teller ineinander. Adam lehnte sich zurück und sagte: »Dann erklär uns doch mal, was dich an einer Biographie stören würde.«

»Ich halte nichts von Biographien«, antwortete sie.

»Eine wirklich sehr differenzierte Anwort«, sagte Adam.

»Zumindest halte ich nichts von Biographien über Schriftsteller oder Künstler. Schriftsteller schreiben Bücher, die für sich selber sprechen sollten. Ihre Werke sind ihr Leben, zumindest ihr öffentliches. Und eine Biographie würde dieses Leben beflecken.«

»Inwiefern beflecken?« fragte Adam.

»Eine Biographie würde Jules' Werk eine zweite Sichtweise zur Seite stellen, von uns befürwortet. Und das scheint mir nicht richtig zu sein. Erst recht, wenn es nur zu unserem materiellen Vorteil geschieht.«

»Nicht richtig? Inwiefern nicht richtig?«

»Tut mir leid, besser kann ich es nicht erklären. Ich bin nun mal keine Intellektuelle. Aber mein Gefühl sagt mir, daß es nicht richtig wäre.«

»Ich respektiere deine Gefühle«, sagte Adam. »Und auch wenn du keine Intellektuelle bist, so bist du doch jemand, der nachdenkt, bevor er etwas tut, oder nicht? Und deshalb bitte ich dich, noch mal genau nachzudenken. Es geht hier um eine autorisierte Biographie.« Er strich mit der Hand bedeutungsvoll über den Brief. »Weiß du, was das bedeutet?«

»Das bedeutet, daß er unsere Erlaubnis braucht, um Jules' Biographie zu schreiben.«

»Nein, das bedeutet es eben nicht«, sagte Adam. »Er kann eine Biographie auch ohne unsere Erlaubnis schreiben. Doch bei einer autorisierten Biographie hätten wir die vollständige Kontrolle darüber, was er schreibt. Er dürfte nur das schreiben, womit wir einverstanden sind. Als Gegenleistung würden wir ihm unsere Erinnerungen und Unterlagen zur Verfügung stellen. Verweigern wir ihm jedoch unsere Hilfe, würden wir ihm eine Carte blanche in die Hand geben. Sollen wir denn aus reiner Sturheit Jules' guten Ruf aufs Spiel setzen?«

»Ich bezweifle, daß er die Biographie ohne unsere Hilfe schreiben kann«, sagte Arden.

»Ich glaube, da irrst du dich. Biographen sind gerissene und schonungslose Leute, die ihr Handwerk verstehen. Solche Menschen macht man sich besser nicht zum Feind.«

»Mag sein, daß du so denkst«, sagte Arden. »Aber ich sehe die Welt nun mal anders als du, auch wenn du das für naiv hältst. Ich versuche, in jedem Menschen zunächst das Gute zu sehen, und gehe auch davon aus, daß die meisten die Privatsphäre anderer Leute respektieren. Und der Brief macht einen sehr höflichen und rücksichtsvollen Eindruck auf mich.« Sie nahm das Schreiben wieder an sich. »Nicht alle Menschen sind so zynisch wie du, Adam.«

»Nun, in einem Punkt hast du wenigstens recht«, sagte er.

»In welchem?« fragte sie.

»Daß du naiv bist«, sagte er.

Arden nahm die Teller und das Geschirr und ging ins Haus. Pete seufzte und stand auf. Dann lief er über den gepflasterten Hof und verschwand durch den Rundbogen in der Mauer. Adam blieb sitzen. Er sah hoch zu Carolines erleuchtetem Fenster und hörte Ardens und Portias Stimmen aus der Küche. Dann stand auch er auf und folgte Pete nach draußen. Pete stand an der Mauer und rauchte. Eine Weile lang schwiegen sie beide.

»Du warst ziemlich häßlich zu ihr«, sagte Pete.

Adam griff nach seiner Zigarette und nahm einen Zug. »Fandest du?« fragte er.

»Ja. Mit etwas mehr Freundlichkeit kämst du bestimmt weiter.«

»Oh, tatsächlich?« sagte Adam. »Aber Arden weiß doch, daß ich ein Zyniker bin.«

Pete warf die Zigarette zu Boden und trat sie aus. Dann bückte er sich und steckte den Stummel in seine Hemdtasche. »Wahrscheinlich willst du jetzt nicht zurücklaufen«, sagte er.

»Ja«, sagte Adam. »Dafür fühle ich mich zu schwach. Aber ich wollte noch mit Caroline sprechen.«

»Das heißt dann wohl, daß ich solange den Wagen holen soll«, sage Pete.

»Ja, bitte«, antwortete Adam. »Wenn du so freundlich wärst.«

Pete lief los. »Warte«, sagte Adam. »Ich hole dir noch eine Taschenlampe.«

»Nein, nicht nötig«, erwiderte Pete.

»Aber du siehst doch nichts im Dunkeln.«

»Das macht nichts«, sagte Pete. »Ich kenne ja den Weg.«

Adam ging mit langsamen Schritten die Treppe zu Carolines Atelier hinauf. Er trat ein und sah sie vor ihrer Staffelei stehen. Ihre konzentrierte Pose wirkte künstlich und verkrampft. Vielleicht hatte sie gar nicht gearbeitet und sich nur vor die Leinwand gestellt, als sie seine langsamen Schritte hörte. Er schaute über ihre Schulter auf die Leinwand. Dann setzte er sich auf die Couch.

»Gar nicht so schlecht«, sagte er. »Nur mit den Farben liegst du noch etwas daneben. Sehr sogar.«

»Guten Abend, Adam«, sagte Caroline, ohne den Blick von ihrem Gemälde abzuwenden.

»Guten Abend, Caroline«, sagte er.

»Tu mir bitte einen Gefallen und sprich nicht über meine Bilder, Adam.«

»Wie du meinst«, sagte er. »Aber es sind wirklich nur die Farben.«

»Bitte, Adam«, sagte sie. Dann drehte sie sich mit einem Lächeln zu ihm. »Bist du hochgekommen, um noch einen mit mir zu trinken?«

»Eigentlich nicht. Man hat mich unten einfach allein gelassen, und da bei dir noch Licht brannte ...«

»Bist du hochgekommen, um noch einen mit mir zu trinken.«

»Also gut, zu einem kleinen Schlückchen würde ich natürlich nicht nein sagen.«

Caroline ging zu dem Tischchen, auf dem ein paar Flaschen standen, und goß Scotch in zwei Gläser.

»Ich wünschte, daß Arden und du etwas vorsichtiger wärt mit diesem Zeug«, sagte er und nahm sein Glas entgegen. Dann trank er einen Schluck und betrachtete noch einmal ihr Gemälde. »Bellini, nicht wahr?«

»Ja, aber schau bitte nicht zu genau hin.«

»Du bist eine sehr gute Zeichnerin«, sagte Adam.

»Ja, eine gute Zeichnerin. Aber keine gute Malerin.«

»Doch, du bist auch eine gute Malerin. Zumindest warst du das mal. Ich habe Arden gerade erst erzählt, wie begabt du warst.«

»Ja, genau. Ich *war* es vielleicht mal. Aber laß uns bitte das Thema wechseln.«

Sie schwiegen eine Weile. Dann fragte sie: »Hat Arden dir schon den Brief gezeigt?«

»Ja, ich habe ihn eben gelesen«, sagte er.

»Und was denkst du?«

»Ich denke, daß ich alt und müde bin. Und daß dein Scotch ausgezeichnet schmeckt. Woher hast du den eigentlich?«

»Von Sebastian. Er hat ihn mir mitgebracht. Aber sag doch mal, was du von dem Brief hältst.«

»Was soll ich davon halten?« sagte Adam. »Wahrscheinlich das, was jeder vernünftige Mensch davon halten würde.«

»Und das wäre?« fragte sie.

»Ich denke, es wäre dumm, sich diese Gelegenheit entgehen zu lassen.«

»So, so«, sagte Caroline.

»Aber du bist da offenbar anderer Meinung, habe ich gehört.«

»Ja. Ich bin nicht so ein vernünftiger Mensch wie du.«

»Ach, das ist wohl keiner hier«, seufzte Adam.

»Was hat Arden denn zu dem Brief gesagt?« fragte Caroline.

»Arden gefällt sich in der Rolle der verantwortungsvollen Partnerin. Sie will Jules eine letzte Ehre erweisen. Absurd.«

»Wieso absurd?« fragte sie.

»Na ja, erstens käme dir diese Rolle als Jules' Witwe wohl viel eher zu, und außerdem ist das sowieso Schwachsinn. Es ist kontraproduktiv, dumm und eitel. Soll ich mich noch mehr auslassen?«

»Nicht nötig«, sagte sie. »Du scheinst dir deine Meinung ja schon gebildet zu haben.«

»Ja«, sagte Adam. »Außerdem stört es mich, daß Arden jetzt in dir eine Verbündete sieht. Da kann ich nur hoffen, daß du wenigstens zur Vernunft kommst.«

»Und mich stört, daß du andauernd von Vernunft redest, als wärst du der einzige Vernünftige hier. Wir sind alle vernünftig. Jeder auf seine Weise. Deshalb solltest du deine Meinung auch nicht über die der anderen stellen.«

»Dann erkläre mir doch mal, warum du gegen die Biographie bist«, sagte Adam.

»Ach, mir ist die Biographie eigentlich ziemlich egal.«

»Aber Arden hast du gesagt, daß dir eine Biographie nicht recht wäre.«

»Ich habe gesagt, daß ich mein Einverständnis dazu nicht geben werde.«

»Und worin liegt da der Unterschied? Du bist also dagegen. Kannst du mir auch erklären, warum?«

»Jules hat mir mal gesagt, daß er keine Biographie über seine Person wünsche.«

»Wann soll er das gesagt haben?«

»Vor ein paar Jahren. Als er *Die Gondel* gerade veröffentlicht hatte.«

»Das ist doch schon zwanzig Jahre her.«

»Ja, aber er hat es gesagt. Und es spielt doch wohl keine Rolle, wann er es gesagt hat.«

»Doch, natürlich. Wer hält sich denn schon daran, was er vor zwanzig Jahren gesagt hat? Sollen wir uns deshalb diese Chance entgehen lassen?«

»Ja«, sagte Caroline.

»Mein Gott, Caroline, sei doch vernünftig. Jules hat so viele Dinge gesagt. Er hat dir zum Beispiel auch versprochen, dich immer zu lieben.«

»Ja, und?« fragte sie.

»Hast du ihn in den letzten Jahren mal daran erinnert?«

»Das brauchte ich nicht«, sagte sie. »Jules hat mich immer geliebt, und unsere Ehe hielt bis zu seinem Tod.«

»Ich glaube nicht, daß man eure Beziehung noch als Ehe bezeichnen konnte«, erwiderte er.

»Ich denke nicht, daß du das beurteilen kannst. Außerdem geht dich das gar nichts an.«

»Doch«, sagte Adam. »Immerhin war ich Jules' Bruder. Und da ich nicht seine Frau oder Geliebte war, konnte ich eure Beziehung auch mit etwas mehr Abstand und Nüchternheit betrachten. Und genau das ist es, was wir jetzt in dieser Angelegenheit brauchen. Abstand und Nüchternheit.«

»Und du glaubst, das macht dich zum alleinigen Richter in dieser Sache?« sagte Caroline. Sie klang verbittert.

»Oh, entschuldige«, sagte Adam. »Habe ich dich jetzt gekränkt?«

»Nein, du hast mich nicht gekränkt. Wir sind bloß anderer Meinung. Das ist alles.«

Sie hörten ein Auto den Schotterweg entlangkommen. Das Licht der Scheinwerfer fiel an die Decke des Ateliers.

»Da ist Pete«, sagte Adam. »Ich werde jetzt gehen, es ist schon spät. Aber wir müssen noch mal über die Sache reden. Am besten zu dritt. Wir müssen ja zu einer Entscheidung kommen, um einen Antwortbrief zu schreiben.«

»Meine Entscheidung steht bereits fest«, sagte Caroline.

Adam stand auf. »Sei doch bitte nicht so«, sagte er. »Du kannst dir doch wenigstens anhören, was wir zu sagen haben. Von Arden bin ich diese Sturheit ja gewöhnt. Bei dir überrascht mich das.«

»Ja, wir können natürlich noch mal darüber reden«, antwortete Caroline. »Ich wollte auch nur sagen, daß meine Meinung feststeht.«

»Gut«, sagte Adam. »Wie wäre es, wenn ihr zwei morgen zu uns zum Mittagessen kommt?«

»Gern. Aber mach dir bitte keine zu großen Hoffnungen.« Sie schaute aus dem Fenster. »Wie geht es Pete eigentlich?« fragte sie.

»Ich weiß nicht«, sagte Adam. »Ich fürchte, er ist nicht besonders glücklich. Aber wer wäre das schon, wenn er mit einem zänkischen Greis wie mir zusammenleben müßte.«

»Unsinn, Adam. Pete liebt dich.«

»Vielleicht«, sagte er. »Aber er ist trotzdem unglücklich ... So, jetzt muß ich gehen. Gute Nacht, Caroline.«

Sie hörte, wie er mit schweren, langsamen Schritten die Treppe hinunterstieg. Als sie abgefahren waren, wurde es sehr still ums Haus. Nach einer Weile hörte sie, daß Wasser in die Badewanne lief. Oh, wir haben wieder heißes Wasser, dachte sie. Sehr gut.

Arden ging zu Portia, um ihr gute Nacht zu sagen. Sie setzte sich auf ihr Bett und kämmte ihre feuchten Haare. »Wo wart ihr denn eigentlich vorhin?« fragte sie.

»Wer?« fragte Portia.

»Na, du und Pete. Ihr seid doch vor dem Essen weggegangen.«

»Ach so«, sagte sie. »Wir sind nur spazierengegangen.«

»Und wohin?«

»Zu den Bienenstöcken.«

»Aber da sollst du doch nicht hingehen«, sagte Arden. »Das ist zu gefährlich. Du könntest gestochen werden.«

»Ja, aber Pete war doch dabei. Wir wollten nur sehen, wie die Bienen zurückkommen. Wenn die Sonne untergeht, kehren sie nämlich immer heim.«

»Ja, ich weiß«, sagte Arden.

»Sie haben ganz laut gesummt. Man konnte sie bis zum Brunnen hören.« Portia machte das Geräusch einer Biene nach. »Pete hat gesagt, daß Bienen miteinander sprechen, wenn sie tanzen.«

»Ja«, sagte Arden. »Das kann sein, ich habe mal so etwas gelesen. So, jetzt sind deine Haare wieder trocken. Sie riechen auch sehr gut. Und jetzt wird geschlafen.«

»Aber erst muß ich noch beten«, sagte Portia.

»Ach ja, richtig. Na, dann sag schnell dein Gebet auf.«

Portia verließ das Bett und kniete sich auf den Boden. »Du mußt aber weggehen«, sagte sie. »Gebete sind sehr persönlich. Sie gehen nur Gott und den Menschen etwas an, der betet.«

»Wie du meinst«, sagte Arden. »Aber Gott kann dich nicht zudecken. Also ruf mich, wenn du fertig bist.«

Arden hörte vom Flur aus, wie Portia ein langes und kompliziertes Gebet aufsagte. Sie versuchte den Wortlaut zu verstehen, doch sie sprach zu leise. Als sie fertig war, ging sie zu ihr und deckte sie zu. Dann wünschte sie ihr eine gute Nacht.

Arden und Caroline wohnten zwar unter einem Dach, doch sie sahen zu, sich möglichst selten zu begegnen. Es war eine stille Abmachung zwischen ihnen. Ihren Tagesablauf hatten sie so eingerichtet, daß sie zu unterschiedlichen Zeiten im Bad und in der Küche waren. So kam es vor, daß sie sich an manchen Tagen gar nicht sahen.

Während Arden immer sehr zeitig aufstand, war Caroline ein Nachtmensch. Als Adam gegangen war, goß sie sich noch einen Whiskey ein und betrachtete ihre *Madonna auf der Wiese.* Als Vorlage diente ihr eine Farbtafel aus einem Buch über Bellini, das Jules' Eltern aus Deutschland mitgebracht hatten. Das Buch war 1920 in Dresden gedruckt worden, und entsprechend vergilbt waren die Abbildungen. Caroline mußte daher bei ihrer Farbwahl improvisieren. Bei dem jetzigen Bild hatte sie sehr satte Farben gewählt. Die kamen in ihrer Vorstellungen dem Glanz vergangener Zeiten am nächsten. Doch jetzt merkte sie, daß die Farben überhaupt nicht stimmten.

Im Haus war es inzwischen dunkel geworden. Sie verließ ihren Turm und ging über den Hof. Am Springbrunnen, den Arden abgestellt hatte, blieb sie stehen und betrachtete für einen Moment die Fische. Dann ging sie zum Haus.

In der Eingangshalle war es stockfinster. Carolines Zimmer lagen im zweiten Stock. Sie wollte gerade die Treppe hochsteigen, als sie einen ungewohnten Schatten auf der Bank neben der Tür bemerkte. Sie erkannte die Umrisse einer Frau, das Weiß ihrer Augen.

»Ich bin's«, sagte Arden. »Tut mir leid, ich wollte dich nicht erschrecken.«

»Oh, du hast mich nicht erschreckt«, sagte Caroline. »Ich dachte nur, du wärst schon im Bett.«

»War ich auch schon, aber dann konnte ich nicht schlafen«, sagte Arden.

Caroline stand auf der ersten Stufe mit der Hand am Geländer. Ich könnte jetzt weitergehen oder mich mit ihr unterhalten, dachte sie. Doch sie hatte bereits zu lange gezögert, um einfach weitergehen zu können. »Versuch es doch mal mit einem Drink«, schlug sie vor. »Der gibt dir die nötige Bettschwere.«

»Das mache ich gerade«, sagte Arden und hob ein Glas hoch, das sie im Schoß gehalten hatte.

Caroline setzte sich auf die Treppe. Beide schwiegen einen Moment.

»Hat Diego den Boiler repariert?« fragte Caroline. »Haben wir jetzt wieder heißes Wasser?«

»Nein«, sagte Arden. »Er braucht noch ein Ersatzteil. Wenn er es in der Stadt bekommen kann, kommt er morgen wieder vorbei.«

»Ach, wie sehr ich mich auf ein heißes Bad freue«, sagte Caroline.

»Ja, ich mich auch«, sagte Arden.

Sie schwiegen wieder einen Moment. Dann fragte Arden: »Wie kommst du denn mit deinem Gemälde voran?«

Caroline schnalzte verstimmt mit der Zunge. Sie schien keine Lust zu haben, über das Thema zu reden.

Arden trank einen kleinen Schluck und schaute in ihr Glas.

Was trinkt sie denn da bloß? dachte Caroline. Wird Arden jetzt zur Alkoholikerin? Sie bückte sich und zog ihre Sandalen aus. »Adam hat uns für morgen zum Mittagessen eingeladen«, sagte sie. »Er will mit uns über die Biographie sprechen.«

»Aber du warst doch gegen die Biographie, oder?« fragte Arden.

»Ja. Aber wir sollten uns trotzdem anhören, was er zu sagen hat. Das sind wir ihm schuldig, denke ich.«

»Meinst du?« sagte Arden. »Adam hört sich auch nie an, was andere zu sagen haben.«

Caroline stand auf. »Ich habe jedenfalls gesagt, daß wir kommen. Du brauchst ja nicht mitzukommen, wenn du nicht willst.«

»Doch, ich komme mit. Mich ärgert es nur, daß Adam immer so ein Despot ist.«

»Nun, daran wird sich wohl nichts mehr ändern. Sollen wir zusammen gehen?«

»Ja, gern.«

»Gut, dann werde ich gegen zwölf unten sein«, sagte Caroline. »Gute Nacht.«

»Gute Nacht«, erwiderte Arden.

Nachdem Caroline verschwunden war, blieb sie noch eine Weile sitzen. Dann trank sie ihr Glas leer und ging auch zu Bett.

3. Kapitel

Arden und Caroline liefen die kaum befahrene Landstraße entlang. Von Ochos Rios bis zur Mühle waren es etwa anderthalb Kilometer. Beide Frauen trugen Sandalen und ärmellose Kleider. Caroline hatte einen Strohhut mit einer breiten, nach unten gebogenen Krempe auf. Die Bänder, mit denen man ihn unter dem Kinn festband, flatterten über ihre Schultern.

Als sie an das Feld mit den wilden Blumen kamen, sahen sie eine Wolke Schmetterlinge, die von Blume zu Blume schwebte. Sie bogen auf einen unbefestigten Weg, der von dichten Baumreihen gesäumt war. Im Schatten der Bäume war es deutlich kühler. Der Weg führte durch ein kleines Tal zu Adams Mühle.

Adam schaute aus dem Fenster seines Arbeitszimmer. Wer ist denn das? dachte er, als er die zwei Frauen sah. Vermutlich Verrückte oder englische Touristen, überlegte er. Nach einer Weile schaute er wieder aus dem Fenster. Die Frauen waren näher gekommen. Sie zogen eine kleine Staubfahne hinter sich her. Eine von ihnen trug einen Kulihut mit wehenden Bändern. Oh, verdammt, dachte er. Das sind ja Arden und Caroline, die zum Mittagessen kommen. Wie konnte ich das nur vergessen?

Adam bewohnte eine umfunktionierte Mühle. Im Erdgeschoß des runden steinernen Gebäudes befanden sich das große Wohnzimmer, das Bad und die kleine Küche. Im ersten Stockwerk, das unrenoviert war, brachte Pete seine Möbel unter, die er aus dem Sperrmüll fischte und als Antiquitäten an eine Händlerin in New York verkaufte. Im zweiten Stockwerk befanden sich ihr Schlafzimmer und Adams Arbeitszimmer.

Adam stand auf und lief ins Treppenhaus. »Pete!« rief er nach unten.

»Was ist los?« antwortete Pete.

»Arden und Caroline kommen heute zum Mittagessen«, sagte er.

»Wann?« fragte Pete.

»Jetzt«, sagte Adam.

Pete beugte sich über das Treppengeländer des ersten Stocks und schaute nach oben. »Jetzt?«

»Ja. Ich habe vergessen, dir zu sagen, daß ich sie gestern eingeladen habe. Sie sind in zwei Minuten hier. Haben wir irgendwas da, was wir ihnen anbieten können?«

»Nein«, sagte Pete.

»Nein? Aber irgendwas muß doch da sein. Was hättest du denn sonst zum Mittagessen gemacht?«

»Nichts.«

»Komm, Pete, sei nicht so. Du machst uns doch immer etwas zu essen.«

»Wir haben noch Suppe«, sagte Pete. »Aber nur eine einzige Dose. Das reicht nicht für vier Personen.«

»Nur eine Dose?« sagte Adam. »Wirklich?«

»Ja.«

»Dann müssen wir sie strecken«, sagte Adam.

»Strecken?«

»Ja, verdünnen. Was ist es denn für Suppe?«

»Hühnersuppe mit Reis«, sagte Pete.

»Das ist gut«, sagte Adam. »Gieß einfach etwas Wasser und Milch dazu, dann servieren wir so eine Art Milchhuhnsuppe mit Reis. Die Dosen sind dazu da, daß man sie verdünnt. Haben wir noch Brot?«

»Ja, aber nicht viel.«

»Dann mußt du es in dünne Scheiben schneiden.«

»Wieso hast du die beiden denn eingeladen?« fragte Pete. »Wir waren doch gestern erst bei ihnen.«

»Ich muß mit ihnen über die Biographie sprechen. Und zwar schnell, sonst verhärten sich die Fronten zwischen uns. Und das wollen wir doch nicht, oder?«

»Wieso nicht? Das wär' doch mal was anderes.«

»Ja, aber mir wäre das nicht recht. Und vergiß nicht, daß du auf meiner Seite stehst. Du mußt mir helfen, sie zu umschmeicheln.«

»Wann?« fragte Pete. »Bevor ich das Essen mache oder danach?«

»Ich verstehe nicht, was du meinst«, sagte Adam.

»Ich will nur wissen, ob ich sie erst bekochen und dann umschmeicheln soll oder ob ich sie erst umschmeicheln und dann bekochen soll.«

Sie hörten ein Klopfen an der Tür.

»Albere jetzt nicht herum«, sagte Adam. »Mach lieber die Tür auf.«

»Kochen, umschmeicheln, nicht herumalbern, Tür aufmachen. Ist das alles?«

Adam lachte. »Ja, das ist alles. Danke.«

Pete ging zur Tür und begrüßte Adams Gäste. Dann führte er sie ins Wohnzimmer. Als Adam herunterkam, nahmen sie weit voneinander entfernt Platz und schwiegen eine Weile.

»Es hat leider eine kleine Panne gegeben«, sagte Adam. »Pete ist das Essen verbrannt. Jetzt können wir euch nur noch Suppe anbieten.«

»Eine Suppe ist doch genau richtig«, sagte Caroline. »Bei der Hitze sollte man sowieso nicht so schwer essen.«

»Wußtet ihr, daß es hier am Bach viel kühler ist als bei uns?« fragte Arden. »Ihr könnt euch bei dem Wetter wirklich glücklich schätzen.«

»Es ist sowieso sehr schön hier bei euch«, sagte Caroline. »Ich mag die runden Mühlwände. Man fühlt sich sehr geborgen hier. Wahrscheinlich hat das mit unserer Sehnsucht nach dem Mutterleib zu tun.«

Adam hatte keine Lust, sich über die Sehnsucht nach dem Mutterleib zu unterhalten. »Darf ich euch einen Aperitif anbieten?« fragte er. »Vielleicht einen Cinzano?«

»Wir haben keinen Cinzano mehr«, erinnerte ihn Pete.

»Ja, stimmt, der Cinzano ist alle«, sagte Adam. »Tja, was haben wir denn noch, Pete?«

»Wir haben noch Wein«, sagte Pete. »Und Tomatensaft.«

»Oh, dann hätte ich gern einen Tomatensaft«, sagte Caroline.

»Ja, für mich auch«, sagte Arden.

Als Pete aufstand, folgte ihm Arden. »Warte, Pete«, rief sie. »Ich werde dir helfen.«

Die Küche war ursprünglich eine Abstellkammer, die an das Mühlhaus angebaut worden war. Entsprechend klein war sie und hatte statt Fenstern nur einen Abzugskanal, dessen Ventilator defekt war. Auf der rechten Seite des Raums stand ein alter Schreibtisch, auf dem eine schwere Schiefertafel lag; unter dem Schreibtisch befand sich ein kleiner ratternder Kühlschrank, und auf der Schiefertafel standen eine elektrische Kochplatte und ein Miniherd. Aus der gegenüberliegenden Wand ragte ein einzelner Wasserhahn, unter dem ein Waschbecken aufgebockt worden war. Die Emaille des Beckens war so abgenutzt, daß bereits die untere Schicht durchschimmerte: schillerndes Perlmutt, das von rostigen Adern durchzogen war.

Arden sah Pete in einem der Schreibtischfächer wühlen. Nach einer Weile holte er eine gelbe Dose ohne Etikett hervor. »Das müßte Tomatensaft sein«, sagte er. »Es könnte aber auch Schweinefett sein.« Er nahm eine Ahle aus einem der kleineren Fächer und begann Löcher in die Dose zu stechen.

»Habt ihr denn keinen Büchsenöffner?« fragte Arden.

Pete sah sie ausdruckslos an. Irgend etwas schien ihn zu verdrießen.

»Ist alles in Ordnung, Pete?« fragte Arden.

»Ja, warum nicht?«

»Du siehst aus, als hättest du dich geärgert. Hast du dich mit Adam gestritten? Ist er noch sauer wegen gestern abend?«

»Nein«, sagte Pete. »Er ist sauer wegen des Essens.«

»Weil es dir angebrannt ist?« fragte Arden.

Pete war ein guter Koch, und es verbitterte ihn, daß Adam mit dieser Lüge von seiner eigenen Vergeßlichkeit ablenken wollte. »Mir ist nichts angebrannt«, sagte er. »Es gab überhaupt nichts, das wir hätten verbrennen können. Daß ihr zum

Mittagessen kommt, habe ich erst erfahren, als ihr schon vor der Tür standet. Adam hatte es völlig vergessen. Deshalb habe ich ihm auch gesagt, daß wir nur eine einzige Dose Suppe haben. Ich wollte ihn ärgern.«

»Wieso wolltest du ihn ärgern?« fragte Arden.

Pete zuckte mit den Schultern. Der Grund schien ihm offensichtlich zu sein.

»Und ihr habt wirklich nur noch eine Dose Suppe?« fragte Arden.

»Nein, wir haben noch jede Menge Suppe. Aber ich wollte Adam erschrecken. Und dann wollte ich ihn damit überraschen, was ich aus einer einzigen Dose Suppe zaubern kann.«

»Ach so«, sagte Arden.

Pete roch an dem Loch, das er in die Dose geschlagen hatte. »Oh, das riecht aber nicht gut«, sagte er. Er hielt den Finger an die Öffnung und probierte. »Igitt. Ich glaube, du trinkst lieber ein Glas Wein.«

»Ja, gern«, sagte Arden.

Pete öffnete schwungvoll den Kühlschrank und nahm eine Flasche Weißwein heraus. Zusammen mit vier Gläsern stellte er sie auf ein silbernes Tablett. »Könntest du das ins Wohnzimmer bringen?« fragte er. »Dann mache ich solange die Suppe.«

»Kann ich dir dabei helfen?« fragte Arden.

»Nein, das mache ich lieber allein. Aber verrate Adam bitte nicht, daß wir noch genug zu essen haben.«

Arden mochte Pete. Er war oft auf ihrer Seite, wenn Adam und Caroline sich gegen sie verbündeten. »Wofür hältst du mich denn?« fragte sie und lachte.

Als sie ins Wohnzimmer zurückkam, standen Adam und Caroline am Fenster und flüsterten. Sie stellte das Tablett auf den Couchtisch und sagte: »Wir müssen Wein trinken. Der Tomatensaft ist nicht mehr gut. Caroline, nimmst du auch ein Glas?«

»Ja, bitte«, sagte Caroline.

»Du auch, Adam?«

»Ja«, sagte Adam. »Aber daß der Tomatensaft nicht mehr gut ist, hätte ich ihm gleich sagen können. Der liegt da schon seit Ewigkeiten.«

»Und warum hast du es ihm nicht gesagt?« fragte Arden.

»Weil er dann gesagt hätte, ich soll die Klappe halten.«

Caroline drehte sich zu ihm. »Das wäre vielleicht manchmal gar nicht so schlecht.«

»Ja, ich weiß«, antwortete Adam. »Mein Problem ist, daß ich mich nicht zügeln kann. Man hat mir als Kind zwar beigebracht, welche Dinge man sagt und welche nicht, aber man war zu nachsichtig mit mir. Ich bin hoffnungslos verwöhnt worden. Bis ich einen Bruder bekam ... Ab da wurde ich komplett ignoriert. Wußtet ihr, daß meine Mutter mich nach draußen zum Spielen geschickt hat und dann die Tür hinter mir abgeschlossen hat? Ich war stundenlang ausgesperrt, selbst bei dem ärgsten Wetter. Könnt ihr euch das vorstellen?«

»Ja, das kann ich mir sehr gut vorstellen«, sagte Caroline.

»Ich bin dann immer in die Garage gegangen, wo sich der Chauffeur an mir verging. *Der Chauffeur, der sich an mir verging.* Klingt das nicht poetisch? Das wäre doch ein schöner Titel für ein Gedicht.«

Arden setzte sich mit ihrem Glas auf die Couch. Sie schaute auf die Flasche und fragte sich, wieviel sie von dem Wein wohl abbekommen würde. Wahrscheinlich war das ein sehr egoistischer Gedanke, dachte sie. Dann nahm sie einen Schluck von der klaren, kühlen Flüssigkeit. Als ihr der eklige Tomatensaft wieder einfiel, nahm sie noch einen Schluck.

Wenig später kam Pete ins Wohnzimmer und räumte die Bücher und Zeitungen vom Tisch. »Soll ich dir helfen?« fragte Arden.

»Nein, danke. Das geht schon«, sagte er.

»Na, wie weit bist du?« fragte Adam.

»Gleich fertig«, antwortete Pete und lief wieder Richtung Küche.

»Tja«, sagte Adam. »Kommen wir gleich zum Thema – die Biographie.«

»Die Jules nicht wollte«, sagte Caroline.

»Ja, den Eindruck hatte ich auch«, sagte Arden.

»Eure Rücksicht gegenüber Jules ist wirklich rührend«, sagte Adam. »Schade, daß sie so absurd ist.«

»Wieso absurd?« fragte Caroline.

»Weil Jules tot ist. Ganz einfach.«

»Wir wissen, daß Jules tot ist. Daran brauchst du uns nicht ständig zu erinnern«, sagte Caroline.

»Gut. Dann muß ich mich ja nicht andauernd wiederholen. Und da ihr wißt, daß er tot ist, wißt ihr auch, daß es jetzt keine Rolle mehr spielt, was er gewollt hat.«

»Ich glaube schon, daß es noch eine Rolle spielt«, erwiderte Arden. »Wir verwalten sein literarisches Erbe, und deshalb müssen wir seinen Willen respektieren.«

»Da sagst du es ja selber«, antwortete Adam. »Wir verwalten sein literarisches Erbe. Also steht sein Werk an erster Stelle.«

»Aber können wir deshalb seinen Willen übergehen?« fragte Arden.

»Versuche Jules und sein Werk doch einmal unabhängig voneinander zu sehen«, sagte Adam. »Jules' Roman ist eine Ware, die auch unabhängig von ihm existiert.«

»Sein Buch ist wohl mehr als eine bloße Ware«, protestierte Arden.

»Aber es leuchtet dir doch ein, daß wir es hier mit zwei verschiedenen Dingen zu tun haben, oder?«

»Strenggenommen natürlich schon«, sagte Arden.

Caroline ging an den Tisch und nahm ihr Glas. »Erzähl du uns doch mal, warum du die Biographie unbedingt willst, Adam«, sagte sie.

»Das liegt doch wohl auf der Hand«, sagte er. »Eine autorisierte Biographie, die bei einem respektablen Verlag erscheint, wird Jules' literarischen Ruf stärken. Auch wenn es sich hier nur um einen bescheidenen Universitätsverlag handelt. Sie wird helfen, Jules' Werk nicht in Vergessenheit geraten zu lassen. Ein Buch hat immer mehr Beständigkeit, wenn es im Kontext der Lebensumstände des Autors gelesen wird. Wenn wir Jules' Leben der Öffentlichkeit vorenthalten, wird sein Werk vielleicht mit ihm sterben, und das möchte ich nicht verantworten. Ich denke, das ist das mindeste, was ich meinem Bruder schulde.«

»Auch gegen seinen ausdrücklichen Willen?« fragte Caroline.

»Jules hat mich zu seinem Nachlaßverwalter ernannt. Euch dummerweise auch, aber so hat er nun mal entschieden. Als er noch lebte, war es sein gutes Recht, gegen seine eigenen Interessen zu handeln. Doch er ist tot. Deshalb sollten wir jetzt wenigstens tun, was in seinem Interesse ist.«

»Jules hat mir geschrieben, daß er keine Biographie über sich will«, sagte Caroline. »Zu der Zeit las er gerade eine Biographie, die ihm nicht besonders gut gefiel – über Maugham, glaube ich. Ich kann mich nicht mehr an den genauen Wortlaut erinnern, aber er verglich sie mit einer öffentlichen Exhumierung.«

»Aber Jules ist tot«, erwiderte Adam. »Toten ist so etwas völlig egal.«

»Das ist deine Einstellung, Adam«, sagte Caroline. »Ich denke anders darüber. Ich denke, man kann so wenig für die Toten tun, daß man wenigstens ihre zu Lebzeiten geäußerten Wünsche respektieren sollte. Und ich werde Jules' Wünsche respektieren. Deshalb bleibe ich bei meiner Entscheidung.«

Adam stöhnte auf. »Und wie denkst du darüber, Arden?«

»Ich sehe beide Seiten«, sagte sie. »Doch wenn man sich für die Biographie entscheidet, kann man den Entschluß nicht mehr rückgängig machen. Deshalb finde ich, wir sollten unsere Einwilligung erst einmal verweigern. Später können wir es uns ja immer noch überlegen.«

In dem Moment kam Pete mit der dampfenden Suppe herein. Sie standen auf und gingen zum Eßtisch.

»Mhm, das riecht ja sehr lecker«, sagte Caroline.

Sie setzten sich und schauten neugierig in den Topf. Es gab Hühnersuppe mit Reis, die Pete mit Zitronensaft, Korianderblättern und Wein verfeinert hatte und die allen ausgezeichnet schmeckte. Zumindest in diesem Punkt waren sie sich einig.

Der Weg zurück war anstrengender als der Hinweg. Zum einen mußten Arden und Caroline bergauf gehen, zum anderen machte ihnen die Nachmittagshitze zu schaffen. Außerdem hatten sie nach dem Essen eine weitere Flasche Wein getrunken, so daß sie jetzt etwas benommen waren. Schweigend liefen sie nebeneinanderher und dachten an den wohltuenden Mittagsschlaf, den sie gleich halten würden. Obwohl sie sich aus dem Weg gingen, hatten sie oft dieselben Gedanken und taten auch oft dasselbe. Nach den gemeinsamen Jahren in Ochos Rios waren sie sich ähnlicher geworden, als sie zugegeben hätten.

Caroline spürte, wie die Sonne auf ihre nackten Arme und Beine brannte. Sie hielt ihren Hut in der Hand und ließ die Bänder über die Erde streifen. Als sie an das Feld mit den Blumen kamen, waren die Schmetterlinge verschwunden. Es kam ihr so vor, als sei das Wichtigste aus einem Gemälde entfernt worden.

»Ich bin froh, daß die Sache endlich entschieden ist«, sagte Arden, als sie auf der Landstraße waren.

Caroline murmelte etwas Unverständliches.

»Ich denke, es war die richtige Entscheidung. Auf jeden Fall ist es besser, erst mal vorsichtig zu sein. Vielleicht würde eine Biographie auch gar nicht so viel bewirken, wie Adam sich erhofft. Ich werde dem Mann zurückschreiben, daß wir im Augenblick kein Interesse an einer Biographie haben.«

»Ja, tu das«, sagte Caroline.

»Ich schreibe ihm noch heute nachmittag. Dann braucht er nicht unnötig zu warten.« Arden hatte plötzlich eine Idee. Wie wäre es denn, wenn sie selbst eine Biographie über Jules schreiben würde? Wäre das nicht eine interessante Abwechslung? Und sie konnte schließlich auch keiner davon abhalten. Das Verfassen einer Biographie dürfte auch nicht so schwierig sein, sonst gäbe es ja nicht so viele Biographien. Außerdem konnten Adam und Caroline ihr dabei helfen. Zu dritt wußten sie alles, was nötig war. Adam kannte Jules' Kindheit, und Caroline konnte über die Jahre berichten, bevor Arden in sein Leben trat. Warum also sollte ein Doktorand aus Kansas, der Jules nie begegnet und noch nie in Uruguay war, qualifizierter sein als sie? Kein Wunder, daß er uns ausfragen will, dachte sie. Aber das werden wir nicht zulassen. Ich werde ihm gleich schreiben, wenn wir zu Hause sind.

»Ich werde ihm gleich schreiben, wenn wir zu Hause sind«, bekräftigte sie ihren Entschluß.

»Ja, mach das«, sagte Caroline.

Als sie zu ihrer Auffahrt kamen, sahen sie Portia. Sie ging ein paar Meter vor ihnen und schleifte ihre Strickjacke über den Boden. Sie hüpfte und sang ein Lied, von dem ein paar Silben zu den Frauen herüberdrangen.

»Hallo Portia«, rief Arden.

Portia hörte auf zu singen und drehte sich um. Dann wartete sie auf die beiden Frauen. »Wo kommt ihr denn her?« fragte sie.

»Wir waren bei Onkel Adam und Pete zum Mittagessen«, sagte Arden und beugte sich nach vorn, um sie zu küssen. »Und wie war dein Tag in der Schule? Schleife deine Jacke bitte nicht so über den Boden. Komm, gib mal her.«

»Was hast du denn da gesungen?« fragte Caroline.

»Habt ihr mich gehört?« fragte Portia.

»Ja«, sagte Caroline. »Es hat sich sehr schön angehört. Was war das denn für ein Lied?«

»Ach, ich habe nur so vor mich hin gesungen. Es war gar kein richtiges Lied. Morgen muß ich übrigens Wolle mitbringen. Schwester Domina gibt einen Strickkurs.«

»Einen Strickkurs?« fragte Arden.

»Ja. Wir konnten uns aussuchen, ob wir stricken oder Decoupage machen wollten. Weil Schwester Julian Decoupage gibt, wollten alle stricken. Aber es gab nicht genug Stricknadeln. Deshalb mußten wir auszählen. Alle, die eine gerade Zahl bekommen haben, durften stricken. Ich habe eine gerade Zahl bekommen, Ana Luz und Paloma auch. Marta muß Decoupage machen. Sie will aber so tun, als würde sie keinen Lack vertragen. Ana Luz will ihr zeigen, wie man eine Allergie vortäuschen kann.«

»Ich wünschte, ich könnte auch stricken«, sagte Caroline. »Aber du kannst es mir ja dann beibringen. Ich würde mir nämlich gern einen Pulli stricken. Ich hatte mal einen schönen grauen Pulli von meiner Schwester, aber der ist verbrannt. Ich hatte ihn immer beim Malen an, und dann ist mir eine Zigarette draufgefallen. Weil er voller Terpentin war, ging er in Flammen auf, aber ich konnte ihn noch rechtzeitig ausziehen. Danach habe ich mit dem Rauchen aufgehört. Dabei hätte ich lieber mit dem Trinken aufhören sollen. Ich war nämlich betrunken, als das passiert ist. Aber man kann sich nicht alles auf einmal abgewöhnen, oder?«

Portia sah sie an. »Ich glaube, wir stricken Schals«, sagte sie. »Keine Pullis.«

4. Kapitel

Die Hündin stand draußen auf dem Picknicktisch. Sie hatte die Eigenheit, ihre Wünsche durch ungewöhnliche Verhaltensweisen zu äußern, und auf den Picknicktisch zu springen bedeutete: Es ist Zeit für mein Abendessen. Wollte sie Gassi gehen, stieß sie zur Aufforderung den Papierkorb um. Jetzt schaute sie zur Küche, als wüßte sie, daß er am Küchenfenster stand. Ich sollte sie reinholen und ihr zu fressen geben, dachte Omar. Aber erst mußte er Deirdre anrufen. Er wollte sie schon den ganzen Nachmittag anrufen, aber er hatte es immer wieder aufgeschoben. Doch er wollte auf jeden Fall anrufen, bevor er die Hündin fütterte. Also nahm er den Hörer vom Wandtelefon und wählte ihre Nummer. Wie immer klang Deirdre leicht außer Atem.

»Ich muß dich sprechen«, sagte er.

»Ich hasse diese Floskel: ›Ich muß dich sprechen.‹ Geht es nicht etwas netter? ›Ich muß mit dir sprechen‹ ist zum Beispiel schon angenehmer, weil du so wenigstens signalisierst, daß ich auch etwas sagen darf. Noch besser aber klingt: ›Ich würde gern mit dir sprechen.‹«

»Ich würde gern mit dir sprechen«, sagte Omar. »Und es ist ziemlich wichtig. Können wir uns treffen?«

»Wann?« fragte Deirdre.

»Sobald du Zeit hast.«

»Eigentlich wollte ich gerade in Lucy Greene-Kesslers Vorlesung über die Einflüsse der Primaten in *Mrs. Dalloway* gehen.«

»Die Einflüsse der was?« fragte er.

»Der Primaten. Vielleicht habe ich mich auch verguckt.«

»Was sollen denn das für Einflüsse sein?« fragte Omar.

»Bei Virginia Woolf gibt es alle möglichen Einflüsse – zumindest, wenn Lucy Greene-Kessler eine Vorlesung über sie hält. Wir könnten uns dann um halb neun sehen. Worum geht es denn überhaupt? Stimmt etwas nicht? Du hörst dich etwas besorgt an.«

»Ich bin etwas besorgt«, sagte Omar. Die Hündin sprang jetzt abwechselnd vom Tisch und wieder hinauf, was soviel hieß wie: Ich will jetzt sofort gefüttert werden.

»Dir ist doch nicht wieder etwas abgebrannt, oder?« fragte sie.

»Nein«, antwortete er.

»Dann sag mir doch einfach, was los ist.«

»Das sage ich dir, wenn wir uns treffen. Die Sache ist ein bißchen kompliziert.«

»Kompliziert? Das hört sich aber gar nicht gut an. Bist du sicher, daß es bis halb neun Zeit hat?«

»Ja«, sagte Omar. »Ich muß ja auch erst noch in die Stadt fahren. Das heißt, wenn der Wagen anspringt.«

»Kauf dir endlich mal ein vernünftiges Auto«, sagte Deirdre.

»Das Auto macht mir im Moment noch die geringsten Sorgen« erwiderte er.

»Mein Gott, Omar, ich kriege ja richtig Angst. Sag doch mal, was los ist. Geht es um deine Gesundheit?«

»Nein«, sagte er.

»Du wirst doch nicht sterben, oder?«

»Nein. Jetzt jedenfalls noch nicht. Auch nicht in nächster Zeit. Hoffe ich zumindest.«

»Also gut. Wo sollen wir uns treffen? Im Kipling?«

»Ja, von mir aus«, sagte er. »Aber ich bin ziemlich pleite.«

»Macht nichts, ich lade dich ein. Also um halb neun im Kipling? Dann versuche ich mich früher aus der Vorlesung zu schleichen. Wenn Lucy einmal in Fahrt ist, merkt sie das gar nicht.«

Omar parkte auf dem Kundenparkplatz einer Bank, die bereits geschlossen hatte. Trotzdem machte ihn das Schild, das vor dem Abschleppen widerrechtlich geparkter Fahrzeuge warnte, nervös. Normalerweise war er in Sachen Gesetz und Ordnung sehr pflichtbewußt, worauf er auch irgendwie stolz war. In einer Ecke des Parkplatzes hatten zwei Mädchen Kreidequadrate auf den Boden gemalt und spielten »Himmel und Hölle«. Als Omar ihnen freundlich zuwinkte, sahen sie sich verschreckt an. Seit wann trauten ihm Kinder nicht mehr? Und warum?

Er ging die Straße entlang und hielt vor einem Buchladen, vor dem ein Karton mit Büchern stand. Die Bücher wurden verschenkt, und der Anblick der vielen unverkäuflichen Exemplare deprimierte ihn. Jedes Buch war sorgfältig geschrieben, gedruckt und vertrieben worden, doch keines hatte es vermocht, das Interesse eines Lesers zu wecken. Wie Hunde, die im Tierheim auf ein neues Herrchen warten, kamen ihm die kostenlosen Bücher vor. Zwei Blöcke weiter befand sich das sonderbare Schuhgeschäft, das zu seiner Verwunderung noch immer nicht pleite gemacht hatte. Es wurde von einem alten Pärchen betrieben, dessen eine Hälfte stets rauchend am Tresen saß. Heute saß die Frau dort. Hinter der vergilbten Jalousie, die immer heruntergelassen war, deren Lamellen aber Durchblick gewährten, standen Damenschuhe. Es schienen therapeutische Modelle zu sein, wie sie alte Damen mit arthritischen Füßen trugen. Doch heutzutage hatten die meisten alten Damen, die er auf der Straße sah, Turnschuhe an.

Neben dem Schuhgeschäft lag das Kipling. Das Kipling war ein indisches Restaurant für Leute, die die indische Küche mit

Vorsicht genossen. Die Rezepte waren erst durch die britischen Besatzer modifiziert und dann dem amerikanischen Geschmack angepaßt worden. Die Einrichtung wirkte etwas heruntergekommen und trostlos, aber einige der Currygerichte schmeckten ganz gut. Und trank man genug von dem billigen Bier, fiel die Trostlosigkeit nicht mehr so in den Blick. Deirdre war bereits da und wartete an der Bar auf ihn. Vor ihr stand ein Glas Bass Ale, gemischt mit Limonensaft – ein Gebräu, bei dessen Anblick sich Omars Magen immer zusammenzog. Sie küßte ihn auf die Wange und legte ihre Hand auf seine Schulter. »Na, wie geht's?« fragte sie.

»Geht so«, antwortete er. »Und dir?«

»Ach, hör bloß auf«, sagte sie. »Ich war gerade in der Buchhandlung, um meine Turgenjew-Übersetzung abzuholen, aber die Schwachköpfe haben mir die falsche bestellt. Die andere ist angeblich vergriffen. Jetzt muß ich mich mit Constance Garnett herumärgern, kannst du dir das vorstellen? Das ist die Übersetzerin, die so fürchterlich viktorianisch klingt, bei der sich alles nach Dickens anhört. Ich frage mich, wie ich mit einer solchen Übersetzung arbeiten soll. Die Leute in der Buchhandlung scheinen keine Ahnung zu haben, wie unterschiedlich Übersetzungen sind.«

»Mhm, das tut mir leid«, sagte er.

»Entschuldige, Omar, das ist natürlich noch kein Weltuntergang, aber es macht mich trotzdem sauer. Ausgerechnet Constance Garnett – ich fasse es nicht. Übrigens, bevor ich es vergesse: Es war doch nicht der Einfluß der Primaten. Ich hatte mich verlesen. Es war der Einfluß der Krim auf *Mrs. Dalloway.* Was ich, ehrlich gesagt, noch bescheuerter finde.«

»Und warum?« fragte Omar.

»Weil mir historische Interpretationen zuwider sind. Sie sind unfair gegenüber Leuten, die von Geschichte keine Ahnung haben. Ein guter Text muß auch außerhalb seines historischen Kontextes lesbar sein. Und ausgerechnet die Krim ... Warum sagt man eigentlich *die* Krim? Wieso mit Artikel?«

»Man sagt ja auch *der* Balkan«, antwortete Omar.

»Ja, das leuchtet ja auch ein. Weil der Balkan ein Landstrich ist. Aber die Krim ist doch eine Halbinsel, oder?«

Omar schwieg.

»Tut mir leid, Omar. Aber ich bin heute etwas gereizt. Solche Sachen ärgern mich einfach.« Sie schüttelte den Kopf. »Aber jetzt erzähl doch, was los ist.«

»Wollen wir uns an einen Tisch setzen?« fragte er.

»Willst du etwas essen?«

»Ja«, sagte er. »Komm, wir gehen rüber.«

Sie nahmen Platz und bestellten, was sie sich immer bestellten: Chicken Madras mit Gemüsecurry und dazu einen Krug Bier. »So, jetzt schieß schon los«, sagte Deirdre. »Was ist passiert?«

»Es geht um mein Stipendium«, sagte er.

»Ja, und?« frage sie. »Was ist damit?«

»Es gibt ein Problem.«

»Was für ein Problem? Es ist dir doch bewilligt worden.«

»Ja, aber etwas Wichtiges fehlt mir noch.«

»Was denn?« fragte sie.

»Die Autorisierung«, sagte er. »Ich habe sie nicht bekommen.«

Deirdre griff nach dem Krug Bier, der inzwischen vor ihnen stand, und schenkte behutsam ein. Sie ließ sich viel Zeit dabei und setzte jedesmal ab, wenn sich zuviel Schaum gebildet hatte. Diese Übung sollte ihr helfen, ihre Erregung zu bändigen. Es war ein Trick, den sie aus einer Frauenzeitschrift hatte, die sie heimlich las. Er diente dazu, ein Gespräch trotz innerer Anspannung harmonisch fortzusetzen. Seit sie den Artikel gelesen hatte, versank sie oft unerwartet in Schweigen und konzentrierte sich auf scheinbar Nebensächliches. So wie jetzt beim Biereinschenken.

Als die Gläser randvoll waren, fragte sie: »Könntest du das mal etwas genauer erklären?«

»Ich habe heute den Antwortbrief von Gunds Nachlaßverwaltern bekommen«, sagte er. »Und sie weigern sich, mir die Autorisierung zu geben.«

»Aber hattest du die nicht schon längst? War das nicht eine der Voraussetzungen für dein Stipendium?« Deirdre nahm einen Schluck von ihrem Bier.

»Ja, schon«, sagte Omar. »Aber weil die Post nach Uruguay und wieder zurück so lange braucht, habe ich einfach angegeben, daß ich sie bereits habe. Ich war mir sicher, daß die Gunds einverstanden sein würden. Zum einen weiß keiner so viel über Gund wie ich, zum anderen können sie froh sein, daß sich überhaupt jemand für ihn interessiert. Die meisten Leute haben ja noch nie etwas von ihm gehört. Deshalb habe ich ihn mir ja auch ausgesucht.«

»Jetzt sei nicht so bescheiden«, sagte Deirdre. »Er hat immerhin den America's Prize gewonnen. Und natürlich hat man von ihm gehört. Er ist in den Dschungel gegangen und hat sich in den Kopf geschossen.«

»Ich glaube nicht, daß es ein Dschungel war.«

»Wieso nicht?« fragte Deirdre.

»Weil es in Uruguay keinen Dschungel gibt. Eher Savanne oder Buschland. Oder Pampas vielleicht.«

»Ist ja auch egal. Auf jeden Fall ist Jules Gund sehr vielen Leuten ein Begriff – zumindest denjenigen, die Ahnung haben. Und das sind genau die Leute, die selber gern nach Uruguay fahren würden, um eine Biographie über ihn zu schreiben. Was haben sie gesagt?«

»Wer?«

»Gunds Angehörige. Schreibt schon jemand anderes eine Biographie über ihn?«

»Nein, ich denke nicht.«

»Das ist doch schon mal gut«, sagte sie. »Dann kannst du ihr Einverständnis ja noch bekommen. Was genau haben sie geschrieben?«

»Daß sie eine Biographie im Augenblick nicht für wünschenswert halten. Auch nicht in nächster Zeit.«

»Du sagst immer ›sie‹ – wer genau sind denn diese Leute?«

»Es sind drei Erben: Gunds Witwe, sein Bruder und die Amerikanerin, mit der er am Schluß zusammen gelebt hat.

Die Amerikanerin hat mir auch geschrieben. Vielleicht liegt da auch das Problem.«

»Und alle drei leben da unten in Uruguay?«

»Ja«, sagte Omar.

»Klingt ja sehr bizarr.«

»Ja, es ist alles ziemlich verquer. Deshalb würde es auch ein interessantes Buch werden. Aber das ist wohl jetzt vorbei. Ich werde das Geld zurückgeben müssen.«

»Bist du sicher, daß niemand anderes eine Biographie über ihn schreibt?«

»Ja, ziemlich. Sonst hätten sie das wohl geschrieben.«

»Also ist noch nicht alles verloren.«

»Theoretisch nein. Aber ihr Entschluß scheint ziemlich festzustehen.«

»Aber das ist deine einzige Chance, Omar. Sonst ist es vorbei mit dem Stipendium und ... na ja, du weißt ja, was das bedeuten würde.«

»Was denn?« fragte Omar.

»Es würde bedeuten, daß du das Buch nicht schreiben kannst, daß dein Vertrag nicht verlängert wird und daß du keine Stelle mehr bekommst, wenigstens an keiner Uni mehr. Hast du sonst noch was gelernt, womit du Geld verdienen kannst?«

»Nein«, sagte er.

»Also mußt du dafür sorgen, daß es doch noch klappt. Sonst kannst du im Einkaufszentrum Schuhe verkaufen. Aber noch ist ja nichts entschieden. Du hast ja auch nicht vorsätzlich die Unwahrheit gesagt.«

»Nein?«

»Nein, weil du davon ausgegangen bist, daß du die Zusage bekommst. Und wenn es dir doch noch gelingt, sie umzustimmen, hast du offiziell auch nicht gelogen. Haben Gunds Angehörige denn das Stipendiumskomitee angeschrieben?«

»Nein, ich denke nicht«, sagte er.

»Na also. Dann weißt du ja jetzt, was du zu tun hast. Es ist deine einzige Chance. Du mußt zusehen, daß sie ihre Meinung ändern. Mach ihnen klar, wie wichtig eine Biographie über Jules Gund ist.«

»Ist sie das denn?« fragte er. »Ich meine, würde die Welt denn ohne sie zugrunde gehen?«

»Die Welt vielleicht nicht. Aber du, Omar. Es geht hier um dich. Die Biographie ist wichtig für dich. Oder willst du das Stipendium plötzlich nicht mehr?«

»Doch, natürlich.«

Deirdre sah ihn besorgt an. »Also manchmal sagst du Sachen, da weiß ich nicht, was ich von dir halten soll. Langsam bekomme ich echt den Eindruck, daß du ...«

»Daß ich was?«

»Na ja, ich verstehe nicht, wie du die Sache so vermasseln konntest. Warum hast du dich nicht eher um die Autorisierung gekümmert? Daß die Post nach Uruguay etwas länger dauert, kann man sich doch denken. In einem solchen Fall nimmt man doch Federal Express.«

»Federal Express stellt auch bis nach Uruguay zu?«

»Natürlich. Sie liefern überallhin, wenn du nur genug bezahlst. Omar, manchmal muß man sich ein bißchen anstrengen, wenn man etwas erreichen möchte. Und du willst doch, daß die Sache klappt, oder?«

»Doch, natürlich. Habe ich doch schon gesagt.«

»Gut. Dann gib dir jetzt mehr Mühe, und dann klappt die Sache auch.«

Deirdre wohnte nur einen Block vom Kipling entfernt, doch Omar fuhr sie trotzdem nach Hause.

»Willst du nicht hierbleiben?« fragte sie, als sie im Wagen saßen.

»Nein«, sagte er. »Ich muß wirklich nach Hause. Ich habe vergessen, Mitzie zu füttern.«

»Ach, dieser blöde Hund«, sagte Deirdre.

»Mitzie ist nicht blöd«, sagte er.

»Doch, ist sie. Mitzie ist die blödeste Hündin, die ich je gesehen habe.«

»Ich streite mit dir jetzt nicht über die Intelligenz eines Hundes«, sagte er.

»Tut mir leid, Omar. Ich bin heute etwas gereizt, aber ...«

»Aber was?« fragte er.

Deirdre malte mit dem Finger auf der beschlagenen Beifahrerscheibe. Sie haßte es, so böse zu Omar zu sein, und hoffte, ihr Ärger würde sich gleich wieder legen. Dann kurbelte sie das Fenster herunter und sah, wie ihr Gekritzel verschwand. »Ich weiß auch nicht«, sagte sie. »Aber irgendwie ist die Sache so typisch für dich.«

»Welche Sache?«

»Die Sache mit dem Stipendium.«

»Wieso typisch?« fragte er.

Sie legte ihre Hand auf seinen Oberschenkel und sagte: »Ich mache mir langsam Sorgen um dich. Wenn man sich ein Ziel setzt, dann muß man auch wirklich versuchen, es zu erreichen. Aber du gibst gleich auf, wenn es nicht klappt. Du scheinst es gar nicht richtig zu wollen. Ja, ich weiß oft gar nicht, was du überhaupt willst.«

»Meinst du jetzt das Stipendium?« fragte Omar.

»Ja. Doch bei anderen Dingen ist es genauso. Eigentlich bei allem, was du machst.«

»Das stimmt doch gar nicht«, protestierte Omar.

»Doch«, sagte Deirdre. »Sieh dir doch mal dein Auto an. Oder deine Wohnung. Was hättest du denn gemacht, wenn Yvonne dir nicht ihr Haus überlassen hätte?«

»Dann hätte ich mir eine andere Wohnung gesucht.«

»Ja, und die wäre dann wohl auch bald abgebrannt.«

»Es war doch bloß die Küche, die gebrannt hat«, sagte Omar. »Außerdem war es ein Unfall. Das hätte jedem passieren können.«

»Du weißt, was ich von zufälligen Unfällen halte. Zu Unfällen kommt es in Wirklichkeit nur, wenn jemand nicht aufpaßt. Das Feuer ist nicht ohne Grund ausgebrochen, und es mit Wasser löschen zu wollen war ja wohl das Hirnrissigste, was man sich vorstellen kann.«

»Mein Gott, es hat gebrannt. Da bin ich in Panik geraten, na und? Außerdem wußte ich nicht, daß man brennendes Fett nicht mit Wasser löscht.«

»Solche Dinge weiß man einfach, Omar. Er gibt Dinge, die man wissen muß, um in der Erwachsenenwelt zu überleben. Manchmal frage ich mich, ob es daran liegt, daß du in Kanada groß geworden bist. Vielleicht ist der Sozialstaat schuld daran, daß die Menschen dort nicht lernen, verantwortungsvoll zu handeln.«

»Du gibst also wirklich mir die Schuld an dem Feuer?« fragte Omar.

»Nein«, sagte Deirdre. »Aber es geht auch gar nicht um das Feuer.«

»Du hast gesagt, es geht um alles, was ich mache.«

»Ja, vielleicht habe ich ein bißchen übertrieben. Du kennst mich ja, ich übertreibe manchmal, um etwas zu verdeutlichen.«

Omar schaute sie betrübt an. »Ich weiß nicht. Wenn du solche Dinge sagst wie jetzt, frage ich mich wirklich, ob …«

»Ob was?«

»Na ja … ob du wirklich etwas für mich empfindest. Ich meine, wie kann man jemanden lieben und ihm gleichzeitig sagen, daß er nur Mist baut?«

»Paß auf, Omar«, sagte Deirdre. »Ich liebe dich. Das weißt du. Und wenn ich so etwas sage, dann ja gerade, weil ich dich liebe.«

»Für mich klingt das eher nach Wut als nach Liebe.«

»Ja, mein Gott, ich bin ja auch wütend. Aber das heißt nicht, daß ich dich nicht liebe. Ich bin vielseitig genug, um mehrere Dinge gleichzeitig zu empfinden. Ich bin eine komplexe Persönlichkeit. Das Leben ist komplex. Die Liebe ist komplex. Wut und Liebe müssen einander nicht ausschließen.«

»Und warum bist du wütend?« fragte Omar.

»Weil … weil du die Sache mit dem Stipendium so verpatzt hast. Ich meine, kannst du nicht einmal ein Antragsformular richtig ausfüllen? Und warum hast du dich nicht eher um die Autorisierung gekümmert?«

Omar stand den Tränen nahe. Er räusperte sich und sagte: »Ich weiß, daß du ein Erfolgsmensch bist, Deirdre. Du bist perfekt organisiert und arbeitest hart. Und du erreichst immer, was du dir vornimmst. Aber ich bin nun mal nicht wie du. Ich bin ganz anders.«

»Mein Gott, du tust ja so, als wären diese Eigenschaften angeboren. Aber das stimmt nicht. Man kann sie sich auch aneignen. Willenskraft und Durchhaltevermögen sind erlernbar. Du solltest ja nicht die Kuppel der Sixtinischen Kapelle ausmalen – du solltest bloß Fed Ex anrufen.«

»Gut, ich habe Mist gebaut«, sagte Omar. »Ich sehe es ein. Ich baue immer Mist.«

»Selbstmitleid hilft dir jetzt auch nicht weiter«, sagte Deirdre. »Wenn du das Stipendium wirklich haben wolltest, dann würdest du dich jetzt nicht abschrecken lassen. Der Brief hat noch überhaupt nichts zu sagen. An deiner Stelle würde ich nach Uruguay fliegen und so lange kämpfen, bis ich deren Einverständnis hätte. Ich verstehe nicht, wie man so schnell aufgeben kann.«

»Ich habe ja gar nicht aufgegeben«, sagte Omar. »Ich weiß nur nicht, was ich jetzt tun soll.«

»Das habe ich doch gesagt: Flieg nach Uruguay! Du hast doch das Geld von deinem Stipendium.«

»Aber das muß ich doch zurückgeben«, sagte er.

»Nein. Wenn du das Geld jetzt zurückgibst, ist alles vorbei. Kauf dir von dem Geld ein Ticket, flieg damit zu der Witwe, dem Bruder und der Schwester, und überrede sie.«

»Witwe, Bruder und *Geliebte*.«

»Wie auch immer. Hauptsache, es gelingt dir, sie umzustimmen. Sei freundlich zu ihnen, umschmeichle sie. Und wenn du noch in den Ferien losfliegst, kannst du nächstes Semester schon mit dem Buch anfangen.«

»Oder mein Betrug fliegt auf, und ich komme hinter Gitter.«

»Blödsinn. Man wird dich höchstens von der Uni schmeißen. Aber das tun sie auch, wenn du jetzt aufgibst. Du hast also gar keine andere Wahl.«

»Und was, glaubst du, wird der Flug kosten? Und wo soll ich wohnen?«

»Ruf die Fluglinien an. Kauf dir einen Reiseführer. Es gibt Antworten auf diese Fragen.«

Omar schaute sie unsicher an. »Meinst du, ich sollte schon mit der Recherche beginnen, wenn ich da unten bin?«

»Eins nach dem anderen«, sagte Deirdre und stieg aus dem Wagen. »Sieh erst mal zu, daß du die Autorisierung bekommst. Dann gucken wir weiter. So, ich werde jetzt reingehen und meine fünfundzwanzig sogenannten Essays korrigieren.« Sie drehte sich noch mal um und beugte sich über die offene Tür. »Und, Omar, du weißt, daß ich nur so bin, weil ich dich liebe. Weil du mir wichtig bist. Weil ich will, daß du dieses Buch schreibst. Denn ich weiß, daß du dazu in der Lage bist. Ich will, daß du erfolgreich bist. Du sollst nicht wie einer dieser zerstreuten Professoren enden, die mit Eiersalat auf dem Hemd durch die Gänge irren und ihr Büro nicht finden. Kapiert?«

»Ja«, antwortete Omar.

»Gut«, sagte sie. »Dann küß mich.«

Nachdem es in der Küche seiner alten Wohnung gebrannt hatte, war Omar fristlos gekündigt worden. Glücklicherweise trat Yvonne Mailer, eine Geschichtsprofessorin, gerade ihr Forschungsjahr in der Türkei an, weshalb sie jemanden brauchte, der sich um ihr Haus und ihren Hund kümmerte. Da sie nichts für Tratschgeschichten übrig hatte, hatte sie auch nichts von Omars feuriger Vergangenheit gehört und war froh, ihm das Haus für die Zeit ihrer Abwesenheit überlassen zu können. Das Haus lag in Hiawatha Woods, einer Ferienhauskolonie fünfzehn Kilometer außerhalb der Stadt. Die Häuser standen um einen Sumpf, durch den sich ein Rinnsal schlängelte; 1982 hatte ein Tornado den ehemaligen See in eine Moorlandschaft verwandelt. Yvonnes Haus war das einzige winterfeste Gebäude in der Umgebung, und Omar kam sich vor wie der einsame Wächter eines verlassenen Dorfes.

Das Haus war kalt, als er zurückkam. Im Wohnzimmer gab

es zwar einen Holzofen, den man bei richtiger Handhabung auch unbeaufsichtigt brennen lassen konnte, doch sein jüngstes Erlebnis mit Feuer ließ ihn besonders vorsichtig sein. So fror er oft und verbrachte viel Zeit damit, den Ofen jedesmal neu anzuzünden, wenn er zurückkam.

Als der Ofen wieder brannte, ging er in die Küche, um Mitzie zu füttern. Um seine Verspätung wiedergutzumachen, gab er ihr etwas mehr Futter als sonst. Das Rasseln in der Schüssel lockte sie normalerweise sofort herbei, doch diesmal kam sie nicht. »Mitzie?« rief er und wartete einen Moment. Als sie immer noch nicht kam, sah er an den Stellen des Hauses nach, wo sie oft ihr Nickerchen hielt. Doch vergebens. Habe ich sie vielleicht ausgesperrt? dachte er. Er konnte sich nicht erinnern, sie hereingelassen zu haben, aber das hatte nichts zu heißen: An solche Dinge erinnerte er sich grundsätzlich nicht. Er ging durch die Verandatür in der Küche hinaus in den Garten und knipste den Strahler an, doch auch hier war nichts von Mitzie zu sehen. Als er sich an die Gerüchte erinnerte, wonach in den umliegenden Wäldern kleine Schoßhündchen von Kojoten gerissen wurden, lief ihm ein Schauer den Rücken hinunter. »Mitzie?« rief er noch einmal. Doch weit und breit waren keine Hundegeräusche zu hören: kein Gebell, keine galoppierenden Hundepfoten, kein Klimpern von Hundemarken. Omar beschloß, im Wald nach ihr zu suchen. Er zog sich seinen Mantel an, nahm die Taschenlampe und folgte dem kleinen Lichtfleck vor seinen Füßen. Dabei rief er alle zehn Sekunden Mitzies Namen. Als er sich nach dem erleuchteten Haus umdrehte, fiel ihm ein, daß er den Ofen nicht ausgemacht hatte. Hatte er denn wenigstens die Ofenklappe geschlossen? Ja, natürlich hatte er das, aber erinnern konnte er sich nicht daran. Es ärgerte ihn, daß er alles vergaß, was er tat.

Er ging trotzdem weiter, und nach ein paar Schritten versank er mit den Füßen in der Erde. Treibsand, war sein erster Gedanke. Er mußte auf das Moor zugelaufen sein, statt, wie geplant, darum herumzugehen. Und jetzt hatte er auch noch seine neuen Schuhe an. Er hätte sich Gummistiefel anziehen sollen. Er wollte einen Schritt zurück machen, merkte dann aber, daß er feststeckte. Als er sich umdrehte, um nach dem Haus zu sehen, waren die Lichter verschwunden. Na wunderbar, jetzt hatte er auch noch die Orientierung verloren. Zu seiner Rechten stand ein junger Baum, nach dem er jetzt griff, um sich herauszuziehen. Doch der Versuch mißglückte, und er entwurzelte den schlanken Stamm. Mit schlechtem Gewissen warf er ihn zur Seite. Dann versuchte er noch einmal, sich vorsichtig fortzubewegen, und nach einer Weile gelang es ihm tatsächlich, mit vorsichtigen Schlurfbewegungen wieder festen Boden unter die Füße zu bekommen. Er setzte sich hin und erholte sich erst einmal von seinem Schrecken. Dann merkte er, daß er seine Taschenlampe verloren hatte. Sie steckte tief im Morast und schimmerte ihm wie zum Hohn entgegen. Er stand auf und ging weiter durch den Wald. Da die Straße das Sumpfgebiet einfaßte, würde er das Haus auch ohne Taschenlampe irgendwann finden.

Einige Zeit später stand er tatsächlich wieder vor dem Haus und stellte erleichtert fest, daß es nicht abgebrannt war. Die erleuchteten Fenster und der gekräuselte Rauch über dem Schornstein verliehen ihm ein märchenhaftes Aussehen. Und als er auf die Veranda sah, bemerkte er auch voller Überraschung Mitzie. Sie schaute ihn an, als wäre sie beim Gassigehen vorausgeeilt und würde jetzt auf ihn warten. Omar blieb stehen. Plötzlich hatte er das Gefühl, nicht hierherzugehören, so als hätte er soeben sein Recht verwirkt, hier zu wohnen. Mir gehören weder das Haus noch der Hund, dachte er. Mir gehört überhaupt nichts. Auf einmal sehnte er sich nach einem eigenen Zuhause, nach etwas, das nur ihm gehörte. Solche Gedanken hatte er bisher nie gehabt, jetzt aber fragte er sich, ob er wirklich zufrieden mit seinem Leben war. Er war achtundzwanzig Jahre alt, wohnte gastweise in dieser gottverlassenen Moorlandschaft und war nicht einmal in der Lage, auf einen Hund aufzupassen. Mitzie stand auf und kam mit langsamen Schritten auf ihn zu, so als wäre sie die Hausherrin, die ihn begrüßen wollte. Als sie an seiner modrigen Hose schnüffelte, streichelte er sie. Danach gingen sie zusammen ins Haus. Omar hängte seine nassen Sachen vor den Ofen, und Mitzie verschlang in der Küche gierig ihr Futter. Dann kam sie zu ihm ins Wohnzimmer und legte ihren Kopf in seinen Schoß, eine Geste, die selbst bei einem so merkwürdigen Hund wie Mitzie unmißverständlich war: Sie hatte Omar vergeben. Sie hatte ihr Fressen bekommen, und nun genoß sie die gemütliche Wärme im Haus. Für sie war die Welt wieder in Ordnung.

»Vielleicht sollte ich ihn anrufen«, sagte Deirdre. Doch Marc Antony reagierte nicht. Also wiederholte sie den Satz.

Ihr Mitbewohner Marc Antony hieß eigentlich Michael Anthony, doch Deirdre zog es vor, ihn Marc Antony zu nennen. Finanziell war Deirdre auf keinen Mitbewohner angewiesen, aber sie mochte es, wenn jemand im Haus war, mit dem sie plaudern konnte. Mit Omar wollte sie erst zusammenziehen, wenn er gelernt hatte, auf eigenen Beinen zu stehen – was vermutlich noch eine Weile dauern würde. Also hatte sie sich jemand anderen gesucht. Marc Antony studierte Jura und war ein sehr angenehmer Mitbewohner. Er buk gern Kuchen, war ruhig und ordentlich und wischte tatsächlich regelmäßig Staub. Zudem war er ganz niedlich. Doch er war schwul.

Marc Antony saß vor ihr am Küchentisch und las in einem seiner dicken, langweiligen Jurabücher. Wenn ich Jura studieren müßte, würde ich vor Langeweile sterben, dachte Deirdre. In ihrem Fach konnte sie wenigstens Romane lesen, obwohl ihre Lektüre derzeit nur aus Aufsätzen bestand. Sie machte gerade Kaffee, damit ihr beim Korrigieren nicht die Augen zufielen. Denn das Niveau der Arbeiten war wirklich einschläfernd.

»Ich sagte, vielleicht sollte ich ihn anrufen«, versuchte sie es noch einmal.

»Wen?« fragte Marc Antony, ohne von seinem Buch aufzusehen. Wie typisch für ihn, dachte sie. Er hält sich immer aus allem heraus. Das war sein einziger Nachteil als Mitbewohner.

»Kannst du dich nicht mal fünf Minuten mit mir unterhalten?« fragte sie. »Danach lasse ich dich auch in Ruhe.«

»Okay, drei Minuten«, sagte er. Er klappte das Buch zusammen und sah auf seine Uhr. »Los.«

»Es geht natürlich um Omar. Wen sonst würde ich um halb zwölf in der Nacht noch anrufen wollen? Ich war wieder eklig zu ihm.«

»Du bist immer eklig zu ihm«, sagte Marc Antony.

»Nein, ich bin nicht immer eklig zu ihm. Ich liebe Omar.«

»Ich habe ja auch nicht gesagt, daß du ihn nicht liebst, sondern nur, daß du eklig zu ihm bist. Andauernd schimpfst du mit ihm und bevormundest ihn.«

»Ich bevormunde ihn? Also das Wort gefällt mir überhaupt nicht. Ich bevormunde Omar nicht. Ich gebe ihm nur hin und wieder ein paar Denkanstöße.«

»Aber du hast doch eben selber gesagt, daß du eklig zu ihm warst.«

»Ja, das stimmt. Deshalb bin ich auch so verstimmt. Ich will nicht eklig zu ihm sein.«

»Dann sei nicht eklig zu ihm«, sagte er.

»Das versuche ich ja schon. Aber es ist nicht einfach, mit ihm zusammenzusein und ihn nicht ständig zu kritisieren. Manchmal raubt er mir wirklich den letzten Nerv. Jetzt hat er die Sache mit seinem Stipendium vermasselt und muß es vielleicht sogar zurückzahlen.«

»Jeder lernt aus seinen eigenen Fehlern«, sagte Marc Antony. »Beim nächsten Mal weiß er es besser. Oder auch nicht. Aber du hast darauf wenig Einfluß.«

»Aber ich kann ihm doch ab und zu auf die Sprünge helfen, denkst du nicht?«

»Nein. Omar hat seine eigene Lerngeschwindigkeit. Das mußt du akzeptieren. Als Dozentin solltest du das eigentlich wissen.«

»Omar ist doch nicht mein Schüler«, sagte sie.

»Aber du behandelst ihn so.«

»Findest du?«

»Ja«, sagte er. »Du behandelst ihn nicht nur wie einen Schüler, sondern wie einen Hund. Wie einen Hund in einer Hundeschule.«

»Und was soll ich machen, wenn er andauernd Mist baut? Wie jetzt zum Beispiel mit dem Stipendium? Was würdest du denn tun, wenn du so genau Bescheid weißt?«

»Sei einfühlsam und verständnisvoll. Hilf ihm, indem du ihn ermutigst. Und hör auf, ihn zu belehren.«

»Mhm«, sagte Deirdre nachdenklich. »Das ist ganz schön viel auf einmal.«

Marc Antony schlug wieder sein Buch auf.

»Soll ich ihn jetzt anrufen oder nicht?« fragte sie.

»Ja, ruf ihn an«, sagte er. »Deine drei Minuten sind vorbei.«

Deirdre ging in ihr Zimmer und wählte Omars Nummer, doch die Leitung war besetzt. Fünf Minuten später versuchte sie es noch einmal. Jetzt war die Leitung frei, und Omar hob ab.

»Ich bin's«, sagte sie. »Mit wem hast du denn eben gesprochen?«

»Wann?« fragte er.

»Na, vor ein paar Minuten. Da war bei dir besetzt.«

»Ach so«, sagte Omar. »Ich habe bei einer Fluggesellschaft angerufen und mich nach ein paar Flügen nach Uruguay erkundigt. Die sind übrigens gar nicht so teuer, wie ich gedacht habe.«

»Du willst also wirklich nach Uruguay?« fragte sie.

»Ja. Ich habe auch schon einen Flug reserviert. Bis morgen muß ich mich entschieden haben. Der Flug geht gleich nach Silvester.«

»Omar, ich wollte mich bei dir entschuldigen. Ich war vorhin wirklich nicht sehr freundlich. Verzeih mir, bitte.«

»Wofür denn entschuldigen?« fragte Omar. »Du hattest doch allen Grund, dich über mich zu ärgern. An deiner Stelle würde ich auch auf mich herabsehen.«

»Herabsehen? Ich sehe doch nicht auf dich herab, Omar. Ich liebe dich. Wie könnte ich da auf dich herabsehen? Ich war vorhin nur etwas gereizt. Entschuldige, daß ich so reizbar bin.

Ich hab mir vorgenommen, mich zu bessern. Ich will einfühlsamer und verständnisvoller sein. Und ich will dich nicht mehr belehren, sondern nur noch ermutigen.«

Omar schwieg.

»Weißt du, was ich mir überlegt habe?« sagte sie. »Ich könnte ja mit nach Uruguay kommen. Dann kann ich dir helfen. Ich habe mehr Erfahrung in diesen Dingen als du, und ...«

»Nein«, sagte Omar. »Ich denke, es ist besser, wenn ich allein fahre. Es ist sogar ziemlich wichtig, daß ich allein fahre.«

»Wieso wichtig?« fragte sie.

»Weil ich mich selber in diese Situation gebracht habe und ich auch allein damit fertig werden muß.«

»Aber ich will dir doch nur helfen. Und es wäre doch dumm, die Hilfe anderer auszuschlagen.«

»Dann wäre ich also dumm«, sagte Omar.

»Nein, natürlich nicht. Das wollte ich damit nicht sagen. Ich halte es nur für ... für nicht sehr weise, wenn man aus Stolz die Hilfe anderer abschlägt.«

»Vielen Dank für das Angebot, aber ich komme auch allein zurecht.«

»*Vielen Dank für das Angebot* ... Omar, warum bist du denn jetzt so förmlich?«

»Verzeihung«, sagte er.

»Omar, sei doch nicht so distanziert. Ich will dir doch nur helfen. Und ich habe mich ja auch schon bei dir entschuldigt. Wäre es nicht viel interessanter, wenn wir zu zweit nach Uruguay flögen? Wenn wir die Genehmigung haben, könnten wir noch ein paar Tage Urlaub machen. Dann wären wir mal woanders als immer nur in Kansas.«

»Also glaubst du, daß ich es allein nicht schaffe?«

»Nein, natürlich nicht. Ich bin sicher, daß du es schaffst. Zu zweit wäre es nur lustiger. Und sicherer. Außerdem täte uns die Reise sicher gut. Auch unserer Beziehung.«

»Komisch«, sagte Omar. »Da bin ich genau entgegengesetzter Meinung. Ich glaube, es wäre besser für uns und unsere Beziehung, wenn ich allein flöge.«

»Du hörst dich ja ziemlich entschlossen an«, sagte Deirdre. »So kenne ich dich gar nicht. Ist irgend etwas passiert?«

»Ja«, sagte Omar. »Es ist etwas passiert. Ich wäre beinahe im Moor versunken. Und diesen Moment werde ich nie vergessen. Mein Leben ist noch mal an mir vorbeigezogen, und was ich da gesehen habe, hat mir überhaupt nicht gefallen. Deshalb will ich jetzt mein Leben ändern.«

»Was wolltest du denn im Moor?« fragte Deirdre.

»Ich habe Mitzie gesucht.«

»Mitzie war im Moor?«

»Nein. Ich war im Moor«, sagte Omar. »Mitzie war zu Hause und hat auf mich gewartet. Mitzie ist viel intelligenter wie ich.«

»*Als* ich, Omar. Außerdem stimmt das nicht. Mitzie ist nicht intelligenter als du.«

»Vielen Dank«, sagte Omar.

»Paß auf, Omar«, sagte sie. »Laß uns den heutigen Abend einfach vergessen. Er war ja wirklich aufregend genug – erst Constance Garnett, dann die Vorlesung über die Krim und jetzt dein Erlebnis im Moor. Am besten, wir legen uns einfach schlafen. Das heißt, du legst dich schlafen, ich muß ja noch meine Aufsätze korrigieren. Morgen reden wir dann in Ruhe weiter. Einverstanden?«

»Ja«, sagte Omar. »Ich bin auch ziemlich müde. Sehr müde sogar.«

»Bist du denn gar nicht aufgeregt?« fragte Deirdre. »Wegen der Reise, meine ich? An deiner Stelle könnte ich jetzt nicht schlafen.«

»Gute Nacht, Deirdre«, sagte Omar.

»Es tut mir leid wegen vorhin, Omar. Ich wollte dir wirklich nur behilflich sein – auf welche Weise auch immer. Das weißt du doch, oder?«

»Ja«, sagte Omar. »Danke.«

»Warum bist du denn jetzt wieder so reserviert?« fragte sie.

»Ich bin nicht reserviert, ich bin einfach nur müde.«

»Gut«, sagte Deirdre. »Aber du weißt, daß ich dich liebe.«

»Ja«, sagte er. »Ich liebe dich auch.«

»Schade, daß du nicht bei mir übernachtest.«

»Morgen wieder«, antwortete Omar.

»Gut, dann schlaf schön«, sagte Deirdre. »Bis morgen.«

Als Omar aufgelegt hatte, sah Deirdre aus ihrem Fenster. Auf der anderen Straßenseite war ein Kino, über dem gerade die Lettern, die einen schwachsinnigen Film anzeigten, gegen solche ausgetauscht wurden, die einen noch schwachsinnigeren Film bewarben. Einen Moment lang ergaben die Buchstaben nur Kauderwelsch. »Kauderwelsch« – das hatte sie einmal an den Rand eines Aufsatzes geschrieben, der vor besonders schweren Fehlern strotzte. Der Student hatte sich über sie beschwert, und Nicholson Garfield, der Leiter ihres Fachbereichs, hatte sie angehalten, sich zukünftig gewählter auszudrücken. Als sie ihm darauf die Definition von Kauderwelsch aus dem Lexikon vorgelesen hatte, hatte er geantwortet, sie solle ihn und ihre Studenten mit ihrer Rechthaberei verschonen.

Als die Lichter des Kinos erloschen, wurde es auch in ihrem Zimmer dunkel. Sie stand auf und knipste das Licht an. Dann setzte sie sich an den Schreibtisch und begann die Arbeiten ihrer Studenten zu lesen. Das Thema, das sie gestellt hatte, lautete: *Die Rolle des Schicksals in Hardys »Eine reine Frau«.*

5. Kapitel

Eigentlich hatte Omar vorgehabt, noch vor seiner Uruguayreise Spanisch zu lernen. Er hatte immer geglaubt, noch genug Zeit dafür zu haben, doch wie so oft war die Zeit schneller vergangen als erwartet, und jetzt war er in Montevideo, und sein Spanisch war so schlecht wie vorher.

Gäbe es keine Flugzeuge, hätte man mehr Zeit, eine Fremdsprache zu lernen, dachte er. Man legte heutzutage große Entfernungen viel zu schnell zurück. Früher wäre er mit dem Schiff nach Uruguay gefahren und hätte mit den Matrosen spanisch gesprochen. Und vielleicht hätte er ein paar umgangssprachliche Formulierungen aufgeschnappt, mit denen er die Leute in Uruguay hätte beeindrucken können.

Seine mangelnde Sprachkenntnis erwies sich bald als Problem. Zuerst hatte er gehofft, daß die meisten Einheimischen englisch sprechen würden, oder wenigstens französisch, was er noch einigermaßen beherrschte. Doch die Leute hier – zumindest diejenigen, mit denen er zu tun hatte – sprachen alle nur spanisch. Hätte er ein teureres Hotel genommen, wäre das vielleicht anders gewesen, aber er war in ein preiswertes Hotel ohne besonderen Service namens Egipt gezogen. Das Hotel als solches war gar nicht so schlecht, bis auf den Umstand, daß sein Zimmer über kein Fenster verfügte. Es hatte mal eins gehabt, doch war es zugemauert worden, wie er beim Zurückziehen der Gardinen sah. Wäre sein Spanisch besser gewesen, hätte er nach einem Zimmer mit Fenster fragen können. *Por favor, yo …* Was hieß gleich noch »ich will«? *Desiro? Desiro uno cuarto con la …* Und was hieß »Fenster«? Aber vielleicht war es auch zu unhöflich, »ich will« zu sagen. »Ich hätte gern« oder »könnte ich vielleicht« wäre wohl besser gewesen. Wie man das auf spanisch sagte, wußte er aber auch nicht.

Er war jetzt bereits zwei Tage in Montevideo und hatte alle seine Mahlzeiten in einem Bistro unweit seines Hotels zu sich genommen. Zum Frühstück hatte er Rührei bestellt, *huevos revoltos,* das in der Tat eine Revolte in seinem Magen auslöste. Eigelb und Eiweiß waren kaum miteinander vermischt, zudem klebten kleine braune Partikel darin – wahrscheinlich Pilze, die Omar noch nie gemocht hatte. Er hatte überlegt, *solo huevos* zu sagen, aber er wußte nicht, ob das »nur Eier« oder »nur ein Ei« hieß. Also pickte er die Pilzstückchen heraus und hoffte, daß man sie beim nächsten Mal weglassen würde, was aber nicht der Fall war. Zum Mittagessen bestellte er *sopa de tortilla*, zum Abendessen *arroz con pollo*, und dazu jeweils *cerveza*. Er ging jedesmal in dasselbe Bistro, weil er hoffte, auf die Weise mit jemandem ins Gespräch zu kommen. Doch die einzige Person, zu der er etwas sagte, war die Kellnerin, die selber jedoch noch kein Wort gesprochen hatte. Ob sie stumm war? Bei seinem Glück hätte ihn das nicht gewundert.

Nach zwei Übernachtungen im Hotel Egipt konnte ihm immer noch keiner erklären, wie man nach Ochos Rios gelangte. Auf dem Bahnhof hatte er einen Zettel mit der Adresse der Gunds durch das Schalterfenster gereicht, doch der Bahnangestellte hatte nur ratlos mit dem Kopf geschüttelt. An der Bushaltestelle konnte ihm auch keiner weiterhelfen. Ob es Ochos Rios vielleicht gar nicht gab? Aber dann hätte er auch keine Post von dort bekommen können. Er überlegte, die Gunds anzurufen und sich den Weg beschreiben zu lassen. Doch dann hätten sie ihm vielleicht ausdrücklich untersagt, sie zu besuchen. Daher blieb er bei seinem Plan, unangekündigt bei ihnen aufzutauchen. Andererseits hatten sie ihm bereits in ihrem Brief zu verstehen gegeben, daß sein Besuch unerwünscht war. Doch er durfte jetzt nicht verzagen. Wichtig war, daß er erst mal dorthinkam. Dann würde er auf ihr Erbarmen setzen und seinen Charme spielen lassen. Er hoffte, ihr Erbarmen würde größer sein als sein Charme.

Er hätte natürlich auch einfach wieder nach Hause fahren können. Das hätte ihm den ganzen Aufwand und eine erniedrigende Abfuhr erspart. Und man wußte ja nie: Vielleicht waren die Leute ja verrückt und schossen auf Fremde, die ihr Grundstück betraten. Deirdre würde ja nie etwas von seiner vorzeitigen Rückkehr erfahren – er brauchte ihr nur zu sagen, daß die Gunds stur geblieben waren. Der Gedanke war beschämend. Aber er wußte nicht, was beschämender war: die Schande umzukehren oder die Schande, von den Gunds weggejagt zu werden.

6. Kapitel

Arden und Portia standen an der Auffahrt zum Haus und schütteten ein Schlagloch mit Schotter auf, als sie ein Motorengeräusch hörten. Sie schauten hoch und sahen einen Wagen vor ihrem Tor halten. Aus dem Wagen stieg ein Mann mit einem Koffer – ein relativ junger Mann. Der Wagen fuhr wieder davon und ließ den Mann in einer Staubwolke zurück.

»Wer ist denn das?« fragte Portia.

»Keine Ahnung«, sagte Arden.

»Will der zu uns?«

»Ich weiß es nicht.« Sie betrachtete den Mann, der noch immer reglos in der Sonne stand. Er zog ein Taschentuch aus seiner Hosentasche und wischte sich über das Gesicht. Dann schaute er sich um und kam auf sie zu.

»Er kommt hierher«, sagte Portia.

»Ja«, sagte Arden. Wer kann denn das nur sein? überlegte sie. Was will denn ein Mann mit einem Koffer hier? Der Mann sah recht gut aus, wie sie bemerkte, als er vor ihnen stand. Er war groß und schlank, hatte dunkles Haar und einen dunklen Teint. Er wirkte erschöpft, und seine Sachen waren ungewaschen.

»Buenos tardes«, sagte Arden.

»Ja, *buenos tardes*«, antwortete er und stellte seinen Koffer neben sich ab. *»Habla usted inglés?«*

»Ja«, sagte Arden.

»Ah, sehr gut«, sagte er und lächelte. Er hatte sehr weiße Zähne. »Ich suche ... ich weiß nicht genau, ob ich hier richtig bin ... ist das Ochos Rios?«

»Ja, Sie sind in Ochos Rios«, sagte Arden.

»Oh, darf ich mich vorstellen? Ich heiße Omar Razaghi. Ich suche eine gewisse Frau Arden Langdon.«

Arden schwieg einen Moment und betrachtete den fremden Mann. Sie war sich nicht sicher, was sie tun sollte.

Portia sah sie an. »Das bist doch du«, sagte sie.

»Ja«, mußte Arden zugeben. »Das bin ich.«

»Na, so ein Glück«, sagte Omar und lächelte sie wieder an. »Es freut mich wirklich, Sie kennenzulernen.« Er streckte ihr seine Hand entgegen.

Arden hatte keine große Lust, den Mann zu berühren, gab ihm aber trotzdem die Hand.

»Ich habe Ihnen vor ein paar Monaten geschrieben«, sagte Omar. »Wegen der Biographie über Jules Gund. Sie haben mir zurückgeschrieben. Erinnern Sie sich?«

»Ja«, sagte Arden. »Natürlich erinnere ich mich.«

»Schön«, antwortete er. Mehr schien er dazu nicht zu sagen zu haben.

»Ja, und?« fragte Arden.

»Ja, und ich wollte fragen, ob wir uns darüber noch mal unterhalten könnten. Das heißt, zusammen mit den anderen beiden Verwaltern von Gunds literarischem Nachlaß. Natürlich muß das nicht jetzt sein. Sagen Sie mir einfach, wann es Ihnen recht wäre.«

»Aber Sie haben doch unseren Brief gelesen«, sagte Arden. »Wir lehnen eine Biographie ab.«

»Ja, ich weiß ... Aber ich dachte, wir könnten uns trotzdem mal unterhalten.«

»Sind Sie deshalb hergekommen?« fragte Arden. »Um sich mit uns zu unterhalten? Oder waren Sie gerade auf der Durchreise?«

»Nein«, sagte er. »Das heißt, ja, ich bin nur gekommen, um mich mit Ihnen zu unterhalten. Mein plötzlicher Besuch ist mir natürlich sehr unangenehm. Ich wollte auch erst anrufen, aber es gab kein Telefon im Ort. Und dann fand ich jemanden, der in Ihre Richtung fuhr, und da dachte ich ...«

»Da dachten Sie, Sie kommen einfach vorbei.«

»Ja«, sagte er. »Ich wußte nicht genau, was ich tun sollte. Es war sehr schwer hierherzufinden. Aber ich will Sie nicht lange belästigen. Sagen Sie mir einfach, wann Sie Zeit haben, dann komme ich wieder vorbei.«

»Und wo wollen Sie hin?« fragte Arden. »Ich meine, wo wollen Sie wohnen?«

Omar schaute sich um, als erwarte er, daß plötzlich ein Hotel aus dem Boden sprieße. »Tja, es muß doch irgendwo ein Hotel geben ... im Ort vielleicht?«

»Nein«, sagte Arden. »Dort gibt es kein Hotel.«

»Aber irgendwo muß es doch eins geben«, sagte Omar fast

trotzig. »Egal, ich werde schon irgendwo unterkommen. Sagen Sie mir einfach, wann ich wiederkommen soll.«

»Aber Sie kommen von hier nirgendwohin«, sagte Arden. »Zumindest nicht zu Fuß. Es gibt hier kilometerweit nichts als Bäume. Wer hat Sie eigentlich hergebracht?«

Omar sah zur Straße. Die Staubwolke des Wagens hatte sich inzwischen gelegt. »Ein Mann, den ich in Ansina getroffen habe. Ich habe ihm fünfhundert Pesos für die Fahrt gegeben.«

»Fünfhundert Pesos? Sind Sie verrückt?«

»Ja, mir kam es auch ziemlich viel vor. Aber es gab keine andere Möglichkeit hierherzukommen.«

»Nein, von Ansina aus nicht«, sagte Arden. »Tja, dann bleibt mir wohl nichts anderes übrig, als Sie mit ins Haus zu nehmen. Morgen kann Sie dann einer von uns zurückfahren.«

»Ich will Ihnen auf keinen Fall zur Last fallen«, sagte Omar. »Ich kann auch hier draußen schlafen.«

»Wo wollen Sie denn hier draußen schlafen? Und wissen Sie überhaupt, wie Sie aussehen? Kommen Sie mal mit ins Haus. Den Koffer können Sie hier in der Schubkarre transportieren.«

Omar packte seinen Koffer und seinen Rucksack in die Schubkarre und schob sie den holprigen Weg entlang. Jetzt spürte er, wie erschöpft er war – zu erschöpft, um darauf zu achten, einen guten Eindruck zu machen.

»Und warum sind Sie nicht nach Tranqueras statt nach Ansina gefahren?« fragte Arden. »Tranqueras wäre viel günstiger gewesen.«

»Na ja, in Montevideo konnte mir keiner erklären, wie man hierherkommt. Am Ende hat mir eine Frau empfohlen, den Bus nach Ansina zu nehmen und mich von dort mit dem Auto fahren zu lassen.«

»Ansina«, sagte Arden. »Wie ist sie denn nur auf Ansina gekommen …«

»Keine Ahnung …«, sagte Omar.

»Na ja, jetzt sind Sie jedenfalls hier.«

»Ja«, sagte er und blickte sich um. »Sie wohnen ja wirklich weit draußen. Gibt es hier gar keinen Ort in der Nähe?«

»Doch. Tranqueras. Aber das ist fünfzehn Kilometer weit entfernt. Ansina ist noch weiter weg.«

»Die Fahrt kam mir auch ganz schön lang vor«, sagte Omar. »Die ganze Zeit habe ich nur Wald gesehen, und ich hatte auch ein bißchen Angst so ganz allein mit dem Mann im Wagen.«

Der Weg machte eine Kurve, und nach ein paar Schritten sahen sie das Haus. Omar blieb staunend stehen. Der Stuck der hohen, breiten Wände, der inzwischen gräulich und an manchen Stellen abgefallen war, schien einmal gelb gewesen zu sein. Das Dach war mit bemoostem Schiefer belegt. Die gewaltige Fassade war im klassizistischen Baustil errichtet worden, was inmitten der wilden Landschaft sehr sonderbar wirkte.

»Mein Gott«, staunte Omar.

»Etwas monströs«, sagte Arden. »Finden Sie nicht?«

»Ich finde es wunderschön«, sagte Omar.

Arden und Portia gingen weiter, während Omar stehenblieb und auf das Haus starrte. »Was haben Sie denn?« fragte Portia.

»Nichts«, sagte Omar. »Ich bin wohl nur etwas bewegt von dem Anblick. Ich habe so viel über das Haus gelesen, und jetzt sehe ich es plötzlich vor mir. Wenn man einen Roman liest, rechnet man ja nicht damit, daß es die Gegend wirklich gibt.«

»Kommen Sie«, sagte Arden und ergriff die Holme der Schubkarre.

»Nein, lassen Sie mich das machen«, sagte Omar und erkämpfte sich die Schubkarre zurück.

Den Rest des Weges schwiegen sie, bis sie vor der breiten Treppe zur Haustür standen. »Lassen Sie die Schubkarre einfach hier draußen stehen«, sagte Arden. »Ich bringe sie nachher weg.«

Omar nahm seinen Koffer und seinen Rucksack und folgte ihr ins Haus.

Arden hörte, daß Caroline herunterkam, und wartete auf der Treppe auf sie.

»Wer war denn das?« flüsterte Caroline. »Ich hab euch vom Fenster aus gesehen.«

»Der Biograph«, sagte Arden. »Der Mann, der uns geschrieben hat.«

»Der Biograph?« fragte Caroline. »Was will der denn hier?«

»Er sagt, er will sich noch mal mit uns unterhalten. Wahrscheinlich, um uns zu überreden. Er ist den ganzen Weg von Kansas hierhergekommen.«

»Nur um mit uns zu reden?«

»Ja, das hat er gesagt.«

»Ist der nicht ganz richtig im Kopf?« fragte Caroline.

»Kann schon sein«, sagte Arden. »Er hat den Nachtbus nach Ansina genommen und hat sich dann von jemandem herfahren lassen. Stell dir mal vor, für fünfhundert Pesos! Er hat auch gar keine Unterkunft.«

»Ja, und jetzt?« fragte Caroline. »Willst du ihn etwa hier wohnen lassen?«

»Na ja, für heute nacht wenigstens. Hast du eine bessere Idee?«

»Macht er einen gewalttätigen Eindruck?« fragte Caroline.

»Nein«, sagte Arden. »Er ist nur etwas verwirrt, vermutlich von der langen Reise. Jetzt nimmt er gerade ein Bad. Ich habe ihm gesagt, daß wir um halb acht essen. Soll ich Adam anrufen?«

»Ja«, sagte Caroline. »Oder warte ... vielleicht ist es besser, wenn wir erst mal allein mit ihm sind. Nur für heute. Du kennst ja Adam. Mit ihm kann es ganz schön anstrengend werden.«

»Ja«, sagte Arden. »Dasselbe habe ich auch gedacht.«

»Was wolltest du denn heute abend kochen?« fragte Caroline.

»Risotto und überbackene Auberginen.«

»Ja, hört sich gut an«, sagte Caroline. »Der Mann sah so dunkel aus. Kommt der aus Afrika?«

»Vielleicht aus Nordafrika. Oder Ägypten«, sagte Arden.

»Wie alt schätzt du ihn?«

»Schwer zu sagen. Mitte Zwanzig vielleicht. Oder Dreißig … Ich verstehe nicht, daß er einen so weiten Weg auf sich genommen hat. Die Biographie scheint ihm wirklich sehr wichtig zu sein. Oder er ist tatsächlich verrückt.«

»Vielleicht ist er auch nicht besonders intelligent«, gab Caroline zu bedenken.

»Nein, ich denke, er ist nur ein bißchen durcheinander. Er hat geglaubt, es gäbe hier ein Hotel. Vermutlich das Hilton. Und dann wollte er draußen schlafen …«

»Na, wenigstens bekommt man so mal ein neues Gesicht zu sehen«, sagte Caroline. Sie drehte sich um, um wieder nach oben zu gehen. Dann fragte sie: »Sollen wir heute abend nicht mal etwas Vernünftiges trinken?«

»Ich weiß gar nicht, was wir noch haben«, sagte Arden.

»Wie wäre es mit einer Flasche Champagner?« fragte Caroline.

»Champagner? Meinst du nicht, daß das einen falschen Eindruck machen würde?«

»Ist doch egal, welchen Eindruck das macht. Es wäre auf jeden Fall mal ein Anlaß, Champagner zu trinken.«

Als Arden das Wasser aus der Wanne laufen hörte, legte sie das Messer aus der Hand und ging die Hintertreppe hinauf. Vor Omars Zimmer blieb sie stehen und klopfte.

»Ja?« hörte sie seine Stimme.

»Ich bin's«, sagte sie. »Arden Langdon.«

Omar öffnete die Tür. Sein Haar war noch naß und ungekämmt, sein frisches Hemd nicht ganz zugeknöpft, so daß seine behaarte Brust zu sehen war. Er war barfuß und roch sehr gut. »Hallo«, sagte er.

Sie bemerkte, daß er die Jalousien heruntergelassen hatte. Auf dem Bett lag sein geöffneter Koffer, der sehr ordentlich gepackt zu sein schien.

»Ich hoffe, Sie hatten ein angenehmes Bad«, sagte sie. »Gab es genug heißes Wasser?«

»Ja, vielen Dank«, sagte er.

»Sie sind bestimmt sehr müde nach der langen Fahrt. Konnten Sie im Bus ein wenig schlafen?«

»Nein, nicht so richtig. Trotzdem bin ich im Moment überhaupt nicht müde. Wahrscheinlich wegen der Aufregung. Ich bin wirklich froh, daß ich endlich hier bin.«

»Ja«, sagte Arden. »Verzeihen Sie, daß ich so direkt mit Ihnen spreche ... Aber Sie müssen verstehen, es ist etwas seltsam, einen Fremden im Haus zu haben. Sind Sie wirklich nur hier, um mit uns über die Biographie zu sprechen?«

»Ja«, sagte Omar.

»Und warum?« fragte sie.

»Weil ich Ihre Autorisierung unbedingt brauche und hoffe, Sie umstimmen zu können. Ohne Ihre Einwilligung kann ich die Biographie nicht schreiben.«

»Aber es gibt doch so viele unautorisierte Biographien«, sagte Arden.

»Ja, theoretisch könnte ich auch eine solche Biographie schreiben. Aber von Ihrer Autorisierung hängt mein Stipendium ab und die Bereitschaft des Verlags, das Buch zu veröffentlichen.«

»Ah, ich verstehe«, sagte Arden. »Das ist ja alles komplizierter, als ich gedacht habe.«

»Ja, und deshalb blieb mir nichts anderes übrig, als Sie zu besuchen. Es ist mir wirklich unangenehm, Sie damit zu belästigen.«

»Sie belästigen uns nicht. Es ist nur schade, daß Sie den weiten Weg umsonst gemacht haben. Wir werden unseren Entschluß nämlich nicht ändern.«

»Oh ...«, sagte Omar.

»Ja, das tut mir sehr leid«, sagte Arden.

»Aber ich würde bestimmt eine sehr gute Biographie schreiben«, sagte er. »Ich würde alle Ihre Bedenken berücksichtigen. Genau darüber wollte ich ja mit Ihnen reden. Ich würde nichts erwähnen, was Ihnen unangenehm wäre.«

»Darum geht es uns gar nicht«, sagte Arden. »Das ist nicht der Grund, warum wir die Biographie ablehnen.«

»Was ist dann der Grund?«

»Verzeihen Sie, aber es sind sehr persönliche Gründe. Wir haben alle unsere persönlichen Gründe. Deshalb werden Sie uns auch nicht umstimmen können. Das wollte ich Sie nur wissen lassen.«

»Aber unterhalten kann ich mich doch mit Ihnen, oder?« fragte Omar. »Nachdem ich eine so weite Reise hinter mir habe.«

»Ja, natürlich. Caroline wird beim Essen auch dabeisein, dann können Sie auch mit ihr sprechen. Und morgen können Sie mit Adam reden, wenn Sie möchten. Er wohnt nicht weit von hier.«

»Sind Sie denn alle gegen die Biographie?«

»Nun, wir sind alle recht unterschiedlich, und deshalb hat jeder von uns seine eigenen Gründe. Aber unsere Entscheidung ist einstimmig.«

»Ich verstehe«, sagte Omar.

»Ich wollte nur, daß Sie sich keine falschen Hoffnungen machen.«

»Ja«, sagte Omar. »Danke für Ihre Offenheit.«

»So«, sagte Arden. »Jetzt gehe ich wieder runter, und Sie können sich weiter anziehen. Es tut mir leid, daß ich Sie gestört habe.«

»Sie haben mich nicht gestört. Im Gegenteil. Ich bin froh, mit Ihnen reden zu können. Sie sind wirklich sehr nett zu mir. Viel netter, als ich erwartet hatte.«

»So?« fragte Arden. »Was hatten Sie denn erwartet?«

»Nun, ich hatte mir die Nachlaßverwalter eines Schriftstellers viel älter und kauziger vorgestellt. Aber das war natürlich ein Vorurteil.«

»Na, ich hoffe, daß ich Sie vom Gegenteil überzeugt habe«, sagte Arden. Sie überlegte, ob er mit ihr flirten wollte.

»Daß Sie so hübsch wären, hätte ich natürlich auch nicht gedacht«, sagte er. »Noch so ein Vorurteil.«

»Sie haben also vor, uns zu umschmeicheln«, sagte Arden. »Ist das Ihre Strategie?«

»Ach, für Strategien bin ich viel zu einfältig«, sagte Omar. »Hätte ich eine Strategie gehabt, wäre ich wohl gar nicht hier.«

Omar war fertig angekleidet, doch um nach unten zu gehen, war es noch zu früh. Er blickte durch die Jalousie und sah eine Wäscheleine, auf die eine lange Reihe Damenunterwäsche zum Trocknen aufgehängt war. Dutzende von Schlüpfern und BHs schimmerten in der Abenddämmerung. Er schaute wieder weg. Gleich werde ich mit ihnen essen, dachte er. Und ich werde so charmant wie möglich sein müssen. Aber was würde er machen, wenn sie tatsächlich bei ihrer Entscheidung blieben? Sollte er dann wieder zurückfahren? Natürlich müßte er dann zurückfahren, was sollte er denn sonst tun? dachte er. Aber vielleicht war das Stipendiumskomitee doch nicht so streng, wie Deirdre gesagt hatte. Vielleicht konnte er das Geld einfach zurückgeben, und die Sache wäre erledigt. Dann würde er das übrige Geld rückerstatten, und den Rest würde er sich von seinen Eltern leihen. Seine Eltern hatten ihm nie verziehen, daß er nicht Medizin studiert hatte. Sie hatten ihn vor seiner brotlosen Kunst gewarnt, und vielleicht hatten sie damit sogar recht gehabt. Doch er wußte, sie würden Milde walten lassen, wenn er seinen Irrtum eingestand – sie mochten Leute, die ihre Fehler zugaben. Trotzdem durfte er nicht vorzeitig aufgeben. Daß Arden Langdon die Biographie so entschieden ablehnte, hieß noch lange nicht, daß die anderen auch so dachten. Ja, vielleicht war sie sogar die einzige, die sich gegen die Biographie sträubte. Er hielt ihr Auftreten vorhin im Flur für etwas sonderbar. Ob sie den anderen gar nichts von seinem Brief erzählt hatte? So verwunderlich wäre das ja nicht. Schließlich hatte sie sich zwischen Jules Gund und seine Frau gedrängt. Das warf kein gutes Licht auf sie.

Um genau halb acht ging er nach unten in den Hof. Portia deckte gerade den Tisch. Der gepflasterte Hof wirkte sehr leer, außer dem runden Holztisch war nur noch ein Springbrunnen zu sehen. Auf dessen schlichter Säule stand ein urnenartiges Gefäß, aus dem ein dünner Wasserstrahl in ein Becken plätscherte.

»Hallo«, sagte er.
»Hallo«, sagte Portia.
»Ich heiße Omar.«
»Ja, ich weiß«, sagte sie.
»Kann ich dir helfen?«
»Wenn Sie wissen, wie man das macht.«
»Eigentlich nicht. Aber ich kann ja einfach nachmachen, was du machst.«
»Gut«, sagte Portia. »Die Reihenfolge ist Gabel, Gabel, Messer, Löffel. In den Löffel legt man normalerweise noch einen zweiten Löffel, aber nur wenn es Suppe gibt.«
»Gibt es bei euch sonst Suppe?« fragte Omar.
»Nicht zum Abendessen. Bei Ihnen denn?«
»Nein, bei mir auch nicht«, sagte er.
»Bei uns in der Schule gibt es jeden Tag Suppe«, sagte Portia.
»Auf welche Schule gehst du denn?« fragte Omar.
»Auf die Klosterschule Santa Teresa. Teresa war die kleine Blume Gottes.«
»Tatsächlich?«
»Ja. Und sie trank ihren eigenen Speichel.«
»Warum hat sie das denn gemacht?« fragte Omar.
»Um sich zu kasteien«, antwortete Portia.
»Aha«, sagte Omar.
»Nein, der Löffel muß nach außen«, korrigierte ihn Portia. »Die Reihenfolge ist: Gabel, Gabel, Messer, Löffel.«
»Oh, Verzeihung«, sagte Omar.
»Haben Sie eine Lieblingsheilige?« fragte Portia.
»Nein, eigentlich nicht«, sagte Omar. »Ich mag alle Heiligen. Wer ist denn deine Lieblingsheilige?«
»Die heilige Agnes. Wenn sie gebetet hat, sind Rosen und Lilien vom Himmel gefallen. Das hätte ich gern mal gesehen. Ich bete auch, daß Gott etwas für mich fallen läßt.«
»Doch hoffentlich nichts allzu Großes«, sagte Omar.
Portia lachte. »Nein, nur eine Feder oder so was in der Art.«
»Sind deine Gebete denn schon erhört worden?«

»Einmal ist ein bißchen Farbe von der Decke gefallen.«

»Wirklich?«

»Ja, aber bei uns bröckelt ständig die Farbe ab«, sagte sie. »Oh, wie falten Sie denn die Servietten?«

»Gefallen sie dir nicht?«

Portia begutachtete seine Servietten. »Doch«, sagte sie. »Die sehen gar nicht schlecht aus.«

»Ich kann sie auch so falten wie du, wenn du willst«, sagte Omar.

»Nein ... Warum sind Sie eigentlich hier?« fragte sie.

»Ich muß mich mit ein paar Leuten unterhalten.«

»Mit wem?« fragte Portia.

»Mit deiner Mutter, deinem Onkel und deiner ...« Er überlegte, in welchem Verhältnis Portia zu Caroline Gund stand. »Und mit Frau Gund.«

»Und worüber?«

»Über ein Buch, das ich schreibe ... das ich schreiben will.«

»Und was ist das für ein Buch?«

»Eine Biographie. Weißt du, was eine Biographie ist?«

»Natürlich weiß ich das«, sagte sie. »Ich habe schon eine Biographie über Helen Keller gelesen. Sie war blind und taubstumm. Sie konnte nur grunzen. Wollen Sie eine Biographie über meinen Vater schreiben?«

»Ja, das wurde ich gern.«

Einen Moment später erschien Arden mit einem Tablett in der Hand. Auf dem Tablett standen drei Gläser und eine Flasche Champagner.

»Omar hat mir geholfen, den Tisch zu decken«, sagte Portia. »Guck mal, wie er die Servietten gefaltet hat.«

»Sehr hübsch«, sagte Arden.

»Omar schreibt eine Biographie.«

»So, tut er das?« fragte Arden.

»Ja«, sagte Portia. »Über Jules.«

»Ach wirklich?«

»Ich habe gesagt, ich *würde gern* eine Biographie schreiben«, sagte Omar.

Arden sah ihn an. »Möchten Sie ein Glas Champagner?« fragte sie.

»Champagner?« fragte Portia. »Wieso gibt es denn Champagner?«

»Weil Caroline Champagner trinken wollte. Könntest du sie mal holen? Es wird langsam Zeit, daß sie kommt.«

Portia ging ins Haus. »Möchten Sie ein Glas?« fragte Arden noch einmal. »Ja oder nein?«

»O ja, bitte«, sagte Omar.

Arden füllte zwei der Gläser und reichte Omar eins.

»Danke sehr«, sagte er.

»Setzen Sie sich doch«, sagte Arden.

Omar nahm Platz. Dann hob er sein Glas und sagte: »Prost.«

»Prost«, erwiderte Arden.

»Es ist wirklich sehr nett von Ihnen, mich hier übernachten zu lassen«, sagte Omar. »Verzeihen Sie, daß ich Ihnen solche Umstände mache.«

Arden zuckte mit den Schultern. »In gewisser Hinsicht bewundere ich Sie sogar dafür, daß Sie hierhergekommen sind.«

Omar errötete leicht und nippte an seinem Glas.

»Nicht viele Leute würden eine so aussichtslose Reise auf sich nehmen.«

»Vermutlich nicht«, sagte er. »Ich hatte aber keine Ahnung, was ich sonst tun sollte.«

»Also sind Sie einfach losgeflogen.«

»Ja«, sagte er.

»Nun, das berechtigt Sie wenigstens zu einem Glas Champagner, denke ich.«

Sie schwiegen eine Weile. Omar betrachtete die Flügel des Hauses, die den Hof auf zwei Seiten einfaßten. »Ihr Haus ist wirklich sehr schön«, sagte er.

»Ja, nur fällt es langsam auseinander«, antwortete sie. »Natürlich fällt alles irgendwann einmal auseinander, doch in letzter Zeit beschleunigt sich hier der Verfall. Ich warte auf den Tag, wo alles mit einem großen Knall zusammenkracht.«

»Ist das Haus denn sehr alt?« fragte Omar.

»Nein, eigentlich nicht. Es wurde 1935 gebaut, als Jules' Eltern hierherkamen. Sie haben es ihrem Schloß in Bayern nachempfinden lassen, wohl um sich hier heimischer zu fühlen. Nur ist ihnen die Nachbildung nicht besonders gut gelungen.«

»Warum sind seine Eltern denn hierhergekommen?«

»Weil sie auf der Flucht vor Hitler waren«, sagte sie. »Jules' Mutter war Jüdin.«

»Ja, ich weiß. Ich meine, warum ausgerechnet nach Uruguay in diese Einöde?«

»Jules' Eltern waren Minenbetreiber«, sagte sie »Und es gab hier angeblich eine Bauxitmine, für die sie sich interessierten. Das war jedenfalls der offizielle Grund ihrer Einreise. Sie brachten Geld ins Land und verpflichteten sich, Minenarbeiter einzustellen, und so hat die Regierung sie hereingelassen. Dann bauten sie das Haus und legten auch einen See an. Schließlich brachten sie die Gondel herüber.«

Für einen Augenblick schwiegen sie. Dann fragte Omar: »Ist es denn weit bis zum See?«

»Etwa fünf Kilometer«, sagte Arden. »Allerdings ist die Zufahrtsstraße zerstört, so daß man zu Fuß gehen muß. Aber es gibt eine Abkürzung durch den Wald.«

»Ist die Gondel immer noch da?« fragte Omar.

»Ja. Sie rottet im Bootshaus vor sich hin. Der Schüssel müßte noch irgendwo sein, wenn er nicht verschwunden ist. Mit der Zeit verschwinden hier die Sachen einfach.«

»Könnte ich die Gondel mal sehen?« fragte Omar.

»Sie bietet keinen sehr schönen Anblick«, sagte plötzlich eine Stimme hinter ihnen. Es war Caroline, die in der Tür stand und zu ihnen herüberschaute. Sie trug ein sehr elegantes blaues Abendkleid mit einem schwarzen Seidenschal. Sie hatte eine Kette aus handgeschmiedeten Silberblättchen angelegt und Ohrringe aus demselben Material. »Ich jedenfalls fand die Gondel immer entsetzlich. Gondeln gehören nach Venedig. Woanders wirken sie lächerlich.«

»Guten Abend«, sagte Omar und stand auf, als sie zu ihnen an den Tisch kam.

»Guten Abend. Ich bin Caroline Gund. Verzeihen Sie, wie war noch mal Ihr Name?«

»Razaghi«, sagte er und reichte ihr die Hand. »Omar Razaghi. Freut mich wirklich, Sie endlich kennenzulernen.«

»Tja«, sagte Caroline. »Sie haben uns ja ganz schön überrascht mit Ihrem Besuch.«

»Es ist mir auch wirklich sehr unangenehm …«

»Unsinn. Das braucht Ihnen doch nicht unangenehm zu sein. Wir freuen uns ja über jede Überraschung. Oh, es gibt Champagner? Noch eine Überraschung.«

»Aber du wolltest doch Champagner trinken«, sagte Portia.

»Ja, aber man bekommt ja nicht immer, was man will«, sagte Caroline. »Und insofern ist es eine Überraschung. Mr. Razaghi, wären Sie so freundlich, mir ein Glas einzuschenken?«

»Ja, natürlich«, sagte Omar.

»Nicht, daß Sie einen falschen Eindruck bekommen«, sagte Caroline. »Wir trinken nicht jeden Abend Champagner.«

»Er schmeckt sehr gut«, bemerkte Omar etwas dümmlich.

»Ja, das stimmt. Wenn ich Champagner trinke, dann muß es auch der beste sein. Wahrscheinlich halten Sie das für versnobt. Auch in Modefragen war ich einmal sehr elitär, aber hier vergeht einem natürlich die Lust auf schöne Kleider. Doch guten Champagner trinke ich immer noch. Interessanterweise ist Champagner hier sehr billig, wahrscheinlich wird er geschmuggelt. Das ist der Vorteil, wenn man hier draußen im Niemandsland wohnt: Es werden interessante Sachen an den Strand gespült.«

»An welchen Strand?« fragte Portia.

»Das war nur eine Redensart«, sagte Caroline. »Denn von *la playa* ist hier leider wirklich keine Spur.«

»Und Sie sagten, Sie wohnen in Kansas?« fragte Arden.

»Ja«, sagte Omar. »Seit ich an meiner Doktorarbeit schreibe. Übrigens hängt meine Doktorarbeit sehr vom Zustandekommen der Biographie ab.«

»Und wo haben Sie vorher gewohnt?« fragte Arden.

»In Toronto. Aber ich komme ursprünglich aus dem Iran. Meine Familie ist nach Kanada gezogen, als der Schah gestürzt wurde. Dort habe ich bis zu meinem College-Abschluß gewohnt.«

»Iran, Kanada, Kansas«, sagte Caroline. »Und was würden Sie als Ihr Zuhause bezeichnen?«

»Oh, das ist schwer zu sagen«, sagte Omar. »Im Moment vielleicht Kansas.«

»Und haben Sie vor, dort zu bleiben?« fragte Caroline.

»Wenn ich da eine Stelle als Dozent bekomme, ja. Wenn nicht, werde ich woanders hinziehen müssen.«

»Wollen Sie sagen, Ihr Zuhause hängt allein von Ihrem Job ab?« fragte Caroline. »So leicht lassen Sie sich von ordinären Sachzwängen beeinflussen?«

»Ich fürchte, ja«, sagte Omar.

»Und warum?« fragte Caroline.

»Tja«, sagte Omar. »Weil ich denke, daß ich keine andere Wahl habe. Momentan muß ich erst mal festen Boden unter die Füße bekommen, und so lange lasse ich mich eben von ordinären Sachzwängen beeinflussen.«

»Aber haben Sie mal überlegt, daß Sie vielleicht nie wieder fortkommen, wenn Sie einmal festen Boden unter den Füßen haben? Sie konnten Ihre Freiheit verlieren und sich auf etwas einlassen, das Sie gar nicht wollen. Wäre jetzt nicht ein guter Zeitpunkt, sich von alldem loszusagen?«

Arden schaute sie vorwurfsvoll an. »Caroline, könntest du mal mit in die Küche kommen?« fragte sie. »Ich brauche deine Hilfe.«

»Von mir aus«, sagte Caroline. »Ich kann mir zwar nicht vorstellen, wobei ich dir helfen soll, aber wenn du darauf bestehst …«

»Was soll denn das?« sagte Arden, als sie in der Küche waren.

»Was soll was?« fragte Caroline.

»Warum flirtest du mit ihm?«

»Ich flirte mit ihm?« Caroline lachte. »Ich habe schon seit Jahrzehnten nicht mehr geflirtet. Ich weiß gar nicht mehr, wie man flirtet.«

»Den Eindruck hatte ich nicht«, sagte Arden.

»Ich bin nur freundlich zu dem armen Jungen. Er ist den ganzen Weg von Kansas hierhergekommen, da können wir doch wenigstens nett zu ihm sein. Außerdem hast du ihn eingeladen, nicht ich.«

»Ich habe ihn nicht eingeladen. Ich habe ihm geschrieben, daß wir keine Biographie wollen, und er ist trotzdem gekommen. Was hätte ich denn tun sollen? Ihn wieder vor die Tür setzen?«

»Nein, du hast schon das Richtige getan. Und es ist ja auch schön, mal ein neues Gesicht am Tisch zu haben. Ein sehr interessantes Gesicht übrigens, findest du nicht?«

»Das ist mir nicht aufgefallen«, sagte Arden.

»Ach, tatsächlich nicht?« meinte Caroline. »Und womit soll ich dir jetzt helfen?«

»Helfen?«

»Ja, ich sollte dir doch in der Küche helfen.«

»Ach so. Nein, du brauchst mir nicht zu helfen. Ich wollte nur unter vier Augen mit dir reden. Ich finde nämlich, wir sollten nicht zu freundlich zu ihm sein. Sonst glaubt er noch, wir würden unsere Meinung ändern.«

»Ich kann auch freundlich sein, ohne meine Meinung zu ändern«, sagte Caroline. »Wenn er glaubt, mich umstimmen zu können, nur weil ich nett bin, täuscht er sich.«

»Ja, aber warum sollen wir ihm denn unnötig Hoffnung machen?«

»Dann sei du doch unfreundlich zu ihm«, sagte Caroline. »Wir müssen ja nicht beide nett zu ihm sein. Trotzdem, denke ich, verdient er etwas Freundlichkeit nach einer so langen Reise.«

»Ich meine ja auch nicht, daß wir patzig sein sollen.«

»Was meinst du dann?« fragte Caroline.

»Ich meine, wir sollten … wir sollten weniger charmant zu ihm sein.«

»Und wieso?«

»Ach, vergiß es«, sagte Arden. »Sei, wie du willst. Ich möchte bloß nicht wieder die Rolle des Bösewichts übernehmen, schließlich habe ich schon den Brief an ihn geschrieben. Diesmal kannst du ihm beibringen, daß wir gegen die Biographie sind ... Hast du übrigens gehört, was er gesagt hat? Daß seine Doktorarbeit von der Biographie abhängt?«

»Ja«, sagte Caroline. »Und wahrscheinlich tun wir ihm einen großen Gefallen, wenn wir die Biographie nicht autorisieren. Was soll er denn mit dieser Doktorarbeit? Die wird ihn nur dazu verdammen, ein erbärmliches Akademikerleben in Kansas zu führen.«

»Aber das geht uns doch nichts an«, erwiderte Arden. »Es ist ja sein Leben. Er muß entscheiden, was für ihn richtig ist.«

»Hast du deine Meinung etwa schon geändert?« fragte Caroline. »Wolltest du deshalb mit mir reden?«

»Nein, natürlich nicht«, sagte Arden. »Aber ich finde, wir sollten ihm keine falschen Hoffnungen machen. Der Champagner war sicher ein Fehler.«

»Blödsinn«, sagte Caroline. »Champagner ist nie ein Fehler.«

Arden brachte das Risotto, die überbackenen Auberginen und das Brot an den Tisch, und Caroline besorgte eine zweite Flasche Champagner, bevor sie zum Essen anstießen.

»Wie hat Ihnen Montevideo eigentlich gefallen?« fragte Caroline.

»Ich war leider nur zwei Tage dort«, sagte Omar. »Und die meiste Zeit habe ich versucht herauszufinden, wie man hierherkommt. Das war gar nicht so leicht, zumal mein Spanisch sehr schlecht ist.«

»Oh, das ist aber schade«, sagte Caroline.

»Ja, ist es auch«, sagte er. »Die ganze Reise ist mir wie ein Traum vorgekommen – teilweise wie ein Alptraum. Und ich habe immer noch nicht das Gefühl, mit allen Sinnen hier zu sein.«

»Wo sind Sie denn mit Ihren Sinnen?« fragte Arden.

»Ich weiß auch nicht. Sonstwo. Mir ist, als würde ich schweben. Wahrscheinlich, weil ich seit meiner Abreise kaum geschlafen habe.«

»Dann müssen Sie ja todmüde sein«, sagte Arden.

»Heute mittag war ich das auch. Aber jetzt bin ich komischerweise hellwach.« Er sah in den Himmel. »Schauen Sie mal die vielen Sterne dort oben. Es ist wirklich wunderschön hier.«

Sie sahen alle nach oben.

»Dahinten ist das Kreuz des Südens«, bemerkte Portia.

»Ja«, sagte Omar. »Es scheint hier mehr Sterne zu geben als bei mir zu Hause.«

»Das liegt daran, daß es hier dunkler ist«, sagte Caroline. »Außerdem sind wir den Sternen zu dieser Jahreszeit näher als Sie in Kansas.« Sie nahm ihren Schal von der Stuhllehne und wand ihn um ihre Schultern.

»Schwester Julian sagt, daß die Sterne die Augen der Engel sind«, meinte Portia.

»Ja, das ist gut möglich«, sagte Caroline. »Es sieht tatsächlich so aus, als würden sie ihre Gesichter gegen das Himmelszelt pressen, um uns zu beobachten. Ich frage mich nur, ob Sorge oder Verachtung in ihrem Blick liegt.«

Arden brachte Portia ins Bett. Dann ging sie in die Küche, doch sie fühlte sich zu erschöpft, um abzuwaschen. Die schmutzigen Teller kamen ihr vor wie Ausstellungsstücke in einem Haushaltsmuseum. Wahrscheinlich hatte sie zuviel Champagner getrunken. Sie setzte sich an den Küchentisch und legte ihren Kopf auf ihre Unterarme. Irgend etwas stimmte nicht mit ihr.

Caroline saß noch eine Weile im Atelier und betrachtete ihre *Madonna auf der Wiese.* Warum habe ich mich beim Abendessen nur so verhalten? überlegte sie. Warum habe ich die Halskette mit den Silberblättchen getragen, die mir Jules aus Mexiko mitgebracht hat? Manchmal tut man sonderbare Dinge.

Ihr fiel auf, daß ihre Wiese nicht wirklich wie eine Wiese aussah. Sie ging zum Fenster. Durch die Jalousie von Omars Zimmer drang noch Licht. Er ist immer noch wach, dachte sie. Er ist so weit gereist und immer noch nicht müde. Warum erregt uns das Reisen so sehr? Liegt es daran, daß wir so viel Altes zurücklassen? Oder weil wir so viel Neues entdecken?

Doch Caroline hatte sich geirrt. Omar schlief bereits. Er war nur zu müde gewesen, um noch einmal aufzustehen und das Licht auszuschalten.

7. Kapitel

Omar erwachte sehr spät am nächsten Morgen. Die laut tickende Uhr neben seinem Bett zeigte zwanzig nach zehn. Er lauschte anderen Geräuschen, doch es schien keiner im Haus zu sein. Als er hinunterging und in die Küche kam, sah er Brot, Marmelade und ein Schälchen Honig auf dem Tisch. Der Anblick löste einen regelrechten Heißhunger bei ihm aus. Hatte er letzte Nacht noch aus lächerlichem Anstand auf einen Nachschlag Risotto verzichtet, langte er jetzt, wo er unbeobachtet war, ordentlich zu. Das Brot schmeckte etwas trocken, doch die Kirschmarmelade und der Honig waren köstlich: Er fischte ganze Kerne aus der Konfitüre, und der Honig schmeckte interessanterweise ein bißchen scharf. Als er seinen Teller abspülte, sah er einen Zettel auf der Theke liegen:

Lieber Omar,

ich bin im Garten. Sie finden mich, wenn Sie in den Hof gehen und dann dem Schotterweg hinter der Oleanderhecke folgen. Caroline ist oben in ihrem Atelier. Am besten kommen Sie zu mir in den Garten.

Arden

Er legte den Zettel zurück auf die Theke. Warum war es am besten, wenn er Arden aufsuchte? Und sollte er gleich zu ihr gehen? Oder nur, wenn ihm nach Gesellschaft war? Warum gehe ich nicht einfach hin, dachte er. So wie jeder normale Mensch das tun würde. Ja, er würde versuchen, sich wie ein ganz normaler Mensch zu verhalten.

Als er in den Hof kam, sah er den Tisch, an dem sie gegessen hatten. Er war leer, nur das Tischtuch lag noch darauf. Es war voller kleiner Flecken, und in einer Ecke saß noch einer der pilzförmigen Champagnerkorken. Er nahm den Korken und steckte ihn in seine Hosentasche. Den behalte ich, dachte er, als Andenken an meine erste Nacht in Ochos Rios.

Er folgte dem Schotterweg hinter der Oleanderhecke und kam in einen mit Ligustersträuchern bewachsenen Garten. Zwischen den Sträuchern wuchsen Unkraut und kleine Blumen. Die Hecke umgab den Garten wie ein Wall, dessen Durchgang, der ebenfalls die Form eines Rundbogens hatte, gegenüber dem Rundbogen in der Mauer saß. Er ging durch die Öffnung und kam in einen zweiten, viel größeren Garten.

Einige Meter vor ihm, hinter einem wackligen Hühnerzaun, der etliche Beete umgab, hockte Arden Langdon. Sie trug eine Khakihose, eine ausgeblichene Madrasstoffbluse und einen Strohhut mit breiter Krempe. Sie war barfuß. Neben ihr stand ein Blecheimer, in den sie Unkraut warf, das sie sanft aus dem Boden zupfte. Sie arbeitete sich bis ans Ende des Beets vor, wo sie aufstand und sich reckte. Dann bemerkte sie Omar.

»Ah, guten Morgen«, rief sie. »Schon aufgestanden?«

»Ja«, antwortete Omar. »Guten Morgen.«

»Haben Sie das Brot und die Marmelade gesehen?« fragte sie.

»Ja. Vielen Dank. Es war sehr lecker«, sagte er.

»Ich hoffe, sie wurden satt.«

»Ja, es war reichlich«, sagte er.

Sie kam auf ihn zu und blieb auf der anderen Seite des Zauns stehen. »Und wie haben Sie geschlafen?« fragte sie. Ihr Gesicht war ein bißchen schmutzig, und ihr Haar klebte an den Schläfen. Sie roch nach Erde.

»Danke, sehr gut«, antwortete er.

»Schön«, sagte sie und strich mit dem Handgelenk über ihre Stirn. »Sie können auch reinkommen, wenn Sie wollen. Da vorn ist der Eingang.« Sie zeigte mit dem Finger auf die Pforte im Zaun und lächelte. »Interessieren Sie sich für Gärten?«

»Ich habe zwar keinen Garten, aber ich habe Gärten immer gemocht«, sagte er. Er wollte die Pforte öffnen, doch sie schien verriegelt zu sein.

»Sie müssen die Scharte festhalten und den Riegel anheben«, sagte sie. »Und dann kräftig drücken.«

Omar öffnete etwas umständlich die Pforte und betrat den Garten. »Das ist wirklich ein sehr großer Garten«, sagte er. »Bewirtschaften Sie den ganz allein?«

»Nein«, sagte sie. »Pete hilft mir dabei.«

Er sah sie fragend an, und sie fügte hinzu: »Pete ist Adams Partner ... sein Freund. Und Adam ist Jules' Bruder.«

»Und sie wohnen hier in der Nähe?«

»Ja, an der Straße, die Sie entlanggekommen sind. Sie müßten das Haus eigentlich gesehen haben. Es ist eine ehemalige Mühle.«

»Oh, darauf habe ich gar nicht geachtet. Ich war gestern nicht sehr aufnahmefähig. Ich hoffe, ich habe mich nicht zu trottelig benommen.«

Arden schüttelte den Kopf.

»Als ich das Haus gesucht habe, wußte ich nicht, daß ich Sie sofort antreffen würde«, sagte er. »Sonst wäre ich wohl besser vorbereitet gewesen. Aber auf einmal standen Sie vor mir.«

»Ja, auf einmal stand ich vor Ihnen«, sagte Arden und kramte mit der Hand in dem Eimer, als hätte sie etwas hineingeworfen, das nicht hineingehörte.

»Wenn Sie wollen, helfe ich Ihnen gern«, sagte Omar. »Ich bin ganz gut im Unkrautrupfen.«

»Nein, danke«, sagte Arden und lachte. »Dafür sind Sie zu gut angezogen. Außerdem wollte ich jetzt eine Pause machen. Trinken wir einen Kaffee zusammen? Oder haben Sie sich schon einen gemacht?«

»Nein«, sagte er. »Das heißt, ja. Ich würde gern einen Kaffee mit Ihnen trinken.«

»Na, dann kommen Sie.«

»Wie kamen Sie eigentlich dazu, sich mit Jules' Werk zu beschäftigen?« fragte Arden, als sie zusammen in der Küche saßen.

»Ich habe *Die Gondel* gelesen«, sagte Omar. »In einem Seminar. *Prosatexte in der Diaspora* hieß das Seminar.«

»Mhm, ich verstehe«, sagte Arden.

»Und das Buch hat mir sofort gefallen. Vielleicht, weil ich auch so oft umgezogen bin. Ich war in einem ähnlichen Alter, als ich den Iran verließ. Ich fand das Buch sehr schön, sehr bewegend.«

»Ja«, sagte Arden.

»Die anderen Bücher in dem Seminar haben mir nicht so gefallen. Sie hatten nicht dieselbe Wärme und Eleganz wie *Die Gondel.* ›So weit zu reisen, nur um am Ende doch zu verzweifeln ...‹«

»Ja«, sagte Arden wie in Trance.

»Und so stieß ich auf Jules Gund. Dann wollte ich noch mehr von ihm lesen, aber es war leider sein einziges auffindbares Buch. Ich fand auch keine Sekundärliteratur über ihn. Und als mich meine Professorin gefragt hat, ob ich nicht meine Doktorarbeit über ihn schreiben will, habe ich ja gesagt.«

Arden fand, daß ihr Kaffee etwas bitter schmeckte. »Möchten Sie Sahne oder Zucker?« fragte sie. »Entschuldigen Sie, ich habe ganz vergessen, Sie zu fragen.«

»Nein, danke«, sagte er. »Ich trinke ihn lieber schwarz.«

»Er schmeckt etwas bitter«, sagte Arden.

Omar erwiderte nichts darauf.

Nach einem Moment sagte sie: »Ihr Erscheinen hat uns wirklich sehr überrascht. Und es ist auch sehr sonderbar.«

»Sonderbar?« fragte Omar.

»Ja, sonderbar.« Sie legte ihre Handflächen aneinander und rieb sie nachdenklich hin und her. »Immer, wenn ich jemandem begegne, frage ich mich, warum diese Person gerade in meinem Leben auftaucht. Warum zu dieser Zeit und an diesem Ort?«

»Aber Sie wissen doch, warum ich hier bin«, sagte Omar.

»Ja, natürlich«, sagte sie und dachte, daß es vielleicht noch andere Gründe gab. Gründe, die nur sie betrafen.

»Darf ich Sie mal etwas fragen ...«, setzte Omar an.

»Ja, was denn?«

»Gestern abend haben Sie gesagt, daß Sie Ihre Meinung auf keinen Fall ändern würden. Denken Sie jetzt immer noch so?«

»Ja«, sagte Arden. »Eigentlich schon.«

»Aber Sie sind sich nicht mehr so sicher ...«

»Omar, ich würde Ihnen gern helfen. Aber Jules ist erst seit drei Jahren tot, und wir hängen noch sehr an ihm. Wir können ihn nicht einfach so loslassen.«

»Das verlange ich ja auch nicht«, erwiderte Omar.

»Ja, vielleicht nicht«, sagte Arden. »Vielleicht nicht auf intellektuelle Weise. Aber es käme uns trotzdem so vor. Das müssen Sie verstehen.«

Omar machte ein bekümmertes Gesicht und schlürfte seinen Kaffee. Er schmeckte wirklich etwas bitter.

»Übrigens habe ich selber mal überlegt, eine Biographie zu schreiben«, sagte Arden.

»Über Jules Gund?« fragte Omar.

»Ja«, sagte sie. »Als wir Ihren Brief bekamen, dachte ich, es könne ja nicht so schwierig sein, eine Biographie zu schreiben. Ich hatte sogar schon Karteikarten gekauft, auf die ich alles schreiben wollte, was ich über Jules wußte.«

»Waren Sie deshalb dagegen, daß ich eine Biographie schreibe?«

»Nein«, sagte sie und lachte. »Ich habe die Idee gleich wieder verworfen.«

»Und warum?« fragte Omar.

»Weil es zu vieles gibt, das ich nicht weiß. Und ich habe auch Angst bekommen.«

»Angst wovor?« fragte Omar.

»Vor den Dingen, die ich über ihn weiß.«

Omar sah sie fragend an.

»Wahrscheinlich sollte ich gar nicht mit Ihnen darüber reden«, sagte sie und schüttelte den Kopf.

»Natürlich. Entschuldigen Sie bitte«, sagte Omar.

»Nein, Sie brauchen sich nicht zu entschuldigen, ich habe ja mit dem Thema angefangen. Vergessen wir es einfach.«

Sie tranken ihren Kaffee. »Irgendwann würde ich gern mal mit Ihnen allen dreien reden, wenn das möglich ist«, sagte Omar.

»Ja, natürlich«, sagte sie. »Ich hatte überlegt, Adam heute zum Abendessen einzuladen. Dann können Sie mit ihm reden.«

»Nein«, erwiderte Omar. »Heute würde ich Sie gern zum Essen einladen. Es gibt hier doch bestimmt irgendwo ein nettes Restaurant.« Die Restaurants können hier nicht so teuer sein, dachte er. Und wenn sein Bargeld nicht reichen sollte, würde er eben mit seiner Kreditkarte bezahlen. Das heißt, wenn das hier möglich war. Warum hatte er dem Fahrer nur so viel Geld gegeben?

»Nein, Sie können nicht Ihr ganzes Geld für uns ausgeben«, sagte Arden. »Außerdem gibt es hier keine guten Restaurants in der Nähe.«

»Doch, ich bestehe darauf«, sagte Omar. »Ich habe hier übernachtet, und Sie haben mich verpflegt. Jetzt möchte ich mich bei Ihnen revanchieren.«

»Meinen Sie das alte Brot und den bitteren Kaffee?«

»Ich meine das leckere Risotto von gestern abend, den Champagner, den Honig … Bitte, Sie müssen meine Einladung annehmen.«

»Na gut, wie Sie meinen. Dann werde ich mal Adam anrufen und fragen, ob er mitkommen will. Er ist manchmal sehr menschenscheu. Wenn er nicht in der richtigen Stimmung ist, wird er auch nicht mitkommen.«

»Hoffentlich sagt er ja. Und fragen Sie bitte auch seinen … seinen Freund, ob er mitkommen will. Er ist auch herzlich eingeladen.«

»Gut, ich werde sie anrufen«, sagte Arden. »Aber jetzt sollten Sie zu Caroline gehen. Sie wollte auch noch mal mit Ihnen sprechen. Sie ist oben in ihrem Atelier. Wußten Sie, daß sie Malerin ist?«

»Nein. Ich weiß ja so gut wie überhaupt nichts über Sie alle.«

»Das ist ja beruhigend zu wissen«, sagte Arden und lachte.

»Ist Caroline eine richtige Malerin?« fragte er.

»Ja. Zumindest war sie das mal. Aber jetzt fertigt sie nur noch Kopien von Gemälden an.«

»Und warum?« fragte Omar.

»Ich glaube, sie hat ihr Selbstvertrauen verloren«, sagte Arden. »Aber fragen Sie sie doch selbst.«

Omar ging über den Hof zu dem gesonderten Treppenaufgang, der zu Carolines Atelier führte. Caroline war ihm letzte Nacht nicht so ganz geheuer gewesen, und er merkte, daß er ein bißchen nervös war.

»Ja?« rief sie, als er an die Tür klopfte.

»Ich bin's, Omar Razaghi«, antwortete er.

»Entrez«, sagte sie, und Omar trat ein.

Das Zimmer war viel geräumiger und heller, als er erwartet hatte. Es war tatsächlich ein richtiges Atelier. Caroline saß auf einem abgewetzten Rattanstuhl vor einer der beiden gegenüberliegenden Fensterseiten. Auf ihrem Schoß lag ein aufgeschlagener Gemäldeband.

»Guten Tag«, sagte sie. »Bitte setzen Sie sich.«

»Guten Tag«, sagte er und nahm auf dem Stuhl Platz, auf den sie zeigte.

»Leider kann ich Ihnen nichts anbieten. Es sei denn, Sie möchten einen Scotch haben ...«

»Nein, danke«, sagte er.

»Tja, dafür ist es wohl noch etwas zu früh, nicht wahr?«

»Ja«, sagte Omar.

Caroline klappte das Buch auf ihrem Schoß zusammen: *Die Zeichnungen von Alberto Giacometti* stand auf dem Einband. »Verstehen Sie etwas von Malerei?« fragte sie.

»Leider nicht«, sagte Omar. »Aber ich sehe mir gern Gemälde an.«

»Was sehen Sie sich denn gerne an?« fragte Caroline.

Omar blickte sich um. Die Bilder im Raum standen alle mit der Vorderseite zur Wand. Auf Carolines Staffelei war eine Leinwand gespannt, die eine in Blau gehüllte Maria mit dem Gotteskind darstellte. Komisch, daß man bei solchen Bildern sofort die Personen erkennt, dachte er. Man käme nie auf die Idee, daß es sich um eine einfache Frau mit einem Baby handelt. »Ich mag die Impressionisten«, sagte er. »Monet, Cézanne und Van Gogh. Auch wenn sie vielleicht nicht alle Impressionisten waren.«

»Und was mögen sie an Monet, Cézanne und Van Gogh?«

»Ich finde ihre Bilder sehr schön«, sagte er. »Ich glaube, sie fangen etwas ganz Spezielles ein.«

»Und das wäre?«

»Ihre Landschaft und ihre Zeit vielleicht. Aber auf sehr subjektive und ausdrucksstarke Weise. Doch ich kenne mich da wirklich nicht aus.«

»Würden Sie das als das Ziel der Malerei bezeichnen?« fragte sie. »Landschaft und Zeit einzufangen?«

»Nein. Das heißt, vielleicht war es das Ziel der Impressionisten, so sie denn Impressionisten waren. Die Malerei als Ganzes hat sicher einen umfassenderen Anspruch. Aber ich kann dazu wirklich nichts Intelligentes sagen. Es ist nicht mein Fachgebiet.«

»Aber was Sie sagen, klingt sehr intelligent«, sagte Caroline. »Warum haben Leute immer solche Angst, über etwas zu sprechen, das außerhalb ihres Fachgebiets liegt? Ist das nicht langweilig? Zu meiner Zeit war das anders. Da redeten wir über alles, was uns in den Sinn kam.«

»Wahrscheinlich ist es der akademische Betrieb, der einen vorsichtiger werden läßt«, sagte Omar. »Man kann Schwierigkeiten bekommen, wenn man etwas Falsches sagt oder etwas nicht weiß.«

»Aber was Sie sagen, ist genau richtig. Monet, Cézanne und

Van Gogh haben etwas auf jeweils einzigartige Weise festgehalten.«

»Waren sie denn alle Impressionisten?« fragte Omar.

»Ja, sie gehörten in die Zeit«, sagte sie. »Genauer brauchen wir sie jetzt nicht zu klassifizieren.«

Sie stand auf und legte ihr schweres Buch auf den Boden. Dann ging sie zum Fenster und schaute hinaus. Omar bemerkte, daß sich das Atelier auf derselben Höhe wie die wippenden, in der Sonne glitzernden Tannengipfel befand.

»Was wissen Sie über mich?« fragte Caroline plötzlich, ohne sich umzudrehen.

»Wie meinen Sie das?« fragte Omar ein wenig überrascht.

»Sagen Sie mir, was Sie über mich wissen. Sonst fühle ich mich im Nachteil. Wenn wir uns unterhalten, sollte das unter gleichen Bedingungen stattfinden.« Sie drehte sich um und sah ihn an. »Also, was wissen Sie über mich?«

»Ich weiß sehr wenig über Sie«, sagte er. »Nur, daß Sie mit Jules Gund verheiratet waren, daß Sie Französin sind, daß Sie malen ... aber das habe ich eben erst erfahren.«

Caroline blickte wieder hinaus auf die Tannen. »Ich bin viel mehr als das«, sagte sie.

»Natürlich«, sagte Omar.

»Ihre Absicht, eine Biographie über Jules zu schreiben, erinnert mich daran.«

Er wußte nicht, was sie meinte. »Woran?« fragte er.

»Daran, daß ich mehr als das bin. Und ich weiß auch, was Ihre Biographie aus mir machen würde: eine verrückte Französin, Gunds Witwe, die sich auf dem Dachboden verkrochen hat und Gemälde kopiert.«

»Aber wieso verrückt? Sie sind nicht verrückt«, sagte Omar, obwohl er sich inzwischen nicht mehr sicher war. Umhüllt von grellem Licht und angespannt, wie sie war, wirkte sie schon etwas gespenstisch. Das konnte aber genausogut an seinen wiedererwachten Sinnen liegen. Denn inzwischen nahm er alles überdeutlich war, auch den Schweiß, der sich an seinen Schläfen gebildet hatte. Der Schwebezustand von gestern war vorbei, er war jetzt ganz und gar in Uruguay bei Jules Gunds Angehörigen angekommen.

»Sie glauben, ich bin nicht verrückt?« fragte sie und lachte leicht hysterisch. »Dann sagen Sie mir mal, warum ich noch hier bin.«

»Ich verstehe nicht ganz, was Sie meinen«, sagte Omar.

»Nein?«

»Nein«, sagte er.

»Wie denken Sie denn über die Ehe, Mr. Razaghi?« fragte sie.

»Über die Ehe ...?« Omar wußte nicht, worauf sie hinauswollte.

»Ja, was halten Sie von der Ehe? Glauben Sie an monogame Beziehungen, an Treue? Glauben Sie, daß Männer mit allen Frauen schlafen müssen? Und was denken Sie über die Scheidung?«

»Ich weiß nicht«, sagte Omar. »Darüber kann ich mir kein Urteil erlauben ...«

»Oh, wie ich das hasse. Keiner will sich über irgend etwas ein Urteil erlauben. In Wahrheit hat doch jeder nur Angst zu sagen, was er denkt.«

»Ja, vielleicht«, sagte Omar.

»Hören Sie auf, Angst zu haben, und sagen Sie mir offen Ihre Meinung. Ich muß wissen, was Sie denken.«

»Warum?« fragte Omar.

»Weil ich wissen will, was der mögliche Biograph meines Mannes über bestimmte Dinge denkt.«

»Auch über die Ehe?« fragte er.

»Ja, auch über die Ehe«, sagte sie. »Gerade über die Ehe.«

Omar schwieg.

»Sind Sie verheiratet?« fragte sie.

»Nein«, sagte er.

»Sind Sie homosexuell?«

»Nein.«

»Sie sind demnach ein unverheirateter heterosexueller Mann«, sagte sie.

»Ja, das können Sie daraus folgern«, sagte er.

»Und haben Sie eine Beziehung?«

»Warum?«

»Beantworteten Sie einfach meine Frage«, sagte sie.

»Ja. Ich glaube, ja.«

»Sie glauben, daß Sie eine Beziehung haben? Mein Gott, wie unromantisch.«

»Doch, ich bin mir sicher«, sagte er. »Aber warum wollen Sie das alles wissen?«

»Weil es mir nicht recht wäre, wenn jemand eine Biographie über Jules schreibt, der noch nie verliebt war. Oder nicht zugibt, schon einmal verliebt gewesen zu sein. Das wäre sogar noch schlimmer.«

»Aber ich dachte, ich soll die Biographie nicht schreiben.«

»Sollen Sie ja auch nicht«, sagte sie.

Er überlegte, wie Deirdre wohl in einer solch verrückten Situation reagiert hätte? Ob sie Caroline geschubst oder geschlagen hätte? Nein, natürlich nicht, Deirdre war nicht aggressiv. Trotzdem hatte er dieses Bild jetzt vor Augen. Wahrscheinlich, weil er sie selber gern geschlagen hätte. Oder auch nicht. Doch er merkte, wie aufgebracht er war.

Sie schwiegen einen Moment.

»Sie sind also liiert«, sagte Caroline.

»Ja.«

»Das freut mich zu hören«, sagte sie.

»Wie schön, daß ich Sie auch mit etwas beglücken kann«, erwiderte Omar.

Caroline lächelte. »Und das ist auch eine Frau, mit der Sie zusammen sind?«

»Ja, ich bin mit einer Frau zusammen.«

»Und wie lange sind Sie schon zusammen?«

»Etwas länger als zwei Jahre«, sagte er.

»Ist Ihnen unser Gespräch unangenehm?« fragte sie.

»Ja«, sagte er.

»Und warum?«

»Weil Ihre Fragen sehr persönlich sind.«

»Aber das ist doch genau das, was Sie mit uns vorhaben. Deshalb sind Sie doch hier. Sie wollen uns also ausfragen, ohne selber ausgefragt zu werden? Haben Sie sich das so vorgestellt mit Ihrer Biographie?«

»Ich meinte nur, daß mir das Thema etwas unangenehm ist«, sagte er. »Und da ich die Biographie sowieso nicht schreibe, werde ich Ihnen auch keine persönlichen Fragen stellen.«

»Eine sonderbare Vorstellung«, sagte sie.

»Was?« fragte er.

»Ich kann mir gar nicht vorstellen, daß Sie verliebt sind oder es mal waren.«

»Also gut«, sagte Omar. »Ich habe eine Freundin. Ihr Name ist Deirdre, und wir sind seit zwei Jahren zusammen. Und ohne sie wäre ich wahrscheinlich nicht, wo ich jetzt bin.«

»Sie meinen in Uruguay? Oder in Ihrem Leben?«

»In Uruguay«, sagte er, obwohl die andere Möglichkeit ebenso zutreffen mochte.

»Und was genau hat sie damit zu tun?« fragte sie.

»Ohne sie hätte ich wohl schon längst aufgegeben. Ich hätte mich mit Ihrer Entscheidung abgefunden und wäre zu Hause geblieben.«

»Und Deirdre hat Sie überredet herzukommen? Sie hat Sie zu uns geschickt, um uns zu überreden?«

»Ja«, sagte er.

»Und was machen Sie, wenn Sie ohne unsere Autorisierung nach Hause kehren?« fragte Caroline. »Wird Deirdre dann nicht sehr enttäuscht von Ihnen sein?«

»Keine Ahnung«, sagte er.

»Wird sie denken, daß Sie versagt haben?«

»Ich weiß es nicht.«

»Nun, natürlich wissen Sie das nicht. Sie sind ja auch kein Hellseher. Aber Sie können ja mal eine Vermutung anstellen.«

»Ja, ich vermute, sie wird denken, daß ich versagt habe«, antwortete er.

»Wissen Sie, manchmal ist es gut, in bestimmten Dingen zu versagen. Man sollte nichts unversucht lassen, aber es ist auch nicht schlecht, versagt zu haben. Darin liegt nichts Verwerfliches.«

»Ja, wahrscheinlich nicht. Trotzdem werde ich in ihren Augen versagt haben. Deirdre betrachtet diese Dinge nämlich weniger philosophisch als Sie.«

»Aha, Deirdre ist also eine praktisch veranlagte Frau.«

»Ja«, sagte Omar. »Deirdre ist eine sehr praktisch veranlagte Frau.«

»Und Sie sind das nicht?«

»Eine praktisch veranlagte Frau?«

»Ich meine, ein praktisch veranlagter Mann. Braucht man nicht eine gewisse praktische Veranlagung, um eine Biographie zu schreiben?«

»Es wäre sicher hilfreich«, sagte er. »Ich habe es mir auch fest vorgenommen, ein praktischer Mensch zu werden.«

»Ist das nicht ein bißchen abwegig? Sich so ein Ziel im Leben zu setzen?«

»Es ist ja nicht mein Hauptziel.«

»Was ist Ihr Hauptziel?«

»Mein Hauptziel ist es, eine Biographie über Jules Gund zu schreiben«, sagte er. »Und zwar eine ganz neue Art von Biographie.«

»Inwiefern ganz neu?«

Omar holte tief Luft. Jetzt war sein großer Moment gekommen. »Ja, ich beabsichtige nämlich, den Anspruch auf Objektivität ganz aufzugeben«, sagte er, als wüßte er, wovon er redete. »Eine objektive Biographie ist doch unmöglich. Deshalb will ich eine subjektive Biographie schreiben, eine Biographie, die sich ihrer Subjektivität nicht schämt. Gibt es denn einen wahren Jules Gund? Nein, den gibt es nicht. Und es gibt auch keinen autorisierten Jules Gund. Es gibt nur Ihre, Miss Langdons und meine Vorstellung von ihm.«

»Ihre Biographie soll all diese Perspektiven wiedergeben?«

»Ja. Und sie soll nicht trotz, sondern gerade *wegen* ihrer Subjektivität an Wahrhaftigkeit gewinnen. Eine objektive Biographie ist doch ein Mythos.«

»Ja, ich verstehe, worauf Sie hinauswollen.«

»Verzeihen Sie«, sagte Omar.

»Was verzeihen?« fragte sie.

»Verzeihen Sie, daß ich Ihnen diesen Vortrag halte. Ich halte eigentlich nicht gern Vorträge, auch nicht, wenn ich es muß. Aber ich finde es besser, wenn Sie wissen, was für ein Buch ich zu schreiben gedenke. Und ich will, daß alle dabei mitwirken. Ich möchte Jules Gunds Leben auf keinen Fall in Beschlag nehmen oder für meine Zwecke ausbeuten.«

»Eine interessante Idee, die Sie da haben«, sagte Caroline. »Aber ist das nicht etwas unorthodox? Wird Ihre Uni mit einem solchen Buch einverstanden sein?«

»Oh, ja«, sagte er. »Je ungewöhnlicher es ist, desto besser. Es ist sogar gut, etwas zu schreiben, was keiner versteht. Um so gefeiter ist man vor Angriffen. Was man nicht versteht, kann sich als genial entpuppen, also hält man sich mit Kritik sehr zurück.«

»Hatten Sie von Anfang an vor, eine solche Biographie zu schreiben? In Ihrem Brief schienen Sie eine traditionellere Methode zu bevorzugen, wenn ich mich recht entsinne.«

»Ja, das stimmt«, sagte Omar. »Die Idee kam mir erst hier. Bei Ihnen und Miss Langdon.«

»Sagen Sie doch nicht andauernd Miss Langdon. Das hört sich an, als wäre sie eine Vorzimmertipse. Sie heißt Arden. Und ich bin Caroline.«

»Ja«, sagte Omar. »Ich habe nämlich eine Menge gelernt, seit ich Sie und … Arden getroffen habe.«

»Inwiefern?« fragte Caroline.

»Wie gesagt, als ich herkam, wollte ich erst eine ganz gewöhnliche Biographie schreiben. Aber dann ist mir klargeworden, wie unmöglich das ist. Wie unsensibel es wäre, wenn …«

In diesem Moment klopfte es an der Tür.

»Entrez«, rief Caroline.

Die Tür ging auf, und sie sahen Arden auf der Treppe. »Tut mir leid, wenn ich störe«, sagte sie, »aber ich habe gerade mit Adam gesprochen.«

»Und was will er?« fragte Caroline.

»Er hat Omar zu sich zum Mittagessen eingeladen. Außerdem hatte Omar vorgeschlagen, mit uns heute abend in ein Restaurant zu gehen. Er wollte uns einladen. Adam hat zugesagt. Ich hoffe, daß du auch mitkommst, Caroline.«

»Ein Abendessen auswärts? Das hört sich nicht schlecht an. Aber natürlich dürfen wir nicht zulassen, daß Omar uns einlädt. Er ist doch unser Gast.«

»Doch«, sagte Omar. »Ich bestehe darauf. Bitte, machen Sie mir diese Freude.«

»Adam wollte ins Federico«, sagte Arden. »Ich hoffe, Sie mögen italienisches Essen, Omar?«

»Ja, sehr gern sogar«, sagte Omar.

»Das Federico war Jules' Lieblingsrestaurant«, sagte Arden. »Die Fahrt wird eine Weile dauern, aber ich habe Ihnen ja gesagt, daß es hier in der Nachbarschaft keine guten Restaurants gibt.«

»In welcher Nachbarschaft?« fragte Caroline.

»Wie gesagt, Adam erwartet Sie«, sagte Arden. »Sie sollen um zwölf bei ihm sein. Sie können den Wagen nehmen, wenn Sie wollen. Sie können aber auch laufen, es sind nur anderthalb Kilometer.«

»Dann laufe ich«, sagte Omar. »Aber Sie müssen mir den Weg zeigen.«

»Sie gehen einfach nur die Straße entlang.« Sie schaute Caroline an. »Meinst du, ich sollte für heute abend reservieren?«

»Ich bezweifle, daß das nötig ist«, sagte Caroline.

»Sicher ist sicher. Soll ich einen Tisch für acht Uhr bestellen?«

»Ja, um acht ist gut«, sagte Caroline. »Und Sie, Omar, gehen jetzt am besten los. Man sollte Adam nie warten lassen.«

»Na, dann kommen Sie«, sagte Arden. »Ich zeige Ihnen, in welche Richtung Sie gehen müssen.«

8. Kapitel

Auf dem Weg zu Adam Gunds Haus war ihm leicht schwindelig. Das Gespräch mit Caroline, ja den ganzen Morgen hatte er als sehr anstrengend empfunden. Warum hatte er sich von Caroline so aus der Fassung bringen lassen? Er war ja richtig aggressiv geworden. Andererseits war Caroline selber ziemlich aufgebracht gewesen, und da war seine Unbeherrschtheit wohl nicht ins Gewicht gefallen. Aber wieso hatte er das mit der subjektiven Biographie erzählt? Würde er wirklich eine solche Biographie schreiben können? Und wollte er das überhaupt? Würde die Uni tatsächlich damit einverstanden sein? Er blieb stehen und kniete sich auf die Straße. Mit der Hand fuhr er über den brüchigen Asphalt. Wie ruhig und friedlich es hier war, dachte er. Und warm.

Die Straße war zu beiden Seiten von Wald umgeben und schien nicht sehr befahren zu sein, so daß er in der Mitte gehen konnte. Nach einer Weile sah er auf der rechten Seite eine Wiese, um die die Straße einen Bogen machte, um danach abschüssiger zu werden. Er kam an eine Brücke und schaute hinunter auf einen flachen Bach. Munter sprudelte das Wasser über die Steine. Hier bin ich nun in Uruguay, dachte er, aber ich könnte genausogut in Kansas sein. In Kansas allerdings ist die Luft ganz anders, nicht so staubig und heiß.

Nach einigen Metern kam er an einen unbefestigten, von Bäumen gesäumten Weg, der zu dem Gebäude führte, das Adam Gunds Haus sein mußte: ein zylindrisches Mühlengebäude ohne Flügel. Er ging den schattigen Weg entlang, bis er an eine niedrige Steinmauer kam, die das Grundstück umgab. Hinter der Mauer auf dem Hof stand ein Mann, der einen Holztisch mit einer Drahtbürste bearbeitete. Er war so in seine Arbeit vertieft, daß er Omar gar nicht bemerkte.

Omar blieb an der Mauer stehen und betrachtete den asiatisch aussehenden Mann, der in seinem Alter zu sein schien. Sein dunkles Haar hatte er zu einem Zopf gebunden, und seine gebräunten Arme waren sehnig und kräftig. Der Mann machte einen Schritt zurück, um seine Arbeit zu begutachten. Dabei bemerkte er Omar. »Guten Tag«, rief er.

»Guten Tag. Ich bin Omar Razaghi. Ich wollte zu Adam Gund.«

»Ja, wir haben Sie erwartet, kommen Sie rein«, sagte der Mann.

Omar betrat den Hof durch eine hölzerne Pforte. Der Mann legte seine Drahtbürste auf den Tisch, wischte sich die Hand an seiner Hose ab und reichte sie Omar. »Pete«, sagte er. »Ich wohne hier mit Adam.«

»Angenehm«, sagte Omar und schüttelte seine Hand.

»Hatten Sie einen schönen Spaziergang?« fragte Pete.

»Ja, es ist wunderbar hier«, sagte Omar.

»Sie haben bestimmt Durst«, sagte Pete. »Kommen Sie mit ins Haus, dann gebe ich Ihnen etwas zu trinken.«

In dem Moment erschien ein älterer Mann in der Haustür. Er trug einen knittrigen und nicht ganz sauberen Leinenanzug, einen schmalkrempigen Strohhut und ein Halstuch. In der Hand hielt er einen Spazier- oder Krückstock, dessen Spitze auf Omar gerichtet war. »Mr. Razaghi?« rief er.

»Ja«, sagte Omar. »Und Sie sind Mr. Gund?«

»Ja, zumindest war ich das mal«, sagte Adam und gab ihm die Hand. »Und ich werde es wohl noch ein Weilchen bleiben, wenn das Schicksal es gut mit mir meint. Aber ich hoffe jedesmal, wenn ich erwache, daß ich über Nacht verwandelt worden bin. Deshalb habe ich auch nie die Geschichte des Herrn Kafka verstanden. Ich würde es als Wohltat empfinden, als Insekt aufzuwachen.«

Omar wußte nicht, was er darauf sagen sollte.

»So«, fuhr Adam fort, ohne sich an Omars Schweigen zu stören. »Sie haben also die Nacht bei den verrückten Weibern von Ochos Rios überstanden. Und äußerlich scheinen Sie auch keinen Schaden genommen zu haben, soweit ich das beurteilen kann – wobei ich nicht weiß, wie Sie vorher ausgesehen haben. Es hätte mich nicht gewundert, wenn man Sie bei lebendigem Leibe gefressen hätte.«

»Nein, man hat mich sehr gastlich behandelt«, sagte Omar. »Obwohl mein Besuch ja sehr überraschend war.«

»Ja, Ihr Erscheinen muß sehr aufregend für die Damen gewesen sein. Nach Ochos Rios verschlägt es ja selten jemanden, und schon gar keine unangekündigten Besucher. Ich bin sicher, die beiden beben noch vor Erregung. Aber wir haben Ihre Ankunft erwartet, und ich staune, wie pünktlich Sie sind. Ich habe mir erlaubt, unseren Plan ein wenig zu ändern. Statt Ihre Gesundheit mit einem Mahl aus unserer unhygienischen Küche zu gefährden, bringe ich Sie lieber in die Cantina hier im Ort, wo Ihre Überlebenschancen marginal besser sind. Was meinen Sie?«

»Ja, von mir aus gern«, sagte Omar.

»Haben Sie einen Führerschein, Mr. Razaghi? Ich neige dazu, unaufmerksam zu sein, so daß Autofahrten mit mir am Steuer schnell zu ungewollten Abenteuern ausarten.«

»Ja, habe ich«, sagte Omar.

»Wie schön! Wie unendlich vollkommen Sie sind. Dann sollten wir jetzt losfahren, denn die Kantine schließt um zwei.«

»Viel Spaß«, wünschte Pete ihnen. »Ich hoffe, wir sehen uns später noch mal, Omar.«

»Ja, das hoffe ich auch«, sagte Omar.

»Der Wagen steht da drüben«, sagte Adam und zeigte wieder mit seinem Stock in die Luft.

Die Kantine war etwa fünfzehn Kilometer von Adams Haus entfernt. Das schlichte Gebäude lag direkt an der Straße. Auf dem Schotter des Vorplatzes parkten einige Lastwagen und Jeeps. Drinnen saßen ausschließlich Männer, auf deren Tellern sich dicke Koteletts und geplatzte Würste türmten. Der Speisesaal war eine mit Wellblech überdachte Terrasse, an die die Küche grenzte. An den Herden loderten ab und zu hohe Flammen auf. Adam wählte einen etwas abseits gelegenen Tisch, so daß sie von den lauten Gästen nicht so sehr gestört wurden. Ihr Tisch war mit einem hellbunten Plastikbezug bespannt. Als die Kellnerin ihnen die Speisekarten brachte, machte Adam eine ablehnende Handbewegung und sagte etwas auf spanisch, das Omar nicht verstand.

»Ich habe uns eine Platte mit gegrilltem Fleisch und einen Krug Bier bestellt«, sagte Adam. »Ich hoffe, das ist Ihnen recht.«

Omar spürte, wie hungrig ihn der köstliche Fleischgeruch machte, obwohl er erst vor zwei Stunden die vielen Brotscheiben mit Honig und Marmelade gegessen hatte. Als die Kellnerin das bernsteinfarbene Bier brachte, überkam ihn ein ungeheures Glücksgefühl: Er war irgendwo in Uruguay, in einer verschlafenen Lichtung, inmitten fröhlicher, gutaussehender Menschen, die ihr Essen genossen.

Adam wies mit dem Kinn auf das Bier und sagte: »Das Einschenken überlasse ich Ihnen.«

Omar goß ihnen ein, wobei er an seinen letzten Abend zusammen mit Deirdre im Kipling denken mußte. Ein Gefühl zärtlicher Sehnsucht stieg in ihm auf. Ohne Deirdre würde er jetzt nicht hier sitzen und mit Jules Gunds Bruder ein Bier trinken. ›Auf dich, Deirdre‹, dachte er und nahm seinen ersten Schluck.

Adam trank sein Glas halb leer und räusperte sich. »Und?« fragte er. »Konnten Sie die Frauen umstimmen?«

»Sie meinen hinsichtlich der Biographie?«

»Ja, natürlich. Obwohl Sie sie auch in ein paar anderen Dingen umstimmen könnten. Aber es ist fraglich, ob Sie das schaffen würden.«

»Nein«, sagte Omar. »Ich glaube, sie sind immer noch dagegen. Aber es ist nicht leicht, sie zu durchschauen.«

»Wahrscheinlich wissen Sie ja, daß ich in dieser Sache ganz anderer Meinung bin und völlig auf Ihrer Seite stehe.«

»Nein, das wußte ich nicht«, sagte Omar. »Ich dachte, die Entscheidung wäre einstimmig gewesen.«

»Hat Arden das gesagt?«

»Ja. Ich glaube, das hat sie gesagt.«

»Nun, dann hat sie Ihnen etwas Falsches erzählt. Ich habe ja schon selber alles versucht, die Frauen von den Vorteilen einer

Biographie zu überzeugen. Aber sie sind sehr dickköpfig, wie Sie bestimmt schon gemerkt haben. Mit Caroline und Arden zu reden ist, wie in einen Brunnen zu rufen. Das Rufen in einen Brunnen ... Habe ich das gerade erfunden, oder sagt man das im Englischen?«

»Ich habe es noch nicht gehört«, sagte Omar. »Aber Englisch ist auch nicht meine Muttersprache.«

»Was ist denn Ihre Muttersprache?«

»Farsi. Ich bin im Iran geboren«, sagte Omar.

»Sie meinen Persien.«

»Ja, früher hieß es Persien.«

»Ja, früher. Früher besaß die Welt noch eine gewisse Eleganz, und es herrschte Ordnung. Wußten Sie, daß ich erst als Erwachsener Deutsch zu lernen begann? Meine Eltern sprachen kein Wort Deutsch mehr, als sie hierherkamen. Wir redeten zu Hause nur englisch und in der Schule spanisch. Aber ich komme vom Thema ab. Wo waren wir stehengeblieben?«

»Bei der Biographie.«

»Ja, richtig, bei der Biographie. Also, ich bin ganz und gar für diese Biographie. Und ich denke, Caroline und Arden werden sich umstimmen lassen.«

»Meinen Sie?« sagte Omar. »Und wie?«

»Lassen Sie das mal meine Sorge sein«, sagte Adam. »Caroline und Arden sind eigentlich nur anderer Meinung, weil es ihnen Spaß macht, mir zu widersprechen. Genaugenommen freue ich mich sogar über ihre Widerspenstigkeit, denn die hat Sie ja schließlich zu uns geführt.«

»Ich wäre aber auch gekommen, wenn sie einverstanden gewesen wären«, sagte Omar.

»Ja, aber nicht so schnell und nicht so überraschend. Wissen Sie eigentlich, wie entzückend Sie sind? Natürlich wissen Sie das nicht ... Das macht Sie ja gerade so charmant. Die Frauen tun sicher alles tun, um Ihnen die Socken stopfen zu dürfen.«

»Bisher haben sie mich eigentlich in Frieden gelassen«, sagte Omar etwas entrüstet.

Die Kellnerin brachte ihnen die Fleischplatte.

»Greifen Sie zu«, sagte Adam. »Essen Sie, soviel Sie wollen.«

»Ich esse normalerweise kein Fleisch«, sagte Omar und angelte sich dennoch mit der Gabel eine Wurst und ein Lammkotelett.

»Ich halte es für eine Schande, mit Zähnen auf die Welt zu kommen und kein Fleisch zu essen. Doch Ihre Ernährungsweise – womit Sie sich auch ernähren mögen – scheint Ihrer Figur gut zu bekommen.« Adam lud sich drei Koteletts und zwei Würste auf den Teller, um sie sogleich mit seinem Besteck zu attackieren. Er war kein sehr manierlicher Esser. Der Bratensaft tropfte von seinem Kinn auf sein Halstuch.

»Es gibt natürlich einen Grund, warum ich Sie zu unserem kleinen Mittagessen eingeladen habe«, sagte er nach seinem zweiten Kotelett. Wahrscheinlich sind Sie schon von allein draufgekommen.«

Omar schwelgte in einer Art bacchantischem Blutrausch. Das Fleisch war sehr zart und saftig, genau die Sorte Fleisch, die Vegetarier schwach werden ließ. Als Omar nicht antwortete, sah Adam ihn fragend an. »Und? Sind Sie draufgekommen?«

»Nein«, sagte Omar mit vollem Mund.

»Wir müssen uns gegenseitig helfen«, sagte Adam.

»Ja, unbedingt«, nuschelte Omar.

»Ich werde Ihnen mit der Autorisierung helfen«, sagte Adam und schenkte ihnen Bier nach. »Ich werde die Frauen für Sie umstimmen.«

»Wirklich?« sagte Omar. »Und wie wollen Sie das machen?«

»Warten Sie's ab. Ich habe lange genug mit verrückten Frauen zusammen gelebt, um zu wissen, wie man mit ihnen umgeht. Wußten Sie, daß meine Mutter verrückt war?«

»Nein«, sagte Omar.

»Ja, sie war verrückt, *loco*. Ein typischer Fall von Geistesgestörtheit, natürlich befördert durch zuviel Gram und widrige Lebensumstände. Und Caroline und Arden sind genauso geisteskrank. Sie treiben sich gegenseitig in den Wahnsinn, verstehen Sie?«

»Sie kamen mir eigentlich ganz normal vor«, sagte Omar. Allerdings hatte er bei Caroline auch seine Zweifel gehabt.

»Auf den ersten Blick wirken sie natürlich normal. Das ist ja das Perfide an ihrer Verrücktheit. Doch hinter dem Schein des Normalen verbirgt sich der Wahnsinn, glauben Sie mir. Sie sind wie zwei Geister, die durch das Haus in Ochos Rios spuken. Allein der Gedanke daran läßt mich erschaudern.« Adam erschauderte tatsächlich, bevor er sich noch eine Wurst von der Fleischplatte nahm. »Aber lassen Sie mich nur machen«, sagte er. »Sie werden ihre Unterschriften schon auf die gestrichelte Linie setzen. Ich nehme an, daß es irgendwo eine solche Linie gibt.«

»Oh, schön«, sagte Omar. »Das wäre phantastisch.«

»Phantastisch?« sagte Adam. »Wußten Sie, daß mein Vater mir jedesmal eine gelangt hat, wenn ich ›phantastisch‹ gesagt habe? Märchen seien phantastisch oder die Lügen mancher Politiker, hat er gesagt. Aber Rumbiskuits sind nicht phantastisch. Rumbiskuits fand ich nämlich immer phantastisch. Da fällt mir ein: Wie wäre es mit einem Nachtisch? Mit einem Pudding? Den müssen wir nämlich jetzt bestellen, sonst kommt die Kellnerin nicht mehr. Kellnerinnen haben die Angewohnheit, einen nach dem Essen vollständig zu ignorieren. Also, wie wäre es mit einem Pudding? Sie sehen aus, als könnten Sie einen vertragen.«

»Nein, danke«, sagte Omar.

»Sicher?«

»O ja, danke. Ich bin restlos satt.«

»Ihre Zurückhaltung muß das Geheimnis Ihrer guten Figur sein«, sagte Adam. »Doch ich habe meine Figur längst aufgegeben. Oder meine Figur hat mich aufgegeben. Wie auch immer, ich bestelle mir jedenfalls einen Pudding.«

Er rief die Kellnerin und gab wieder eine unverständliche Bestellung auf spanisch auf.

»Sie werden also Ihre Autorisierung bekommen«, sagte er zu Omar.

»Gut«, sagte Omar. »Vielen Dank.«

»Aber Sie müßten mir auch bei etwas helfen. Sie wissen ja: Eine Hand wäscht die andere.«

»Ja, natürlich. Was soll ich tun?«

Adam lehnte sich zurück und rieb mit der Serviette an den Flecken auf seinem Hemd, was wenig nützte. »Es ist nur eine Kleinigkeit«, sagte er.

»Worum handelt es sich?« fragte Omar und betrachtete die letzte Wurst auf dem Teller. Die Hülle war zerplatzt und die pikante Füllung zum Teil auf den Teller gelaufen. Ob er sehr gefräßig war, wenn er sie jetzt aß? Nein, er würde sich zusammenreißen.

»Nun, das ist eine lange Geschichte«, sagte Adam. »Ich weiß gar nicht, wo ich anfangen soll.«

Omar zog es vor zu schweigen und schob die Fleischplatte ein Stück von sich weg. Die Gäste standen jetzt nach und nach auf, und auf dem Parkplatz setzten sich die ersten Laster in Bewegung. Die Kellnerin mußte sich durch das Gewühl arbeiten, um Adam den bestellten Pudding zu bringen, der in einer Pfütze Sirup schaukelte.

»Mhm, wunderbar«, sagte Adam, während er ein Stück Pudding kostete.

Einige Männer waren noch sitzen geblieben, um zu rauchen und einen Espresso oder Yerba-Mate-Tee zu trinken. Adam aß schmatzend seinen Pudding und schien seine lange Geschichte vergessen zu haben. Als er fertig war, tupfte er sich mit der Serviette den Mund ab und legte sie ordentlich gefaltet neben den Teller. »Nun«, sagte er. »Ich glaube, ich erspare Ihnen lieber die lange Geschichte.«

»Schade«, sagte Omar. »Ich hätte sie gern gehört.«

»Ja, richtig. Sie sind ja Biograph«, sagte Adam. »Biographen leben ja von narrativen Ausscheidungen. Sie sind ihnen lieber als ein Nachtisch.«

Omar erwiderte darauf nichts.

»Verzeihen Sie, Mr. Razaghi«, sagte Adam. »Ich bin gar nicht so verächtlich, wie Sie vielleicht glauben. Die einzige Verachtung, die ich hege, gilt mir selbst. Aber Sie sind wahrscheinlich klug genug und haben das längst durchschaut.«

Omar schwieg noch immer.

Die Kellnerin brachte ihnen zwei Espressos und nahm die leeren Teller mit. Omar überlegte, ob Adam den Kaffee bestellt hatte oder ob er ungefragt kam.

»Verachtung«, sagte Adam. »Ist das nicht eine erbärmliche Lebenseinstellung? Mein Verstand reicht gerade noch aus, um das zu begreifen. Ich kann mich aber trotzdem nicht davon befreien. Es ist wie ein widerliches Gas, das mich füllt. Eines Tages werde ich davonschweben mit meiner Verachtung und wie Ikarus enden, der zu nahe an die Sonne flog. Kennen Sie den?«

»Ja«, sagte Omar.

Adam schaute betrübt auf seine Espressotasse. Sie waren jetzt allein in der Kantine. Nur auf dem Parkplatz standen noch ein paar Männer. Auch das Licht hatte sich geändert: Die Sonne stand tiefer und war nicht mehr so grell.

»Kennen Sie die Geschichte von Ikarus?« fragte Adam.

»Ja«, sagte Omar noch einmal. Aber dann überlegte er, ob er sie wirklich kannte. Gehörte noch mehr dazu als die Federn und das geschmolzene Wachs? Sicherlich.

»Meine Eltern sind hierher geflohen«, sagte Adam. »Aber das wissen Sie natürlich schon. Und sie brachten einige Sachen aus Deutschland mit herüber.«

Omar überlegte, was das mit Ikarus zu tun hatte. Wahrscheinlich hatte es aber gar nichts mit ihm zu tun. »Was für Sachen?« fragte er.

»Meine Eltern stammten beide aus reichen Familien. Besonders die Familie meiner Mutter war sehr wohlhabend. Sie besaß ein paar Gemälde und Juwelen, die sie nicht aus Deutschland ausführen durfte. Sie brachte sie aber trotzdem mit herüber.«

»Und die gehören jetzt Ihnen?« fragte Omar.

»Wie klug und methodisch Sie fragen, Mr. Razaghi«, sagte Adam. »Aus Ihnen wird bestimmt mal ein guter Biograph. Ja, ich denke, die Gemälde und Juwelen gehören jetzt mir. Natürlich gehörten sie auch Jules, aber Jules ist tot. Vermutlich hat auch Caroline einen gewissen Anspruch auf sie, vielleicht sogar Arden. Aber in erster Linie gehören sie mir. Caroline und Arden wissen gar nichts von ihrer Existenz. Auch Jules wußte nichts davon, denn meine Mutter war sehr paranoid. Als sie Stuttgart verlassen hatte, fühlte sie sich nirgendwo mehr sicher. Im Gegensatz zu Caroline und Arden hatte sie wirklich einen Grund durchzudrehen. Jedenfalls überlege ich jetzt, die Gemälde und Juwelen zu verkaufen. Sie könnten sie für mich mit nach New York nehmen. Dort gibt es einen Mann, der sie für mich versteigern würde.«

»Aber ich wohne nicht in New York«, sagte Omar, als würde ihn das von dieser Aufgabe entbinden.

»Oh, ich dachte, New York liege auf Ihrer Strecke. Aber egal, Sie können ja auch über New York fliegen. Wenn Sie es bis hierher geschafft haben, finden Sie auch nach New York. Sie brauchen die Sachen einfach nur abzugeben.«

»Ist das denn legal?« fragte Omar.

»Was?«

»Na, diese ganze Angelegenheit ... die Sachen aus dem Land zu bringen und sie mit nach New York zu nehmen.«

»Es ist eine moralisch einwandfreie Sache.«

»Ja, aber nicht legal ...«

Adam schwieg einen Moment. »Meine Mutter war Jüdin«, sagte er. »Sie mußte vor den Nazis fliehen, was sie leider nicht rechtzeitig taten. Wahrscheinlich glaubten meine Eltern, daß alles gutgehen würde, denn mein Vater war ja Arier. Aber das half ihnen natürlich auch nicht. Als sie das endlich begriffen, war Uruguay der einzige Ort, wo sie noch hin konnten. Kennen Sie die genauen Umstände ihrer Übersiedlung?«

»Nein«, sagte Omar.

»Mein Vater mußte eine Mine kaufen. Eine völlig unergiebige Mine, für die er sehr viel Geld zahlen mußte. Und die Nazis ließen meine Mutter zwar gehen, aber sie beschlagnahmten ihr ganzes Vermögen. Sie mußte es also herausschmuggeln. Dazu gehören auch die Gemälde und die Juwelen, von denen ich sprach. Die will ich jetzt verkaufen. Wissen Sie, warum ich sie verkaufen will?«

»Nein«, sagte Omar.

»Weil ich Pete einen Teil des Erlöses geben will. Pete braucht

Geld, damit er ein vernünftiges Leben führen kann. Ein Leben ohne mich.«

Omar dachte für einen Moment nach. Dann sagte er: »Das scheint mir alles sehr persönlich und kompliziert zu sein. Ehrlich gesagt, würde ich mich lieber aus der Sache heraushalten.«

»Oh«, sagte Adam. »Oh.« Er schaute Omar eindringlich an. »Sollte ich Ihnen nicht auch einen Gefallen tun?«

»Sie meinen mit der Biographie?«

»Ja, sollte ich Ihnen nicht helfen, die Autorisierung zu bekommen?«

»Doch«, sagte Omar.

»Aber Sie wollen sich nicht in persönliche und komplizierte Dinge hineinziehen lassen?«

»Na ja«, sagte Omar. »Mir kommt das etwas undurchsichtig und gefährlich vor.«

»Und von solchen Sachen lassen Sie lieber die Finger?«

»Ja.«

»Vieles im Leben ist undurchsichtig und gefährlich«, sagte Adam. Er stand auf und ging zu der Kellnerin, die bereits die Tische reinigte. Er bezahlte und kam zurück an den Tisch, ohne sich zu setzen.

»Es tut mir leid«, sagte Omar. »Ich bin in solchen Dingen auch nicht sehr geschickt.«

»Sie haben Angst«, sagte Adam. Aber es klang mehr nach einer Feststellung als nach einem Vorwurf.

»Ja«, sagte Omar.

»Es ist keine Schande, Angst zu haben«, antwortete Adam und legte ihm die Hand auf die Schulter. »Doch man darf sich davon nicht abhalten lassen, das zu tun, was man für richtig hält. Sonst ist man ein Feigling.« Er nahm seine Hand wieder weg. »Aber genug davon. Jetzt bin ich müde und brauche meine Siesta. Lassen Sie uns zurückfahren.«

Als sie die Mühle erreichten, arbeitete Pete immer noch im Hof. Er kam zu ihnen und half Adam aus dem Wagen. »Na, wie war euer Mittagessen?« fragte er.

»Sehr gut«, sagte Adam. »Aber auch sehr ermüdend. Ich jedenfalls bin jetzt sehr müde. Ich will mich nur noch hinlegen und ins Koma fallen.«

»Vielen Dank für das Essen«, sagte Omar.

»Keine Ursache«, sagte Adam. »Ich danke Ihnen für die reizende Gesellschaft. Pete, könntest du mir mal die Treppe hochhelfen?« Zu Omar gewandt, sagte er: »Pete ist sehr gut zu mir.«

»Ich kann Ihnen auch helfen, wenn Sie möchten«, sagte Omar. »Und da ist auch noch was, was ich Ihnen sagen wollte.«

»So?« fragte Adam.

»Ja«, sagte Omar.

»Helfen Sie mir besser nicht die Treppe hoch, das wäre zu erniedrigend für mich. Was wollen Sie mir denn sagen?«

Omar sah zu Pete, der sogleich sagte: »Dann lasse ich euch am besten allein.«

»Nein, bleib hier«, meinte Adam und hielt Pete am Arm fest. »Pete kann hören, was Sie mir zu sagen haben, Mr. Razaghi. Wir haben keine Geheimnisse voreinander.«

»Also ... Ich wollte nur sagen, daß ich bereit bin zu tun, worum Sie mich gebeten haben. Unter den gegebenen Umständen halte ich es für richtig.«

»Wirklich?« fragte Adam.

»Ja«, sagte Omar. »Wirklich.«

»Wie schön«, antwortete Adam und schlug mit seinem Stock auf das Kopfsteinpflaster. »Der Gedanke muntert mich auf. Jetzt schaffe ich es auch allein in mein Bett, ohne die Hilfe von euch kräftigen Burschen. Also bis demnächst, Mr. Razaghi.« Er marschierte mit zügigen Schritten davon, doch sah man ihm an, wie sehr er sich dabei anstrengte.

Als Adam verschwunden war, sagte Pete: »Wenn Sie wollen, kann ich Sie bis Ochos Rios begleiten. Oder gehen Sie lieber allein?«

»Nein, natürlich nicht«, sagte Omar.

Pete räumte sein Werkzeug weg, und gemeinsam gingen sie los. Bis sie zur Straße kamen, schwiegen sie. Es war kein unangenehmes Schweigen, denn die sommerliche Landschaft um sie herum war so einnehmend, daß ein Gespräch gar nicht nötig erschien.

Dann merkte Omar, wie dringend er austreten mußte. Er hatte gehofft, die Toilette im Mühlenhaus benutzen zu können, doch die Gelegenheit hatte sich irgendwie nicht ergeben, danach zu fragen. Deshalb hatte er überlegt, sich auf dem Rückweg an den Straßenrand zu stellen. Doch jetzt lief Pete neben ihm her.

Als sie auf die Landstraße bogen, hielt er es nicht mehr länger aus. »Wenn Sie mich einen Augenblick entschuldigen würden«, sagte er. »Ich muß mal kurz in die Büsche.«

Pete sah ihn verständnislos an. »Was?« fragte er.

»Ich muß mal in die Büsche«, sagte Omar. »Meine Blase entleeren.«

»O ja, natürlich«, sagte Pete und lachte.

Omar urinierte kräftig gegen einen Baum. Das Nachlassen des Drucks war sehr angenehm.

Als sie weitergingen, merkte Omar, daß sein Ausflug in die Büsche die Atmosphäre etwas aufgelockert hatte. »Wie lange sind Sie denn eigentlich schon hier?« fragte er Pete.

Pete sah sich um, als meinte Omar die Straße, auf der sie gerade entlangliefen. »Oh, etwa sechs Jahre«, sagte er.

»Und aus welchem Land kommen Sie?« fragte Omar.

»Aus Thailand«, sagte Pete. »Aus Bangkok.«

»Da war ich leider noch nie«, sagte Omar.

Pete schwieg einen Moment. Dann sagte er: »Meine Mutter war eine Prostituierte. Und ich habe mich auch prostituiert, als ich ein Junge war. Mit siebzehn ging ich nach Stuttgart. Ein Deutscher hat mich dorthin mitgenommen. Und da habe ich Adam kennengelernt.«

»Und was machte Adam in Stuttgart?« fragte Omar.

»Er wohnte dort. Er war Direktor der Stuttgarter Oper. Ich hatte auch einen Job an der Oper, als Bühnenarbeiter. Gemeinsam sind wir dann nach Uruguay gezogen. Adam hat mich adoptiert, damit ich hier wohnen kann. Rechtlich gesehen, bin ich sein Sohn.«

»Und wie gefällt es Ihnen hier?« fragte Omar.

»Gut«, sagte Pete. »Ich habe hier eine interessante Arbeit. Ich kaufe alte Möbel und arbeite sie auf, damit sie noch älter aussehen. Eine Frau aus New York kommt zweimal im Jahr und kauft mir alles ab. Sie hat gesagt, daß ich ein gutes Auge für Möbel habe. Und ich helfe Arden im Garten. Ich kümmere mich auch um die Bienen.«

»Um welche Bienen?« fragte Omar.

»Hinter Ardens Garten steht ein Bienenstock. Den kann ich Ihnen zeigen, wenn Sie wollen.«

»Der Garten ist sehr schön«, sagte Omar. »Und sehr groß. Ich war heute morgen dort.«

»Ja, wir versuchen ihn jedes Jahr zu vergrößern. Er macht viel Arbeit, besonders jetzt im Sommer«, sagte Pete. »Bei Ihnen zu Hause ist es im Moment Winter, nicht wahr?«

»Ja«, sagte Omar.

»Sie kommen aus den Vereinigten Staaten?«

»Ja«, sagte Omar.

»Und aus welchem Staat?«

»Ich wohne zur Zeit in Kansas. Das liegt ziemlich zentral, sogar genau in der Mitte des Landes.«

»Ist es dort kalt?« fragte Pete.

»Ja, im Moment ist es recht kalt. Vielleicht schneit es dort sogar gerade.« Omar ahmte mit den Fingern herabfallende Schneeflocken nach.

»Warum wohnen Sie denn nicht woanders? Es gibt doch auch wärmere Staaten, oder?«

»Ja, in manchen ist es wärmer.«

»Warum ziehen Sie dann nicht um? Nach Florida zum Beispiel. Ich war schon mal in Miami. Miami ist sehr schön.«

»Ja, Florida ist ziemlich warm.«

»Aber Sie mögen Florida nicht?«

»Ich war noch nie in Florida«, sagte Omar. »Ich wohne in Kansas, weil ich dort einen Job an der Uni habe.«

»Und jetzt wollen Sie ein Buch über Jules schreiben?« fragte Pete.

»Ja. Eine Biographie«, sagte Omar. »Haben Sie Jules gekannt?«

»Ja, ich habe ihn gekannt. Ich habe auch seine Leiche gefunden. Ich wußte, wo er hingehen würde.«

»Oh«, sagte Omar. »Und woher wußten Sie das?«

»Keine Ahnung«, sagte Pete. »Ich wußte es einfach.«

»Und wo haben Sie ihn gefunden?« fragte Omar.

»Im Wald. In der Nähe des Sees.«

»Bei der Gondel?«

»Nein, die Gondel ist im Bootshaus«, sagte Pete.

»Es war also nicht in der Nähe des Bootshauses?« fragte Omar.

»Nein. Es war auf der anderen Seite des Sees.«

»Und Sie wußten, daß er sterben würde?«

»Ja«, sagte Pete.

»Und wie konnten Sie das wissen?«

»Er hatte ein Gewehr mitgenommen«, sagte Pete. Dann legte er seine Hand auf Omars Scheitel. »Dieser Bereich ist weggeflogen. Wie bei einem gekochten Ei, das man köpft.«

Von weitem sahen sie jetzt das Tor von Ochos Rios. Den Rest des Weges schwiegen sie. Bin ich wirklich erst gestern hier angekommen? dachte Omar. Sein Aufenthalt kam ihm viel länger vor. Als sie vor der Auffahrt standen, fragte er: »Wo sind eigentlich die Flüsse?«

»Welche Flüsse?« fragte Pete.

»Die acht Flüsse. Ochos Rios heißt doch ›acht Flüsse‹, oder?«

»Ja«, sagte Pete. »Aber das ist nur ein Name. Es gibt hier keine Flüsse. Nur einen Bach.«

9. Kapitel

Caroline beobachtete aus ihrem Turmfenster, wie Pete und Omar die Auffahrt entlangkamen. Sie fühlte sich auf einmal bedroht von Omars Anwesenheit. Nicht wegen des Buchs, oder nicht nur wegen des Buchs. Die Bedrohung ging tiefer. Sie hatte gehofft, mit der Situation umgehen zu können, deshalb hatte sie sich gestern abend und heute morgen auch so offensiv verhalten. Doch jetzt war sie unsicher. Omar und Pete schienen sich angeregt zu unterhalten, fast wie zwei alte Freunde. Als Omar sie am Fenster bemerkte, hob er seine Hand und winkte ihr freudig zu. Die Vertrautheit seiner Geste empörte sie, und sie trat einen Schritt zurück. So blieb sie eine Weile stehen, ohne an irgend etwas zu denken. In letzter Zeit fiel sie häufiger in diesen Zustand der völligen geistigen Leere, was sie nicht sonderlich besorgte. Im Gegenteil: Sie fühlte sich wohl im Nichts.

Caroline ging nach unten in der Küche, wo Arden gerade Brot knetete. Ardens Küchenaktivitäten waren ihr suspekt, ja manchmal kam es ihr so vor, als veranstalte sie sie nur, um sie zu ärgern. Sie hätten ihr Brot genausogut kaufen können.

Caroline blieb in der Tür stehen und sagte: »Ich wollte dir nur mitteilen, daß ich heute abend doch nicht mit ins Restaurant komme.«

»Und warum nicht?« fragte Arden, ohne von ihrem Teig aufzusehen. »Geht es dir nicht gut?«

»Doch, es geht mir gut«, sagte Caroline und dachte: Warum tut sie nur so, als wäre Teigkneten die anstrengendste Sache der Welt?

»Und warum willst du dann nicht mitkommen?«

»Ach, mir erscheint die ganze Sache auf einmal so sinnlos. Ich werde meine Meinung sowieso nicht ändern. Ich würde nur meine Zeit verschwenden.«

»Aber er will sich doch bloß mit uns unterhalten«, sagte Arden und stellte ihre Knetbewegungen ein. »Damit wir uns seine Argumente anhören können. Er hat uns eingeladen, und ich fände es unhöflich, jetzt einfach abzusagen. Zumal er eine so lange Reise auf sich genommen hat.«

»Als unhöflich empfinde ich seinen Aufenthalt hier«, erwiderte Caroline. »Und ich denke, das sollten wir ihn auch spüren lassen. Ich zumindest werde das tun.«

»Dann können Adam und ich ja auch gleich zu Hause bleiben«, sagte Arden. »Der Sinn des Abendessens bestand ja darin, daß er mit uns allen zugleich sprechen kann. Wenn du nicht mitkommst, hat das Ganze ja keinen Sinn.«

»Und warum könnt ihr nicht ohne mich fahren?« fragte Caroline.

»Weil du diejenige bist, die noch umgestimmt werden muß.«

»Ich habe dir doch gesagt, daß ich meine Meinung nicht ändern werde«, sagte sie.

»Wenn du dir so sicher bist, kann es ja auch nicht schaden, mitzukommen und ihn anzuhören.«

Caroline schaute sie verwundert an. »Wieso bin ich eigentlich diejenige, die noch umgestimmt werden muß? Soll das heißen, du hast deine Meinung bereits geändert?«

Arden wandte sich wieder ihrem Teig zu. »Ich glaube, ja«, sagte sie.

»Oh«, sagte Caroline. »Dann hat er dich also umgarnt.«

»Er hat mich nicht umgarnt«, sagte Arden. »Ich habe nur noch mal nachgedacht und meine Meinung geändert.«

»Nenn es, wie du willst«, sagte Caroline trotzig.

Arden schwieg.

»Und was ist der Grund für diesen Umschwung?« fragte Caroline.

»Du fragst doch nur, um dich über mich lustig zu machen«, sagte Arden.

»Nein. Ich will mich nicht über dich lustig machen. Ich will nur wissen, warum du deine Meinung geändert hast.«

»Das weiß ich selber nicht genau«, sagte Arden. »Ich war mir wohl von Anfang an nicht so sicher. Ich habe eigentlich gar nicht richtig darüber nachgedacht und mich einfach deiner Meinung angeschlossen. Aber jetzt denke ich, daß Omar eine gute Biographie schreiben könnte. Ich glaube, er könnte Jules' Leben verstehen. Jules hätte ihn vielleicht sogar gemocht. Deshalb, finde ich, sollte das Buch doch zustande kommen.«

»Und du bist sicher, daß du nicht seinem Charme erlegen bist?« fragte Caroline.

»Findest du denn, daß er Charme hat?« fragte Arden.

»Nein. Aber ich könnte mir vorstellen, daß du so denkst. Du reagierst stärker auf solche Dinge als ich.«

»Wieso?« fragte Arden. »Glaubst du, ich lasse mich zu leicht manipulieren?«

»Nein. Aber ich glaube, daß du einsam bist«, sagte Caroline eher sachlich als kritisch.

Arden blickte auf ihren Teig. Als sie wieder hochschaute, waren ihr Hals und ihre Wangen gerötet. »Ja, vielleicht bin ich einsam«, sagte sie. »Vielleicht hat mich sein Besuch daran erinnert. Aber daß ich meine Meinung geändert habe, hat damit nichts zu tun.«

»Es gibt da eine Sache ...«, sagte Caroline. »Aber vielleicht sollte ich das lieber für mich behalten.«

»Was? Was solltest du lieber für dich behalten?«

»Na ja, er hat eine Freundin«, sagte Caroline. »Wußtest du das?«

»Nein, das wußte ich nicht.«

»Ja, er hat es mir heute morgen erzählt. Eine Verlobte. Vielleicht sind sie auch nicht verlobt. Sie ist auch Dozentin an seiner Uni.«

»Und warum erzählst du mir das?« fragte Arden.

»Weil ich dachte, du solltest das wissen.«

»Und wieso, meinst du, sollte ich das wissen?«

»Entschuldige, ich wollte dich nicht verletzen«, sagte Caroline.

»Das hast du nicht«, sagte Arden. »Aber ich kann mir vorstellen, daß das deine Absicht war.«

»Da irrst du dich, Arden.«

Arden drehte sich zu ihr und sagte: »Ich finde, du benimmst dich ziemlich komisch in dieser Angelegenheit.«

»Wieso komisch?« fragte Caroline.

»Daß du der Biographie nicht zustimmst, ist doch reine Gehässigkeit.«

»Wie kommst du denn darauf? Ich habe noch nie etwas aus Gehässigkeit getan.«

»Da bin ich anderer Meinung.«

»Ja, offensichtlich«, sagte Caroline und verließ empört die Küche.

Sie wollte zurück in ihr Atelier gehen, hielt aber am Treppengeländer inne. So sollte ich die Sache besser nicht stehen lassen, dachte sie. Sie ging zurück in die Küche, wo Arden verbissen auf ihren Teig starrte. Ihr Gesicht war immer noch gerötet.

»Arden«, sagte Caroline.

Arden sah auf.

»Ich wollte dich nicht verletzen. Wirklich nicht. Mir ist auch gar nicht richtig bewußt, worüber wir eben gesprochen haben.«

Arden sagte nichts und drückte ihre Finger in den Teig.

»Ich finde, diese Sache sollte nicht zwischen uns stehen«, sagte Caroline. Arden schien zu weinen. »Was ist denn?«

Arden schüttelte den Kopf und ging zum Küchentisch. Sie setzte sich und lehnte ihr Gesicht gegen ihre Hände, wobei sie die mehlverschmierten Handflächen seltsam nach außen drehte.

Caroline legte zaghaft die Hand auf ihre Schulter. »Was ist denn, Arden?« fragte sie.

Arden sah mit glänzenden Wangen zu ihr hoch und schüttelte erneut den Kopf. »Nichts«, sagte sie. »Ich weiß auch nicht, was mit mir los ist. Ich bin wohl nur etwas überempfindlich im Moment.«

Caroline nahm ihre Hand wieder weg. Hatte sie Arden überhaupt schon einmal berührt? Ja, wahrscheinlich, aber sie wußte nicht, zu welcher Gelegenheit. Sie holte ein Taschentuch aus dem Schrank und reichte es ihr. »Hier«, sagte sie.

Arden nahm das Taschentuch und wischte sich die Augen und Wangen. »Danke«, sagte sie.

Caroline sah sie schweigend an. »Keine Ursache«, erwiderte sie und legte noch einmal kurz die Hand auf ihre Schulter. Dann ging sie hinaus in die Halle, ohne noch einmal umzukehren.

Arden saß am Tisch und wartete darauf, daß der Teig im Ofen braun wurde. Sie trank ein Glas Wasser und preßte mit dem feuchten Boden Ringe auf die Steinplatte des Tisches und beobachtete, wie sie langsam wieder verschwanden. Vielleicht legt sich meine Aufgewühltheit wieder, wenn ich nur lang genug hier sitze, dachte sie. So wie aufgeschüttelte Schneeflocken in einer Glaskuppel herabrieseln.

Hatte sie sich wirklich nur von Omar umgarnen lassen? War sie im Begriff, Jules zu hintergehen? Jules hatte ihr gegenüber nie etwas Ablehnendes über Biographien gesagt. Mag sein, daß er Caroline so etwas vor zwanzig oder dreißig Jahren geschrieben hatte. Aber war das heute wirklich noch von Belang? Würde sie sich selber an das halten, was sie vor so langer Zeit gesagt hatte? Nein, Carolines Brief überzeugte sie nicht. Es war gut gewesen, die Biographie aus Vorsicht zunächst abzulehnen. Doch mit Omars Erscheinen hatte sich die Situation geändert. Er war ja kein Scharlatan oder Unmensch, und deshalb wäre es auch herzlos, ihm die Autorisierung weiter zu versagen. Carolines Sturheit kam ihr daher sehr sonderbar vor. Vielleicht war Gehässigkeit nicht das richtige Wort gewesen – sie hätte das wohl nicht sagen sollen –, doch ihr Verhalten war trotzdem sehr sonderbar. Aber Arden konnte sie auch verstehen: Caroline hatte nicht viel, woran sie sich festhalten konnte. Mit ihrem Eigensinn machte sie sich und andere darauf aufmerksam, daß sie einmal geliebt wurde.

Adam erwachte von einer lauten Stimme, die seinen Namen rief. Einen Moment lang schaute er orientierungslos an die Decke. Dann hörte er erneut seinen Namen. Es war eine weibliche Stimme, es war Ardens Stimme. Natürlich. Wer sonst würde durch das ganze Treppenhaus nach ihm brüllen? Er schleppte sich von seinem Bett zur Treppe. Unten an der Tür stand Arden und starrte zu ihm herauf.

»Entschuldige, Adam«, rief sie. »Habe ich dich geweckt?«

»Ja«, rief er zurück. »Hast du.«

»Das tut mir leid«, sagte sie. »Aber es gibt etwas Wichtiges zu besprechen.«

»Was denn?« fragte er. »Oder warte. Ich komme nach unten.

Wir müssen uns ja nicht gegenseitig anschreien. Machst du uns bitte schon mal einen Kaffee? Wenn du welchen findest, heißt das. Seit zwei Tagen ist der Kaffee verschwunden.«

»Ja, natürlich«, sagte Arden und ging ins Wohnzimmer.

Adam stand vorm Schlafzimmerspiegel und gähnte. Es gab wohl kaum etwas Schlimmeres, als aus dem Mittagsschlaf gerissen zu werden, dachte er. Diese verfluchten Weiber, in alles müssen sie sich einmischen und hysterisch »etwas Wichtiges besprechen«! Er kämmte sich und strich mit den Händen über sein Hemd und seine Hose, die beide beim Essen und Schlafen etwas gelitten hatten. Dann ging er nach unten ins Wohnzimmer.

Arden kam aus der Küche mit zwei Tassen Kaffee in den Händen. »Die Milch ist leider schlecht geworden«, sagte sie. »Wir müssen ihn schwarz trinken.«

»Ich trinke ihn sowieso lieber schwarz«, sagte Adam.

Arden reichte ihm eine Tasse, und sie setzten sich aufs Sofa.

»Wo hast du denn den Kaffee gefunden?« fragte Adam.

»Er war im Brotkasten.«

»Ah, im Brotkasten.«

»Ja«, sagte Arden »Da liegen alle möglichen Dinge drin. Nur kein Brot.«

»Wer bewahrt denn auch schon sein Brot im Brotkasten auf?« sagte Adam. »Ein deprimierender Gedanke. Es gibt also etwas zu bereden, sagst du.«

»Ja. Und ich dachte, wir sollten noch vorm Abendessen darüber sprechen.«

»Und was kann so wichtig sein?« fragte Adam.

»Ich denke, ich habe meine Meinung bezüglich der Biographie geändert«, sagte Arden.

»Oh, das ging aber schnell. Mr. Razaghi ist noch keine vierundzwanzig Stunden hier, und schon bist du seinem Charme erlegen«, sagte Adam. »Dein Kaffee schmeckt übrigens sehr gut. Mir gelingt er nie so gut.«

»Du mußt nur die richtige Menge Kaffee nehmen«, sagte Arden. »Wie war denn dein Mittagessen mit ihm?«

»Angenehm. Ich fand ihn charmant, wenn auch etwas dümmlich. Harmlos und gutgläubig wie ein Rehkitz.«

»Er ist nicht dümmlich«, sagte Arden.

»Nun, dir kommt er vielleicht nicht so vor.«

»Ich weiß, daß ich nicht fürchterlich intelligent bin«, sagte sie.

»Wie einsichtig von dir«, sagte Adam.

»Aber ich finde ihn ganz nett«, sagte sie.

»Ja, ich finde ihn auch nett«, sagte Adam. »Sehr putzig.«

»Putzig?«

»Ja, wir sollten ihn in einen Käfig sperren«, sagte er. »Dann könnten wir ihn streicheln und mit Nüssen füttern.«

»Willst du damit sagen, daß er schwul ist?« fragte Arden. »Das glaube ich nämlich nicht. Er hat angeblich eine Verlobte oder so was in der Art.«

»Oh, das kann ich mir gut vorstellen«, sagte Adam. »Er hat dich also umgestimmt, ja?«

»Nein, er hat mich nicht umgestimmt. Ich habe meine Meinung unabhängig von ihm geändert. Aber es gibt ein Problem: Caroline will heute abend nicht mit ins Restaurant kommen.«

»Und warum nicht?«

»Weil sie keinen Sinn darin sieht, mit ihm essen zu gehen. Sie sagt, sie würde ihre Meinung doch nicht ändern. Sie scheint sich ziemlich sicher zu sein.«

»Natürlich ist sich Caroline sicher. Sie ist sich in allem sicher, was sie sagt. Das schätze ich ja auch so an ihr. Sie hat zu allem eine feste Meinung, auch wenn ihre Meinung dann ins genaue Gegenteil umschlägt. Aber ich bin sicher, ihre Sturheit wird sie bald langweilen. Dann wird auch sie ihre Meinung ändern. So wie du es getan hast.«

»Die Biographie ist doch wirklich nicht verwerflich«, sagte Arden. »Auch nicht, daß Omar sie schreibt. Oder denkst du, daß er zu dumm dazu ist?«

»Man braucht nicht sehr klug zu sein, um eine Biographie zu schreiben. Man muß nur hartnäckig sein. Und das scheint mir bei ihm der Fall zu sein, sonst wäre er nicht hergekommen.«

»Eigentlich bin ich schon sehr gespannt auf das Buch«, sagte sie. »Was meinst du, wie lange es dauern wird?«

»Oh, sehr lange«, sagte Adam. »Mehrere Jahre. So lange, bis er keine Fördermittel mehr bekommt. Er lebt ja vom Schreiben der Biographie und nicht von ihrer Veröffentlichung.«

»Vielleicht geht es trotzdem schneller, ich würde sie nämlich wirklich gern lesen«, sagte Arden. »Aber was machen wir jetzt wegen heute abend? Er wollte doch mit uns allen reden. Sollen wir jetzt auch nicht hingehen?«

»Natürlich gehen wir mit ihm essen. Wir werden uns von Caroline doch nicht die Laune verderben lassen. Soll sie sich doch in ihrem Turm verkriechen und so lange schmollen, wie sie will. Wir werden uns inzwischen mit dem entzückenden Mr. Razaghi einen schönen Abend machen.«

»Wie du meinst. Wir kommen dann um halb acht bei dir vorbei«, sagte sie und stand auf. »Kommt Pete eigentlich auch mit?«

»Keine Ahnung. Ich weiß ja nicht mal, wo er gerade steckt. Aber ich denke, er wird mitkommen.«

»Meinst du, du könntest Caroline vielleicht doch noch überreden?« fragte Arden.

»Nein. Vergiß Caroline einfach«, sagte Adam. »Freu dich lieber auf unseren schönen Abend.«

10. Kapitel

Omar erschien pünktlich um sieben in der Eingangshalle. Er trug ein Jackett und eine Krawatte. Er hatte auch sein Haar gegelt und roch nach Aftershave. Er setzte sich auf die Bank neben der Eingangstür, die wie eine Kirchenbank aussah. Da es noch sehr heiß war, bewegte er sich möglichst wenig, um nicht zu schwitzen. Nach einer Weile hörte er die Tür im ersten Stock aufgehen und sah Arden die Treppe herunterkommen. Sie trug ein ärmelloses Seidenkleid mit gelben, roten und violetten Streifen. Es sah etwas altmodisch aus, wie ein Buntstiftkasten, doch es stand ihr sehr gut. Sie errötete leicht, als sie ihn erblickte.

»Caroline kommt heute abend leider doch nicht mit«, sagte sie.

»Oh«, sagte Omar. »Das ist aber schade.«

»Ja, Caroline ist ... Na ja, ich will keine Ausreden für sie erfinden, sie ist zur Zeit etwas komisch. Aber Adam und ich würden gern mit Ihnen essen gehen, dann können Sie wenigstens mit uns reden.«

»Ja, sehr gern«, sagte Omar. »Vielen Dank. Sie sehen übrigens sehr gut aus in Ihrem Kleid.«

»Danke«, sagte Arden. »Sie sehen selber nicht schlecht aus. So, sollen wir gehen? Dann sage ich nur noch schnell Portia gute Nacht.«

Omar ging durch die Tür und wartete draußen auf sie. Die Sonne verschwand gerade hinter den Bäumen und tauchte die Säulen an der breiten Treppe in ein goldenes Licht. Omar liebte diese Tageszeit, und er genoß es, wie die Sonne seinen Körper in ihr Licht tauchte. Nach ein paar Minuten ging die Haustür auf, und Arden kam heraus. »Ach, hier sind Sie«, sagte sie. »Wir wollten mit Adams Wagen fahren, also müssen wir zur Mühle laufen. Ich hoffe, das macht Ihnen nichts aus.«

»Nein, natürlich nicht«, sagte Omar.

»Lassen Sie mich nur diese fürchterlichen Schuhe ausziehen. Es sind Ausgehschuhe, mit denen man besser nicht zu lange herumläuft. Schon gar nicht in dieser Gegend.« Sie bückte sich und löste die Schnallen der beigefarbenen Sandaletten. Dann nahm sie die Schuhe in die Hand, und sie gingen los. »Dieses viele Herumgelaufe wird Sie inzwischen ganz schön anstrengen«, sagte sie.

»Nein, ich laufe sehr gern«, erwiderte er.

»Ich auch. Nur finde ich diese Route mit der Zeit ziemlich eintönig.«

»Das kann auch etwas Gutes haben«, sagte Omar. »Da kann man in Ruhe nachdenken.«

»Ja, aber ein bißchen Abwechslung würde mir nicht schaden.«

»Wird Ihnen denn das Leben hier manchmal zu langweilig?« fragte er.

»Na ja, nur manchmal«, sagte sie. »Eigentlich mag ich die Ruhe hier. Es ist auch sehr gut für Portia, hier aufzuwachsen. Besser als in den Staaten, wo einen der ganze kommerzielle Ramsch umgibt. Die Kinder leiden am stärksten unter der amerikanischen Massenkultur, glaube ich.« Sie lachte. »Unser Problem hier ist eher, daß wir gar keine Kultur haben.«

»Aber Sie fühlen sich wohl hier?«

»Ja«, sagte Arden und schaute sich um. Die tief stehende Sonne strahlte durch die Kiefern, an den Säulen des Eingangstores rankten wilde Rosen, und ein exotischer Duft lag in der Luft. »Ja, ich fühle mich wohl hier. Wahrscheinlich, weil ich in meiner Jugend so viel herumreisen mußte. Da ist es angenehm, mal zur Ruhe zu kommen. Portia wird sich natürlich das Gegenteil wünschen, wenn sie in dieser Zurückgezogenheit aufwächst. Aber Sie sind ja auch viel herumgekommen. Wohin, sagten Sie, gingen Sie, als Sie den Iran verließen?«

»Nach Toronto, Kanada. Und danach wohnte ich eine Zeitlang in Kalifornien, in Berkeley. Und jetzt in Kansas.«

»Und was haben Sie in Berkeley gemacht?« fragte sie.

»Ich habe in einem Restaurant gearbeitet.«

»Als Kellner?«

»Ja, als Hilfskellner.«

»Und dann zogen Sie nach Kansas?«

»Ja«, sagte er.

»Leben Ihre Eltern immer noch in Toronto?« fragte sie.

»Ja. Mein Vater arbeitet dort in einem Krankenhaus. Als Chirurg. Er ist ein konservativer Mensch, man könnte ihn sogar als Tyrann bezeichnen. Er hat mir nie verziehen, daß ich nicht auch Arzt geworden bin. Ich komme aus einer alten Doktorenfamilie, müssen Sie wissen.«

»Aber Sie sind ja auch bald ein Doktor. Sie promovieren doch.«

»Ja, wenn das mit der Biographie klappen würde. Aber an einen Doktor der Medizin reicht das natürlich nicht heran – zumindest nicht in den Augen meines Vaters.«

»Und Ihre Mutter?« fragte Arden. »Ist sie denn wenigstens stolz auf Sie?«

»Nein, ihr wäre es auch lieber gewesen, wenn ich Arzt geworden wäre. Aber reden wir mal von Ihnen ... Wo wohnen denn Ihre Eltern?«

»Meine Eltern sind tot«, sagte Arden.

»Oh, das tut mir leid«, sagte er.

»Aber ich vermisse sie auch nicht«, sagte Arden. »Sie waren keine besonders guten Eltern. Meine Mutter starb, als ich fünf war, ich kannte sie kaum. Offiziell war es ein Unfall, aber ich vermute, sie hat sich das Leben genommen. Nach ihrem Tod zog ich zu meiner Großmutter.«

»Und wo war das?« fragte Omar.

»In Ashland, Wisconsin. Eine völlig andere Gegend als hier. Ich hatte meine Großmutter sehr gern. Doch sie starb nach ein paar Jahren, und dann mußte ich nach England zu meinem Vater. Dort habe ich die meiste Zeit in einem Internat gewohnt. Meinen Vater habe ich nur ganz selten gesehen. Inzwischen ist er auch tot. Alle meine Verwandten sind tot.«

Omar schwieg. Sie gingen durch das Tor auf die Straße.

»Entschuldigen Sie, daß ich so morbide klinge«, sagte Arden. »Aber ich hasse meine Vergangenheit.«

»Und warum?« fragte er.

»Weil sie mir so unsinnig vorkommt, so wahllos. Ich erinnere mich nur, daß ich ständig woanders hinziehen mußte. Deshalb will ich auch, daß Portia ein festes Zuhause hat. Auch im geographischen Sinn. Ich glaube, es ist wichtig, daß man sich an einem bestimmten Ort zu Hause fühlt. Würden Sie den Iran als Ihr Zuhause bezeichnen?«

»Nein«, sagte Omar. »Ich war ja erst zehn, als wir umsiedelten. Und Toronto konnte ich auch nie als Zuhause ansehen, weil es immer hieß, wir würden in den Iran zurückkehren, sobald sich die politische Lage ändern würde.«

»Und Kansas?«

»Da wohne ich ja erst seit ein paar Jahren. Vielleicht werde ich mich dort einmal zu Hause fühlen, wenn ich länger da lebe.« Er erinnerte sich an das Gefühl von Heimatlosigkeit, das er empfunden hatte, als er vor Yvonnes Haus stand. An dem Tag, als er beinahe im Moor versunken war.

»Als ich hierherkam, habe ich mich sofort zu Hause gefühlt«, sagte Arden. »Vielleicht, weil ich schwanger war und man dann einen stärkeren Wunsch nach Seßhaftigkeit verspürt. Aber manchmal kommt es mir vor, als hätte ich schon immer hier gelebt. Ab und zu habe ich sogar Kindheitserinnerungen an diese Gegend, was natürlich unmöglich ist.« Sie schüttelte den Kopf. »Verrückt, nicht wahr?«

»Ja, manchmal hat man merkwürdige Déjà-vu-Erlebnisse«, sagte Omar.

»Ich glaube zwar nicht an ein Leben nach dem Tod«, sagte Arden, »aber manchmal denke ich, unser Leben besteht trotzdem aus mehr, als man allgemein annimmt. Ich glaube, in uns liegt ein unglaublicher Reichtum verborgen. Höhere Stufen unseres Daseins … ich weiß auch nicht, wie ich es ausdrücken soll.«

Omar schwieg. Vielleicht redet sie von der Liebe, dachte er.

»Aber wahrscheinlich klingt das alles ziemlich verrückt«, sagte Arden. »Ich weiß selber nicht, wie ich auf diese Dinge komme.«

Omar überlegte, ob sie nicht doch eine Ahnung hatte.

Als sie ankamen, war Adam fertig zur Abfahrt. Auch er hatte sich für den Abend schick gemacht. Er ließ Arden ans Steuer und setzte sich auf den Beifahrersitz. Omar setzte sich nach hinten.

»Kommt Pete nicht mit?« fragte Arden.

»Nein«, sagte Adam. »Er ist noch immer nicht zurückgekehrt. Ich habe keine Ahnung, wo er so lange steckt.«

»Er war heute nachmittag im Garten«, sagte Arden.

»Ach, wie hübsch du das sagst. Er war heute nachmittag im

Garten. Das klingt so biblisch«, sagte Adam. »Ich weiß, warum du so eifrig den Garten bestellst. Du wünschst dir das verlorene Paradies zurück. Den Garten Eden.«

»Meine Gärtnerei hat nichts mit Religion zu tun«, antwortete Arden.

»O doch, meine Liebe, unbewußt schon«, sagte Adam. »Das ist auch so ein Vorteil, wenn man älter wird: Man hängt nicht mehr so an der Erde. Ich brauche nicht mehr im Humus zu wühlen und Karotten zu pflanzen, um mich erlöst zu fühlen.«

»Mußt du immer alles schlechtreden, was wir machen?« sagte Arden.

»Aber ganz und gar nicht. Im Gegenteil, ich bewundere dich ja, Arden. Du bist eine gute Autofahrerin, eine wundervolle Mutter, du kleidest dich sehr geschmackvoll, machst hervorragenden Kaffee ... Deine Talente lassen sich gar nicht alle aufzählen.«

Sie schwiegen eine Weile, und die Landschaft um sie herum schien sich ihrem Schweigen anzupassen. Die Straße vor ihnen war leer und schmiegte sich wie ein langes Band an den gewellten Boden, der Wald zu beiden Seiten wirkte eintönig.

»Sie wohnen ja ganz schön weit draußen«, sagte Omar.

»Eine wirklich sehr scharfsinnige Beobachtung«, sagte Adam.

»Das Federico ist in Tranqueras«, sagte Arden. »Dort, wo Sie mit dem Bus hätten hinfahren sollen. Es ist nicht so weit entfernt von uns wie Ansina.«

Adam drehte sich zu Omar. »Das Federico gibt es schon ewig«, erklärte er ihm. »Es existierte schon vor meiner Geburt. Meine Eltern aßen dort immer *en famille.* Mit Jules und mir. Meistens an Samstagabenden. Es waren trostlose Abende, an denen sie versuchten, ein bißchen europäisches Flair wiederzubeleben.« Er drehte sich wieder nach vorn. »Damit Sie auch mal ein paar Details erfahren.«

Das Federico erinnerte Omar stark an das Ponte Vecchio, das italienische Restaurant in Lawrence, in das er gelegentlich mit

Deirdre ging, wenn ihr Budget einen kostspieligeren Abend zuließ. Omar hatte gehofft, ein italienisches Restaurant in Uruguay würde anders aussehen als ein italienisches Restaurant in Kansas. Er hatte gedacht, in Uruguay müsse alles irgendwie anders sein als in Kansas. Die Entdeckung, daß dem nicht so war, betrübte ihn ein bißchen.

Das Restaurant war leer. Sie waren die einzigen Gäste.

»Wie schön, daß du daran gedacht hast, einen Tisch zu reservieren«, sagte Adam.

Arden lachte. »Du weißt ja, wie unberechenbar das Federico ist. Mal ist es leer, mal ganz voll.«

Omar schaute sich nach einem Schild um, daß die Akzeptanz von Kreditkarten, nach Möglichkeit seiner VISA-Card, signalisierte, doch er fand keins. Aber wahrscheinlich würde sein Bargeld reichen, dachte er. Das Restaurant machte keinen extrem teuren Eindruck. Diesbezüglich waren die zwei toten Fische im Aquarium am Eingang ein gutes Zeichen.

Die Tische waren nur mit Kerzen beleuchtet, die in Weinflaschen steckten (eine Beleuchtungsmethode, die auch das Ponte Vecchio anwandte).

Aus einer dunklen Ecke des Restaurants kam ein Mann in einem Smoking auf sie zu, der aussah wie ein Leichenbestatter. Sein grimmiges Gesicht wurde auch nicht freundlicher, als er vor ihnen stand. Er nahm einen Stoß Speisekarten von der Aquariumabdeckung und fragte: *»Tres?«*

»Sí«, antwortete Arden. *»Tenemos una reservación. A nombre de Gund. Para cuarto personas, pero sólo somos tres.«*

Der Kellner schien sich verständlicherweise nicht sehr für diese Auskunft zu interessieren. Er führte sie durch die vielen unbesetzten Tische zu einer runden Sitznische an der hinteren Wand.

»Muy bien«, sagte Arden. *»Gracias.«*

Omar hatte alles verstanden, was Arden gesagt hatte, und das freute ihn. Sein Spanisch machte offenbar Fortschritte. Vielleicht brauchte man nur in einem fremden Land zu sein, und schon lernte man die Sprache von ganz allein. So wie man in der Sonne braun wurde oder sich im Schlaf an eine neue Zeitzone gewöhnte. »*Sí, gracias*«, sagte auch er zu dem Kellner.

Arden rutschte in die Mitte der hufeneisenförmigen Sitzbank und ließ Omar und Adam rechts und links von sich Platz nehmen. Dann verteilte sie die Speisekarten, die der Kellner etwas lieblos auf den Tisch geworfen hatte, und sagte zu Omar: »Die Gerichte sind hier alle gut.«

»Oder keins ist besser als die anderen«, sagte Adam. »Wir sollten aber zuerst die Getränke bestellen. Sollen wir uns einen Cocktail bestellen, Mr. Razaghi?«

Eine innere Stimme riet Omar, an diesem wichtigen Abend auf Alkohol zu verzichten. Er vertrug nicht viel und fühlte sich noch leicht berauscht von dem Bier, das sie zum Mittagessen getrunken hatten. Andererseits hatte er plötzlich Lust auf einen Cocktail, und so sagte er ja.

Adam schnipste laut mit den Fingern. Die Geste wirkte so routiniert, daß man meinen konnte, er hätte sein ganzes Leben damit verbracht, Leute auf diese Weise herbeizuzitieren. Der grimmige Kellner kam wieder an ihren Tisch und nahm die Bestellungen auf: ein Glas Wein für Arden und zwei Martini für Adam und Omar. Danach studierten sie weiter die Karte.

Omar beschäftigte sich hauptsächlich mit den Preisen, die er jeweils in Dollar umrechnete. Wie billig hier alles war, dachte er zuerst. Es gab schon Hauptgerichte für anderthalb Dollar. Doch dann merkte er, daß er vergessen hatte, die Preise mit zehn zu multiplizieren. Danach kosteten sie fünfzehn Dollar und mehr. Aber auch das würde er bezahlen können, solange die Getränke nicht zu teuer waren.

Adam hatte sich als erster entschieden und legte seine Karte auf den Tisch. Einen Moment später klappte auch Arden ihre Karte zu. Omar suchte noch immer nach dem billigsten und am vertrautesten wirkenden Gericht. Zum Glück waren sich Spanisch und Italienisch sehr ähnlich. Dann hatte auch er sich entschieden.

Als die Getränke kamen, überlegte Omar, welchen Trinkspruch er ausbringen könnte. Ob es geschmacklos wäre, auf

Jules Gund anzustoßen? Doch dann schlürften Arden und Adam bereits an ihren Getränken, und die Frage hatte sich erübrigt. Trinksprüche waren sowieso ein blödsinniger Brauch, dachte er. Genauso blödsinnig, wie ständig »Gesundheit« zu sagen, wenn jemand nieste.

»Schade, daß Mrs. Gund nicht dabei ist«, sagte er und betrachtete sein Glas, das bis zum Rand gefüllt war. Er hatte Martini bestellt, weil auch Adam Martini bestellt hatte.

»Kennen Sie Caroline denn schon gut genug, um sie zu vermissen?« fragte Adam.

»Nein, wahrscheinlich nicht«, sagte Omar. Obwohl er bereits einen ganz guten Eindruck von ihr bekommen hatte. Deshalb war er auch ein bißchen erleichtert gewesen, daß sie nicht mitgekommen war. »Doch es wäre schön gewesen, mit Ihnen allen zu reden«, sagte er.

Der Kellner kam wieder und notierte sich die Essenbestellung. Adam behandelte ihn mit derselben großtuerischen Art, mit der er ihn herbeigerufen hatte. In dem Moment betraten ein paar weitere Gäste das Restaurant, und Adam und Arden sahen neugierig zu ihnen hinüber. Nachdem sie an ihren Platz geführt worden waren, wandte sich Adam wieder Omar zu. »Worüber wollten Sie denn mit uns sprechen?« fragte er, als hätte er nicht die geringste Ahnung, was der Anlaß für ihre Zusammenkunft war.

Omar merkte, wie ihn der Mut verließ, und hob vorsichtig sein Glas vom Tisch. Warum machte man hier die Gläser nur so voll? dachte er in einem leichten Anflug von Panik. Er trank so viel ab, daß er es sicher wieder hinstellen konnte, und war überrascht, wie köstlich der Martini schmeckte. Adam hatte bereits erheblich mehr von seinem Martini getrunken.

»Ich möchte mit Ihnen natürlich über die Biographie sprechen, die ich schreiben will«, sagte er. »Ich wollte auf alle Fragen und Bedenken eingehen, die Sie haben, und noch einmal darauf hinweisen, wie wichtig mir die Sache ist. Ich bin sicher, daß ich Sie von den Vorteilen einer Biographie überzeugen ...«

Adam hörte gar nicht zu und sah wieder zu den Leuten, die

gerade gekommen waren. »Ist das nicht Suki Schmidt dahinten?« fragte er Arden.

»Ja«, sagte sie. »Und Willem und sein Bruder Brat. Ich glaube, die anderen sind Brats Frau und ihre Schwester.«

»Ich dachte, Willem und Suki hätten sich scheiden lassen«, sagte Adam.

»Ja, haben sie auch. Aber dann haben sie sich wieder versöhnt.«

»Wie unendlich dumm von ihnen. Sie haben sich doch nur gegenseitig angeschrien.«

»Ja. Aber ihre Trennung hat sie auch nicht glücklicher gemacht. Wahrscheinlich haben sie es vermißt.«

»Was haben sie vermißt?« fragte Adam.

»Sich anzuschreien.«

»Das kann gut sein«, sagte Adam. »Im Sichanschreien waren sie ja sehr gut. Hat sie nicht sogar mal auf ihn geschossen und ihn in den Magen getroffen?«

»Ja«, sagte Arden. »Er trägt jetzt eine Art Plastiktüte im Bauch.«

»Gewalttätigkeit in der Liebe wird ungeheuer unterschätzt«, bemerkte Adam. »Die Freude der Menschen an Gewalt ist wirklich sehr groß. Ich bitte Pete auch jedesmal, mich zu schlagen. ›Komm Pete‹, sage ich zu ihm, ›schlag zu.‹«

»Pete würde dich nie schlagen«, sagte Arden.

»Ja, ich weiß. Aber wir wären bestimmt glücklicher, wenn er es täte. Hast du Jules eigentlich geschlagen?«

Arden überlegte einen Moment. »Ja, das habe ich wirklich mal«, sagte sie. »Aber nur ein- oder zweimal.«

Ich sollte mir Notizen machen, dachte Omar. Oder ich hätte ein Diktiergerät mitbringen sollen. Andererseits waren diese vielen Details auch entmutigend, denn sie machten ihm bewußt, wie aufwendig es sein würde, alles zusammenzutragen. So aufwendig wie die Zusammenstellung eines Telefonbuchs. Würde er wirklich in der Lage sein, diese Biographie zu schreiben? Bestürzt nahm er noch einen Schluck von seinem Martini.

»Ja, ich erinnere mich«, sagte Adam. »Du hattest manchmal so eine postkoitale Aura des Geschlagenwordenseins um dich.«

»Ich hatte was?« fragte Arden. »Nein, das kann nicht sein. Jules hat mich nie geschlagen.«

»Dann warst du eben diejenige, die die Prügel ausgeteilt hat«, sagte Adam. »Aber jetzt mal zu Ihnen, Mr. Razaghi. Sie haben also eine Verlobte, wie ich gehört habe. Schlägt Ihre Verlobte Sie? Oder schlagen Sie sie? Obwohl Sie mir nicht besonders gewalttätig vorkommen. Oder stehen Sie beide über solchen Dingen?«

»Ich bin nicht verlobt«, sagte Omar.

»Oh, verzeihen Sie«, sagte Adam. »Dann bin ich falsch informiert. Meine Quellen sind offenbar nicht vertrauenswürdig.«

»Wer hat Ihnen denn gesagt, daß ich verlobt bin?« fragte Omar.

»Ein kleines Vögelchen«, antwortete Adam. »Oder ein größeres Vögelchen. Vielleicht war es auch eine Fledermaus?«

»Wie auch immer«, sagte Omar. »Jedenfalls bin ich nicht verlobt.« Er merkte selber, wie gereizt seine Stimme klang, so als würde man ihn eines Verbrechens bezichtigen. Statt in dem Ton weiterzusprechen, nahm er lieber noch einen Schluck von seinem Martini.

»Feste Paare wirken auf mich so fürchterlich viktorianisch«, sagte Adam. »Sie sind so selbstgefällig und tun so überlegen. Wahrscheinlich hat Gott deshalb die körperliche Züchtigung erfunden. Die Viktorianer schlugen sich vermutlich jeden Tag. Deshalb auch diese entsetzlichen Kleider. Die trugen sie bestimmt, um ihre blauen Flecken zu verbergen.«

Omar war der Verlauf des Gesprächs nicht ganz geheuer, doch sah er sich außerstande, die Rede auf ein weniger exzentrisches Thema zu bringen. Er war einfach schon etwas beschwipst. »Wir waren bei Ihrer Biographie stehengeblieben«, kam Arden ihm zu Hilfe.

Ja, dort waren sie stehengeblieben, dachte er. Und er wollte ihnen die Vorteile einer Biographie über Jules Gund darlegen. Aber wollte er sie wirklich noch schreiben? Natürlich wollte er das, sonst wäre er ja nicht nach Uruguay gekommen, ermahnte er sich. Doch ganz sicher war er sich nicht.

»Ja, ich denke, Jules Gund hat aufgrund seines Werks eine Biographie verdient«, hörte er sich dennoch sagen. »Auch wenn sein Werk nur aus einem einzigen publizierten Buch besteht, einem sehr wichtigen Buch, wie ich finde. Einem Buch, das eine größere Leserschaft verdient, als es derzeitig hat. Und ich denke, eine Biographie wäre da sehr nützlich.«

»Er hat noch ein zweites Buch geschrieben«, sagte Adam.

»Adam!« sagte Arden erschrocken.

»Was denn?« fragte Adam.

Arden sah ihn vorwurfsvoll an. »Jules hat nur ein einziges Buch veröffentlicht«, sagte sie. »Und das war *Die Gondel.* Womit er sich sonst noch beschäftigt hat, ist völlig unerheblich.«

»Das ist deine Meinung«, sagte Adam.

»Er hat also noch mehr geschrieben?« fragte Omar.

»Nein«, sagte Arden. »Er hat noch an anderen Büchern gearbeitet, aber keins ... keins zu Ende geschrieben. Insofern gibt es also nur ein Buch von ihm: *Die Gondel.* Aber erzählen Sie weiter.«

Omar war verwirrt. Jules Gund hatte noch an anderen Büchern gearbeitet?

»Sie sprachen von den Vorteilen einer Biographie«, erinnerte ihn Arden.

»Ja«, sagte Omar. »Ich denke, *Die Gondel* ist ein historisch und künstlerisch sehr wertvolles Dokument. Weil Jules Gunds Leben sehr charakteristisch für das zwanzigste Jahrhundert ist.«

»Das müssen Sie mir genauer erklären«, sagte Adam.

»Sein Leben umfaßte unterschiedliche Kulturen, Religionen und Länder, ja Erdteile. Da sich alle wesentlichen Konflikte des zwanzigsten Jahrhunderts zwischen verschiedenen Ländern, Kulturen und Religionen entzündet haben, eignet sich sein Leben besonders gut, diese Auseinandersetzungen zu veranschaulichen.«

»Ich verstehe«, sagte Arden. »Sie meinen, weil Jules zur Hälfte Jude war. Und weil er als Europäer im katholisch geprägten Südamerika aufgewachsen ist.«

»Ja, ganz genau«, sagte Omar. »Und hinzu kommt natürlich noch sein interessantes Privatleben.«

»Aber das trifft doch auch alles auf mich zu«, sagte Adam. »Außerdem bin ich schwul. Und Homosexualität ist ein weiteres Charakteristikum des zwanzigsten Jahrhunderts. Wichtiger als Jules' Ehe und Mätressenwirtschaft jedenfalls, die eher ins neunzehnte Jahrhundert gehören. Warum wollen Sie nicht eine Biographie über mich schreiben?«

»Ich habe nicht den geringsten Zweifel, daß Ihr Leben ebenso bedeutsam ist«, sagte Omar. »Sie können ja mal über eine Autobiographie nachdenken. Aber ich habe mich nun mal auf Literatur spezialisiert, und deshalb ist Jules Gund für mich interessanter. Auch von seiten der Universität besteht natürlich ein größeres Interesse an Jules Gund. Wie Sie wissen, will der Verlag der University of Kansas die Biographie veröffentlichen.«

»Wie viele Exemplare werden denn gedruckt?« fragte Adam.

Was ist denn das für eine Frage? dachte Omar. Warum fragt er nicht zum Beispiel, wie viele Seiten die Biographie haben wird? »Ich weiß es nicht«, sagte er. »Aber die Auflage wird vergleichbar sein mit den Publikationen anderer Universitätsverlage.«

Arden beugte sich aus dem Schatten der Sitznische hervor und sah ihn mitleidig an. »Ich habe meine Meinung geändert, Omar«, sagte sie und lächelte. »Sie werden meine Zustimmung bekommen.«

»Oh«, antwortete er. »Das freut mich zu hören. Vielen Dank.«

»Und ich bin sicher, Sie werden eine sehr gute Biographie schreiben«, sagte sie. Sie griff nach ihrem Glas, als wollte sie mit ihm darauf anstoßen.

»Und was ist mit Caroline?« fragte Omar.

»Die ist leider immer noch gegen das Buch«, sagte Arden.

»Ich wünschte, sie wäre heute abend mitgekommen«, sagte Omar. »Ich muß doch mit ihr reden, wenn ich sie überzeugen will.«

»Vergessen Sie nicht, daß Caroline kein rational denkender Mensch ist«, sagte Adam. »Deshalb werden Sie sie auch nicht überzeugen können.«

»Und wie kann ich dann ihre Meinung ändern?«

»Gar nicht«, sagte Adam.

»Aber muß sie nicht auch einverstanden sein? Oder können Sie die Biographie auch ohne ihre Zustimmung autorisieren?«

»Ich habe nur gesagt, daß *Sie* sie nicht umstimmen können. Nicht, daß sie nicht umzustimmen ist. Ich hoffe, Sie haben unsere kleine Abmachung noch nicht vergessen.«

»Nein«, sagte Omar. »Natürlich nicht.«

»Welche Abmachung?« fragte Arden.

»Das braucht dich nicht zu interessieren«, sagte Adam.

»Wenn es die Autorisierung betrifft, hat es mich schon zu interessieren«, sagte Arden.

»Es hat wirklich nichts mit dir zu tun, Arden. Nicht wahr, Mr. Razaghi?«

»Bitte, nennen Sie mich Omar«, sagte Omar.

»Habe ich recht, Omar?« fragte Adam.

»Ich weiß, ehrlich gesagt, gar nicht mehr, worum es geht«, sagte Omar.

»Es geht darum, worüber wir heute nachmittag gesprochen haben. Und darum, daß das nichts mit Arden oder Caroline zu tun hat. Deshalb braucht das Arden und Caroline auch nicht zu interessieren.«

»Schmiedest du schon wieder irgendwelche Pläne hinter unserem Rücken?« fragte Arden. »Wenn du versuchst, uns zu hintergehen, werde ich meine Zustimmung wieder zurücknehmen.«

»Ich plane überhaupt nichts hinter eurem Rücken«, antwortete Adam. »Aber lassen wir das jetzt. Ich will nämlich mal rübergehen und Suki und Willem guten Abend sagen.« Er stand auf und ging hinüber zu ihrem Tisch.

Arden drehte den Stil ihres Weinglases zwischen Daumen und Zeigefinger und starrte vor sich hin. Omar wußte nicht, was er zu ihr sagen sollte. Er bemerkte, wie bezaubernd sie aussah: Sie trug Perlenohrringe und hatte Lippenstift aufgetragen, und ihr Haar war zu einem eleganten Knoten gebunden. Es war offensichtlich, daß sie sich für den Abend besonders zurechtgemacht hatte – für ihr bescheidenes Abendessen in diesem schäbigen Restaurant. Das wiederum stimmte ihn ein wenig traurig, und Arden selbst wirkte etwas niedergeschlagen.

»Entschuldigen Sie«, sagte Omar.

Sie schaute zu ihm hoch und lächelte. Vielleicht war sie doch nicht niedergeschlagen. »Wofür wollen Sie sich denn entschuldigen?« fragte sie.

»Na ja, meine Abmachung mit Adam …«, sagte er. »Wir planen wirklich nichts hinter Ihrem Rücken.«

»Oh«, sagte sie und lachte. Ihr Lachen war sehr angenehm und natürlich. »Ich weiß nicht, ob ich Ihnen das glauben soll. Adam schmiedet immer irgendwelche Komplotte hinter meinem Rücken. Ich bin das gewöhnt.«

»Ich soll ihm nur einen Gefallen tun«, sagte Omar und fühlte sich gleich besser, das Thema noch mal angesprochen zu haben. Er wollte keine Geheimnisse vor Arden haben.

»Sie wissen, daß Sie nicht dazu verpflichtet sind, etwas für ihn zu tun. Seien Sie vorsichtig. Sie werden Ihre Autorisierung auch so bekommen.«

»Und was ist mit Caroline?« fragte er.

Arden sah hinüber zu Adam, der sich mit den Schmidts unterhielt. Sie schüttelte den Kopf. »Caroline muß von selber ihre Meinung ändern. Versuchen Sie nicht, sie zu überreden, sonst wird ihr Widerstand nur größer.«

»Na, wenigstens bin ich froh, daß Sie Ihre Meinung geändert haben«, sagte Omar. »Vielen Dank noch mal.«

Sie sah ihn zögernd an. »Bitte denken Sie nicht, daß ich das für Sie getan habe«, sagte sie.

»Nein, natürlich nicht«, sagte er.

»Ich finde nur ... ich finde, daß es das Beste für Jules ist. Deshalb habe ich meine Meinung geändert. Nicht Ihretwegen.«

»Ja, natürlich«, sagte er.

Als sie vor der Mühle hielten, fragte Adam: »Wie wäre es denn noch mit einem kleinen Schlummertrunk? Ich glaube, wir haben noch eine Flasche Chartreuse.«

»Nein, danke«, sagte Arden. »Ich habe für heute abend genug getrunken. Außerdem ist Ada noch bei Portia.«

»Du kannst doch auch mit dem Wagen zurückfahren, ich brauche ihn nicht«, sagte Adam. »Mr. Razaghi, hätten Sie vielleicht die Freundlichkeit, mich zur Tür zu begleiten? Dieses Kopfsteinpflaster ist im Dunkeln sehr tückisch.«

Omar half ihm aus dem Wagen. Adam griff nach seinem Arm, und zusammen überquerten sie den dunklen Hof.

»Tja«, sagte Adam. »Bisher waren Sie ja recht erfolgreich, doch eine Schlacht steht Ihnen noch bevor. Bei Arden haben Sie mich nicht gebraucht, doch bei Caroline werden Sie allein nicht weiterkommen.«

Adam sprach ziemlich laut – sie hatten zum Essen noch eine Flasche Prosecco getrunken –, und Omar befürchtete, daß Arden sie hören konnte. »Ich glaube nicht, daß Arden meinetwegen ihre Meinung geändert hat«, sagte Omar.

»Natürlich hat sie das. Unterschätzen Sie nicht Ihren Charme, Mr. Razaghi.«

Omar spürte, wie er im Dunkeln errötete. Adams Griff um seinen Arm wurde fester. »Ich besaß auch mal einen solchen Charme wie Sie«, sagte er. »Auch wenn man mir das heute nicht mehr ansieht. Aber Charme vergeht mit dem Alter, genauso wie Schönheit. Zumindest war das bei mir so. Manche Leute behalten ja ihren Charme und ihre Schönheit, wenn auch selten beides zusammen. Doch dieses Glück hat seinen Preis:

Selbstlosigkeit und Mäßigung. Deshalb halte ich Charme und Schönheit im Alter auch für fragwürdig. Es ist ein Zeichen dafür, daß man seine Ressourcen nicht voll ausgeschöpft hat. Ich denke, ich habe meine Ressourcen voll ausgeschöpft, denn Charme und Schönheit sind am kostbarsten, wenn man jung ist. Im Alter kann man nicht mehr viel damit anfangen. Aus diesem Grund störe ich mich auch nicht daran, alt und häßlich zu sein.«

»Aber Sie sind nicht häßlich«, wagte Omar einzuwenden. Der Alkohol nahm ihm ein bißchen die Scheu.

»Danke sehr. Wie reizend von Ihnen«, sagte Adam. »Aber vergeuden Sie Ihren Charme nicht an mir.«

»Ich habe Ihnen zu danken«, sagte Omar. »Für Ihren Rat und Ihre Hilfe.«

»Im nachhinein werden Sie zu dem Schluß kommen, daß Sie meine Hilfe gar nicht gebraucht haben«, sagte Adam. »Aber solange Sie sich noch verpflichtet fühlen, möchte ich Sie noch mal an unsere kleine Abmachung erinnern.«

»Ja, natürlich.«

»Aber darüber können wir ein andermal reden«, sagte Adam. »Morgen vielleicht. Jetzt muß ich ins Bett. Könnten Sie mir vielleicht noch die Haustür öffnen? Sie klemmt ein bißchen und geht nur mit roher Gewalt auf. Noch eine Eigenschaft, die mir abhanden gekommen ist.«

Adam schloß die Tür auf, und Omar drückte kräftig mit der Schulter dagegen.

»Charme und rohe Gewalt. Sie sind wirklich perfekt«, sagte Adam.

Omar blieb vor der Tür stehen. »Gute Nacht«, sagte er.

Adam drehte sich um und küßte ihn auf die Wange. »Gute Nacht, mein Junge«, sagte er. Dann verschwand er im Dunkel des Flurs.

Omar schloß die Tür hinter ihm und ging zurück zum Wagen. Arden war ausgestiegen und saß auf der Mauer. Sie hatte ihre Schuhe wieder ausgezogen. Omar setzte sich neben sie. Es war kühler geworden, und Omar fiel auf, daß Arden jetzt einen Pulli trug, den er bisher nicht bemerkt hatte. Vielleicht hatte er im Auto gelegen. »Sollen wir zu Fuß zurückgehen?« fragte sie. »Die frische Luft würde mir ganz gut tun. Wir können aber auch den Wagen nehmen, wenn Sie wollen. Wahrscheinlich sind Sie sehr müde.«

»Nein«, sagte er. »Ich würde auch gern laufen.«

Sie gingen den unbefestigten Weg bis zur Landstraße schweigend nebeneinander her. Als sie an die Brücke kamen, blieben sie stehen und hörten unter sich das dunkle Wasser rauschen. »Und was werden Sie jetzt tun?« fragte Arden.

Omar wußte nicht genau, was sie meinte. Ihm war jetzt auch nicht danach, über Probleme nachzudenken. Also sagte er nichts.

»Von mir aus können Sie so viel Zeit hier verbringen, wie Sie wollen«, sagte Arden. »Oder brauchen.«

»Danke sehr«, antwortete Omar. Nach ein paar Schritten sagte er: »Ich würde Sie gern um etwas bitten.«

»Um was denn?« fragte sie.

»Würde es Ihnen etwas ausmachen, mir die Gondel zu zeigen?«

»Nein, natürlich nicht«, sagte Arden. »Aber es ist eine ziemlich weite Strecke, die wir laufen müssen, denn ein Teil der Straße ist weggespült worden. Aber das habe ich schon erwähnt, nicht wahr?«

»Ja«, sagte Omar. »Wie ist das eigentlich passiert?«

»Jules' Vater hat einen Stausee für seine Gondel anlegen und einen Damm bauen lassen. An dem Flüßchen, das wir gerade überquert haben.« Sie zeigte mit dem Arm nach hinten. »Nur weiter oben. Aber der Damm wurde vernachlässigt, und als vor fünf Jahren ein heftiger Sturm aufzog, brach er. Das Wasser riß einen Teil der Straße mit sich, und wir wollten uns nicht die Arbeit machen, den Damm wiederaufzubauen.«

»Aber man kommt auch zu Fuß dorthin?« fragte Omar.

»Ja. Es gibt einen Weg.«

»Und wie weit ist das?«

»Ein paar Kilometer. Aber es geht die ganze Zeit bergauf.

Ich denke, wir bräuchten etwa eine Stunde. Wenn Sie wollen, können wir morgen früh dorthin gehen. Die Landschaft ist sehr schön.«

»Ja, gern«, sagte Omar.

»Gut, dann lassen Sie uns gleich nach dem Frühstück aufbrechen. Ich mache uns ein Lunchpaket.«

»Darf ich auch meine Kamera mitnehmen?« fragte Omar.

»Ja, sicher. Warum nicht?«

»Eigenartig ...«

»Was ist eigenartig?« fragte sie.

»Das Haus in Kansas, in dem ich wohne, liegt auch an einem ehemaligen See.«

»Was meinen Sie mit ›ehemalig‹?«

»Na ja, es war auch ein Stausee mit einem Damm, der bei einem Sturm gerissen ist. Jetzt ist ringsum nur Sumpf. Merkwürdig, daß hier genau dasselbe passiert ist.«

»Ja«, sagte Arden. Nach einem Moment fragte sie: »Wohnen Sie dort allein?«

»Ja«, antwortete er.

»Aber Sie haben eine Freundin, nicht wahr?«

»Ja, das stimmt.«

»Und wie heißt sie?«

»Deirdre.«

»Das ist ein schöner Name«, sagte Arden.

Omar erwiderte nichts darauf.

»Unterrichtet sie wie Sie an der Uni?«

»Ja.«

»Verzeihen Sie die vielen Fragen«, sagte sie. »Das ist wahrscheinlich sehr unhöflich.«

»Nein, finde ich nicht«, sagte er.

»Sie müssen verstehen, daß ich nur sehr selten mit neuen Leute rede. Wahrscheinlich habe ich vergessen, was sich gehört.«

Sie schwiegen einen Moment.

»Und sind Sie glücklich?« fragte sie.

Eine ungewöhnliche Frage, dachte Omar. Vielleicht hatte sie wirklich vergessen, was als unhöflich galt. Andererseits erschien ihm die Frage doch nicht so ungewöhnlich. Sein Spaziergang mit ihr durch dieses Niemandslands war schließlich auch sehr ungewöhnlich. »Ja«, sagte er. »Ich denke, ich bin glücklich. Jedenfalls habe ich keinen Grund, unglücklich zu sein. Von der Autorisierung einmal abgesehen.«

»Ich meine Ihr Leben insgesamt«, sagte Arden. »Ihr Leben in Kansas, Ihr Job an der Uni, Ihre Doktorarbeit. Machen all diese Dinge Sie glücklich?«

Er hätte mit nein antworten müssen, doch hatte er nicht den Mut, das auszusprechen. Er hatte über diese Dinge noch nicht oft nachgedacht und wollte es auch jetzt nicht. Deshalb wich er der Frage aus und sagte: »Es ist merkwürdig, so weit weg von zu Hause zu sein. Es ist, als würde man sein gewohntes Leben für ein paar Tage verlassen. Stellen Sie sich mal vor, Sie würden nach Kansas kommen.«

Arden lachte.

»Ja«, sagte Omar. »Sie in Kansas. Das ist ein komischer Gedanke.«

Sie erreichten das Tor zur Auffahrt und gingen den Schotterweg entlang.

»Es kommt mir vor, als wäre ich schon viel länger hier als einen Tag«, sagte Omar.

»Ja, auch mir kommt es länger vor«, sagte Arden.

»Ich glaube, ich weiß, warum Sie sich hier so wohl fühlen. Hier bei Ihnen ist alles so vollkommen.«

»So vollkommen?«

»Ja. Das Tor, die Bäume, das Haus, die Ruhe hier ... alles kommt mir so vollkommen vor. Aber vielleicht habe ich auch nur zuviel getrunken.«

Arden lächelte vor sich hin.

»Und auch Sie sehen heute abend so vollkommen aus«, sagte Omar.

»Ich habe meine Meinung bereits geändert«, sagte sie. »Sie brauchen mir also nicht mehr zu schmeicheln.«

»Nein, ich schmeichle Ihnen nicht. Jedenfalls nicht aus Berechnung. So etwas würde ich nie tun.«

»Ja, ich weiß«, sagte sie. »Aber trotzdem sollten Sie so was nicht sagen.«

»Und warum nicht?« fragte er.

»Nun, zum einen haben Sie eine Freundin, nicht wahr? Und ich glaube nicht, daß sie das besonders mögen würde.«

Omar dachte an Deirdre. Es kostete ihn Überwindung, an sie zu denken. Wahrscheinlich, weil er so viel getrunken hatte und sie außerdem so weit weg war. Je größer die Entfernung zwischen ihnen, desto schwieriger fiel es ihm, an sie zu denken. »Ich glaube nicht, daß es sie stören würde, wenn ich sage, wie schön Sie sind.«

Arden antwortete darauf nicht. Als sie um die Kurve zum Haus bogen, sahen sie Licht in Carolines Turm, die anderen Fenster waren dunkel. Vor der Haustür blieben sie stehen. Die Kiefern um sie herum rauschten. Ihr Geruch war sehr intensiv.

»Ach, ich wünschte, wir könnten jetzt schon zur Gondel gehen«, sagte Omar.

»Jetzt?« fragte sie. »Im Dunkeln?«

»Ja.«

»Aber Sie würden ja gar nichts sehen. Es gibt kein elektrisches Licht dort.«

»Mir ist aber danach, noch ein bißchen zu laufen«, sagte Omar.

»Also, ich gehe jetzt rein«, sagte Arden. »Ada ist bei Portia. Sie können ja noch etwas herumlaufen, wenn Sie wollen.«

»Ja, ich denke, ich mache noch einen Spaziergang«, sagte er.

»Tun Sie das«, antwortete Arden. »Aber verlaufen Sie sich nicht.« Sie drehte sich um und verschwand im Haus, ohne noch etwas zu sagen.

Omar sah Licht in den Fenstern aufleuchten. Er machte ein paar Schritte zurück und betrachtete das Haus. Trotz der schwachen Beleuchtung glommen die Steine der Fassade gelblich. Er ging die Auffahrt einige Meter zurück und legte sich unter die Bäume. Durch ihre wippenden Gipfel konnte er die Sterne sehen.

Als Pete zurückkehrte, saß Adam im dunklen Wohnzimmer. »Warum sitzt du denn hier im Dunkeln?« fragt Pete, als er das Licht anknipste und ihn bemerkte.

»Ich habe auf dich gewartet«, sagte Adam.

»Im Dunkeln?«

»Wo warst du denn so lange?«

»In Huerta.«

»Und was wolltest du in Huerta?«

»Ich habe mir einen Tisch angesehen«, sagte Pete.

»Dafür hat es aber ganz schön lange gedauert. Es muß wohl ein besonderer Tisch gewesen sein.«

Pete ging in die Küche und spülte eins der schmutzigen Gläser aus. Er füllte es mit Wasser und trank es in einem Zug aus. Dann goß er es wieder voll und kam trinkend ins Wohnzimmer. »Willst du etwas aus der Küche?« fragte er.

»Ich will vieles«, sagte Adam. »Aber nichts aus der Küche.«

»Und was willst du dann?« fragte Pete.

»Ich will, daß du glücklich bist.«

»Ich bin glücklich«, sagte Pete.

»Bist du dir sicher?« fragte Adam.

»Ja.«

»An deiner Stelle wäre ich nicht glücklich«, sagte Adam.

»Du bist aber nicht an meiner Stelle«, erwiderte Pete. »Und an wessen Stelle wärst du schon glücklich? An keiner, denke ich.«

Pete setzte sich aufs Sofa und legte ein Bein nach dem anderen auf den Couchtisch. »Ach ja«, seufzte er dabei. »Wie war denn euer Abendessen?«

»Recht amüsant«, sagte Adam. »Arden ist jetzt auf unserer Seite. Sie hat ihre Meinung geändert. Die Meinung ändern ... Das klingt, als könnte man auch seinen Charakter ändern, wenn man es nur intensiv genug wollte. Das würde ich nämlich gern. Aber dafür fehlt mir die nötige Willenskraft.«

»Was würdest du denn an deinem Charakter ändern?« fragte Pete.

»Alles.«

»Ich mag deinen Charakter«, sagte Pete. »Ich würde ihn vermissen. Aber warum hat Arden ihre Meinung geändert?«

»Weil es ihr Spaß macht, mit unserem Mr. Razaghi zu spielen.«

Pete sagte nichts darauf.

»Wir spielen natürlich alle mit ihm, jeder auf seine Weise. Das Problem ist nur, daß Caroline nicht mitmacht. Ihr macht es mehr Spaß, ihn zu ärgern.«

»Und was hältst du von ihm?« fragte Pete.

»Ich finde ihn ganz erheiternd.«

»Wie schön, daß dich auch mal etwas erheitern kann«, antwortete Pete.

»Erzähl mir von deinem Tisch«, sagte Adam.

»Von welchem Tisch?«

»Von dem Tisch, den du dir den ganzen Abend in Huerta angesehen hast.«

»Du glaubst mir nicht, daß es dort einen Tisch gab«, sagte Pete.

»Doch, es gab bestimmt eine ganze Menge Tische in Huerta.«

»Ich habe mir noch andere Sachen angesehen«, sagte Pete. »In Huerta wird jetzt ein neues Gerichtsgebäude gebaut – ein sehr modernes, häßliches Gebäude –, und die Einrichtung des alten Gebäudes wurde versteigert. Es waren ziemlich schöne Sachen dabei. Auch Tische. Und Bänke. Auf dem Rückweg habe ich mir Zeit gelassen und war im Mordechei essen. Dann habe ich noch ein Bier getrunken.«

»Allein?«

»Ja, natürlich.«

»Und du hast dich auch mit niemandem unterhalten?« fragte er.

»Wieso fragst du? Ich führe kein Doppelleben, wenn du das meinst.«

»Ja, ich weiß«, sagte Adam. »Manchmal wünschte ich aber, du würdest es tun.«

»Wieso?«

»Na ja, vielleicht nicht gerade ein Doppelleben, aber wenigstens ein richtiges Leben. Ich wünschte, du könntest dein Leben ein bißchen genießen.«

»Aber ich genieße mein Leben«, sagte Pete.

»Vielleicht war es ein Fehler von mir, dich mit hierherzunehmen.«

»Mir gefällt es hier«, sagte Pete. »Ich bin hier glücklicher, als ich je woanders war. Mach dir keine Sorgen um mich. Ich bin nicht dein Haustier.«

»Das habe ich auch nicht gemeint«, sagte Adam.

»Doch, das hast du. Aber du bist nicht verantwortlich für mein Glück.«

»Nein, aber ich mache mir trotzdem Gedanken.«

»Mach dir lieber Gedanken über dein eigenes Glück«, sagte Pete.

Adam lachte bitter. »Das habe ich längst aufgegeben.«

»Das sagst du andauernd«, erwiderte Pete. »Aber in Wirklichkeit stimmt das gar nicht.«

»Woher willst du das wissen?«

»Ich weiß es eben. Und ich finde deine Einstellung feige. Das ist das einzige, was mich an dir stört.«

»Was?«

»Daß du immer so tust, als bedeute es dir nichts, glücklich zu sein. Daß du so tust, als hättest du mit deinem Leben abgeschlossen. Du machst es dir zu leicht, finde ich, und es ist auch egoistisch.«

»Egoistisch?«

»Ja. Egoistisch und gemein. Denkst du je an mich dabei? Mache ich dich denn nicht glücklich? Bin ich nicht in der Lage, dich glücklich zu machen? Wenigstens manchmal?«

»Aber natürlich bist du das«, sagte Adam. »Natürlich machst du mich glücklich.«

»Dann behaupte nicht, daß du unglücklich bist und dir das Glück nichts bedeutet.«

»Entschuldige bitte«, sagte Adam.

Pete stand auf. »Ich gehe jetzt ins Bett, ich bin müde. Kommst du mit?«

»Ja«, antwortete Adam. »Gleich. Geh schon mal vor.«

Pete stellte sein Glas zurück in die Küche. An der Wohnzimmertür blieb er stehen. »Und?« fragte er. »Kommst du?«

»Ja. Sofort.«

»Habe ich dich gekränkt?« fragte Pete.

»Nein«, sagte Adam. »Das heißt, ein bißchen vielleicht. Aber das ist nicht schlimm. Mir geht es gut. Danke, daß du mir diese Dinge gesagt hast.«

»Na komm, steh auf«, sagte Pete. »Laß uns gemeinsam hochgehen.«

Und zu Petes Überraschung stand Adam wirklich auf und ging mit ihm ins Schlafzimmer.

11. Kapitel

Als Omar am nächsten Morgen in die Küche kam, saß Caroline am Tisch und trank Tee. »Guten Morgen«, sagte er.

»Guten Morgen«, erwiderte sie. »Arden bringt Portia gerade zur Schule. Sie hat den Bus verpaßt. Ich denke, sie wird bald wieder hier sein. In der Kanne ist noch Kaffee.«

»Danke«, sagte Omar. Er goß sich eine Tasse ein und setzte sich zu ihr an den Tisch.

»Ich habe gehört, Sie wollen einen kleinen Ausflug machen«, sagte Caroline.

»Ja, wir wollen uns die Gondel ansehen«, antwortete Omar. Der Kaffee war sehr heiß. Er blies in seine Tasse.

»Wie war denn Ihr Abend im Federico?« fragte Caroline. »Arden hat mir gesagt, daß sie ihre Meinung geändert hat.«

»Ja, offenbar ja«, sagte er.

»Wissen Sie, ich habe noch mal nachgedacht«, sagte sie. »Und ich bin etwas verwirrt. Sie verwirren mich. Ich glaube, ich habe mich in Ihnen getäuscht. Gestern hatte ich noch einen ganz anderen Eindruck von Ihnen.«

»Welchen Eindruck hatten Sie denn von mir?« fragte Omar.

»Ich hielt Sie für sensibel und ehrenhaft.«

»Und jetzt nicht mehr?«

»Na ja, für wie sensibel würden Sie denn einen Menschen halten, der eine Biographie gegen den Willen des Betroffenen schreiben will. Und gegen den Willen seiner Witwe.«

»Verzeihen Sie«, sagte Omar. »Aber wenn Sie sich immer noch auf den Brief berufen, der vor dreißig Jahren geschrieben wurde …«

»Vor zwanzig Jahren.«

»Gut, dann vor zwanzig Jahren«, sagte Omar. »Aber ich bezweifle, daß eine Äußerung, die so lange zurückliegt, heute noch relevant ist.«

»Wie praktisch für Sie«, erwiderte sie.

»Und selbst wenn sie es wäre, so gibt es auch noch andere Dinge, die berücksichtigt werden sollten.«

»Welche denn?« fragte sie.

»Ihr Mann hat ein Buch geschrieben und es der Öffentlichkeit zugänglich gemacht. Dafür hat er internationale Anerkennung erhalten. Aber damit hat er auch sich selber der Öffentlichkeit zugänglich gemacht. Und jetzt haben seine Leser das Recht, mehr über ihn zu erfahren.«

»Nur weil er ein Buch geschrieben hat, muß er sich dieser Tortur unterziehen?«

»Ich würde eine Biographie nicht unbedingt als Tortur bezeichnen.«

»Ich glaube, Sie suchen nur nach einer Ausrede, um Ihr Buch schreiben zu können. Sie hätten einmal Jules' Brief lesen sollen.«

»Das hätte ich zu gern getan«, sagte Omar.

»Ja, das kann ich mir vorstellen«, sagte sie. »Sie würden wahrscheinlich gern alle seine Briefe lesen.«

»In der Tat.«

»Und Sie glauben, Sie haben ein Recht dazu?«

»Wozu?«

»In den Briefen herumzuschnüffeln, die mein Mann an mich geschrieben hat!«

»Ich würde es nicht als Recht ansehen, eher als eine Art Privileg.«

»Nun, dieses Privileg ist Ihnen leider nicht vergönnt«, erwiderte sie.

»Ich finde es wirklich schade, daß Sie so denken«, sagte Omar. »Sie sollten übrigens wissen, daß ich Ihre persönlichen Einwände viel wichtiger nehme als den Brief.«

»Ja, das kann ich mir denken. Jules ist tot, und ich bin es ja, von der Sie die Autorisierung wollen.«

»Sie scheinen wirklich keine sehr hohe Meinung von mir zu haben«, sagte Omar.

»Ich glaube nicht, daß Ihnen meine persönlichen Einwände etwas bedeuten«, sagte sie. »Warum sollten Sie darauf Rücksicht nehmen wollen?«

»Weil mir Ihre Zustimmung zu dem Projekt sehr wichtig ist«, sagte Omar. »Ohne Ihren Segen würde ich die Biographie ungern schreiben.«

»Dann lassen Sie es eben«, erwiderte sie.

»Mir wird wohl auch nichts anderes übrigbleiben«, sagte er. »Was ich sehr bedauere, denn es wäre bestimmt ein interessantes Buch geworden. Arden und Adam denken übrigens genauso wie ich.«

»In moralischen Fragen ist die Mehrheit außer Kraft gesetzt.«

»Sie denken, es geht hier um Moral?« fragte Omar.

»Ja, aber natürlich«, sagte Caroline. »Davon rede ich doch die ganze Zeit.«

Omar machte ein nachdenkliches Gesicht. »Ist der Brief denn Ihr einziger Grund? Oder haben Sie noch einen anderen Grund?«

»Der Brief ist mein Hauptgrund. Und ein völlig ausreichender Grund, wie ich finde.«

»Aber es gibt noch andere Gründe«, sagte Omar.

»Ja. Man hat oft mehrere Gründe.«

»Darf ich fragen, welche Gründe Sie noch haben?«

»Es tut mir leid, daß wir uns unter diesen Umständen kennengelernt haben«, sagte Caroline. »Ich bin sonst nämlich ein sehr verträglicher Mensch.«

»Das bezweifle ich nicht«, sagte Omar.

Caroline lächelte einen Augenblick. Dann sagte sie: »Sie scheinen mir noch recht jung zu sein, Omar.«

Er widersprach ihrer Einschätzung nicht.

»Und Sie haben recht. Jules' Brief ist nicht mein einziger Grund. Ich habe auch Zweifel, daß Sie der richtige Verfasser wären. Ich würde zwar jede Biographie ablehnen, doch bei Ihnen als Verfasser habe ich ein besonders ungutes Gefühl.«

»Und warum?« fragte Omar.

»Weil ich nicht glaube, daß Sie sein Leben verstehen würden. Sie sind völlig anders als Jules. Sie würden auch meine Rolle darin nicht begreifen. Deshalb würden Sie wahrscheinlich Dinge schreiben, die gar nicht stimmen.«

»Dann helfen Sie mir doch«, sagte Omar, »damit ich nichts Falsches schreibe.«

»So einfach ist das nicht. Ich meine ja nicht nur die Zusammenstellung der Fakten. Als studierter Mensch kennen Sie sich damit bestimmt gut aus. Ich meine auch andere Dinge. Schließlich geht es hier um ein ganzes Leben, ein unglückliches Leben. Jules hat lange genug gelitten. Warum vergessen das hier alle?«

»Biographen sind oft ganz andere Menschen als die Leute, über die sie schreiben«, sagte Omar. »Darin liegt sogar ein gewisser Vorteil. Denn es ermöglicht größere Distanz und eine sachlichere Schilderung.«

»Größere Distanz und eine sachlichere Schilderung? Das hörte sich gestern aber noch ganz anders an. Haben Sie nicht gesagt, Sie wollen eine einfühlsame, subjektive Biographie schreiben? Omar, Sie kommen ins Schlingern. Sie wissen ja selber nicht, was Sie wollen. Aber das ist keine Schande. Eine Schande wäre es, etwas Voreiliges und Falsches zu tun.«

Omar schwieg, und Caroline legte ihre Finger auf seine Hand. »Ich weiß, daß Sie glauben, die Biographie schreiben zu müssen«, sagte sie. »Aber Sie irren sich. Die Biographie ist längst nicht so wichtig, wie Sie meinen.«

»Aber ich muß sie schreiben«, sagte er. »Es hängt zuviel davon ab.«

»Was hängt denn davon ab?« fragte sie.

»Mein Job, meine Karriere ... wahrscheinlich auch meine Beziehung.«

»Ich kann verstehen, daß Ihnen die Biographie in dieser Lage als einziger Ausweg erscheint«, sagte sie. »Aber denken Sie noch mal genau nach. Vielleicht haben Sie sich auch einfach nur verrannt in Ihrem Leben. Die Biographie ist bestimmt nicht so wichtig. Jetzt haben Sie die Chance, all das loszulassen und Ihr Leben zu ändern. Nutzen Sie die Chance, Omar.«

»Ich will mein Leben aber nicht ändern«, sagte Omar. »Mein Leben ist zwar schwierig, aber es gefällt mir trotzdem.«

»Aber muß ich denn Opfer bringen, um Ihnen Ihr Leben zu erleichtern?« fragte Caroline.

»Nein, natürlich nicht«, sagte er. »Das verlangt ja keiner von Ihnen.«

»Ach so«, sagte sie. »Ich dachte, das täten Sie gerade. Was verlangen Sie dann von mir?«

Omar überlegte, was er darauf antworten sollte. Warum war das alles so schwierig? Bedeutete es vielleicht, daß er die Biographie doch nicht schreiben sollte? Ja, vielleicht war die Reise hierher ein Fehler gewesen. Vielleicht hätte er das Geld für das Stipendium sofort zurückgeben sollen. Deirdre hatte sich geirrt. Und genaugenommen hing von der Biographie wirklich nichts ab, das ihm wichtig war. »Ich verlange überhaupt nichts von Ihnen«, sagte er schließlich.

Dann bemerkte er ein nervöses Zucken in seinen Augenlidern. Er biß die Zähne zusammen und spürte ein Gefühl von Stärke und Kompromißlosigkeit in sich aufsteigen. Seine Züge verhärteten sich, und mit diesem neuen Ausdruck in den Augen erwiderte er ihren Blick. Caroline zuckte mit den Schultern und stand auf. Dann wusch sie ihre Tasse ab und verschwand, ohne Omar noch einmal anzusehen.

Wahrscheinlich hat sie recht, dachte Omar. Zwar nicht in

allen Punkten, aber in manchen, besonders was ihre moralischen Einwände anging. Andererseits war er kein schlechter Mensch und wollte niemandem etwas Böses tun. Nein, dachte er, er brauchte kein schlechtes Gewissen zu haben. Das Schreiben einer Biographie war moralisch völlig vertretbar. Aber ohne ihre Einwilligung würde er sie wohl nicht schreiben können. Er stützte seine Ellbogen auf den Tisch und stützte seinen Kopf in seine Hände.

Arden sah ihn in dieser gebeugten Haltung, als sie in die Küche kam. »Ah, Sie sind schon wach«, sagte sie. »Ist alles in Ordnung?«

»Ja«, antwortete er, ohne hochzuschauen.

»Wirklich?« fragte sie.

»Ja«, sagte er. Er schaute sie an und versuchte zu lächeln. »Es ist alles in Ordnung. Ich bin wohl nur etwas verkatert. Ich trinke sonst nie so viel Alkohol.«

»Ich auch nicht«, sagte Arden. »Aber so viel haben wir ja gar nicht getrunken.«

»Vielleicht bin ich auch noch etwas erschöpft von der langen Reise«, antwortete er.

»Sie sehen blaß aus«, sagte sie und legte ihre Hand auf seine Stirn. »Aber Fieber scheinen Sie nicht zu haben.«

»Der Kaffee wird mich bestimmt wieder aufmuntern«, sagte er.

»Von mir aus können wir gehen«, sagte sie. »Aber wir können uns die Gondel auch ein andermal ansehen.«

»Nein, gehen wir«, sagte er. »Der Spaziergang wird mir guttun.«

»Möchten Sie vorher vielleicht noch etwas essen?« fragte sie.

»Nein, lieber nicht.«

»Ein paar Scheiben Brot mit Marmelade? Oder etwas Rührei?«

»Nein, vielen Dank. Der Kaffee ist genug.«

Arden ging mit den Tüten, die sie mitgebracht hatte, zu ihrem uralten Kühlschrank und räumte die Lebensmittel ein.

»Portia ist übrigens beleidigt«, sagte sie. »Sie wollte, daß wir warten, bis sie von der Schule zurückkehrt, damit sie mitkommen kann.«

»Von mir aus können wir gern auf sie warten«, sagte Omar.

»Nein, nein«, sagte Arden. »Sie würde uns nur aufhalten.«

12. Kapitel

Sie liefen über den Kiesweg, der den Ziergarten durchschnitt, und durchquerten Ardens Garten, an den eine Wiese mit Obstbäumen grenzte. Dahinter begann der Wald. Sie mußten eine leichte Steigung nehmen, und obwohl das Laub der Bäume das Sonnenlicht abwehrte, drang die Hitze trotzdem zu ihnen durch und brachte sie zum Schwitzen. Einen Pfad schien es nicht zu geben, aber Arden wußte offenbar, wo sie entlanglaufen mußten. Mit flinken Schritten lief sie voran und wich geschickt den Sträuchern und Bäumen aus.

»Sagten Sie gestern nicht etwas von einem Weg?« fragte Omar.

»Doch, aber der kommt erst später«, erklärte Arden.

»Gehört das ganze Land hier Ihnen?« fragte er.

»Ja. Wir haben versucht, es zu verkaufen, aber es will keiner haben.«

»Wie viele Hektar sind das denn insgesamt?«

»Oh, eine ganze Menge. Mehrere Hundert wahrscheinlich. Das Grundstück war noch größer, als Jules' Eltern noch die Mine gehörte.«

»Wann haben sie sie denn verkauft?« fragte Omar.

»In den Fünfzigern, glaube ich«, sagte Arden.

»Und ist sie noch in Betrieb?«

»Nein, schon ewig nicht mehr.«

»Was wurde in der Mine denn abgebaut?« fragte Omar.

»Bauxit.«

»Bauxit? Ich weiß gar nicht, was das ist ...«

»Das ist ein Erz, aus dem man Aluminium macht.«

»Mit so was kenne ich mich überhaupt nicht aus«, sagte Omar.

»Ich auch nicht«, sagte Arden. Dann blieb sie kurz stehen, sah sich suchend um und ging dann in eine andere Richtung weiter. Omar war überrascht, wie schnell sie lief. Sie hatten es doch eigentlich nicht eilig, dachte er.

»Ich würde Sie gern mal etwas fragen«, sagte Omar nach einer Weile.

»Ja?« fragte Arden und drosselte ihr Tempo.

»Glauben Sie, daß Caroline noch andere Gründe hat? Einen anderen Grund als den Brief, meine ich.«

»Wie kommen Sie darauf?« fragte Arden.

»Na ja, ich dachte, daß vielleicht etwas zwischen Jules und ihr vorgefallen ist. Etwas, das nicht an die Öffentlichkeit soll.«

»Oh, Sie meinen irgend etwas Beschämendes?« fragte Arden. »So etwas ist mir nie aufgefallen. Das kann ich mir auch nicht vorstellen. Meinen Sie wirklich?«

»Ich versuche nur ihre Sturheit zu verstehen.«

»Vielleicht ist ihre Sturheit nicht zu verstehen«, sagte Arden.

»Sie meinen, manche Handlungsweisen bleiben einfach unverständlich?«

»Ja«, sagte Arden. »Jedenfalls ist das meine Erfahrung. Aber für einen Biographen ist es vielleicht besser, wenn er für alles eine Erklärung hat.«

»Ich dachte dabei jetzt gar nicht an die Biographie«, sagte er. »Außerdem bin ich noch kein Biograph, und wie es aussieht, werde ich das wohl auch nicht. Ich meine es ganz allgemein. Denken Sie nicht, daß Menschen immer etwas aus einem bestimmten Grund tun?«

»Nein. Das heißt, oft ja. Aber nicht immer.«

»Und haben Sie eine Erklärung für Carolines Verhalten?« fragte Omar.

»Ich kann ihr Verhalten verstehen«, sagte Arden. »Aber verlangen Sie nicht, daß ich es Ihnen erkläre. Man muß sie wohl gut kennen, um sie zu verstehen.«

»Heute morgen hat sie gesagt, daß mein Vorhaben unmoralisch sei.«

»Oh, tatsächlich? Aber das überrascht mich eigentlich nicht. Das ist immer ihr letztes Argument: ihre moralische Überlegenheit – Caroline in ihrem Turm, die auf uns alle verächtlich herabsieht.«

»Glauben Sie denn, daß Biographien im allgemeinen unmoralisch sind?« fragte Omar.

»Nein. Aber ich verstehe auch zu wenig davon, um das beurteilen zu können. Jedenfalls sollten Sie sich nicht von Carolines Überheblichkeit abschrecken lassen. Das ist ihre Art, mit ihrer Einsamkeit umzugehen. Sie hält sich für etwas Besseres. Deshalb malt sie auch keine eigenen Bilder mehr. Sie hört lieber ganz auf, als eine durchschnittliche Malerin zu sein. Und sie kränkt andere, weil sie selber gekränkt ist. Aber ich habe mich daran gewöhnt. Oder versuche es. Und das sollten Sie auch tun.«

Der Wald um sie herum wurde dichter. Als sie an eine sandige Piste kamen, erklärte Arden, dies sei die Straße, die bei dem Dammbruch weiter oben zerstört worden sei. Die Piste führte hinauf zu einer kleinen Lichtung. Dort blieben sie stehen und blickten hinab ins Tal, wo sie Ochos Rios sehen konnten. Sie waren weiter gelaufen, als Omar gedacht hatte.

»Warum heißt es eigentlich ›Ochos Rios‹?« fragte er.

»Das bedeutet ›acht Flüsse‹«, sagte Arden.

»Ja, ich weiß«, sagte Omar. »Aber gibt es denn hier acht Flüsse?«

»Nein«, sagte sie. »Aber vielleicht gab es die hier mal. Viele Ortsnamen beziehen sich auch einfach auf spanische Vorbilder.«

»Haben Jules' Eltern das Grundstück so benannt?«

»Nein, das glaube ich nicht«, sagte Arden.

»Aber sie haben das Haus doch selber gebaut, oder?«

»Ja, das ist richtig. Den Küchenflügel gab es allerdings schon. Den Rest haben sie angebaut.« Arden drehte sich um und zeigte auf die Bäume hinter der Lichtung. »Dahinten ist der Pfad, von dem ich gesprochen habe. Aber erst zeige ich Ihnen, wo die Straße weggespült worden ist.«

Sie kamen an eine Kurve, und Omar konnte sehen, wo die Piste abrupt endete. Sie gingen ein paar Schritte und blickten dann hinab in den Abgrund, den ein Erdrutsch aufgerissen zu haben schien. Omar konnte sich schwer vorstellen, daß das Wasser eines kleinen Flüßchens die Landschaft so verwüstet hatte.

»Ich erinnere mich noch gut an die Nacht, als der Damm gebrochen ist«, sagte Arden. »Es war sehr unheimlich. Wir hörten ein dumpfes Geräusch, das immer näher kam, aber wir wußten nicht, was es war. Es hörte sich wie Donner an, kam aber nicht vom Himmel. Ich weiß noch, daß ich große Angst hatte. Es ist erstaunlich, wie wenig Kontrolle wir Menschen über die Natur haben. Früher war ich mir dessen nie so bewußt. Man merkt es aber auch an den Pflanzen, wie schnell sie wachsen, und an unserem Haus, das langsam auseinanderfällt. Nachts stürzen manchmal die Ziegel vom Dach und zerschmettern im Hof.« Sie drehte sich um und sah ihn an. »Glauben Sie eigentlich an Gott?«

»Nein«, sagte Omar. »Eigentlich nicht.«

»Manchmal habe ich das Gefühl, daß sich die Erde gegen alles Beständige auflehnt«, sagte sie. »Als wollte sie uns vertreiben. So, als sehnte sie sich nach der Zeit zurück, als Gott den Menschen noch nicht erschaffen hatte. Vielleicht hätte Gott nicht so ehrgeizig sein sollen. Vielleicht hätte er schon am sechsten Tag ruhen und sich mit den Bäumen und Tieren zufriedengeben sollen.«

Sie schlugen den Pfad ein, auf den Arden gedeutet hatte. Er führte durch dichtes Buschwerk und war so schmal, daß sie hintereinander gehen mußten. Nach ein paar Schritten fragte Omar: »Glauben Sie, daß ich in das andere Buch mal hineinsehen könnte? In das Manuskript, das Sie letzte Nacht erwähnt haben?«

Arden blieb stehen, ohne sich umzudrehen. »Nein«, sagte sie. »Ich fürchte, das ist leider nicht möglich. Adam hätte es nicht erwähnen sollen.«

»Gibt es außer diesem Manuskript denn noch weitere Bücher?« fragte Omar.

»Nein«, sagte sie.

»Und haben Sie es gelesen?« fragte er.

»Ja«, sagte sie.

Sie gingen weiter, und da er nur ihren Rücken sah, hatte er den Mut zu fragen: »Und worum ging es in dem Buch?«

»Um einen Mann, der mit seiner Frau und seiner Geliebten am Ende der Welt wohnte«, sagte sie. »Jules war kein sehr erfinderischer Schriftsteller.«

»Viele große Schriftsteller waren nicht sehr erfinderisch«, sagte Omar.

Arden schwieg.

»Und schrieb er das Buch noch zu Ende vor seinem Tod?«

»Ja, er hat es beendet«, sagte Arden.

»Aber warum wurde es nicht veröffentlicht?« fragte Omar. »Wollte Jules es nicht veröffentlichen, oder waren Sie dagegen?«

»Ich? Wir? Nein, Jules wollte es nicht veröffentlichen. Aber Adam hätte es nicht erwähnen sollen. Ich möchte auch nicht mehr darüber sprechen. Vergessen Sie es einfach, es existiert auch nicht mehr.«

»Es existiert nicht mehr?« fragte er. »Sie meinen, er hat es vernichtet?«

»Bitte, lassen Sie uns nicht mehr davon reden«, sagte sie.

»Ja, Verzeihung«, sagte Omar. »Entschuldigen Sie bitte.«

Der Pfad wurde allmählich breiter und die Abstände zwischen den Bäumen größer. Dann sahen sie plötzlich eine Lichtung vor sich. Am Rand der mit Schilfrohr und dornigen Büschen bewachsenen Fläche blieben sie stehen.

»Hier befand sich früher der See«, sagte Arden. »Für seine Größe war er ziemlich flach, denn die Stake mußte ja den Boden berühren.« Sie ahmte die Bewegungen eines Gondoliere nach.

Einen Moment lang betrachteten sie schweigend den Grund des ehemaligen Sees, den lediglich noch ein Rinnsal durchzog.

»Das Bootshaus liegt auf der anderen Seite«, sagte Arden

und zeigte mit dem Arm nach vorn. »Dahinten zwischen den Bäumen.«

Arden ging los, und Omar folgte ihr durch das hohe Gras und das glitzernde Schilfrohr. Der kleine Bach war so schmal, daß sie hinüberspringen konnten. Das Bootshaus, ein unscheinbarer länglicher Holzschuppen, stand auf flachen Pfählen. Ein großes Tor nahm die Vorderseite ein, durch das offenbar die Gondel geschoben wurde. »Die Tür ist auf der hinteren Seite«, sagte Arden.

Omar war auf einmal schwindelig. Er blieb stehen und schaute mit ausgebreiteten Armen auf den Boden. Wahrscheinlich war es die Hitze oder die Höhenluft, die ihm so zu schaffen machten. Er hätte auch besser daran getan, etwas zum Frühstück zu essen.

Arden drehte sich um. »Was ist los?«

»Nichts«, sagte Omar. »Mir ist auf einmal nur etwas schwindelig. Wahrscheinlich wegen der dünnen Luft.«

»Wegen der dünnen Luft?« sagte Arden und schmunzelte. »Aber wir sind hier überhaupt nicht hoch. Vielleicht ist es die Hitze. Kommen Sie, setzen wir uns in den Schatten.«

Sie gingen an den Rand des leeren Sees und setzten sich in den Schatten des Bootshauses. Arden nahm eine Wasserflasche aus ihrer Tasche und reichte sie ihm. Er trank daraus und gab sie ihr zurück. Auch sie nahm einen Schluck.

»Und?« fragte sie. »Geht es Ihnen wieder besser?«

»Ja, danke«, sagte er und stand wie zur Bestätigung auf. Arden blieb jedoch sitzen. Omar hielt seine Hand wie einen Blendschutz vor die Stirn und betrachtete die Lichtung. Er versuchte sich den See vorzustellen, doch es mangelte ihm an Phantasie. »Wie sah denn der See aus?« fragte er.

Arden antwortete nicht, und zuerst dachte er, sie hätte ihn nicht gehört. Er drehte sich um und bemerkte, daß auch sie mit verträumtem Blick auf die Lichtung schaute.

»Wie ein ganz normaler See«, sagte sie dann. »Obwohl man ihm ansah, daß er künstlich angelegt worden war. Die ovale Form war zu perfekt. Wir sind hier ein paarmal baden gewesen, aber das Wasser war zu modrig und voller Algen. Es gab hier auch Wasserschlangen.«

»Und sind Sie mal mit der Gondel gefahren?« fragte er.

»Nein ...«, sagte sie gedankenverloren.

»Nie?« fragte er.

»Nein. Nach dem Tod von Jules' Vater wurde sie nicht mehr benutzt. Auch Jules und Adam fuhren nicht mehr damit, vielleicht weil sie nicht wußten, wie man mit einer Stake umgeht. Vielleicht aber auch aus anderen Gründen.«

»Ich kann mir nicht erklären, wie sie die Gondel mit auf die Flucht genommen haben«, sagte Omar.

»Aber das haben sie gar nicht«, sagte Arden. »Sie hatten auf der Flucht so gut wie nichts dabei. Die Gondel hatten sie erst nach dem Krieg herübergeholt.«

»Aber in dem Buch hieß es doch ...«

»Das war ein Buch«, sagte Arden. »Ein Roman.«

»Ja, ich weiß. Aber ich dachte ... Ist der See denn auch erst nach dem Krieg angelegt worden?«

»Ich weiß nicht«, sagte Arden, »aber ich glaube nicht.«

Omar setzte sich wieder neben sie, und gemeinsam schauten sie auf die Landschaft, die einmal unter Wasser gestanden hatte. »Wußten Sie, daß ich als Kind einmal Schauspielerin war?« fragte Arden nach einer Weile. Sie spähte merkwürdig intensiv in die Ferne, so als wären Feinde im Anmarsch, die nur sie erkennen konnte.

»Nein«, sagte Omar. »Ich weiß ja überhaupt nichts von Ihnen.«

»Ja«, sagte sie. »Nachdem meine Großmutter gestorben war, zog ich nach England, wo mein Vater als Filmregisseur arbeitete. Er trank sehr viel, und ich fürchtete mich vor ihm. Er machte aus mir eine Schauspielerin, indem er mir bewußt Angst einflößte. ›Los, weine jetzt‹, herrschte er mich an, und schon begann ich zu weinen.«

Sie schaute kurz zu ihm, dann blickte sie wieder starr in die Ferne. »Ich spielte immer die Rolle eines Waisenkinds oder kranken Mädchens. Die Leute mochten es, weinende Mädchen auf der Leinwand zu sehen, und ich brachte die idealen Voraussetzungen mit – mein Vater konnte stolz auf mich sein. Manchmal scheint es mir, als kämen wir mit einem festen Bestand an Gefühlen auf die Welt. Als ich als Kind mit dem Schiff fuhr, stellte ich mir vor, wie die Lebensmittel, das Trinkwasser – die ganzen an Bord verstauten Vorräte – von uns Passagieren aufgebraucht wurden und durch unsere Körper in den Ozean strömten, wodurch das Schiff täglich leichter wurde. Genauso stellte ich mir das Erwachsenwerden vor: als eine allmähliche Entleerung, eine Art gefühlsmäßige Aushöhlung. Die Betriebsamkeit und Niedertracht der Erwachsenen führte ich auf ebendiese Leere zurück. Daher wünschte ich mir, möglichst schnell so zu werden wie sie: Einstellung für Einstellung weinte ich mir die Seele aus dem Leib, ganz wie mein Vater es mir befahl, und keine meiner Tränen war unecht. Meine Traurigkeit sollte endlich verschwinden.« Ihr Blick streifte ihn. »Es ist eigenartig, aber Sie erinnern mich an diese Zeit.«

»Wieso denn das?« fragte Omar.

»Ich weiß auch nicht. Ich habe seit Jahren nicht mehr geweint. Seit Ewigkeiten nicht mehr. Auch nicht, als Jules starb. Auch nicht, als … Aber jetzt, wo Sie aufgetaucht sind …« Sie brach ab. Offenbar fehlten ihr die Worte.

»Ich verstehe nicht«, sagte Omar.

»Ich verstehe es ja auch nicht«, sagte sie und versuchte zu lächeln. »Vielleicht aus Traurigkeit. Vielleicht, weil ich jetzt wieder Angst habe. Ich weiß auch nicht genau, was Sie damit zu tun haben.«

»Wenn ich Sie verletzt habe, tut mir das leid. Ich scheine ja allen Leuten hier auf die Füße zu treten. Heute morgen bei Caroline hatte ich auch das Gefühl. Da habe ich schon überlegt, ob es ein Fehler war herzukommen.«

»Nein«, sagte sie. »Sie verstehen nicht. Es hat nichts mit der Biographie zu tun, wenigstens nicht direkt. Es ist Ihre Gegenwart. Durch sie habe ich gemerkt, daß ich …« Sie brach wieder ab.

Sie saßen noch immer nebeneinander auf dem Boden. Sie saßen so eng zusammen, daß sich ihre Schultern beinahe berührten. Vielleicht berührten sie sich längst? Dann spürte er tatsächlich ihre Hand auf seiner Wange. Es war wie ein angsteinflößender und beglückender Traum. Sie schlossen die Augen und küßten sich.

Danach schauten sie verwundert auf den Boden und schwiegen. Omars Hand lag auf ihrem Bein. Einen Augenblick später küßten sie sich erneut.

Nach diesem zweiten Kuß erhob sich Arden und strich mit den Händen über ihren Rock, als hätte sie sich schmutzig gemacht. Jetzt mieden sie es, einander anzublicken. Sie hatten sich geküßt und konnten nicht dazu stehen.

»Kommen Sie«, sagte sie und wies mit dem Kinn auf das Bootshaus. »Ich zeige Ihnen die Gondel.«

Sie gingen um den Schuppen und kamen an eine Tür mit einem Vorhängeschloß. Arden holte einen Schlüssel hervor und schloß auf. Dann öffnete sie die Tür, und Omar trat ein.

Im Bootshaus roch es nach Fäulnis. Die zwei kleinen verschmierten Fenster ließen kaum Licht ein. »Kommen Sie nicht mit rein?« fragte Omar.

»Nein«, sagte Arden. »Ich bleibe lieber draußen.« Sie sah auf einmal sehr blaß aus in dem gelben Sonnenlicht, das ihr direkt ins Gesicht schien. Omar fühlte sich etwas beklommen in dem düsteren und nach Moder riechenden Schuppen. Dann hatte er den seltsamen Gedanken, daß sich beim Anblick der Gondel alles für ihn ändern würde.

»Ich finde es gruselig da drinnen«, sagte Arden. »Aber schauen Sie sich nur alles in Ruhe an.« Dann verschwand sie von der Tür.

Als sich seine Augen an die Düsterkeit gewöhnt hatten, sah er ein Kanu und ein Ruderboot. Dahinter war die Gondel. Sie lag kieloben auf zwei Böcken und war viel schmaler, als er erwartet hatte. Er ging zwischen den anderen beiden Booten hindurch und fuhr mit der Hand über den Rumpf der Gondel.

Ihre Farbe war im Halbdunkel nicht zu erkennen. Er bückte sich, um das Innere zu betrachten, doch es war zu dunkel, um etwas zu sehen. Man konnte nur das schimmlige Samt- und Ledermaterial riechen.

Er kam sich auf einmal sehr dumm vor, oder besser gesagt, er kam sich schäbig vor. Er fühlte sich wie ein Schaulustiger, und seine Neugier schien ihm äußerst geschmacklos zu sein. Es war nicht richtig von ihm gewesen, hier einzudringen, und der Anblick der einsamen Gondel, die in dieser muffigen Düsterkeit gefangen war, während draußen die Sonne auf die Lichtung strahlte, hatte etwas sehr Bedrückendes an sich.

Er verließ das Bootshaus und sah sich im grellen Licht nach Arden um, konnte sie aber nirgendwo finden. Einen Moment lang glaubte er, sie wäre ohne ihn zurückgekehrt. Dann entdeckte er sie im Schatten eines Baums. Schweigend kam sie auf ihn zu, ging an ihm vorbei und schloß die Tür des Schuppens ab. Dann nahm sie ihre Tasche, die vor dem Bootshaus gelegen hatte, und ging zurück zu der Stelle, wo sie gesessen hatten. In der flirrenden Hitze.

Als sie zurück aus dem Wald kamen und an den Obstgarten gelangten, sahen sie Pete auf einer Leiter stehen. Er versuchte ein Netz über die Äste zu spannen, um das Obst vor den Vögeln zu schützen.

»Hallo«, rief er, als er sie bemerkte.

Die Ablenkung kam Omar ganz recht, denn sie hatten den ganzen Rückweg nicht miteinander gesprochen. »Kann ich Ihnen helfen?« fragte er.

»Ja, gern«, antwortete Pete. »Zu zweit geht es bestimmt besser.«

»Gut, dann werde ich Sie jetzt allein lassen«, sagte Arden und ging weiter zum Haus.

Pete kletterte die Leiter hinunter. »Wo waren Sie denn beide?« fragte er.

»Wir haben uns die Gondel angesehen«, sagte Omar.

»Und hat sie Ihnen gefallen?« fragte Pete.

Es war eine merkwürdige Frage. Die Gondel war nichts, was einem gefiel oder nicht gefiel. »Es war interessant, sie mal zu sehen«, sagte Omar. »Kommen Sie, ich werde Ihnen mal unseren Bienenstock zeigen«, sagte Pete.

Sie durchquerten den Obstgarten und kamen an einen Holzkasten im hohen Gras, der wie eine Kommode mit zahlreichen Fächern aussah. Pete zog eine der schmalen Schubladen heraus und war im nächsten Augenblick von summenden Bienen umgeben. Als er mit ausgestrecktem Arm – die Insekten hüllten seine Hand wie ein surrender Fäustling ein – auf Omar zukam, trat Omar erschrocken einen Schritt zurück. Pete lachte und schwenkte seinen Arm wie eine Fackel durch die Luft, wobei noch mehr Bienen aus dem mit Waben ausgefachten Rahmen herausschwirrten. Dann steckte er die Schublade wieder zurück und beobachtete zusammen mit Omar, wie die Bienen durch die Unterseite des Bienenstocks zurückflogen.

Über ihnen hing ein Ast mit Pfirsichen. Pete pflückte eine Frucht und gab sie Omar, der sie dankend entgegennahm. Dann suchte Pete für sich selber einen Pfirsich aus. Die kleinen überreifen Früchte waren blaßgelb. Auch ihr Fruchtfleisch war eigenartig farblos und schmeckte ein bißchen nach Banane. Vielleicht waren es gar keine Pfirsiche, dachte Omar. Pete verschlang seine Frucht mit zwei Bissen. Er hielt sie mit spitzen Fingern, so daß der Saft auf den Boden tropfte. Dann lutschte er den Kern ab, warf ihn im hohen Bogen Richtung Wald und legte sich anschließend unter den Baum. Er verschränkte die Arme hinter dem Kopf – sein T-Shirt rutschte dabei aus der Hose und entblößte seinen Bauch – und schloß die Augen, als wollte er einen Mittagsschlaf machen.

Omar stand neben ihm und wußte nicht genau, was er jetzt tun sollte. Sollte er Pete allein lassen und zum Haus zurückgehen? Doch es war sehr angenehm, hier in der Sonne zu stehen und dem Summen der Bienen zu lauschen. Als er spürte, daß er zur Toilette mußte, ging er ein paar Schritte zurück und pinkelte ins Gras.

Danach setzte er sich neben Pete. Einige Zeit später stützte der sich auf die Ellbogen. Er schaute zum Bienenstock, den immer noch einige Insekten umschwirrten, und fragte: »Wie alt sind Sie eigentlich?«

»Ich bin achtundzwanzig«, sagte Omar.

»Oh, ich auch«, sagte Pete. »Dann sind wir ja wie Brüder.«

Die Bemerkung wollte Omar nicht ganz einleuchten. Brüder waren im allgemeinen nicht gleich alt. Aber er sagte nichts.

Pete erhob sich und sagte: »Ich werde uns noch eine Leiter holen. Ich bin gleich wieder da.«

Omar legte sich ins Gras und lauschte dem Summen der Bienen. Er schloß die Augen und dachte: Ich habe Arden geküßt. Wir haben uns geküßt. Nach einer Weile hörte er Pete mit den Leitern klappern. Als er hochsah, lehnten die Leitern bereits an den gegenüberliegenden Seiten eines Baums.

Pete stieg auf eine der Leitern und rief: »Wenn wir beide hochklettern und ich Ihnen das Netz zuwerfe, geht es bestimmt leichter.«

Omar ging zu dem Baum und betrachtete die mit Früchten behangenen Zweige. Er kletterte auf die Leiter und spürte, wie sie unter seinem Gewicht wackelte. Der Ast, an dem sie lehnte, war sehr biegsam. Es war unmöglich, Pete durch das dichte Laub zu erkennen. Er sah und hörte nur Bienen. Der ganze Baum war voller Bienen.

»Ich werde Ihnen jetzt das Netz zuwerfen«, rief Pete. »Sie müssen es fangen und dann herunterziehen. Okay?«

»Ja«, sagte Omar. Er hörte, wie Pete mit dem Netz hantierte. Dann raschelte es über ihm.

»Können Sie es sehen?« rief Pete.

»Nein«, antwortete Omar.

»Scheiße. Dann muß ich es noch mal versuchen.«

Omar wartete. Nach einem Moment hörte er wieder das Rascheln. Diesmal konnte er das Netz sehen. Es hing knapp über ihm.

»Sehen Sie es?« fragte Pete.

»Ja. Ich werde es jetzt herunterziehen.«

»Aber seien Sie vorsichtig«, sagte Pete.

Als Omar nach dem Netz griff, spürte er plötzlich ein Brennen in der Hand. Es war, als hätte er in eine Stichflamme gefaßt. Dann merkte er, daß er fiel.

Zweiter Teil

An jenem glühenden Abend war mir nicht danach weiterzugehen; mehr als alles in der Welt wollte ich noch ein Weilchen bleiben.

Elizabeth Bishop, *Santarém*

13. Kapitel

Er lag im Krankenhaus, weil etwas mit ihm nicht stimmte. So viel hatte er mitbekommen. Ihm tat alles weh, und er konnte sich nicht bewegen. Selbst das Denken tat ihm weh. Er schlief immer wieder ein, obwohl er sich mit aller Macht dagegen sträubte. Es war kein gewöhnlicher Schlaf, er schien in ein abgrundtiefes Jenseits zu gleiten, aus dem er bisweilen hochschreckte. Wenn er erwachte, stand eine Frau an seinem Bett. Sie sprach mit ihm, doch er konnte nicht verstehen, was sie sagte. Es klang, als wäre sie unter Wasser.

Man hatte ihn aus seinem Körper genommen und in etwas anderes hineingesteckt. Das sagte er der Frau. Er wollte seinen Körper zurückhaben.

Dann lehnte auch ein Doktor über ihm – so nah, als wolle er ihn küssen. »Spüren Sie das?« fragte er und strich mit dem Finger über sein Gesicht. »Wenn ja, zwinkern Sie mit den Augen.«

Er zwinkerte.

Der Doktor nahm seine Hand wieder weg. »Und spüren Sie das?«

Er versuchte ihm zu erklären, daß man seinen Körper gestohlen hatte. Doch der Doktor schien sich dafür nicht zu interessieren. Er fragte nur immer wieder: »Spüren Sie das? Wenn ja, zwinkern Sie mit den Augen.«

Dr. Peni ging in sein Büro. Vor seinem Schreibtisch saß eine Frau, die sich benahm, wie sich die meisten Frauen in solchen Situationen benahmen: Sie umklammerte ihre Handtasche und sah ihn mit ängstlichen Augen an. Eine Sekunde lang genoß er ihre Furcht, dann klopfte er mit den Fingern auf den Schreibtisch und sagte: »Wie Sie wissen, ist er wieder bei Bewußtsein. Das ist schon mal ein großer Fortschritt.«

»Ja«, sagte Arden.

»Aber sein Fieber macht uns noch Sorgen. Und seine Lähmung.«

»Er ist gelähmt?« fragte Arden.

»Ja, er ist partiell gelähmt. Das Gift blockiert sein Nervensystem. Das wäre nicht passiert, wenn er gleich das Serum bekommen hätte. Wenn Sie Bienen züchten, sollten Sie so etwas im Haus haben.«

»Wird er denn für immer ... ich meine, wird die Lähmung wieder vorübergehen?«

»Das kann man im Augenblick nicht sagen. Aber ich bin optimistisch. Er ist noch jung und macht ansonsten einen gesunden Eindruck. Wir müssen noch ein paar Tests abwarten, bevor wir Genaueres sagen können.«

»Haben Sie schon mit seinem Vater telefoniert?« fragte Arden. »Ich glaube, er ist auch Arzt.«

»Ja, er hat heute morgen angerufen«, sagte Dr. Peni. »Ein sehr unangenehmer Mensch.«

»Aber er konnte Ihnen alles sagen, was Sie wissen müssen ...«

»Ja«, sagte der Doktor. »Darf ich fragen, in welchem Verhältnis Sie zu dem jungen Mann stehen? Sind Sie mit ihm verwandt?«

»Nein. Er ist bei uns nur zu Besuch. Er ist ein Freund.«

»Aha, ein Freund. Ein ganz besonderer Freund, nehme ich an.«

Arden sah ihn verwundert an. »Wie meinen Sie das?« fragte sie.

»Nun, Ihrem Verhalten nach ist er ein ganz besonderer Freund. Ihre Sorge scheint sehr tief zu gehen. Aber vielleicht habe ich mich auch geirrt. Ich dachte nur, wenn er ein besonderer Freund ist, würden Sie ihn vielleicht gern sehen.«

»Kann ich ihn denn sehen?« fragte Arden.

»Ja«, sagte Dr. Peni. »Er ist aber noch nicht ansprechbar. Er ist zwar bei Bewußtsein, aber sein Gehirn ... nun ja, im Moment können wir noch nichts Genaues sagen. Aber es wäre gut, wenn Sie zu ihm gehen würden. Gut für ihn, meine ich.«

»Ja, dann würde ich ihn gern sehen«, sagte Arden.

»Gut, gehen wir. Ich bringe Sie zu ihm.«

Er hat mich völlig mißverstanden, dachte Arden, als sie den Korridor entlangliefen. Er hält mich für seine Geliebte. Aber vielleicht wäre das auch gar nicht so schlecht. Wenn er weiß, daß jemand Omar liebt, gibt er sich eventuell mehr Mühe. Um meinetwillen.

Als sie sein Zimmer betraten, erschrak sie und stieß einen kleinen Schrei aus. Omar war nicht mehr wiederzuerkennen: Er war aufgedunsen und hatte das Gesicht eines alten Mannes, ein sehr häßliches Gesicht …

»Das ist Señor Miquelrius«, sagte Dr. Peni. »Kennen Sie sich?«

»Oh«, rief Arden. »Oh … ich dachte, das wäre Omar.«

»Aber nein«, sagte Dr. Peni und lachte. »Ihr Freund liegt hier.« Er zeigte auf den weißen Trennvorhang auf der anderen Seite des Zimmers. »Kommen Sie, dann kann Señor Miquelrius seinen Schönheitsschlaf fortsetzen.«

Dr. Peni zog den Vorhang vor Omars Bett zurück. Er war zwar wiederzuerkennen, aber er sah nicht gut aus. Er war blaß, und sein Gesicht war ziemlich angeschwollen. Dr. Peni hob eins seiner geschlossenen Lider und inspizierte die Pupille. »Er schläft«, sagte er. Dann nahm er sein Stethoskop und hörte Omars Brust ab. »Klingt gut, sein Herz.«

Arden schaute in Omars Gesicht. Er kam ihr sehr fremd vor. Fast so, als würde sie ihn das erste Mal sehen.

»Wenn Sie wollen, können Sie ihn auch berühren«, sagte Dr. Peni.

»Wie bitte?«

»Sie dürfen ihn berühren. Aber natürlich nur sehr sanft.« Er zeigte mit dem Finger auf Omars Wange. »Hier vielleicht?«

Arden strich zart mit dem Handrücken über die Stelle. Omar drehte den Kopf in ihre Richtung. Sanftmut breitete sich auf seinem Gesicht aus. Sie bemerkten es beide, und Dr. Peni lächelte.

Am nächsten Tag lag Omar wieder im Koma. Dr. Peni war zwar besorgt, verwies aber gleich auf Omars stabile Körperfunktionen. Er erklärte Arden, daß ein Koma auch etwas Gutes habe, da es den Selbstheilungsprozeß des Körpers unterstütze. Er riet ihr, zu Omar zu sprechen, denn der Klang der menschlichen Stimme werde auch von Bewußtlosen registriert. Dann führte er sie in Omars Zimmer und ließ sie mit ihm allein.

Señor Miquelrius war inzwischen wieder zu Hause, und der Vorhang an Omars Bett war jetzt zurückgezogen. Arden nahm einen der Metallstühle und stellte ihn an sein Bett. Sie nahm darauf Platz und schaute ihn lange an. Sein Atem klang schwer, und sein Gesicht war noch immer stark angeschwollen. Sie ging zum Waschbecken und feuchtete eins der Tücher an. Dann ging sie zurück und wischte vorsichtig über seine verklebten Augen.

Sprich mit ihm, dachte sie, doch ihr fiel nichts ein. Dabei war es doch egal, was sie zu ihm sagte. Vielleicht war es auch nicht egal, überlegte sie. Vielleicht würden ihre Worte wie Steine sein, die in den Brunnen seines Unterbewußtseins fielen, um sich dort für immer festzusetzen. Insofern trug sie eine große Verantwortung. Sie durfte jetzt nichts Falsches sagen. Sie würde ihm sehr schaden, wenn sie es doch tat. Aber sie konnte ihm auch helfen, indem sie das Richtige sagte. Doch was war das Richtige?

»Entschuldige, Omar«, sagte sie.

Vielleicht ist es auch gut, wenn ich einfach neben ihm sitze, dachte sie. Wenn ich nur in seiner Nähe bin. Wer konnte schon genau sagen, was das menschliche Unterbewußtsein alles wahrnahm. Sie strich über seinen Arm, der auf der Decke ruhte, zog ihre Hand aber gleich wieder zurück. Sie hatte kein Recht, ihn zu berühren. Also stand sie auf, legte das feuchte Tuch zurück und fuhr nach Hause, ohne sich von Dr. Peni zu verabschieden.

Zu Hause rief sie noch einmal Deirdre an. Sie hatte ihre Nummer zwischen Omars Sachen gefunden, auf einem Zettel in seinem Reisepaß. So hatte sie Deirdre am Tag des Unfalls informieren können, daß Omar allergisch auf einen Bienenstich reagiert und sich bei einem Sturz vom Baum das Handgelenk gebrochen hatte. Sie hatte ihr versichert, daß sie sich keine Sorgen zu machen brauche, da er in kompetenter ärztlicher Pflege sei. Seine Bewußtlosigkeit hatte sie nicht erwähnt. Aber jetzt, wo er wieder im Koma lag, glaubte sie, Deirdre Bescheid sagen zu müssen.

Es meldete sich nur ihr Anrufbeantworter. »Hallo«, sagte sie. »Hier ist noch mal Arden Langdon. Ich muß Ihnen leider mitteilen, daß Omar im Koma liegt. Dr. Peni kümmert sich sehr gut um ihn und ist zuversichtlich, daß es ihm bald bessergeht. Trotzdem wollte ich, daß Sie wissen, wie es um ihn steht. Vielleicht sollten Sie sogar herkommen. Bitte, rufen Sie mich gleich zurück, wenn Sie wieder da sind.«

Arden legte auf und ging in den Hof. So, das war es dann wohl, dachte sie. Wenn seine Freundin kommt, hat sich die Sache erledigt. Er wird wieder zurückfahren, und sie würde sich nicht in ihn verlieben.

Sie sah den Tisch, auf dem noch immer das Tischtuch lag. Drei Nächte war es erst her, daß sie hier gesessen und Champagner getrunken hatten. Das Tischtuch war voller Flecken. Es mußte mit Bleichmittel behandelt werden. Sie knüllte es zusammen und nahm es mit ins Haus.

14. Kapitel

Zwei Tage später war Deirdre in Tranqueras. Ihre Sorge um Omar hatte sie sofort aufbrechen lassen, doch bald nachdem sie aus dem Bus gestiegen war, merkte sie, daß es von dort nicht mehr weiterging. Es existierte weder eine Bus- noch eine Bahnverbindung nach Ochos Rios, ja, es schien nicht einmal Taxis zu geben. Sie war so in Eile gewesen, daß sie ganz vergessen hatte, Arden nach einer genauen Wegbeschreibung zu fragen. Vielleicht hatte sie auch nicht genau genug zugehört, da sie geglaubt hatte, Ochos Rios läge in Tranqueras und nicht fünfzehn Kilometer weit davon entfernt, wie sie inzwischen herausgefunden hatte.

Tranqueras war ein kleines, idyllisches Örtchen, das sie sich unter anderen Umständen gern in Ruhe angesehen hätte. Es gab da eine hübsche Kirche mit einem parkähnlichen Platz, eine belebte Einkaufsstraße und einen Markt, auf dem alles mögliche von Badelatschen bis zu schlecht gerupften Hühnern zu erstehen war.

Ihr Bus hatte sie vor einem Café herausgelassen, vor dem aufgespannte Sonnenschirme mit deutscher Bierreklame standen. Sie setzte sich unter einen Schirm und bestellte sich ein *agua mineral*, nachdem der Kellner ihr erklärt hatte, daß das *bebida típica de la región* Coca-Cola sei. Ihr Spanisch war zum Glück ziemlich gut, denn sie hatte am College spanische Literatur studiert und auch ein Semester in Seville verbracht. Als der junge, sehr förmlich gekleidete Kellner ihr Wasser brachte, fragte sie ihn, ob er vielleicht wisse, wie man nach Ochos Rios komme. Er schlug ihr vor, per Anhalter zu fahren, da es immer ein paar Leute gebe, die in diese Richtung mußten, besonders abends. Deirdre sagte, daß es sich um einen Notfall handele und sie es sehr eilig habe. Der Kellner dachte einen Moment nach, dann hatte er eine Idee.

Sie fuhr inmitten quasselnder Mädchen im Schulbus nach Ochos Rios. Vor einem Tor zur einer Auffahrt stieg sie mit Portia zusammen aus.

»Ab hier müssen wir laufen«, sagte Portia.

»Ist es denn sehr weit?« fragte Deirdre.

Portia zeigte auf den Schotterweg. »So weit, wie Sie sehen können«, antwortete sie.

»Oh«, sagte Deirdre.

»Finden Sie das weit?« fragte Portia.

»Ja«, sagte Deirdre. »Sehr weit.«

»Sie können Ihren Koffer auch hier stehenlassen«, sagte Portia. »Dann holen wir ihn nachher mit der Schubkarre ab.«

»Nein, ich nehme ihn lieber gleich mit«, sagte sie.

Sie gingen die Auffahrt entlang. Nach ein paar Metern fragte Deirdre: »Weißt du, wie es Omar geht?«

»Eine Biene hat ihn gestochen, und er ist angeschwollen wie ein Ballon«, sagte Portia. Sie faßte mit der Hand um ihren Hals und machte ein Geräusch, als würde sie ersticken.

»Jetzt liegt er im Krankenhaus.«

»Ja, ich weiß. Deshalb bin ich hier.«

»Sind Sie seine Mutter?« fragte Portia.

»Nein. Ich bin eine Bekannte.«

»Seine Freundin?«

»Ja«, sagte Deirdre. »Weißt du, ob es ihm inzwischen bessergeht?«

»Nein«, sagte Portia. »Woher kommen Sie?«

»Aus den Vereinigten Staaten«, sagte sie. »Weißt du, wo das ist?«

»Ja. Meine Mutter kommt aus den Vereinigten Staaten. Meine Oma hat da auch gewohnt, aber sie ist schon lange tot.«

Deirdre stellte ihr Gepäck auf den Schotter. »Laß uns mal eine Sekunde verschnaufen«, sagte sie und setzte sich auf ihren Koffer. »Hast du Omar nach seinem Unfall schon gesehen?«

»Ja. Er lag auf dem Boden und hat mit den Beinen gestrampelt. Dabei hat er seine Schuhe verloren und ist ohnmächtig geworden. Meine Mutter und Pete haben ihn ins Auto gebracht. Er ist schwerer, als er aussieht, haben sie gesagt. Sie haben ihn einmal fallen lassen.«

Deirdre stand wieder auf. »So, jetzt können wir weitergehen«, sagte sie. »Hast du Lust, mir beim Tragen zu helfen?«

»Ja«, sagte Portia.

»Gut, dann nimm das bitte«, sagte Deirdre und reichte ihr ihren Rucksack.

Portia führte Deirdre in die Eingangshalle. Dann ging sie in den Garten, um nach ihrer Mutter zu suchen. »Hallo«, rief Arden, als sie ihre Tochter sah. »Du sollst doch deine Uniform ausziehen, bevor du nach draußen kommst.«

»Omars Freundin ist da«, sagte Portia.

»Wer ist da?« fragte Arden.

»Omars Freundin. Sie ist mit dem Schulbus gekommen. Jetzt ist sie im Haus und wartet auf dich.«

»Im Schulbus? Wirklich? Sie kann doch unmöglich schon hier sein.«

»Sie kommt aus den Vereinigten Staaten«, sagte Portia. »Ich habe ihren Rucksack getragen.«

Deirdre wartete in der Halle und sah sich ein wenig um. Rechts und links führten Treppenaufgänge zu den Emporen in der ersten und zweiten Etage. In der Mitte des Raums stand ein mächtiger Tisch mit Perlmuttintarsien und einem schweren Sockel, darauf eine Vase mit ziemlich vertrockneten Blumen. Die Dielen wirkten sehr erneuerungsbedürftig: Einige Bretter waren zersplittert, andere fehlten ganz. Auf der kleinen Truhe neben der Eingangstür bemerkte sie ein altmodisches Telefon mit Wählscheibe. Daneben lag ein Block, auf dem Deirdres Nummer notiert war.

Sie wollte gerade durch die Verandatür in den Hof gehen, da hörte sie von oben ein Geräusch. Sie schaute hoch und sah eine ältere Frau die Treppe herunterkommen. Zuerst glaubte sie, es wäre Anaïs Nin. Dann erinnerte sie sich, daß Anaïs Nin längst nicht mehr lebte und sie ja auch in Uruguay war. Die Reise hatte sie offenbar so erschöpft, daß sie schon zu halluzinieren begann. Sie merkte, wie elend sie sich vor lauter Sorge um Omar fühlte. Am liebsten hätte sie geheult. Doch jetzt kam die Frau auf sie zu. Sie war Mitte Fünfzig und sah sehr elegant aus. Sie trug ein weites hellblaues Leinenkleid und eine Halskette aus Bernstein- und Silberperlen, die fast bis zu ihrem Bauchnabel reichte. Ihr Haar war in der Mitte gescheitelt und zu beiden Seiten lose zusammengehalten, so daß es die Form von zwei Flügeln hatte. Sie machte sehr langsame und würdevolle Schritte, als hätte sie nicht die geringste Eile.

»Kann ich Ihnen behilflich sein?« fragte die Frau, als sie sehr aufrecht vor Deirdre stand.

»Guten Tag«, sagte Deirdre.

»Guten Tag«, antwortete die Dame. Ihr Lächeln wirkte sehr aufgesetzt.

»Ich bin Deirdre MacArthur. Sind Sie Frau Langdon?«

»Nein. Ich bin Caroline Gund.«

Die Witwe, dachte Deirdre.

»Kann ich Ihnen behilflich sein?« fragte Caroline Gund noch einmal.

»Ich bin eine Bekannte von Omar Razaghi«, sagte Deirdre. »Ich bin wegen ihm hier.«

»Ah, Omar. Omar ist nicht hier. Er hat einen Unfall gehabt.«

»Ja, ich weiß«, sagte Deirdre. »Deshalb bin ich ja hier. Wissen Sie, wie es ihm geht?«

»Nein, leider nicht«, sagte Caroline. Sie strich mit den Fingern über die Tischplatte und rieb sie dann aneinander. Dabei sah sie Deirdre anklagend an, als sei Deirdre für die Reinlichkeit der Möbel verantwortlich. »Darf ich fragen, woher Sie kommen?«

»Aus den Vereinigten Staaten«, sagte Deirdre. »Aus Kansas.«

»Ah ja, Kansas. Wir bekommen ziemlich viel Besuch aus Kansas in letzter Zeit. Unangekündigten Besuch.«

»Frau Langdon wußte, daß ich komme«, sagte Deirdre. »Sie hat mich gebeten herzukommen.«

»Oh, hat sie das?« fragte Caroline.

»Ja. Aber wissen Sie denn wirklich nichts über Omar? Wissen Sie, ob er noch im Koma liegt?«

»Nein, ich glaube, er ist wieder bei Bewußtsein. Aber über diese Dinge reden Sie am besten mit Arden. Ich habe damit nichts mehr zu tun.«

»Ach so ...«, sagte Deirdre.

»Sind Sie gerade erst angekommen?«

»Ja«, antwortete Deirdre, ein wenig gereizt von der naiven Fragerei. »Und ich habe eine lange Reise hinter mir.«

»Ich würde Ihnen ja gern Ihr Zimmer zeigen«, sagte Caroline. »Aber ich weiß nicht, welches es ist. Arden ist hier der

Hotelier. Aber wenn Sie möchten, kann ich Ihnen ein Glas Wasser bringen.«

»Ja, das wäre nett.«

»Vielleicht möchten Sie auch etwas Kräftigeres«, sagte Caroline. »Sie sehen aus, als könnten Sie eine Stärkung vertragen.«

»Nein, danke. Vielleicht später.«

»Sehr wohl«, sagte Caroline und verschwand unter dem Treppenaufgang.

Deirdre setzte sich auf die Bank neben der Eingangstür. Einen Moment später sah sie Portia mit einer Frau über den Hof kommen. Portia blieb am Springbrunnen stehen und hielt ihre Hände in das Wasser.

»Guten Tag«, sagte Arden, als sie durch die Verandatür kam. »Entschuldigen Sie, daß ich nicht hier war, um Sie zu empfangen. Ich wußte nicht, daß Sie so früh eintreffen würden.« Sie reichte Deirdre die Hand, zog sie aber gleich wieder zurück, als sie merkte, wie schmutzig sie war. Sie lachte. »Verzeihen Sie, ich komme direkt aus dem Garten.«

»Guten Tag«, sagte Deirdre. »Wissen Sie, ob es Omar bessergeht?«

»Ja, es geht ihm besser. Er ist seit gestern abend wieder bei Bewußtsein. Ich war heute zwar noch nicht bei ihm, aber Dr. Peni hat angerufen und gesagt, daß es ihm sehr gutgeht. Dr. Peni ist der Arzt, der ihn behandelt. Aber daß Sie jetzt schon hier sind, ist wirklich erstaunlich.«

»Wann sind denn die Besuchszeiten?« fragte Deirdre. »Ich würde ihn gern so schnell wie möglich sehen.«

»Ach, feste Besuchszeiten gibt es dort gar nicht, glaube ich. Das wird hier sehr locker gehandhabt. Sie können ihn besuchen, wann Sie wollen.«

»Auch jetzt?« fragte Deirdre.

In dem Moment ging die Tür unter der Treppe auf, und Caroline erschien mit einem Glas Wasser in der Hand.

»Hallo Caroline«, sagte Arden. »Hast du Deirdre schon getroffen?«

»Ja. Ich bringe ihr gerade etwas zu trinken«, sagte Caroline und reichte Deirdre das Glas. »So, jetzt überlasse ich Sie Arden. Wie gesagt, sie ist hier die Gastgeberin.« Sie ging an ihnen vorbei und stieg die Treppe wieder hoch. Deirdre schaute auf ihr Wasser. Sie war so durstig, daß sie es in einem Zug leer trank.

»Ein Glas Wasser könnte ich jetzt auch vertragen«, sagte Arden. »Lassen Sie uns in die Küche gehen.« Deirdre griff nach ihrem Rucksack. »Oh, den können Sie hierlassen. Es sei denn, Sie brauchen etwas daraus.«

Deirdre stellte ihren Rucksack wieder ab und folgte Arden durch den dunklen Gang in die große, helle Küche. Arden ging zum Kühlschrank und nahm eine Flasche Wasser heraus. Dann schenkte sie Deirdre nach und goß sich selber ein Glas ein. »Setzen Sie sich doch«, sagte sie. »Ich wasche mir bloß schnell die Hände.«

Deirdre setzte sich an den Küchentisch, auf dem eine Vase mit Blumen stand, die etwas frischer aussahen als die in der Halle. Die Tischplatte war aus Stein. Deirdre strich mit den Handflächen über die harte, kühle Fläche.

»Ich kann immer noch nicht fassen, daß Sie schon hier sind«, sagte Arden, während sie sich die Hände abtrocknete. »Ich hoffe, Ihre Reise war nicht zu anstrengend. Portia hat mir erzählt, daß Sie den Schulbus genommen haben. Das war sehr klug von Ihnen.«

»Ein Kellner in einem Café hat mir das vorgeschlagen. Er war sehr freundlich«, sagte Deirdre. »Genauso wie Sie. Vielen Dank, daß Sie mich gleich angerufen haben.«

»Aber das ist doch selbstverständlich«, sagte Arden. »Ich wünschte nur, daß andere Umstände Sie hergebracht hätten. Wie Sie sehen, haben wir hier sehr viel Platz. Ich hätte Ihnen natürlich schon Ihr Bett gemacht, wenn ich gewußt hätte, daß Sie so schnell kommen würden.«

»Vielen Dank für Ihre Gastfreundschaft«, sagte Deirdre. »Übrigens kann ich ja auch in Omars Bett schlafen. Dann brauchen Sie nicht extra eins zu beziehen.«

Auf die Idee, daß Deirdre in Omars Bett schlafen könnte, war Arden nicht gekommen. Doch es schien ihr besser, sie würde ihr eigenes Bett haben. »Aber nein, das ist doch schnell gemacht«, sagte sie und setzte sich zu ihr an den Tisch.

»In welchem Krankenhaus liegt Omar denn?« fragte Deirdre.

»In einer Klinik bei Tranqueras. Mit dem Auto sind wir in einer halben Stunde da. Möchten Sie, daß wir gleich losfahren?«

»Es ist mir wirklich unangenehm, Ihnen diese Umstände zu machen. Meinen Sie, ich könnte auch irgendwo in Tranqueras wohnen?«

»Aber das ist doch nicht nötig«, sagte Arden. »Ich würde mich freuen, wenn Sie hier bei uns wohnen würden. Oben haben wir auch ein Badezimmer für Sie, da können Sie sich frisch machen, bevor wir fahren. Und Ihren Koffer stellen wir solange in Ihr Zimmer. Haben Sie nur den kleinen Koffer und den Rucksack dabei?«

»Ja«, sagte Deirdre.

»Dann reisen Sie aber mit wenig Gepäck.«

»Ich habe mich so beeilt, daß ich gar keine Zeit hatte, richtig zu packen.«

»Wenn Sie noch was zum Anziehen brauchen, können Sie etwas von mir haben«, sagte Arden. »Ich glaube, wir haben ungefähr dieselbe Größe. So, dann zeige ich Ihnen jetzt mal das Bad.«

Auf der Fahrt zum Krankenhaus schwiegen sie beide zunächst. Deirdre sah aus dem Fenster und bemerkte, wie abgelegen das Gundsche Anwesen war. Es gab keine Häuser, keine Autos und keine Menschen in der Nachbarschaft, nur Bäume.

»Was ist eigentlich genau passiert?« fragte Deirdre nach ein paar Kilometern.

Arden schaute zu ihr hinüber. »Was meinen Sie?«

»Na, Omars Unfall.«

»Das ist beim Bespannen der Bäume passiert. Pete und Omar wollten ein Netz über die Äste hängen, um die Früchte vor den

Vögeln zu schützen. Da ist Omar von einer Biene gestochen worden und von der Leiter gefallen. Wir züchten hier Bienen, Pete und ich. Pete ist Adams Lebensgefährte. Und Adam ist Jules Gunds Bruder. Ich war zu dem Zeitpunkt schon im Haus. Wir waren gerade zurückgekommen vom ... na ja, und da wurde Omar gestochen. Wußten Sie, daß er allergisch auf Bienenstiche reagiert?«

»Nein«, sagte Deirdre. Dann sagte sie noch einmal: »Nein.«

»Ja, Pete holte mich sofort, weil ihm Omar zu schwer war. Wir dachten zuerst, er wäre einfach nur von der Leiter gefallen. Doch dann sahen wir, wie er immer mehr anschwoll. Im Krankenhaus haben wir dann von seiner Allergie erfahren. Eigentlich hätte Omar das Serum viel früher bekommen müssen, aber es dauerte alles so lange. Zuerst war auch kein Arzt da. Aber jetzt geht es ihm ja besser.« Sie schaute wieder zu Deirdre, deren Hand den Sicherheitsgriff über der Tür umklammert hielt. »Und da ist noch etwas, was ich Ihnen sagen sollte.«

»Ja?« fragte Deirdre. Sie registrierte, wie konzentriert Arden auf die Straße sah, obwohl vor ihr alles frei war.

»Es geht um Dr. Peni ...«, sagte Arden. »Es ist eigentlich völlig unbedeutend. Dr. Peni hat sich sehr gut um Omar gekümmert.«

»Das freut mich zu hören«, sagte Deirdre.

»Ja«, sagte Arden.

»Und was ist mit ihm?« fragte Deirdre.

»Na ja, ich glaube, Dr. Peni hat den Eindruck, daß Omar und ich ein Paar sind. Er hat meine Sorge um ihn wohl falsch interpretiert. Ich wollte seinen Eindruck auch nicht korrigieren.«

»Und warum nicht?« fragte Deirdre

»Weil ich dachte, es wäre besser für Omar. Sie müssen wissen, Dr. Peni ist ein Kavalier der alten Schule. Ein Chauvinist, um genau zu sein – wie die meisten Männer hier. Und ich dachte, er würde sich bei Omar vielleicht mehr Mühe geben, wenn er mich für seine besorgte Geliebte hält. Aber jetzt sollten wir die Sache natürlich aufklären.«

»Mhm«, sagte Deirdre. »Von mir aus brauchen wir ihm auch nichts zu sagen. Solange er sich gut um Omar kümmert, ist mir egal, was er denkt.«

»Aber er wird sich fragen, wer Sie sind, wenn er erfährt, daß Sie von so weit herkommen.«

»Ich könnte ja seine Schwester sein«, sagte Deirdre. »Oder eine Bekannte. Müssen wir ihm überhaupt etwas sagen? Er kann doch glauben, was er will. Er hat sich ja auch bei Ihnen etwas zusammengereimt. Das wird er dann ja bei mir auch tun.«

»Ja. Wahrscheinlich«, antwortete Arden.

»Gut, sagen wir ihm also nichts. Und wenn er trotzdem fragt, bin ich einfach seine Schwester. Obwohl ... ich bin ja eigentlich ein ganz anderer Typ als Omar. Tja, wer könnte ich denn sonst sein?«

»Vielleicht einfach eine Bekannte?«

»Ja, genau. Ich bin eine Bekannte.« Sie schaute Arden an. »Eine sehr gute Bekannte.«

Arden führte Deirdre durch den Krankenhausflur direkt in Omars Zimmer. Er lag auf der Seite und schien zu schlafen. Señor Miquelrius' Bett war jetzt von einem jungen Mann belegt, der noch keine Zwanzig war. Er saß aufrecht im Bett und aß gerade sein Abendbrot.

»Guten Abend«, begrüßte Arden ihn auf spanisch. »Wir sind hier, um Omar zu besuchen.«

Der Junge nahm das schweigend zur Kenntnis und wandte er sich wieder seinem Abendessen zu.

»Setzen Sie sich zu ihm«, sagte Arden zu Deirdre. »Aber wecken Sie ihn nicht. Er spürt auch so Ihre Nähe. Wenn Sie ungestört sein wollen, ziehen Sie einfach den Trennvorhang zu.«

»Danke«, sagte Deirdre.

»Gut, dann gehe ich jetzt solange in den Warteraum«, sagte Arden.

Caroline hatte die beiden Frauen von ihrem Turmfenster aus losfahren sehen. Nachdem der Wagen um die Kurve verschwunden war, starrte sie eine Weile auf die Auffahrt. Als sich der Staub gesetzt hatte, ging sie nach unten und lief die Straße entlang zu Adams Mühle.

Da auf ihr Klopfen niemand antwortete, trat sie einfach ins Treppenhaus und rief: »Hallo?«

Ein paar Sekunden später erschien Adam im obersten Stockwerk. »Hallo Caroline«, rief er.

»Hallo«, rief Caroline noch einmal, als beabsichtigten sie, sich für den Rest ihres Lebens zu begrüßen.

»Die Höflichkeit verlangt wohl, daß ich herunterkomme«, sagte Adam.

»Ich kann auch zu dir hochkommen, wenn du willst«, antwortete Caroline.

»Nein«, sagte Adam. »So altersschwach wie die alte Colette, die ihre Besucher im Schlafzimmer empfing, bin ich noch nicht. Es war doch die alte Colette, oder? Außerdem befindet sich der ganze Alkohol im Erdgeschoß. Ich werde also herunterkommen müssen.« Adam stieg mit langsamen Schritten die Treppe hinunter.

»Ist Pete nicht da?« fragte Caroline, als sie beide im Wohnzimmer waren. »Nein. Pete ist mal wieder auf Schrottsuche. Könntest du uns etwas mixen? Nach der Treppe brauche ich erst mal eine Stärkung.«

»Mixen?« fragte Caroline. »Heißt das, du willst einen Cocktail?«

»Einen Cocktail. Ach, wie verführerisch das klingt. Was würde ich für einen Cocktail in einer Bar mit dem entsprechenden Ambiente geben. Aber Alkohol ist Alkohol – egal, wo man sich gerade befindet. Das ist unser großer Trost. Vielleicht unser einziger. Ja, mach uns doch bitte zwei Cocktails.«

»Und was für welche?« fragte Caroline.

»Irgend etwas Verjüngendes. Aber dazu brauchte man wohl einen Alchimisten«, sagte er. »Wir haben nicht viel im Haus. Ich glaube, nur Wodka und Wein.«

»Und was davon willst du haben?«

»Mhm, den Wodka vielleicht. Mit Eis. Wenn wir Eis haben. Wenn nicht, nehme ich Wein.«

Caroline ging in die Küche. An der Unordnung konnte man erkennen, daß Pete schon eine Weile weg war. Die Flasche Wodka stand jedoch griffbereit auf dem Tisch, und im Gefrierfach gab es auch Eis. Es war mit einer dicken pelzigen Schicht überzogen. Sie bereitete die Drinks zu und brachte sie ins Wohnzimmer.

»So, was verschafft mir denn das Vergnügen?« sagte Adam. »Du weißt, deine Besuche bereiten mir immer Vergnügen. Das ist jetzt keine Floskel.« Er hob sein Glas. »Auf dich, Caroline, und das Vergnügen, das du mir bereitest.«

»Danke, Adam«, sagte Caroline. »Sehr aufmerksam.«

»Weißt du, oft denke ich, daß man sein Leben radikal ändern sollte«, sagte er. »Jetzt, bevor es zu spät ist. Denn in den letzten Kapiteln passiert doch oft noch eine Menge, oder? Hast du dein Leben jemals wie einen Roman betrachtet? Ich tue das schon seit langem. Seit ich das erste Mal von hier wegging, glaube ich. Da habe ich gedacht: Man muß sein Leben leben, als wäre man ein Romanheld. Dann müßte man immer etwas Interessantes tun, um sich seinen Platz auf den Seiten zu verdienen. Doch natürlich ist das unmöglich. Romane sind sehr trügerisch in dieser Hinsicht. Sie lassen viel zuviel Nebensächliches weg. Die Jahre der Langeweile etwa. Aber auch die angenehmen, nur ebenso langweiligen Jahre. Vor allem jedoch die unangenehmen langweiligen Jahre.«

»Ich wollte eigentlich mit dir über etwas reden«, sagte Caroline.

»Mit anderen Worten: Halt die Klappe, Adam.«

»Ja.«

»Gut, dann halte ich jetzt die Klappe.«

Eine Weile betrachteten sie die wolkige Flüssigkeit in ihren Gläsern. »Und worüber wolltest du mit mir reden?« fragte Adam schließlich.

»Über Loyalität«, sagte sie.

»Über Loyalität?«

»Ja, ich denke, so kann man es nennen. Ich habe viel nachgedacht in letzter Zeit. Seit der Brief von diesem Biographen hier angekommen ist.«

»Loyalität?« fragte Adam noch einmal.

Caroline schwieg. Sie war gewöhnt, daß ihre Gespräche oft etwas sonderbar waren. Doch wahrscheinlich war das normal, wenn man so lange mit denselben Menschen in einer so abgeschiedenen Gegend wohnte. Man kannte den anderen so gut, daß oft nur Andeutungen genügten. Diesmal schien Adam jedoch nicht zu wissen, was sie meinte. Oder er stellte sich stur. »Vielleicht ist ›Loyalität‹ doch nicht das richtige Wort«, sagte sie. »Wahrscheinlich weiß ich selber nicht, wovon ich rede.«

»Das tust du aber sonst sehr wohl«, antwortete er.

»Ja, aber diesmal bin ich etwas durcheinander«, sagte sie. »Die Biographie bringt mich durcheinander. Ich habe nichts dagegen, daß du für die Biographie bist, schließlich ist das dein gutes Recht. Aber trotzdem behagt mir die Situation nicht.«

»Was behagt dir nicht?«

»Mir behagt nicht, daß ihr beide anderer Meinung seid als ich – du und Arden. Arden und ich werden wohl nie ein Herz und eine Seele werden. Aber zwischen uns, dachte ich, wäre das anders. Das meinte ich mit Loyalität. Ich dachte, wir würden immer zusammenhalten ...«

»Aber das tun wir doch«, sagte Adam. »Natürlich halten wir zusammen. Die Biographie ist doch völlig unbedeutend. Sie ist ein reiner Zeitvertreib.«

»Ich weiß, daß du anders darüber denkst als ich«, sagte sie. »Und vielleicht ist dein Standpunkt sogar der vernünftigere. Aber ich kann meine Einstellung und meine Gefühle nicht so einfach ändern.«

»Ich habe volles Verständnis für deine Gefühle, Caroline. Und Arden hat das auch. Ja, sogar der Junge hat das, denke ich. Wir akzeptieren alle deine Einstellung.«

»Trotzdem mache ich mir Gedanken«, sagte sie. »Irgend etwas ist mit mir passiert. Ich weiß nicht mehr, was falsch und richtig ist. Ich grüble den ganzen Tag nach.«

»Kannst du das etwas genauer erklären?«

»Glaubst du, ich rede Unsinn?«

»Ich glaube, daß wir alle Unsinn reden«, sagte er.

»Nein, jetzt mal im Ernst, Adam. Ich brauche wirklich deinen Rat.«

»Also gut«, sagte Adam. »Du redest keinen Unsinn. Im Gegenteil, du bist eine weise und würdevolle Frau.«

»Darf ich dich dann mal was fragen?«

»Aber sicher darfst du das.«

»Glaubst du, es war richtig von mir zu bleiben?«

»Zu bleiben?«

»Ja. Meinst du, es war richtig zu bleiben, als Jules mit Arden hierherkam? Oder hätte ich fortgehen sollen?«

Adam zuckte mit den Schultern. »Das war Jules' und deine Angelegenheit. Über diese Dinge würde ich mir nie ein Urteil erlauben.«

»Ich möchte aber, daß du dir ein Urteil erlaubst. Bitte, sag mir, wie du darüber denkst.«

»Das ist doch schon so lange her. Glaubst du wirklich, daß es sich lohnt, darüber nachzudenken?«

»Natürlich lohnt es sich, darüber nachzudenken. Wie sollen wir sonst aus unseren Fehlern lernen, wenn wir nicht über sie nachdenken?«

»Also, ich möchte gar nicht über meine Fehler nachdenken. Ich möchte sowenig wie möglich über mich nachdenken.«

»Adam, bitte ...«

»Also gut. Ich denke, es war richtig, daß du hiergeblieben bist. Das habe ich auch damals gedacht. Jules war dein Mann, und hier war dein Zuhause.«

»Und jetzt?« fragte sie. »Was ist mit der Gegenwart?«

»Ach, der Gegenwart sollte man sowenig Aufmerksamkeit wie möglich schenken.«

»Ich denke, das tun wir hier bereits«, sagte Caroline. »Schau dir unser Leben doch an. Was machen wir denn den ganzen Tag hier? Wir vegetieren nur vor uns hin und überlassen anderen Leuten das Leben.«

»Von mir aus können sie es gerne haben.«

»Aber magst du das Leben denn nicht, Adam?«

»Doch, ich mag es. Für eine gewisse Zeit zumindest. Für immer würde ich allerdings nicht leben wollen.«

»Und bist du glücklich hier? Oder wärst du gern woanders? In Stuttgart vielleicht?«

»Ich bin zu alt, um noch danach zu streben, glücklich zu sein.«

»Aber wärst du nicht gern woanders?« fragte sie. »In Europa?«

»Nein«, sagte Adam.

»Und warum nicht?«

»Weil man sich in Europa für alles interessieren muß. Für die Politik, die Kultur, die Mode ... Das ist mir inzwischen viel zu anstrengend. Aber wie kommst du überhaupt darauf? Willst du denn zurückgehen?«

»Nein. Ich glaube nicht. Aber ich frage mich trotzdem, was mich hier noch hält.«

»Worüber du dir aber auch immer den Kopf zerbrichst«, sagte er. »Ich würde sofort damit aufhören. Und das ist jetzt kein Zynismus, das meine ich ernst.«

»Ich mache mir aber nun mal meine Gedanken. Ich bin anders als du.«

»Ich glaube nicht, daß dich hier irgend etwas hält«, sagte Adam. »Mich hält hier ja auch nichts. Das Leben hat uns hergeführt. Niemand gehört irgendwohin. Und schon gar nicht hierher.«

Caroline ging zum Fenster und sah auf den steinigen Bach hinter der Mühle. »Übrigens ist der Brief gar nicht der Grund«, sagte sie.

»Welcher Brief?« fragte Adam.

»Der Brief, in dem Jules eine Biographie über sich ablehnt. Das ist nicht der Grund, warum ich gegen das Buch bin.«

»Gibt es den Brief überhaupt?« fragte Adam.

Caroline schüttelte den Kopf. »Nein«, sagte sie und ging zurück zur Couch.

»Es kam mir auch gleich wie eine Ausrede vor«, sagte Adam.

Caroline schwieg.

»Was ist dann der Grund?« fragte er.

»Ich weiß es nicht«, sagte sie. »Vielleicht die Schande. Meine Schuldgefühle …«

»Welche Schuldgefühle?« fragte er.

Caroline strich mit der Hand die zusammengelegte Decke auf der Lehne glatt. »Ach, ich habe wegen so vieler Dinge ein schlechtes Gewissen«, sagte sie.

»Geht es auch etwas genauer?« sagte Adam.

Caroline legte die Hände auf der Decke zusammen.

»Ich verstehe nicht …«

»Ja, ich weiß, daß du nicht verstehst«, sagte sie.

»Aber Jules war doch allein verantwortlich für die Schande«, sagte Adam. »Und er trägt auch die alleinige Schuld.«

»Nein, nicht die alleinige …«

»Also gut, wir sind natürlich alle irgendwie schuldig. Man kommt nicht darum herum, sich Schuld aufzuladen, wenn man so alt wird wie wir. Aber ich bezweifle, daß Mr. Razaghi so tief in unsere moralischen Abgründe vordringen wird. Das ist ja das Gute an einer autorisierten Biographie. Wir brauchen vor nichts Angst zu haben.«

»Ich habe überhaupt keine Angst«, sagte Caroline. »Mr. Razaghis Diskretion ist ja gerade das, was mich stört. Seine Biographie wird so diskret und nichtssagend sein, daß er sie erst gar nicht zu schreiben braucht.«

»Das verstehe ich nicht«, sagte Adam.

Caroline setzte sich und griff nach ihrem Glas. Sie kippte es leicht, um zu sehen, wieviel Wodka noch unter dem Eis war. »Weißt du, wie ich Jules kennengelernt habe?« fragte sie.

»Ihr habt euch auf dem Schiff kennengelernt, als du aus Frankreich zurückgekommen bist.«

»Nein«, sagte sie.

»Nein?«

»Nein, ich bin überhaupt nicht mit dem Schiff zurückgekommen«, sagte sie. »Ich bin geflogen. Margot ist mit dem Schiff zurückgefahren, weil wir auf dem Hinflug beinahe abgestürzt wären und sie nie wieder fliegen wollte. Und auf dem Schiff traf sie Jules. Als ich sie vom Hafen abholte, sah ich sofort, wie verliebt sie beide waren. Sie waren ein sehr schönes Paar. Margot war immer die Schönere von uns gewesen, und Jules ... na ja, du weißt ja, wie gutaussehend er früher war. Er blieb den ganzen Sommer bei uns in New York, und irgendwann verliebte auch ich mich in ihn. Alle sahen mir meine Verliebtheit an, aber man hielt mich nur für die kleine, ihn anhimmelnde Schwester. Keiner ahnte, daß etwas passieren würde. Aber dann passierte es ...«

»Und das ist dein schreckliches Geheimnis?« sagte Adam. »Daß du deiner großen Schwester den Freund ausgespannt hast?«

»Ja. Es war ein fürchterlicher Vertrauensbruch. Ein Verbrechen. Eine Sünde.«

»Unsinn«, sagte Adam. »Sich zu verlieben ist kein Verbrechen. Da gibt es keine ethischen Erwägungen. In der Liebe und im Krieg ist alles erlaubt. Die Welt wäre sonst ja fürchterlich langweilig. Entschuldige, aber was du da erzählst, ist absurd.«

Caroline schüttelte den Kopf. »Du verstehst das nicht«, sagte sie. »Ich habe seitdem mit Margot nicht mehr gesprochen. Auch meine Mutter hat mir diese Sache nie verziehen. Als ich herkam, war das Leben mit Jules das einzige, was ich noch hatte. Und dann hörte ich auf, Jules zu lieben ... du weißt, wie unmöglich es war, ihn zu lieben. Aber ich war zu stolz, ihn freizugeben. Oder zu beschämt. Und das hat ihn dann letztlich umgebracht.«

»Aber das stimmt nicht, Caroline. Jules hat sich selber umgebracht.«

»Ja, das haben wir uns immer eingeredet«, sagte sie.

»Hast du deshalb Angst vor der Biographie?« fragte Adam. »Weil sie deine Schuld offenlegen würde? Oder unsere Schuld, wie du sagst. Ich glaube, da überschätzt du die Fähigkeiten unseres Mr. Razaghi.«

»Mit Mr. Razaghis Fähigkeiten hat das nichts zu tun.«

»Womit dann?«

»Findest du es nicht seltsam, daß wir nie über Jules' Tod gesprochen haben?« fragte sie. »Aber vielleicht habt ihr das ja, du und Arden. Habt ihr das?«

»Nein«, sagte Adam.

»Jules war mein Mann. Er war dein Bruder. Er war Portias Vater. Warum haben wir da nie über seinen Tod gesprochen?«

»Weil es zu dem Thema nichts zu sagen gab. Ganz einfach. Worüber hättest du denn reden wollen?«

»Ich weiß nicht ... es hätte bestimmt etwas gegeben, das uns allen auf der Seele lag. Aber jetzt willst du Jules' Leben einem Fremden anvertrauen. Du willst Mr. Razaghi etwas verkaufen, was gar nicht sein Leben war. Eine gefälschte Version seines Lebens, die wir gern selber glauben würden – die wir glauben werden, wenn wir sie nur oft genug lesen.«

Adam blickte sie verblüfft an. »Was denn für eine gefälschte Version? Ich habe keine Ahnung, wovon du redest, Caroline. Wirklich nicht. Ich habe nie etwas Unwahres über Jules erzählt, und ich trage auch keine Schuld an seinem Tod. Ich bin, ehrlich gesagt, etwas schockiert, daß du so was andeutest. Jules war von Natur aus schwermütig, er war melancholisch. So ist er auf die Welt gekommen. Deshalb hat er schon mit siebzehn versucht, sich umzubringen. Wußtest du das?«

»Nein«, sagte Caroline.

»Ja, er wollte sich mit Autoabgasen in der Garage vergiften. Seine Schwermut war angeboren, er hat sie von unserer Mutter geerbt. Du weißt ja, daß sie verrückt war. Natürlich erschwerten äußere Umstände ihr Leben, aber sie war auch krank. Jules hat ein Buch geschrieben, das hoch gelobt wurde, und dann hat er zwanzig elende Jahre damit verbracht, diesen Erfolg zu wiederholen. Doch er ist gescheitert. Also hat er sein Manuskript verbrannt und sich in den Wäldern erschossen. Mehr gibt es zu seinem Tod nicht zu sagen.«

»Warum hast du mir nie davon erzählt?« fragte Caroline. »Von seinem Selbstmordversuch.«

Adam dachte einen Augenblick nach. »Ich hielt es wohl für zu privat«, sagte er. »Es wäre an Jules gewesen, dir davon zu erzählen. Aber die Gunds waren schon immer sehr verschwiegen. Insofern hast du recht: Wir haben es immer gemieden, über unangenehme Sachen zu reden. So gingen unsere Eltern auch mit ihrer Vergangenheit um.«

»Indem sie nicht darüber sprachen?« fragte Caroline.

»Ja. Und der Apfel fällt ja bekanntlich nicht weit vom Stamm. Deshalb wollte ich wohl auch nicht darüber reden. Und jetzt bin ich zu alt, um auf einmal redselig zu werden.«

Caroline schmunzelte.

»Was gibt es denn da zu schmunzeln?« fragte er.

»Na ja, daß ausgerechnet du das sagst. Du redest doch die ganze Zeit.«

»Du weißt, was ich meine«, sagte er.

»Ja, ich weiß. Und das finde ich sehr traurig.«

»Es gibt viele Dinge, die traurig sind«, antwortete er.

Caroline spielte an ihrer Kette. Nach einer Weile sagte sie: »Ich bin gegen die Biographie, weil sie ein unaufrichtiges Buch sein würde. Vielleicht sind das alle Biographien. Aber ein verlogenes Buch über Jules könnte ich wirklich nicht ertragen.«

»Ich denke, du siehst die Sache viel zu kompliziert«, sagte Adam. »Mr. Razaghi will doch nur ein harmloses Buch mit ein paar Daten schreiben. Er ist ja kein Psychologe. Worüber wir hier reden, interessiert ihn doch gar nicht. Es geht ihn auch nichts an.«

»Ja, genau. Also würde er ein nichtssagendes Buch über Jules schreiben. Und das wäre alles, was von Jules übrigbleiben würde: ein oberflächliches, banales Buch.«

Adam sah sie ratlos an. »Es tut mir leid, Caroline«, sagte er nach einer Weile. »So kommen wir nicht weiter.«

Caroline zuckte mit den Schultern. Dann nahm sie ihre Tasche und verließ das Haus.

Adam blieb allein im Wohnzimmer sitzen und starrte auf

sein Wodkaglas. Als er etwas später Pete mit dem Laster zurückkommen hörte, dachte er: Pete ist wieder da, wie schön. Er stand auf und merkte, wie schwindlig ihm plötzlich war. Hatte er denn so viel getrunken? Er ließ sich zurück aufs Sofa fallen und schloß die Augen.

Deirdre saß auf einem Stuhl neben Omars Bett. Der Junge im Nachbarbett aß sein Abendbrot, ohne sie zu beachten. Er hatte einen vornehmen braunen Schlafanzug mit einem unentzifferbaren Monogramm auf der Brusttasche an und sah sehr gesund aus. Omar lag so verdreht unter seiner dünnen weißen Decke, daß man meinen konnte, er hätte Alpträume gehabt und sich im Schlaf gewälzt. Er trug einen scheußlichen grünen Schlafanzug mit rotem Paisley-Muster, seine Hände waren in weißes Verbandmaterial gewickelt. Deirdre betrachtete ihn eine Zeitlang, ohne ihn zu berühren oder etwas zu sagen. Als die Krankenschwester das Tablett des Jungen abholte, sah sie kurz zu Deirdre und nickte. Dann knipste der Junge seine Nachttischlampe an und begann zu lesen. Er drehte sich von ihnen weg, so daß sie sich nicht beobachtet vorkamen.

Deirdre beugte sich über Omar und flüsterte ihm seinen Namen ins Ohr. Als er nicht reagierte, nahm sie vorsichtig seine Hand. Sie fühlte zweierlei in diesem Moment: eine tiefe Zuneigung zu ihm – seinem Liebreiz und seiner Herzensgüte –, aber auch eine gewisse Fremdheit angesichts seiner Wesenszüge, die sie noch nicht erschlossen hatte. Nach einer Weile zog er seine Hand aus ihren Finger und drehte sich auf die andere Seite.

Deirdre merkte, daß sie selber sehr müde wurde. Als der Junge sein Buch weglegte und die Lampe ausknipste, stand sie auf und stellte den Stuhl zurück an die Wand. Ich wünschte, Omar würde aufwachen, dachte sie. Vielleicht war er ja immer noch bewußtlos. Vielleicht hatte Arden sie angelogen. Aber das war natürlich Quatsch. Warum sollten die Leute sie hier anlügen?

Im Flur lief sie zunächst in die falsche Richtung. Dann kehrte sie um und schaute noch einmal in Omars Zimmer.

Doch er lag genauso da wie vorher. Unsinnigerweise hatte sie geglaubt, er würde nach ihrem Fortgehen erwachen.

Als sie auf den Warteraum zuging, sah sie Arden. Sie saß völlig reglos mit übereinandergeschlagenen Beinen auf einem der Stühle. Die Zeitschriften auf dem Tisch hatte sie nicht angerührt. Es war merkwürdig, wie steif sie dort saß.

Auf der Rückfahrt schwiegen sie. Nur im Foyer des Krankenhauses hatten sie kurz ein paar Worte miteinander gewechselt. Deirdre hatte gesagt, daß Omar nicht erwacht sei, worauf Arden vorgeschlagen hatte, gleich am nächsten Morgen noch einmal vorbeizufahren. Dann würde er wohl wach sein.

Als Arden den Wagen vor dem Haus parkte, merkte sie, daß Deirdre eingeschlafen war. Ihr Kopf lehnte gegen die Scheibe. Arden legte ihre Hand auf ihre Schulter und rüttelte sie sanft. »Wir sind wieder zu Hause, Deirdre«, flüsterte sie. Das heißt, ich bin wieder zu Hause, dachte sie. Deirdre war wieder in Ochos Rios.

Deirdre öffnete die Augen. Blinzelnd sah sie in das Zwielicht des Abendhimmels. Sie parkten am oberen Ende der Auffahrt, auf dem Rasenstück vorm Haus. Arden ließ ihre Hand noch einen Moment auf Deirdres Schulter liegen. Sie hatte ein Gefühl dafür, wann und wie lange man Leute berühren konnte. Das war eine ihrer Gaben. »Kommen Sie«, sagte sie. »Ich werde Ihnen Ihr Bett machen, dann können Sie schlafen.«

15. Kapitel

Am nächsten Morgen erwachte Deirdre in einem unbekannten Zimmer. Es war sehr still um sie herum. Als sie das weiße Bettgestell aus Metall und den Linoleumboden sah, dachte sie zuerst, sie wäre in einem Krankenhaus. Vielleicht hatte sie Tuberkulose und lag isoliert.

Dann bemerkte sie ihren Koffer, und ihre Erinnerung setzte

wieder ein: Sie war in Ochos Rios, in Uruguay, und nicht sie, sondern Omar befand sich im Krankenhaus. Auf dem Nachttisch neben dem Bett lag ihre Armbanduhr. Daneben standen eine Keramiklampe und ein Glas Wasser. In das Glas war ein filigraner Blumenkranz geätzt, und das Wasser war ungewöhnlich hell und klar. An der Innenwand klebte eine Schar winziger Bläschen. Ein merkwürdiger Zauber schien das Glas zu umgeben. Dann schaute sie auf ihre Uhr. Es war zwanzig vor elf. Wie konnte sie nur so lange geschlafen haben?

Sie stand auf und sah sich in ihrem Zimmer um. Vor dem Fenster hing ein häßlicher gestutzter Vorhang aus Brokat, der aussah, als wäre er aus einem größeren Vorhang ausgeschnitten worden. Das üppige Material paßte nicht so recht zur nüchternen Einrichtung des Raums. Eine herabgelassene Jalousie ließ nur wenig Licht ein. Die grellen Spalten wiesen jedoch darauf hin, wie hell es draußen war. Deirdre schob zwei Lamellen auseinander und schaute auf einen ungetrimmten Rasen, der auf einen Kiefernwald zulief. Ein Hund lag darauf und nagte konzentriert an einem Knochen. Sie klopfte an die Scheibe, doch der Hund schien sie nicht zu hören. Es kam ihr vor, als sei sie in einer Märchenwelt gefangen. Außenstehende konnten sie nicht mehr wahrnehmen.

Ihr Zimmer hatte drei Türen, die sie jetzt nacheinander öffnete. Die erste Tür führte in einen leeren Einbauschrank, von dessen Decke eine vertrocknete Frucht an einem Faden herunterbaumelte. Offenbar sollte sie als eine Art Duftkugel dienen. Etwas Gespenstisches ging von dem kleinen, runzligen Etwas aus. Sie schloß den Schrank und öffnete die Tür auf der gegenüberliegenden Seite, die in einen Raum führte, der genauso geschnitten war wie ihr Zimmer. Unter dem Fenster stand ein langer Arbeitstisch, auf dem ein paar Stoffballen lagen. Neben dem Tisch stand eine uralte Nähmaschine mit Fußpedalen. Ansonsten war der Raum leer. Durch die dritte Tür gelangte sie hinaus in den Korridor, an den sie sich nicht mehr erinnern konnte, obwohl sie letzte Nacht dort entlanggelaufen sein mußte. Von beiden Korridorwänden ging ein

Dutzend Türen ab, vor denen Stühle in den unterschiedlichsten Stilarten standen. Für wen waren denn diese Stühle bestimmt? dachte sie. Wer würde hier sitzen wollen?

Sie wußte, daß eine der Türen ins Badezimmer führte, aber sie erinnerte sich nicht mehr, welche das war. Also öffnete sie einfach die Tür gegenüber, als niemand auf ihr Klopfen antwortete. Doch statt ins Badezimmer schaute sie in einen weiteren Raum, der wieder nur mit einem Tisch möbliert war. Auf dem Tisch stand ein Puppentheater mit einem schwarzen Samtvorhang. An den Seitenwänden hingen Marionetten, die aussahen, als wären sie massakriert worden. Der Anblick behagte Deirdre ganz und gar nicht, und sie schloß die Tür sofort wieder. Sie hatte Puppen noch nie gemocht, auch nicht als Kind. Und sie hatte nie verstanden, wie andere Kinder diese starren, seelenlosen Geschöpfe in ihrer Phantasie zum Leben erwecken konnten.

Durch die nächste Tür gelangte sie in ein Schlafzimmer. Auf dem Stuhl vor dem Bett lag ein Koffer. Omars Koffer, wie sie sofort erkannte. Sie war also in Omars Zimmer. Sie schaute kurz in den Flur und schloß die Tür hinter sich. Dann ging sie zu seinem Koffer und öffnete ihn. Er war wie immer sehr ordentlich gepackt. Seine Hemden und Hosen waren fein säuberlich zusammengeschlagen, und obenauf lagen ein paar Bücher: Hermione Lees Biographie über Virginia Woolf, die sie ihm zusammen mit einer Armbanduhr zu Weihnachten geschenkt hatte, und eine englische sowie eine spanische Ausgabe der *Gondel*. Neben den Hemden steckte ein kleines Notizheft. Sie nahm es hervor und schlug es auf. In seiner etwas altertümlich anmutenden Schrift hatte Omar eine Art Tagebuch angefangen zu schreiben. Sie begann darin zu lesen:

Jetzt bin ich in Montevideo und kann es noch gar nicht fassen, in Uruguay zu sein. Aber der Flug hierher war wohl noch der einfachste Teil meiner Reise. Gerade habe ich einen kleinen Spaziergang gemacht und viele Ähnlichkeiten mit anderen Weltstädten entdeckt. Es gibt hier viele elegante alte Gebäude und Anlagen;

eine Menge ist aber auch zerstört und noch nicht wiederaufgebaut worden. Ich fühle mich etwas verloren in dieser großen, unbekannten Stadt, bin aber auch sehr gespannt.

Mein Hotel ist nicht die allererste Wahl, aber dafür ist es billig. Leider hat mein Zimmer kein Fenster, was ein bißchen unheimlich ist. Wenn über Nacht auch noch die Tür verschwindet, bin ich für immer hier eingeschlossen. Doch von der Fensterlosigkeit geht auch etwas Behütendes aus, so als umgebe mich ein schützender Kokon. Die Einrichtung ist sehr karg: ein Bett, ein Schrank, ein Stuhl, und von der Decke baumelt eine nackte Glühbirne. Auf dem Bett sitze ich gerade und schreibe diese Zeilen. Die Laken sind sehr steif und kratzen, aber wenigstens sind sie sauber.

Jetzt, wo ich so weit gereist bin, habe ich etwas mehr Zuversicht. Obwohl ich natürlich noch überhaupt nichts erreicht habe. Ich hatte überlegt, Gunds Angehörige anzurufen, aber jetzt halte ich es für besser, einfach bei ihnen zu erscheinen. Inzwischen kann ich mir kaum noch vorstellen, daß sie sich nicht von den Vorteilen einer Biographie überzeugen lassen. Es sei denn, sie sind wirklich verrückt.

Im Flugzeug gab es Sekt in kleinen Fläschchen. Die Frau neben mir trank keinen Alkohol und hat mir ihre Flasche überlassen. Ich habe sie aufbewahrt, um sie mit Deirdre zu trinken, wenn ich wieder zu Hause bin – wenn ich die Autorisierung habe und alle Probleme gelöst sind. Dann haben wir einen Grund zu feiern. Es ist nur eine kleine Flasche, doch wir können sie trotzdem zusammen trinken.

Jetzt werde ich müde. Es ist sehr unbequem, im Bett zu schreiben. Aber es gibt ja keinen Tisch hier.

Das war alles, was in dem Notizbuch stand. Nichts von dem, was danach passierte, war darin festgehalten worden.

»Ach, da sind Sie ja«, sagte Arden, als Deirdre in die Küche kam. »Ich hatte schon überlegt, Sie zu wecken. Haben Sie gut geschlafen?«

»Ja, vielen Dank«, sagte Deirdre.

»Letzte Nacht wirkten Sie ziemlich mitgenommen«, sagte Arden.

»Danke, es geht mir schon viel besser«, erwiderte Deirdre und fühlte sich leicht angegriffen. Arden klang so, als müßte sie sich für ihre Erschöpfung schämen. Doch vielleicht kam ihr das bloß so vor.

»Haben Sie das Bad gleich gefunden?« fragte Arden. »Hat das warme Wasser gereicht?«

Das Wasser war lauwarm gewesen und zwei Minuten später kalt. Doch nach ihrer langen Reise hatte Deirdre selbst eine kalte Dusche genossen. »Ja«, sagte sie. »Ihr Haus gefällt mir übrigens sehr gut. Auch die vielen alten Möbel …«

»Ja, ich fühle mich ganz wohl hier. Obwohl der Zauber mit den Jahren verfliegt«, sagte Arden bescheiden, doch ein gewisser Stolz auf ihr Zuhause war trotzdem herauszuhören. »Aber was kann ich Ihnen zum Frühstück anbieten? Sie müssen ja völlig ausgehungert sein. Sie haben letzte Nacht gar kein Abendbrot gegessen.«

»Oh, ein Kaffee wäre nicht schlecht«, sagte Deirdre.

»Ja, natürlich. Aber was möchten Sie essen? Wir haben Brot, Marmelade, Honig, Eier …«

Deirdre spürte, daß sie tatsächlich sehr hungrig war. »Ja, vielleicht ein Rührei«, sagte sie unsicher. »Aber ich kann das natürlich auch selber machen, zeigen Sie mir einfach, wo alles steht …«

»Ach, Unsinn«, erwiderte Arden und lachte. »Ein Rührei ist doch schnell gemacht.« Sie goß Deirdre eine Tasse Kaffee ein, stellte die Milch und den Zucker auf den Tisch und ging zum Herd.

Deirdre trank ihren Kaffee. Er war stark und schmeckte sehr gut. Nach einer Weile kam Arden mit einem großen Teller Rührei zurück. Sie hatte auch Bratkartoffeln gemacht und ein paar Scheiben Brot an den Tellerrand gelegt. Dann goß sie sich selber eine Tasse Kaffee ein und setzte sich zu Deirdre an den Tisch.

»Vielen Dank«, sagte Deirdre. »Das sieht wirklich sehr lecker aus.«

Arden lächelte geistesabwesend und schlürfte ihren Kaffee.

»Wie lange wohnen Sie eigentlich schon hier?« fragte Deirdre.

»Etwa zehn Jahre«, sagte Arden. »Vielleicht sind es auch schon elf.«

»Kommen Sie aus Uruguay?« fragte Deirdre. »Ich meine, sind Sie hier geboren?«

»Nein, nein«, sagte Arden und lachte wieder auf ihre etwas unnatürliche Art. »Ich bin in England geboren. Mein Vater war Engländer, meine Mutter Amerikanerin. Eine amerikanische Schauspielerin.«

»Und wuchsen Sie auch in England auf?«

»Ja. Aber ich habe eine Weile in Los Angeles und Wisconsin gewohnt. In England war ich die meiste Zeit in Internaten. Meine Eltern waren sehr mit sich selbst beschäftigt. Und nach meiner Geburt haben sie sich scheiden lassen.«

»Und Ihre Mutter ist Schauspielerin?« fragte Deirdre.

»Ja, sie war es mal«, sagte Arden. »Jetzt ist sie tot.«

»Oh, das tut mir leid«, sagte Deirdre.

»Sie ist gestorben, als ich noch ganz klein war. Ich kannte sie kaum.«

Deirdre rührte in ihrem Kaffee. »Früher wollte ich auch mal Schauspielerin werden. Aber ich wirkte nie natürlich genug.«

Arden erwiderte nichts darauf.

»Entschuldigen Sie«, sagte Deirdre. »Ich wollte Sie nicht ausfragen.«

»Aber nein, das tun Sie doch gar nicht«, antwortete Arden.

»Ich bin nämlich ziemlich beeindruckt davon, wie Sie hier in dieser Abgeschiedenheit leben. Darf ich fragen, was Sie hierher verschlagen hat?«

»Gott hat mich hergeführt«, sagte Arden.

»Gott?«

»Ja, wortwörtlich sogar. Ich war nämlich mal für eine christliche Missionarsgemeinschaft tätig. Damals, als ich noch am College war.« Arden schmunzelte. »Zu der Zeit muß ich wohl ziemlich verwirrt gewesen sein. Vielleicht wollte ich mich auch gegen meinen Vater auflehnen, der leidenschaftlicher Atheist war. ›Schallender Lobpreis‹ hieß unsere Missionarsgemeinschaft. Wir reisten um die ganze Welt, gaben Konzerte und bekehrten Heiden zum Christentum. Ich spielte Tamburin.«

»Und so kamen Sie nach Uruguay?«

»Ja. Wir fuhren mit dem Bus durch ganz Südamerika. Können Sie sich das vorstellen? Erst als wir Montevideo erreichten, kam ich wieder zur Besinnung. Deshalb liebe ich Montevideo so sehr. Ich trat aus der Gemeinschaft aus, und weil ich nicht wußte, wohin ich sonst gehen sollte, blieb ich einfach in Montevideo und schrieb mich an der Uni ein. Dort lernte ich auch Jules kennen, der dort unterrichtete. Dann kamen wir zusammen hierher.«

»Sie hatten ja wirklich ein aufregendes Leben«, sagte Deirdre.

»Tja, mittlerweile ist es sehr ruhig geworden«, sagte Arden. »Aber jetzt habe ich wenigstens ein Zuhause. Das hatte ich früher nicht. Meine Eltern hatten nie Zeit für ein Zuhause.«

»Und Sie leben hier nur mit Portia und Caroline?«

»Ja«, sagte Arden. »Adam und Pete wohnen aber auch in der Nähe. Adam ist Jules' Bruder, und Pete ist sein Lebensgefährte. Pete war ja dabei, als Omar von der Leiter fiel. Deshalb hat er jetzt ein schlechtes Gewissen.«

»Stechen die Bienen denn oft?« fragte Deirdre.

»Ja, das kommt schon vor«, sagte Arden und betrachtete ihre Unterarme, als suche sie nach Stichen, die sie ihr zeigen konnte. »Aber ich habe noch nie gesehen, daß jemand auf einen Stich so reagierte wie Omar. Ich hatte wirklich Angst, er würde sterben.«

»Hatte Omar eigentlich schon mit Ihnen gesprochen?« fragte Deirdre.

»Gesprochen?« fragte Arden. »Worüber denn?«

»Über die Biographie«, sagte Deirdre. »Wegen der Autorisierung, meine ich.« Sie merkte, daß ihre Stimme etwas schroff klang. »Entschuldigen Sie, ich mußte eben nur daran denken.«

»Doch«, sagte Arden. »Wir haben darüber gesprochen. Omar hat mich sogar umgestimmt. Adam ist auch für die Biographie. Allerdings ist Caroline noch dagegen.«

»Wie hat er es denn geschafft, Sie umzustimmen?« fragte Deirdre.

»Na ja, ich habe noch mal nachgedacht«, sagte Arden. »Caroline behauptet zwar, daß Jules gegen eine Biographie gewesen sei – er hat ihr mal einen Brief geschrieben, in dem er sich negativ über eine Biographie geäußert hat, die er gerade las –, aber das ist schon sehr lange her. Und ich weiß nicht, ob er heute immer noch so denken würde. Außerdem ist er tot. Und Omar lebt. Ihm würde die Biographie sehr nützen ...«

»Dann haben Sie also Omar zuliebe Ihre Meinung geändert«, sagte Deirdre.

»Ja, vielleicht«, sagte Arden und lächelte. Dann nahm sie Deirdres Teller und stellte ihn in die Spüle. »Sollen wir jetzt losfahren?« fragte sie. »Ich will nicht ungeduldig erscheinen, aber ich wäre gern wieder hier, wenn Portia aus der Schule kommt.«

»Ja, natürlich«, sagte Deirdre. »Es ist mir wirklich unangenehm, Sie so in Anspruch zu nehmen. Ich wünschte, ich könnte selber fahren.«

»Aber das macht doch nichts«, sagte Arden.

»Ich will Ihnen nur nicht zur Last fallen.«

»Sie fallen mir nicht zur Last«, sagte Arden.

Als Deirdre in Omars Zimmer trat, sah sie zunächst einen Vorhang. Er war um das Bett des Jungen gezogen, der letzte Nacht sein Abendbrot gegessen und dann gelesen hatte. Hinter dem Vorhang sprachen gedämpfte Stimmen. Sie ging um das verhangene Bett herum und sah Omar. Er war wach und blickte an die Decke.

Als er ihre Schritte hörte, schaute er zu ihr. »Deirdre!« rief er überrascht.

»Hallo Omar«, sagte sie

»Mein Gott, was machst du denn hier?« fragte er.

»Arden hat mich angerufen«, sagte sie. Sie setzte sich auf

die Bettkante und gab ihm einen Kuß. »Sie hat mir erzählt, daß du im Koma gelegen hast. Und daß du gelähmt warst. Kannst du jetzt wieder alles bewegen?«

»Ja, ich denke schon«, sagte er.

»Und wie fühlst du dich?« fragte sie.

»Ein bißchen umnebelt. Aber das sind wahrscheinlich die Medikamente.«

»Und was ist mit deinen Händen? Tun sie weh?«

Omar schaute auf seine Fausthandschuhe aus Verbandmaterial. »Nein, sie jucken nur ein bißchen«, sagte er. »Aber ich verstehe nicht ... Warum bist du hergekommen? Du mußt ja ein Vermögen für den Flug ausgegeben haben.«

»Mach dir darüber keine Gedanken«, sagte Deirdre. »Hauptsache, es geht dir wieder besser.«

»Die Krankenschwester hat mir erzählt, daß gestern jemand für mich hier war«, sagte er. »Aber ich wußte nicht, wer das sein sollte. Außer Arden natürlich. Warum hast du mich nicht geweckt?«

»Du hast deinen Schlaf gebraucht«, antwortete sie. »Hat Arden dich besucht?«

»Ja«, sagte er. »Hast du sie schon getroffen?«

»Ja, natürlich. Ich wohne doch bei ihr.«

»Und hast du das Haus gesehen?« fragte er. »Und den Garten? Ist das nicht phantastisch?«

»Ich finde es eher ein bißchen gespenstisch«, sagte sie.

»Hast du Caroline auch schon getroffen?« fragte er.

»Ja, aber nur ganz kurz.«

»Und Adam?«

»Nein, bei ihm war ich noch nicht«, sagte Deirdre. »Ich bin ja erst letzte Nacht hier angekommen.«

»Ich begreife immer noch nicht, warum Arden dich angerufen hat«, sagte Omar. »Es geht mir doch gut. Es ist doch alles wieder in Ordnung.«

»Ja, aber vor ein paar Tagen ging es dir noch sehr schlecht. Arden war sehr besorgt um dich.« Sie nahm seine Hand. »Kannst du dich denn erinnern, was passiert ist?«

»Nein«, sagte er. »Ich weiß nur noch, daß ich an dem Morgen starke Kopfschmerzen hatte. Wir waren an dem Tag davor essen gewesen und hatten ziemlich viel getrunken.«

»Aber an den Abend kannst du dich noch erinnern?« fragte sie.

»Ja, wir waren in ein italienisches Restaurant gefahren. Adam, Arden und ich. Caroline wollte nicht mitkommen. Sie ist etwas sonderbar. Ich konnte sie auch noch nicht von der Biographie überzeugen.«

»Ja, ich habe schon gehört«, sagte Deirdre. »Aber wenigstens hat Arden ihre Meinung geändert. Und der Bruder auch. Das ist doch schon mal was, oder?«

»Ja. Aber Adam war schon von Anfang an für die Biographie. Doch Caroline ist ziemlich stur. Ich weiß nicht, ob sie ihre Meinung ändern wird. Obwohl Adam gesagt hat, daß er noch mal mit ihr reden will.«

»Über die Biographie?«

»Ja, er hat gesagt, er kann sie für mich umstimmen, wenn ich ...«

»Wenn du was?« fragte sie.

»Ich weiß nicht mehr«, sagte Omar. »Ich kann mich nicht mehr erinnern.«

»Komm, Omar, versuch dich zu erinnern. Was hat er gesagt? Ich muß wissen, was los ist, wenn ich dir helfen soll.«

»Nichts ist los«, sagte Omar. »Aber ich erinnere mich an eine andere Sache.«

»An was?« fragte sie.

»An ein zweites Buch.«

»Was für ein zweites Buch?«

»Jules Gund hat noch ein zweites Buch geschrieben«, sagte er.

»Wirklich?« fragte Deirdre. »Ist es veröffentlicht worden?«

»Nein.«

»Hast du es gelesen?« fragte sie.

»Nein«, sagte er. »Aber ich glaube, es handelte von ihrer Dreierbeziehung.«

»Sehr gut«, sagte Deirdre. »Vielleicht können deine Biographie und das Buch gleichzeitig veröffentlicht werden. Wäre das nicht genial? Dann müßtest du dich aber beeilen mit deiner Biographie.«

»Sie wollen nicht, daß das Buch veröffentlicht wird.«

»Oh«, sagte Deirdre. »Und warum nicht?«

»Keine Ahnung. Ich sollte von dem Manuskript auch erst gar nichts erfahren. Dann hat sich Adam beim Essen verplappert. Arden will über das Buch gar nicht reden. Sprich es ihr gegenüber also nicht an.«

»Gut«, sagte Deirdre. »Aber es ist doch trotzdem eine gute Nachricht.«

»Ja«, sagte er.

Vom Nachbarbett her hörten sie das Rascheln des Vorhangs. Deirdre drehte sich um und sah einen Arzt und eine Krankenschwester hervortreten. Die Krankenschwester ging zur Tür, der Arzt blieb im Zimmer und wusch sich die Hände am Waschbecken. Dann kam er auf sie zu.

»Guten Tag, ich bin Dr. Peni«, sagte er und gab ihr seine Hand, die noch feucht war. »Und Sie sind eine Bekannte von unserem armen gestochenen Omar?«

»Ja«, sagte sie.

»Sie kommen aus den Vereinigten Staaten, nehme ich an?«

»Ja«, sagte sie.

»Dann müssen Sie aber eine sehr gute Bekannte von ihm sein, wenn Sie so weit gereist sind.«

»Ja, ich war sehr besorgt um ihn.«

»Ja, das waren wir alle. Aber jetzt geht es ihm wieder gut. Er ist seit zwei Tagen wieder bei Bewußtsein, und ich glaube nicht, daß er ins Koma zurückfallen wird. Oder haben Sie vor, wieder ins Koma zu fallen, Omar?«

»Nein«, sagte Omar.

Der Doktor lächelte Deirdre breit an. »Da hören Sie es. Sie brauchen sich also keine Sorgen mehr zu machen. Sie sind auch viel zu schön, um sich Sorgen zu machen. Alle Frauen, die Omar besuchen, sind schön. Deshalb hat er sich ja auch so wunderbar erholt. Ich trage wenig Anteil daran. Es ist die Schönheit der Frauen, die ihn wieder gesund gemacht hat.«

Deirdre mochte das Gequatsche des Doktors nicht. »Ist seine Lähmung auch ganz ausgestanden?« fragte sie.

»Ja, er kann wieder alle Teile seines Körpers bewegen. Er wird bald wieder völlig gesund sein. Da kann ich Sie ganz und gar beruhigen.«

»Ich möchte aber nicht beruhigt werden, ich möchte wissen, wie es um ihn steht«, sagte Deirdre.

»Oh, es steht sehr gut um ihn. Das ist ja das Beruhigende. Aber ist es nicht immer beruhigend zu wissen, wie es um einen steht?«

Deirdre war nicht sicher, ob das stimmte, aber sie wollte nicht lange mit dem Arzt diskutieren. »Und wie steht es um sein Gedächtnis? Er scheint sich nicht mehr an alles erinnern zu können.«

»Omars Zustand ist unter den gegebenen Umständen sehr erfreulich. Seine Organe arbeiten wieder richtig, und sein Gedächtnisverlust ist nur vorübergehend. Das ist normal bei einem Gehirntrauma. Er wird sich bald wieder an alles erinnern. Aber wir müssen ein bißchen Geduld mit ihm haben. Er kann wirklich froh sein, so nette und besorgte Freundinnen zu haben. Das wird ihn schnell genesen lassen. Der menschliche Faktor darf nicht unterschätzt werden. Sind Sie ein religiöser Mensch, Miss ...«

»MacArthur«, sagte Deirdre. »Deirdre MacArthur. Nein, bin ich nicht.«

»Nun, wenn Sie es wären, würde ich Sie bitten, für ihren Freund zu beten. Doch in diesem Fall überlassen wir die Gebete wohl lieber anderen. Ich habe meinen Anteil geleistet, leisten Sie nun Ihren.« Er tätschelte Omars Kopf. Dann gab er Deirdre wieder die Hand und ging aus dem Zimmer.

»Mr. Gund wohnt also nicht weit von Ihnen?« fragte Deirdre, als Arden und sie wieder im Auto saßen.

»Mr. Gund?« sagte Arden. »Sie meinen Adam?«

»Ja. Jules Gunds Bruder. Adam ...«

»Nein, er wohnt nur anderthalb Kilometer von uns entfernt.«

»Meinen Sie, ich könnte mal mit ihm sprechen?« fragte Deirdre.

»Ja, warum nicht«, sagte Arden und sah zu ihr herüber. »Worüber denn?«

»Ach, ich wollte ihn bloß mal kennenlernen«, sagte Deirdre. »Und es gibt da eine Angelegenheit – eine persönliche Angelegenheit –, über die ich mit ihm reden wollte.«

»Natürlich«, antwortete Arden. »Wenn Sie wollen, kann ich Sie gleich bei ihm absetzen.«

»Das wäre sehr nett«, sagte Deirdre. »Verzeihen Sie, daß ich Ihnen solche Umstände mache.«

»Das macht keine Umstände«, sagte Arden. »Es liegt doch auf dem Weg.«

Arden hielt vor der Mühle. »Vielleicht sollte ich kurz mit reinkommen«, sagte sie. »Nur um zu sehen, ob er überhaupt da ist. Dann kann ich Sie auch gleich einander vorstellen.«

»Ja«, sagte Deirdre. »Vielen Dank.«

Die beiden Frauen stiegen aus dem Wagen und gingen zur Tür. Arden klopfte an und trat unaufgefordert ein. »Adam?« rief sie.

Adam kam gerade mühevoll die Treppe herunter. »Ich bin ja schon auf dem Weg«, rief er. »Komm rein.«

»Ich wollte dir jemanden vorstellen«, sagte Arden und winkte Deirdre herein. »Das ist Deirdre MacArthur, Omars Freundin aus Kansas. Wir kommen gerade aus dem Krankenhaus. Deirdre wollte sich mit dir mal unterhalten.«

»Aha?« sagte Adam. »Wollte sie das?«

»Ja«, antwortete Deirdre. »Wenn es Ihnen recht ist. Ich kann natürlich auch ein andermal kommen, wenn Sie jetzt keine Zeit haben.«

»Nein, nein«, sagte Adam. »Ich habe Zeit. Sehr viel Zeit sogar. Kommen Sie rein. Ich hätte Sie übrigens heute nachmittag in Ochos Rios besucht. Aber jetzt sind Sie mir zuvorgekommen.«

»Dann laß ich euch beide allein«, sagte Arden. »Macht es Ihnen etwas aus, zu Fuß zurückzulaufen, Deirdre? Es ist ja nicht weit.«

»Nein, natürlich nicht«, sagte Deirdre. »Vielen Dank.«

»Setzen wir uns doch rein«, sagte Adam, als Arden gegangen war. »Es ist wirklich aufregend, so viele Gäste zu haben. Erst Omar, dann Sie. Das kommt hier nicht so oft vor.«

Deirdre folgte ihm ins Wohnzimmer. »Was kann ich Ihnen zu trinken anbieten?« fragte er. »Etwas Kaltes? Etwas Warmes? Etwas Lauwarmes?«

»Etwas Kaltes wäre nicht schlecht«, sagte sie. »Vielleicht nur ein Mineralwasser, wenn Sie das haben.«

»Ja, haben wir. Setzen Sie sich«, sagte er und wies mit der Hand auf das Sofa. Dann ging er in die Küche. Als er mit zwei Gläsern Mineralwasser zurückkam, stand Deirdre immer noch.

»So, Sie sind also Omars Herzblatt«, sagte er. »Sein Herzblatt ... ist das jetzt eine Periphrase oder eine Synekdoche?«

»Keins von beidem, glaube ich«, sagte Deirdre. »Es ist auch kein Wort, das ich für unsere Beziehung verwenden würde.«

»Sie haben recht, Beziehungen lassen sich sowieso schwer mit Worten beschreiben. Meine zumindest. Sie waren alle zu kompliziert, um sie in Worte zu fassen.«

Deirdre sagte nichts dazu.

»Aber warum setzen Sie sich denn nicht, meine Liebe. Sie sehen aus, als wollten Sie mich jeden Moment wieder verlassen.«

Deirdre setzte sich ziemlich steif auf die Sofakante. Ihr war anzusehen, daß sie sich etwas unwohl fühlte.

»Habe ich Sie jetzt verstimmt? Hätte ich besser ›Freundin‹ oder ›Lebensgefährtin‹ sagen sollen?« fragte Adam. »Dabei klingt ›Herzblatt‹ doch so romantisch. Finden Sie nicht? Es ist sehr schön, jemandes Herzblatt zu sein. Denken Sie mal drüber nach.«

»Ja«, sagte Deirdre. »Werde ich machen.«

»Aber vielleicht sind Sie auch gar nicht der Herzblatt-Typ«, sagte Adam.

»Sind Sie es denn?« erwiderte Deirdre.

»Mhm, ich denke, ja«, sagte er. »Das heißt, ich war es mal, als ich noch jung war. Und ich war sehr lange jung. Wenn man der Herzblatt-Typ ist, verzögert das vielleicht den Alterungsprozeß. Aber es hält ihn leider nicht ganz auf. Eines Morgens erwachte ich und stellte fest, daß ich ein alter Mann war. Sie werden wohl kontinuierlicher altern. Seien Sie froh. Es gibt nichts Grausameres, als zu erwachen und plötzlich ein Greis zu sein.«

»Ist es denn besser, allmählich zu vergreisen?« fragte Deirdre.

»Nun, man wird sich dessen dann weniger bewußt. Es sei denn, man macht den Fehler und sieht sich alte Fotos an. Deshalb habe ich auch alle meine alten Fotos verbrannt.«

»Aber manche Leute würden sich gern daran erinnern, wie schön sie einmal waren.«

»Man kann sich auch ohne Fotos daran erinnern. Erinnerte Schönheit ist besser als aufgezeichnete Schönheit.«

»Haben Sie wirklich Ihre alten Fotos verbrannt?« fragte Deirdre.

»Nein, aber ich werde es sofort tun, wenn Sie gegangen sind. Ich werde einen Scheiterhaufen errichten und meine Vergangenheit dem Feuer opfern. Ich finde, wir Menschen sollten nichts hinterlassen, wenn unsere Zeit auf der Erde abgelaufen ist. Ich halte es sogar für unanständig, etwas übrigzulassen. Für unökologisch. Ich jedenfalls werde dafür sorgen, daß ich nichts hinterlasse.«

»Hat Jules Gund denn viel hinterlassen?« fragte Deirdre.

»Wollen Sie etwa auch eine Biographie über ihn schreiben?« fragte Adam.

»Nein. Ich mußte nur gerade an ihn denken. Es gibt doch bestimmt viele Fotos, Briefe, Manuskripte und so weiter, nicht wahr?«

»Vielleicht wäre es besser, Sie würden die Biographie schreiben«, sagte Adam. »Sie sind viel wißbegieriger als unser armer Omar. Wie geht es ihm eigentlich? Sie waren doch gerade im Krankenhaus, nicht wahr?«

»Ja …«

»Und wie geht es ihm?«

»Gut. Den Umständen entsprechend gut.«

»Welchen Umständen?« fragte Adam.

»Den Umständen seines Unfalls«, sagte sie.

»Ach ja, so geht es mir auch«, sagte Adam.

»Wie meinen Sie das?« fragte sie.

»Ich meine, es geht mir gut«, sagte er. »Aber leider nur den Umständen entsprechend.«

Deirdre antwortete darauf nicht.

»Sie scheinen mir eine sehr vernünftige Frau zu sein«, sagte Adam. »Würden Sie sich auch so bezeichnen?«

»Als eine vernünftige Frau?« fragte Deirdre. »Ja, warum nicht.«

»Wissen Sie, Miss MacArthur, ich bin sonst nur von verrückten hysterischen Weibern umgeben. Deshalb ist mir Ihre Gesellschaft auch so angenehm.«

»Diesen Ausdruck mögen wir eigentlich nicht«, antwortete Deirdre.

»Wir?« fragte Adam. »Wer ist wir?«

»Wir Frauen. Das Wort ›hysterisch‹ bezeichnet ursprünglich die Gebärmutter. Deshalb klingt es ein bißchen nach männlicher Unterdrückung.«

»Mein Gott, müssen denn alle Frauen um mich herum von ihrer Gebärmutter sprechen?«

»Ich bezog mich nur auf die griechische Wurzel des Wortes«, sagte sie. »Meine Gebärmutter beschäftigt mich ansonsten wenig.«

»Das freut mich zu hören«, sagte er. »Wirklich. Genauso wie es mich freut, daß Sie sofort auf den Punkt kommen. Die anderen beiden hier reden immer nur sehr gewunden. Deshalb wollte ich Sie auch fragen, ob ich mit Ihnen ein direktes Wort sprechen kann.«

»Ja, natürlich«, sagte Deirdre.

»Also gut, es geht um folgendes«, sagte er. »Ich hatte auch schon ein langes Gespräch mit Omar darüber. An dem Tag, als er von der Biene gestochen wurde. Wir haben über vieles gesprochen. Doch eine Sache lag mir ganz besonders am Herzen.«

»Ging es um die Biographie?« fragte Deirdre.

»Ja, auch. Sie hat damit zu tun. Omar und ich haben nämlich eine kleine Abmachung getroffen. Und jetzt fürchte ich, daß er seinen Teil der Abmachung vergessen hat.«

»Ja, ich weiß. Darüber wollte ich auch mit Ihnen reden«, sagte Deirdre.

»Oh, er erinnert sich also noch? Und ich dachte schon, er hätte es nach seinem Unfall vergessen.«

»Nein, er hat es erwähnt.«

»Wie schön ...«, sagte Adam.

»Aber er kann sich nicht mehr an die Details erinnern«, sagte Deirdre. »Er weiß nur noch, daß er eine Abmachung mit Ihnen getroffen hat.«

»Also, es ist ganz einfach«, sagte Adam. »Omar wollte für mich ein paar Sachen nach New York bringen. Es geht um ein paar Gemälde, die meine Mutter aus Deutschland mitgebracht hatte. Die will ich jetzt verkaufen. In New York kenne ich einen Makler, der sie für mich versteigern wird.«

»Und Omar soll die Gemälde für Sie aus dem Land schmuggeln?«

»Nein«, sagte er. »Nicht schmuggeln.«

»Hat Omar sich bereit erklärt, das zu machen?« fragte sie.

»Ja, wir waren uns in der Sache einig.«

»Und was war Ihr Teil der Abmachung?« fragte Deirdre.

»Ich sollte ihm helfen, die Autorisierung zu bekommen«, sagte er. »Arden habe ich schon überzeugt.«

»Ah, ich verstehe«, sagte Deirdre. »Sie haben Omar also erpreßt.«

»Schmuggeln, erpressen ... Sie haben wirklich eine rege Phantasie, mein Kind. Sie haben sich wohl auf den Abenteuerroman des neunzehnten Jahrhunderts spezialisiert.«

»Nein, mein Fachgebiet ist die Moderne«, erwiderte sie. »Und Arden hat mir erzählt, sie hätte ihre Meinung von allein geändert.«

»Ja, das glaubt sie natürlich. Weil ich sie in diesen Glauben versetzt habe. Darin liegt ja gerade die Kunst. Bei Caroline wird es genauso sein.«

»Ihre Abmachung scheint mit ziemlich unangemessen und geschmacklos zu sein«, sagte Deirdre. »Vergessen Sie sie am besten gleich wieder. Daß es Omar wieder bessergeht, sollte Ihnen viel wichtiger sein.«

»Aber natürlich ist mir das wichtig. Ich bin ja froh, daß es ihm bessergeht. Halten Sie mich bitte für keinen Unmenschen. Arden hat mir ja auch schon erzählt, daß das Schlimmste hinter ihm liegt.«

»Wie schön, daß Sie kein Unmensch sind«, sagte Deirdre verärgert und stand auf. »So, jetzt werde ich zurückgehen. Ich bin immer noch sehr erschöpft von meiner Reise.«

»Bitte, warten Sie«, sagte Adam und folgte ihr zur Tür.

»Was wollen Sie denn noch?« fragte sie mit scharfer Stimme. »Ich bin ehrlich gesagt etwas entsetzt, daß Sie versucht haben, Omar auf so dreiste Weise zu erpressen. Ziehen Sie uns bitte nicht in Ihre kriminellen Machenschaften mit hinein. Omar wäre auch gar nicht der Richtige für so etwas gewesen.«

»Ja, genau«, sagte Adam. »Ich gebe Ihnen ja recht. Darüber wollte ich ja auch mit Ihnen reden.«

»Worüber?«

»Darüber, daß Omar nicht der Richtige dafür ist.«

Deirdre blieb vor der Tür stehen und sah ihn skeptisch an.

»Kommen Sie«, sagte Adam. »Setzen Sie sich wieder. Sie scheinen mir gar nicht so erschöpft zu sein.«

»Doch, ich bin erschöpft«, sagte Deirdre trotzig. Dann ging sie zur Couch und setzte sich wieder.

»Ich habe Omar gebeten, die Gemälde für mich nach New York zu bringen, weil er der einzige ist, der mir als Überbringer zur Verfügung steht. Außerdem ist diese Überführung moralisch völlig einwandfrei. Aber Sie haben recht: Omar ist nicht die beste Wahl für diese Aufgabe.«

»Was meinen Sie mit ›moralisch völlig einwandfrei‹? Ist es nun legal oder nicht?«

»Sie sind ja wirklich besessen von einer eindeutigen Terminologie. Der Fluch der Intellektuellen. Versuchen Sie mal, darüber hinwegzusehen.«

»Ja, erzählen Sie das den Zollbeamten. Erzählen Sie denen, sie sollen darüber hinwegsehen.«

»Beruhigen Sie sich«, sagte Adam. »Wozu diese Haarspalterei? Ich hätte Ihnen etwas mehr geistige Beweglichkeit zugetraut.«

»Ich weiß nicht, warum Sie mir das alles erzählen«, sagte Deirdre und stand wieder auf. »Wenn Sie glauben, Omar oder ich würden für Sie schmuggeln, haben Sie sich getäuscht. Es ist also völlig sinnlos, weiter darüber zu reden.«

»Aber Sie können mir doch wenigstens zuhören. Es gibt hier ja sonst nicht so viel zu tun.«

»Ich bin müde«, antwortete sie. »Und ich mache mir Sorgen um Omar. Mehr, als Sie denken. Omar hat im Koma gelegen. Da kann ich mich nicht auch noch um Ihre Schmuggelangelegenheiten kümmern.«

»Ich mag Sie«, sagte Adam. »Sie machen einen sehr lebendigen Eindruck auf mich. Schade nur, daß Sie keinen Sinn für Abenteuer haben. Statt dessen vergraben Sie sich in Ihren Romanen. Wahrscheinlich lesen Sie nicht einmal mehr Romane, sondern nur noch Sekundärliteratur. Sie führen ein Leben aus zweiter Hand. Sie kommen nach Uruguay und ignorieren die Möglichkeiten, die sich Ihnen bieten. Das werden Sie einmal bereuen. Nicht jetzt – später, wenn sie alt und grau sind. Dann werden Sie sich erinnern und sich fragen: Warum habe ich damals nicht die Gemälde geschmuggelt?«

»Also ist es doch Schmuggelei. Dann hatte ich ja recht.«

»Nennen wir es eine private Überführung.«

»Und warum muß sie so privat sein?«

»Weil die Gemälde in Deutschland verkauft werden müssen, in ihrem Herkunftsland. Mein Makler wird sie für mich nach Deutschland bringen. Bei den Juwelen ist das nicht nötig, die können auch in New York verkauft werden.«

»Also ich gehe jetzt«, sagte Deirdre. »Omar und ich werden bei Ihren Geschäften nicht mitmachen. Betrachten Sie Ihre Abmachung mit Omar als gegenstandslos. Wir bekommen Carolines Zustimmung auch ohne Ihre Hilfe.«

»So, meinen Sie?«

»Ja, wir können es wenigstens versuchen. Aber auf ehrliche Weise. Ohne faule Tricks und Erpressungen.«

»Wie ehrenhaft von Ihnen. Aber nicht sehr klug. Denn eins scheinen Sie zu vergessen: Ich könnte meine Zustimmung ja wieder zurücknehmen.«

»Das würden Sie tun?« fragte Deirdre. »Waren Sie nicht von Anfang an für die Biographie? Ich hätte nicht gedacht, daß Ihre Zustimmung käuflich wäre.«

»Dann haben Sie sich geirrt, meine Liebe«, sagte Adam und klang auf einmal sehr schroff. »Sie müssen mit allem rechnen. Außerdem habe ich mit Omar die Abmachung getroffen und nicht mit Ihnen. Er hat also in dieser Sache zu entscheiden. Es war sehr angenehm, mit Ihnen zu plaudern. Jetzt müssen Sie mich aber entschuldigen, es ist höchste Zeit für meine Siesta.« Adam erhob sich und ließ sie einfach stehen. Vom Treppenhaus her hörte sie, wie er schwerfällig die Treppen hinaufstieg.

Deirdre stand allein im Wohnzimmer und kam sich ziemlich dumm vor. Dann ging sie durchs Treppenhaus zur Tür und trat hinaus in den Hof. Als sie an die Landstraße kam, konnte sie sich nicht mehr erinnern, in welcher Richtung Ochos Rios lag. Am besten, ich gehe einfach los, dachte sie. Es gibt ja nur zwei Möglichkeiten, und eine war die richtige.

16. Kapitel

Wie anstrengend diese Leute sind, dachte Deirdre, als sie auf das Tor von Ochos Rios zulief. Armer Omar. Es war bestimmt nicht leicht gewesen, mit diesen Verrückten zu verhandeln. Aber jetzt war sie ja da. Jetzt würde sie die Sache in die Hand nehmen. Omars Unfall hatte also auch sein Gutes.

Der Schulbus, mit dem sie hergekommen war, fuhr an ihr vorbei und hielt vor dem Tor. Portia stieg aus. Sie schien Deirdre vom Bus aus gesehen zu haben, denn sie blieb stehen und wartete auf sie.

»Hallo«, sagte Deirdre, als sie vor ihr stand.

»Hallo. Wo kommen Sie denn her?« fragte Portia.

»Ich war bei deinem Onkel«, antwortete Deirdre und wußte nicht, was sie weiter sagen sollte. Hätte Portia ein Kleid getragen, hätte sie ihr ein Kompliment dafür machen können. Aber das Kind trug eine Schuluniform. Deshalb fragte Deirdre sie: »Und wie war die Schule?«

»Ganz gut«, antwortete Portia.

»Omar und ich unterrichten auch.«

»Sind Sie eine Nonne?« fragte Portia.

»Nein, wir unterrichten nicht an einer Klosterschule, sondern an einer Universität«, sagte Deirdre.

Das Thema schien Portia nicht besonders zu interessieren.

»Weißt du schon, was du werden willst, wenn du groß bist?« fragte Deirdre.

»Ja, ich will Krankenschwester werden.«

»Krankenschwester ...«, sagte Deirdre. »Hast du nicht mal überlegt, Ärztin zu werden?«

»Doch, aber ich will Krankenschwester werden.«

»Und warum?«

»Weil man dann nicht schuld daran ist, wenn jemand stirbt«, sagte Portia. »Krankenschwestern brauchen die Patienten nur zu pflegen.«

»Aha«, sagte Deirdre und sann kurz über die Antwort nach.

»Übrigens habe ich heute eine Krankenschwester gesehen. Als ich Omar besucht habe. Im Krankenhaus.«

Portia sah sie überrascht an. »Ja, Krankenschwestern arbeiten im Krankenhaus. Das ist doch klar.«

»Ja«, antwortete Deirdre. Dann zog sie es vor, für den Rest des Weges zu schweigen. Das war das Gute an Kindern. Man konnte sie ignorieren, ohne daß sie es einem übelnahmen.

Arden stand zwischen den Säulen und erwartete sie. Sie küßte ihre Tochter auf die Stirn und wandte sich dann zu Deirdre. »Dr. Peni hat vorhin angerufen. Omar kann morgen früh vielleicht schon entlassen werden, wenn er sich kräftig genug fühlt.«

»Ah, sehr gut«, sagte Deirdre.

»Ja, aber er muß noch eine Woche im Bett liegen, bevor er abreisen kann. Solange kann er hier bei uns bleiben, wenn er will.«

»Oh«, sagte Deirdre. »Meinen Sie, ich könnte auch noch bleiben? Dann könnten wir nämlich zusammen zurückreisen.«

»Ja, natürlich«, sagte Arden. »Wie war denn Ihr Nachmittag bei Adam?«

»Gut«, sagte Deirdre.

»Sie haben bestimmt großen Hunger«, sagte Arden. »Ich denke nicht, daß Adam Ihnen etwa zu essen gemacht hat.«

»Kann ich meinen Imbiß haben?« fragte Portia.

»Ja, gleich«, sagte Arden. »Soll ich Ihnen auch etwas machen, Deirdre?«

»Nein, danke. Ich glaube, ich lege mich ein bißchen hin.«

»Wie Sie wollen«, sagte Arden. »Um sieben essen wir zu Abend. Essen Sie Fleisch?«

»Ja«, sagte Deirdre und ging zur Treppe. Dann drehte sie sich noch mal um und fragte, ob Caroline mit ihnen essen würde. Arden wußte es noch nicht.

Caroline war beim Abendbrot nicht dabei. Als sie zu Ende gegessen hatten, fragte Deirdre: »Glauben Sie, ich könnte mal mit Caroline sprechen?«

Arden zögerte einen Moment. Sie wußte, daß Caroline soziale Kontakte, die nicht von ihr ausgingen, als aufdringlich empfand. Aber sollte sie Deirdre jetzt vor ihr warnen? Sollte sie sich überhaupt in die Sache einmischen? Sie hatte versucht, sich mit Deirdre anzufreunden, sie zu mögen – allein schon deshalb, weil es ihr kleinbürgerlich vorkam, so kühl zu ihr zu sein wie Caroline. Doch es war ihr nicht gelungen. Deirdre war sehr freundlich und hilfsbereit – sie hatte ihr beim Kochen geholfen und angeboten, den Abwasch zu übernehmen –, doch in ihrem Wesen lag auch etwas unterschwellig Aggressives. Wenn sie fragte, ob sie mit Caroline reden könne, klang das aggressiv, ebenso wie die Frage, ob Adam für sie zu sprechen sei. Warum mußten alle Gespräche von ihr ausgehen? Benahm man sich so, wenn man bei jemandem zu Gast war? Zu ihrem Nachmittag mit Adam hatte sie nichts weiter gesagt, auch nicht, als Arden sie noch mal darauf angesprochen hatte. Wahrscheinlich war ihre Unterhaltung nicht sehr angenehm verlaufen. Kaum eine Unterhaltung mit Adam war angenehm. Und ihr Gespräch mit Caroline würde wohl auch nicht besser verlaufen, vielleicht sogar schlechter. Sollte sie sie also vor Caroline warnen? Omar hätte sie gewarnt. Aber Deirdre? Nein, Deirdre konnte machen, was sie wollte. Arden würde sich aus der Sache heraushalten.

»Wahrscheinlich ist sie in ihrem Atelier«, sagte Arden. Dann erklärte sie Deirdre, wie man dorthin gelangte.

Selbst Deirdre fühlte sich etwas beklommen, als sie die Treppe zu Carolines Atelier hochstieg. Vor der Tür blieb sie stehen und lauschte einen Moment. Vielleicht war sie gar nicht da, dachte sie. Da ging plötzlich die Tür auf.

»Guten Abend«, sagte Caroline und stellte sich in die Tür. Sie trug ein weißes Herrenhemd und eine beigefarbene Jogginghose. Ihr Haar hatte sie zu einem Knoten gebunden, den ein Pinsel zusammenhielt. »Mir war doch so, als hätte ich jemanden heraufkommen hören.«

»Guten Abend«, sagte Deirdre. »Ich hoffe, ich störe nicht gerade ...«

Caroline antwortete nicht und ließ Deirdres Befürchtung unkommentiert im Raum stehen.

»Ich wollte nur mal kurz mit Ihnen sprechen«, sagte sie verunsichert. »Wenn ich ungelegen komme, gehe ich natürlich gleich wieder.«

»Nein, nein«, sagte Caroline, zufrieden mit Deirdres Reaktion. »Kommen Sie herein.«

Deirdre trat in das Atelier und suchte nach einem Bild, zu dem sie etwas Anerkennendes sagen konnte. Doch sämtliche Leinwände standen mit der bemalten Seite zur Wand. Nur das Bild auf der Staffelei, an dem Caroline gerade arbeitete, war einsehbar. Es war eins dieser zahllosen Stilleben, für das wahllos Gegenstände zusammengestellt worden waren, damit der Maler seine virtuose Maltechnik zur Schau stellen konnte. In diesem Fall waren es Trauben, eine Weinkaraffe und ein paar tote Kaninchen. »Das sieht aber sehr hübsch aus«, sagte Deirdre und deutete mit dem Kinn auf das Gemälde.

»Meléndez«, sagte Caroline.

Deirdre überlegte, ob das der Name eines Malers oder eines Malstils war. In ihren Kunstgeschichtsseminaren hatte sie die meiste Zeit gedöst.

Caroline wies ihr mit der Hand einen Platz auf der Couch zu. »Da«, sagte sie, als spräche sie mit einem Hund. Die Couch war sehr alt. Deirdre ordnete sie den fünfziger Jahren zu. Sie war mit Kunstbüchern übersät, von denen sie ein paar zur Seite schob und sich setzte. Caroline nahm auf dem Sessel davor Platz.

»Das Bild ist wirklich sehr schön«, sagte Deirdre noch einmal. »Die Trauben sehen sehr appetitlich aus.« Sie merkte, daß sie anfing zu plappern, aber Carolines eindringlicher Blick konnte einen wirklich nervös machen. »Malen Sie nur Stilleben?«

»Nein«, sagte Caroline.

»Mhm.« Deirdre schaute sich noch einmal um. Warum standen die Bilder denn alle verdeckt an der Wand? Auch Caroline schien sich hinter ihrem kühlen Lächeln vor ihr verbergen zu wollen. »Ihr Atelier gefällt mir sehr gut. Es muß wirklich schön sein, hier zu malen.«

Carolines frostige Lächeln taute ein wenig auf. »Kann ich Ihnen etwas zu trinken anbieten?« fragte sie. »Einen Scotch vielleicht?«

»O ja, gern«, sagte Deirdre.

Caroline stand auf und ging zu einem Tischchen, auf dem ein paar Flaschen und Gläser standen. »Mit Wasser?« fragte sie. »Eis und Soda habe ich leider nicht.«

»Ja, ein bißchen vielleicht«, sagte Deirdre.

Caroline füllte zwei Gläser mit Whiskey und goß in eins der Gläser Wasser aus einer Plastikflasche. »Wie geht es denn Omar?« fragte sie und brachte Deirdre ihr Glas.

»Schon viel besser. Vielleicht kommt er morgen wieder nach Hause – hierher, nach Ochos Rios, meine ich.«

»Wie schön«, sagte Caroline. »Und dann fahren Sie wieder nach Hause?«

»Nein, noch nicht«, sagte Deirdre. »Der Doktor hat Omar noch eine Woche Bettruhe verschrieben.«

»Ah ...«, sagte Caroline.

»Der Whiskey schmeckt wirklich sehr gut«, sagte Deirdre. »Er hat ein sehr schönes Aroma.« Hatte sie nicht schon das Bild und das Atelier sehr schön gefunden? Caroline mußte sie inzwischen für etwas beschränkt halten. »Er ist sehr rauchig«, präzisierte sie. »Ist das ein Single Malt?«

»Ja«, sagte Caroline. »Laphroaig.«

Deirdre genoß die Wärme, die der Alkohol in ihr aufsteigen ließ. Ihr Vater nannte Hochprozentiges immer den Mut der Holländer. Und den brauchte sie jetzt. Sie nahm einen weiteren Schluck und sagte: »Sie fragen sich bestimmt, worüber ich mit Ihnen sprechen wollte.«

»Ehrlich gesagt nicht«, erwiderte Caroline in einem ruhigen freundlichen Ton.

»Oh«, sagte Deirdre. Mit dieser Antwort hatte sie nicht gerechnet. Doch sie durfte sich jetzt nicht beirren lassen. »Erlauben Sie, daß ich es Ihnen trotzdem sage?« fragte sie.

»Ja, natürlich«, sagte Caroline und lachte. »Ich bitte Sie darum.«

Sie ist wirklich fürchterlich, dachte Deirdre. Sie genießt diese peinliche Situation auch noch. Diese Leute hier sind alle unmöglich. Unverschämt und hinterhältig. Sie haben alle eine Therapie nötig.

»Wie Sie wahrscheinlich wissen, sind Sie die einzige, die noch Vorbehalte gegen die Biographie hat. Darüber wollte ich mit Ihnen reden. Wie Omar Ihnen wahrscheinlich schon gesagt hat, will er eng mit Ihnen zusammenarbeiten, und er wird alle Ihre Wünsche respektieren. Es gibt also nichts, wovor Sie Angst zu haben brauchten.«

»Ich habe auch keine Angst«, sagte Caroline.

»Ich wollte auch nicht sagen, daß Sie Angst haben …«

»Was wollten Sie dann sagen?«

»Ich wollte sagen, daß … Ja, vielleicht erklären Sie mir einfach mal Ihre Gründe. Dann können wir darüber noch mal sprechen.«

»Verzeihen Sie, aber ich habe schon mit Omar ausführlich darüber gesprochen. Ich habe keine Lust, das alles noch mal zu wiederholen.«

»Ich weiß, wie lästig Ihnen das alles ist«, sagte Deirdre. »Aber wenn Sie wüßten, wie wichtig die Sache für Omar ist, wieviel davon abhängt …«

»Ja?«

»Dann würden Sie vielleicht noch einmal darüber nachdenken.«

»Sie verstehen mich nicht«, sagte Caroline. »Mein Entschluß hat überhaupt nichts mit Omar zu tun. Ich weiß, wie wichtig das Buch für ihn ist. Seine unnütze Reise hierher ist ja der beste Beweis dafür. Aber Omars Sorgen gehen mich nichts an. Für mich sind in dieser Angelegenheit ganz andere Sachen entscheidend.«

»Ihre Rücksicht auf Ihren verstorbenen Mann?«

»Das geht Sie nichts an, denke ich. Aber ja, ich bin aus Rücksicht auf Jules dagegen. Und auch aus Rücksicht auf mich.«

Deirdre schwieg. Die Lage kam ihr ziemlich aussichtslos vor. Es war einfach unmöglich, mit diesen Leuten zu reden. Dabei hatte sie sich schon so darauf gefreut, Omar das unterschriebene Autorisierungsformular als Entlassungsgeschenk zu präsentieren. Eine kleine Willkommensparty in Ochos Rios hatte sie auch schon in Gedanken geplant, mit Sekt und Wein, um gemeinsam auf Omars Projekt anzustoßen. Omar hätte sich so gefreut, er wäre ihr so dankbar gewesen. Doch die Sturheit dieser Leute machte ihre Pläne zunichte.

»Entschuldigen Sie«, sagte sie schließlich. »Mir scheint, ich verschwende nur Ihre Zeit.«

»Zeit haben wir hier genug«, sagte Caroline gelassen. »Daran besteht kein Mangel.«

»Ja, aber Ihr Entschluß scheint sehr festzustehen. Ich glaube nicht, daß es mir oder Omar gelingen wird, Sie umstimmen.«

»Unser Entschluß stand schon vor Monaten fest«, sagte Caroline. »Wir waren von Anfang an dagegen. Schon bevor Omar hier aufkreuzte.«

»Aber Arden hat ihre Meinung geändert«, sagte Deirdre.

»Ja, das mag sein. Aber ich werde bei meiner Meinung bleiben.«

»Also hat es keinen Sinn, mit Ihnen weiter zu reden.«

»Wenn Sie über nichts anderes mit mir reden wollen, dann nicht«, sagte Caroline und klang fast ein wenig beleidigt.

Deirdre stand auf. »Dann gehe ich jetzt. Verzeihen Sie, daß ich Sie gestört habe.«

»Sie haben mich nicht gestört«, sagte Caroline.

Aber ich wünschte, ich hätte es, dachte Deirdre. »Danke für den Scotch«, sagte sie.

»Gern geschehen«, antwortete Caroline und führte sie zur Tür. »Gute Nacht.«

Deirdre trat auf den Hof und ging durch den Rundbogen nach draußen. Ihr war im Moment nicht nach Gesellschaft. Auch Arden wollte sie nicht sehen, die ihr ebenfalls nicht ganz geheuer vorkam. Sie schien immer erst genau über alles nachzudenken, bevor sie etwas sagte. Und ihre Freundlichkeit wirkte nicht ganz ehrlich.

Die Sonne war noch nicht versunken, doch die vielen Kiefern schirmten ihr Licht ab. Wenn ich hier wohnen würde, müßten als erstes die vielen Bäume weg, dachte sie. Sie ging durch den runden Ausschnitt in der Hecke und kam in den Garten. Vor dem Zaun blieb sie stehen. Sie hörte einen Rasensprenger, der auf einer Art hölzernem Podium zwischen den Beeten stand und einen zittrigen Strahl über die Pflanzen schoß. Die Luft roch nach Kräutern. Vor ihr landeten ein paar Krähen und pickten in der feuchten Erde.

Mit Einsetzen der Dunkelheit verstummte auf einmal der Rasensprenger. Er war wohl an eine Zeituhr angeschlossen. Er war so laut gewesen, daß die plötzliche Stille jetzt unheimlich wirkte. Sie schaute nach oben in den Himmel, wo das Tageslicht allmählich den Sternen wich. Obwohl es überhaupt nicht kalt war, bildete sich eine leichte Gänsehaut auf ihren Armen. Was würde aus Omar werden, wenn er die Autorisierung nicht bekäme? dachte sie. Was würde aus ihr werden? Aus ihnen beiden?

Sie schloß die Augen und roch den Duft der Kiefern und Kräuter. Würde sie anfangen zu weinen? Eine Sekunde lang dachte sie daran, ein Gebet zu sprechen, was sie natürlich nicht tat. Doch sie mußte schon sehr betrübt sein, um auf solche Gedanken zu kommen.

17. Kapitel

Am nächsten Morgen traf Omar in einem zum Krankenwagen umfunktionierten Kombi in Ochos Rios ein. Für die Überführung waren ihm starke Beruhigungsmittel verabreicht worden, so daß er den ganzen Tag döste und erst am Abend wieder richtig ansprechbar war. Deirdre machte ihm eine Suppe. Das heißt, sie erwärmte die Suppe, die Arden gekocht hatte. Sie stellte die Suppe zusammen mit etwas Brot und einem Glas Wasser auf ein Tablett und ging damit nach oben.

Als sie in sein Zimmer kam, lag er im Bett und sah sie mit glasigen Augen an. Statt der Mullbinden trug er jetzt elastische Schienen um die Hände, aus denen vorn seine Finger herausschauten.

»Ah, du bist es«, sagte er.

Natürlich war sie es, wer sollte es denn sonst sein? dachte sie leicht verstimmt. Doch sie wollte sich nicht gleich am ersten Tag seiner Entlassung ärgern. »Ja, ich bin's«, sagte sie und versuchte aufmunternd zu lächeln. »Ich bringe dir eine Suppe. Hast du Hunger?«

»Ja«, sagte er. »Ein bißchen. Was für Suppe ist das denn?«

»Avocadosuppe mit Kresse. Sie sollte, glaube ich, kalt gegessen werden. Aber ich habe sie trotzdem warm gemacht. Etwas Warmes wird dir jetzt guttun.« Sie stellte das Tablett auf den Nachttisch. »Komm mal hoch mit dem Rücken«, sagte sie. »Oder warte, ich hole dir noch ein Kissen aus meinem Zimmer.« Sie ging zurück zur Tür und verschwand im Flur.

Er hatte sich bereits aufgerichtet und löffelte seine Suppe, als sie zurückkam. »Sehr lecker«, sagte er. Die Schienen um seine Handgelenke zwangen ihn, sehr konzentriert und langsam zu essen.

»Soll ich dir helfen?« fragte sie. »Gib mir mal den Löffel, ich werde dich füttern.«

»Nein, danke. Es geht schon«, sagte er.

Deirdre nahm die Serviette vom Tablett und steckte eine Ecke in seinen Kragen, so daß sie wie ein Lätzchen herunterhing. Er trug wieder den scheußlichen Schlafanzug mit dem roten Paisley-Muster. »Woher hast du eigentlich den Schlafanzug?« fragte sie.

»Ich weiß auch nicht«, sagte er. »Er lag an meinem Bett im Krankenhaus.«

»Wahrscheinlich hat Arden ihn dir mitgebracht«, sagte

Deirdre. »Vielleicht hat er Jules Gund gehört. Stell die das mal vor: Jetzt liegst du hier in seinem Haus und trägst auch noch seinen Schlafanzug.«

»Meinst du?« sagte Omar. »Vielleicht ist er auch aus dem Bestand des Krankenhauses und gehörte irgendeinem Toten.«

»Ich hätte dir mal ein paar Schlafanzüge mitbringen sollen«, sagte Deirdre. »Und einen Bademantel. Aber bei der ganzen Aufregung habe ich das natürlich vergessen.«

»Ich habe doch gar keine Schlafanzüge«, erwiderte er.

»Ja, aber ich hätte dir ein paar kaufen können.«

»Der hier reicht doch«, sagte Omar. »Ich finde ihn sogar ganz schick.«

»Wie bitte? Der Schlafanzug ist absolut scheußlich, Omar.«

Er schaute nach links und rechts auf seine Ärmel und sagte: »Also, mir gefällt er. Vielleicht kann ich ihn ja sogar mit nach Hause nehmen.«

Deirdre versuchte sich zu beherrschen. Sie hatte nicht die weite Reise unternommen, um sich mit Omar über Schlafanzüge zu streiten. »Und wie fühlst du dich jetzt?« fragte sie. »Ich habe mir schon Sorgen gemacht. Der Arzt hat dich ja ganz schön unter Drogen gesetzt. Zu Hause gehst du am besten noch mal zu einem anderen Arzt.«

»Ach, mir geht es wieder ganz gut«, sagte er. »Ist eigentlich noch etwas von der Suppe da?«

»Nein, mehr war nicht da. Aber du kannst das Brot noch essen. Hör mal, Omar, ist dein Kopf wieder klar?«

»Ja, natürlich«, sagte er.

Deirdre rückte ihren Stuhl etwas näher an sein Bett. »Dann paß auf. Wir müssen uns jetzt genau überlegen, wie wir vorgehen sollen. Ich habe mit den Leuten hier schon geredet. Aber sie scheinen alle ein bißchen durchgeknallt zu sein. Besonders Adam und Caroline.«

»Aber Adam hat sein Einverständnis doch schon gegeben«, erwiderte Omar. »Und ich habe dir doch gesagt, daß er Caroline für mich umstimmen wollte.«

»Ja, genau darüber wollte ich noch mit dir reden«, sagte

Deirdre. »Ich war gestern bei Adam, und er hat mir von eurer Abmachung erzählt. Ich kann nicht glauben, daß du dich auf so etwas eingelassen hast.«

Omar antwortete nicht.

»Sag mir bitte, daß es nicht wahr ist ...«

»Doch, es ist wahr«, sagte Omar. »Vielleicht war es etwas naiv von mir. Aber ich wußte nicht, was ich machen sollte. Außerdem schien mir die Sache in Ordnung zu sein.«

»Mensch, Omar, bist du verrückt geworden? Haben dich die Leute mit ihrer Verrücktheit angesteckt? Du kannst für Adam doch nicht schmuggeln. Darauf steht Gefängnis. Erinnerst du dich noch an den Film *Midnight Express*?«

»Er hat gesagt, es wäre keine Schmuggelei. Ich glaube auch nicht, daß er mich um etwas Illegales bitten würde. Wahrscheinlich hältst du das für dumm, aber ich vertraue ihm.«

»Na ja, ich vertraue ihm jedenfalls nicht«, sagte Deirdre. »Ich habe ihm auch gesagt, daß wir nichts für ihn aus dem Land schmuggeln. Jetzt droht er, seine Zustimmung wieder zurückzunehmen.«

»Deirdre! Wenn Adam seine Zustimmung wieder zurücknimmt, können wir es völlig vergessen.«

»Kein Panik, Omar. Ich glaube, er wollte mir nur Angst einjagen. Er ist wohl einer dieser Homosexuellen, die starke Frauen nicht mögen. Oder er mag Frauen im allgemeinen nicht.«

»Dann hättest du auch nicht mit ihm reden sollen. Bisher lief doch alles gut. Mich mag er nämlich.«

»Natürlich mag er dich«, sagte Deirdre. »Du bist ja auch ein hübscher Junge, der für ihn schmuggeln wollte. Aber mach dir keine Gedanken, wir bekommen die Autorisierung schon.«

»Ja, und wie?« fragte er.

»Das weiß ich noch nicht genau, aber uns wird schon was einfallen«, antwortete sie. »Bei Caroline bin ich allerdings wirklich etwas ratlos. Sie scheint ernsthaft gestört zu sein. Mit Vernunft kommt man bei ihr nicht weiter. Ich habe es schon versucht.«

»Ach, Deirdre, ich wünschte, du hättest dich aus allem rausgehalten«, sagte Omar. »Bisher lief doch alles so gut.«

»Unsinn, Omar. Nichts lief gut. Du bist vom Baum gefallen, und du wärst wahrscheinlich ins Gefängnis gekommen, wenn ich nicht aufgetaucht wäre.«

»Aber mit der Biographie lief doch alles gut. Ich hätte die Autorisierung bekommen. Ich hätte sie auf meine Weise bekommen. Es schien alles so gut zu klappen.«

»Nichts hat geklappt. Sonst hätte ich ja nicht zu kommen brauchen.«

»Ich habe dich ja nicht gebeten herzukommen«, sagte Omar.

»Oh«, sagte sie. »Entschuldige, daß ich mir Sorgen um dich gemacht habe. Du lagst ja auch nur im Koma. Entschuldige, daß ich mit diesen Verrückten gesprochen habe, um dir die Autorisierung zu besorgen.«

»Ich hab es ja nicht so gemeint«, sagte Omar. »Ich mag nur nicht, wenn du mich wie ein Baby behandelst.«

»Dann benimm dich nicht wie ein Baby«, sagte Deirdre. »Fall nicht von Bäumen, und laß die Finger von Schmuggelgeschäften.«

»Der Sturz vom Baum war ein Unfall. Dafür konnte ich nichts«, sagte Omar.

»Du weißt ja, wie ich über Unfälle denke«, erwiderte sie.

Omar wurde plötzlich so wütend, daß er seine Scheibe Brot durchs Zimmer warf. »Jetzt reicht es mir aber«, rief er. »Hör endlich auf, mich wie ein Kind zu behandeln. Ich bin kein Idiot. Unfälle passieren nun einmal. Nur dir vielleicht nicht. Aber es sind nicht alle so perfekt wie du.«

»Ich bin nicht perfekt«, sagte Deirdre und stand auf, um das Brot wieder aufzuheben. »Das habe ich nie behauptet. Ich wollte dich auch nicht wie ein Kind behandeln. Ich wollte dir wirklich nur helfen … weil ich dich liebe, Omar.«

»Ja, ich weiß«, sagte er. »Es tut mir leid.«

Sie sah ihn bekümmert an. »Wäre es dir wirklich lieber gewesen, wenn ich nicht gekommen wäre?« fragte sie

»Nein«, sagte er und schüttelte den Kopf. »Ich bin ja froh, daß du hier bist.«

Deirdre nahm ihm das Tablett ab und stellte es zurück auf den Nachttisch. Dann wollte sie ihm mit der Serviette den Mund abwischen, doch er schob ihre Hand weg.

»Omar, was ist denn?« fragte sie. »Du kannst dich doch kaum bewegen. Laß dir doch wenigstens den Mund abwischen.«

Omar ließ die bemutternde Geste widerwillig über sich ergehen. Dann schaute er weg.

»Omar«, sagte sie. »Ist alles in Ordnung?«

Er antwortete nicht.

»Omar?«

»Entschuldige«, sagte er und drehte sich zu ihr.

»Du brauchst dich nicht zu entschuldigen«, sagte sie sanft und strich über seine Wange. »Ruh dich einfach aus.«

Pete und Arden bearbeiteten gerade die neu angelegten Beete im Garten. Pete lockerte mit der Hacke den Boden auf, und Arden zupfte die kleinen Unkrautpflänzchen, die bereits zu sprießen begonnen hatten. Es ist unglaublich, wie schnell das Unkraut wächst, dachte sie. Man kann es fast beim Wachsen beobachten.

Als sie einen Schatten vor ihren Füßen bemerkte, blickte sie nach oben. Pete stand, auf seine Hacke gestützt, vor ihr und sah sie an.

»Was ist denn?« fragte sie.

»Wirst du sie vermissen?«

»Wen?« fragte sie, obwohl sie natürlich genau wußte, wen er meinte. Doch sie wollte nicht mit ihm über Omar und Deirdre sprechen. Sie wollte mit niemandem über sie sprechen. Sie wollte nur, daß sie endlich abfuhren.

»Ich meine Omar«, sagte Pete. »Omar und Deirdre.«

Arden setzte sich auf die Erde. Die Sonne blendete sie, als sie hochsah. Pete machte einen Schritt zur Seite, und sie war wieder im Schatten.

»Nein«, sagte sie. »Warum sollte ich sie vermissen?«

»Ich dachte nur«, antwortete er. »Ich werde sie nämlich vermissen.«

»Ja, ich kann mir vorstellen, daß du dich hier manchmal ein bißchen einsam fühlst«, sagte Arden. Sie zerdrückte einen Klumpen Erde zwischen den Fingern und ließ die Krümel auf den Boden fallen.

»Bist du eigentlich in ihn verliebt?« fragte Pete.

Arden schaute überrascht zu ihm hoch. »Nein«, sagte sie. »Warum sollte ich denn in ihn verliebt sein?« Dann stand sie auf und klopfte sich die Erde von ihrer Hose. »Ich glaube, ich werde mal reingehen, mir ist nicht besonders gut.« Sie ging durch die Pforte und verschwand hinter der Hecke.

In der Küche sah sie als erstes den Topf in der Spüle. Deirdre hatte die Suppe heiß gemacht, obwohl sie kalt gegessen werden mußte. Die Gewürze verloren ihren Geschmack, wenn man sie erhitzte. Solche Sachen ärgerten sie. Überhaupt ärgerte sie Deirdres Anwesenheit, die Selbstverständlichkeit, mit der sie sich jetzt bediente, um Omar zu pflegen. Andererseits war es gut, daß sie hier war. So konnte sie Omar wenigstens aus dem Weg gehen, bis er wieder abreiste. Vielleicht würde er aber auch bleiben … Caroline konnte ihre Meinung ja jederzeit ändern. Dann würde Deirdre vielleicht allein abreisen.

Sie ging hoch in ihr Zimmer und zog die Gardinen zu. Dann legte sie sich aufs Bett und dachte an ihren Kuß in der heißen Sonne vorm Bootshaus. Sie hatten sich geküßt. Ob Omar sich überhaupt noch daran erinnerte? Vielleicht hatte er alles vergessen, was an dem Tag seines Unfalls geschehen war. Und selbst wenn er sich erinnerte, hieß das noch nicht, daß ihm der Kuß etwas bedeutete. Sie glaubte zwar nicht, daß es viele Frauen in seinem Leben gegeben hatte, aber die Bedeutung eines Kusses war schwer einzuschätzen. Wie töricht war sie doch gewesen, wie naiv! Das lag an den vielen Jahren des Alleinseins, des Lebens hier in der Einöde ohne Menschen, ohne Männer, ohne die Möglichkeit, überhaupt geküßt zu werden. Sie selber hatte seit Jules' Tod nur eine Affäre gehabt. Mit Henrik, dem Bruder der Deleer-Schwestern, mit denen Caroline befreundet war. Sie hatten sich beim Abendessen kennengelernt, zu dem sie und Caroline eingeladen worden waren, und schon während des Essens hatte sie gewußt, daß sie mit ihm im Bett landen würde. Sie war nach dem Essen ins Badezimmer gegangen, und er war ihr gefolgt. Als sie aus der Tür kam, stand er vor ihr, und es war offensichtlich, daß er nicht auf das Freiwerden des Badezimmers gewartet hatte. Sie hatte gespürt, daß auch sie es wollte und es dumm gewesen wäre, es sich nicht einzugestehen. Also ließ sie sich von ihm küssen. Doch nach ihrer vierwöchigen Affäre fuhr Henrik wieder zurück. Nach Capetown, zu seiner Frau und seiner Tochter, die kurioserweise auch Portia hieß. Ihre Liebe war sehr leidenschaftlich, doch zu kurz gewesen, um tiefere Spuren zu hinterlassen. Natürlich waren die Deleer-Schwestern bald dahintergekommen, und seitdem schienen sie Arden nicht mehr besonders zu mögen. Caroline wußte sicher auch davon, doch sie hatte sie noch nie darauf angesprochen.

Von Henrik hatte sie sich sofort angezogen gefühlt. Bei Omar war es anders gewesen. Ihre Gefühle für Omar hatten zunächst im dunkeln gelegen, sie mußte sich erst zu ihnen vortasten. Und bevor sie genau wußte, was sie empfand, hatten sie sich bereits geküßt. Vielleicht war er ja sogar verliebt in sie. Vielleicht war er verliebt, aber unterdrückte seine Gefühle. Weil er ihre Liebe als unrealistisch ansah und es für unvernünftig hielt, sich gehenzulassen. Sich gehenzulassen ... Sie strich mit der Hand über ihren Bauch und stellte sich vor, wie es wäre, mit Omar zu schlafen. Sie dachte an seinen dunklen Körper, seine schönen Hände, seine Augen ... Dann fiel ihr Petes Frage wieder ein. Warum hatte er sie gefragt, ob sie in Omar verliebt war? Wußte er etwas von ihrem Kuß? Hatte Omar ihm davon erzählt? Hatte er ihm vielleicht auch gesagt, daß er in sie verliebt war? Sie stand auf und ging ins Bad, um sich ihr Gesicht zu waschen. Sie betrachtete ihr Spiegelbild, das sie nie gern gesehen hatte. Es hatte sie immer verunsichert, obwohl sie wußte, daß sie einigermaßen hübsch war. Sie führte es auf ihre Zeit als Kinderdarstellerin zurück, als sie ihr trauriges Gesicht auf der Leinwand immer gehaßt hatte. Natürlich sah sie inzwischen völlig anders aus.

Sie ging zurück zum Garten. Vor dem Zaun blieb sie stehen. Pete bearbeitete noch immer mit der Hacke die Erde. »Pete«, rief sie.

»Ja?« sagte er und drehte sich um.

»Kannst du mal bitte kommen?«

Pete legte die Hacke hin und ging zu ihr. Er wischte sich mit dem Handrücken den Schweiß von der Stirn und wartete darauf, daß sie etwas sagte.

Arden schaute hinüber zu den Obstbäumen hinter dem Garten. Sie waren in häßliche orangefarbene Kunststoffnetze gehüllt. Gab es keine Netze aus unauffälligerem Material?

»Was denn?« fragte Pete nach einer Weile.

»Hat Omar eigentlich irgend etwas zu dir gesagt?« fragte sie. »An dem Tag, als er den Unfall hatte?«

»Was denn gesagt?«

»Pete …«, sagte sie. »Warum hast du mich das vorhin gefragt?«

»Was?« fragte er.

»Das mit Omar …«

»Ach so«, sagte er »Ich weiß auch nicht. Das fiel mir gerade so ein.«

»Und er hat nichts gesagt?« fragte sie. »Über unseren Ausflug oder mich?«

»Nein«, sagte Pete.

»Oh«, sagte sie und schaute noch einmal zu den Bäumen. »Ich habe mich nur gewundert, warum du so etwas gefragt hast.«

»Vielleicht, weil ich dachte …«

»Ja?«

»Weil ich dachte, daß ich mich an deiner Stelle in ihn verlieben würde.«

»Aber wir kennen ihn doch kaum, oder?« sagte sie. »Und er hat eine Freundin. Und er reist auch bald wieder ab.«

»Ja«, sagte Pete. »Aber trotzdem.« Dann ging er zurück und grub weiter die Beete um. Arden blieb am Zaun stehen. Nach einer Weile schaute er zu ihr herüber. Als sie seinen Blick erwiderte, lächelte er.

Caroline stand in der Küche und starrte lange Zeit ins Leere, als hätte sie vergessen, warum sie heruntergekommen war. Als Arden die Küche betrat, schreckte sie auf. »Ah, da bist du. Ich habe dich gesucht«, sagte sie.

»Ja?«

»Ja, ich wollte zu Gianfranco und Donatella fahren«, sagte sie. Gianfranco und Donatella Norelli waren ein italienisches Pärchen, mit dem Caroline befreundet war. Sie wohnten auf einem Weinberg etwa eine Stunde von Ochos Rios entfernt.

»Oh, tatsächlich?« sagte Arden.

»Ja. Ich fühle mich langsam wie eine Fremde unter all den Kranken und Schmarotzern in diesem Haus.«

»Und wann willst du fahren?« fragte Arden.

Caroline schaute auf die Küchenuhr. »Na ja, jetzt ist es wohl schon zu spät. Also lieber morgen früh.«

»Und wie lange willst du bleiben?«

»Bis hier wieder Ruhe eingekehrt ist«, sagte sie. »Ruf mich bitte an, wenn deine Gäste weg sind.«

Arden sah sie wütend an. »Das werde ich nicht tun«, sagte sie.

»Und warum nicht?«

»Mach von mir aus, was du willst. Aber gib mir keine Befehle«, fuhr Arden sie an.

»Meine Güte, was ist denn mit dir los?« sagte Caroline. »Mir scheint, du hast den Ausflug noch nötiger als ich. Komm doch mit.«

»Willst du wirklich einfach so wegfahren? Ohne noch mal mit ihm zu reden?«

»Mit wem denn reden?«

»Mit Omar natürlich. Mit wem denn sonst?« Sie nahm Deirdres Topf, der noch immer auf der Spüle stand, und knallte ihn ins Spülbecken.

»Ich habe mit diesen Leuten schon mehr als genug geredet«, sagte Caroline.

»Du fährst doch nur weg, weil du Angst hast, sie könnten dich umstimmen. Hab ich recht?«

»Nein, ich fahre weg, weil ich Angst habe, sonst verrückt zu werden. Was bilden sich die Leute eigentlich ein, sich hier wochenlang bei uns einzuquartieren? Wenn sie nicht verschwinden, muß ich eben verschwinden. Und das würde ich dir auch empfehlen.«

»Na, dann fahr doch«, sagte Arden. »Deine Unhöflichkeit ist mir sowieso äußerst peinlich.«

»Wo sind denn eigentlich alle?« fragte Omar, als Deirdre ihm am nächsten Morgen das Frühstück brachte.

»Wer denn?« fragte Deirdre.

»Na ja, Arden und Caroline«, sagte er. »Und Pete und Adam. Und Portia. Seit ich hier bin, habe ich nur dich gesehen. Was machen sie denn alle?«

»Wahrscheinlich das, was sie immer machen. Gemälde fälschen und Todesbienen züchten«, sagte Deirdre. »In einem der Zimmer hier steht übrigens eine Art Voodoo-Puppentheater. Hast du das schon gesehen?«

»Nein«, sagte er. »Hast du etwa hier herumgeschnüffelt?«

»Ich war nur auf der Suche nach dem Badezimmer. Und einen Nähraum mit einer alten Nähmaschine gibt es hier auch. Direkt neben meinem Zimmer.«

»Na und?« fragte Omar.

»Ich wollte dich ja nur auf dem laufenden halten«, sagte sie. »Willst du nicht mal endlich deinen scheußlichen Schlafanzug ausziehen? Dann frage ich Arden, wo ich ihn waschen kann.« Oder wo ich ihn verbrennen kann, dachte sie.

»Ich weiß nicht«, sagte er.

»Na los, zieh ihn aus. Dann lasse ich dir schon mal dein Bad einlaufen.« Sie ging hinaus in den Flur, und kurz darauf hörte er das Rauschen des kräftigen Wasserstrahls.

»Deirdre?« rief er, als sie nach einer Zeit noch nicht zurückgekommen war. Doch sie antwortete ihm nicht.

Einige Minuten später kam sie in sein Zimmer gestürzt. »O nein, weiß du, was eben passiert ist?« japste sie.

»Was denn?« fragte er.

»Caroline hat sich aus dem Staub gemacht.«

»Wie meinst du das?«

»Ich habe sie mit zwei Koffern die Treppe runtergehen sehen und sie gefragt, wo sie hinwill. Da hat sie gesagt, sie wird für eine Weile ein paar Freunde besuchen.«

»Für eine Weile?«

»Ja, sie hat nicht gesagt, wie lange sie bleiben wird. Aber ihren Koffern nach zu schließen ziemlich lange, befürchte ich.«

»So ein Mist«, sagte er. »Ist sie noch hier?«

»Nein, sie ist mit dem Wagen losgefahren.«

»O nein, Deirdre. Konntest du sie denn nicht aufhalten?«

»Wie denn?« fragte Deirdre. »Ich konnte sie ja schlecht festhalten.«

»Aber wie soll ich denn jetzt mit ihr reden? Ist sie weit weg gefahren?«

»Ich habe keine Ahnung, Omar.«

»Mein Gott, sie könnte ja überallhin gefahren sein. Hoffentlich bleibt sie in Uruguay. Ist Arden hier?«

»Ich denke, ja«, sagte sie.

»Gut, dann geh bitte zu ihr und sage ihr, daß ich sie unbedingt sprechen muß.«

»Und was ist jetzt mit deinem Bad?« fragte Deirdre. »O nein, ich habe ja ganz vergessen, das Wasser abzustellen.«

18. Kapitel

Zwei Tage später begaben sich Omar und Pete auf den Weg nach Las Golondrinas, wo die Leute wohnten, bei denen Caroline zu Besuch war. Es war nicht leicht gewesen, Caroline dazu zu bewegen, ihn zu empfangen. Er hatte sie mehrmals angerufen, und jedesmal hatte sie ihn abgewimmelt und gesagt, er solle aufhören, sie und ihre Freunde zu belästigen. Dann machte er ihr einen Vorschlag: Er versprach ihr, sie nie wieder zu behelligen, wenn sie ihm fünfzehn Minuten ihrer Zeit widmen würde. Und erstaunlicherweise war sie darauf eingegangen. Natürlich hatte auch Deirdre mitkommen wollen, doch er hatte sich stur gestellt und gedroht, eher nach Hause zu fliegen, als mit ihr zusammen zu Caroline zu fahren. Das hatte schließlich gewirkt.

Jetzt saß er in Petes verbeultem Laster und genoß die Weite der Landschaft um sie herum. Die Felder und Wiesen zu beiden Seiten deckten alle erdenklichen Braun-, Grün- und Gelbtöne ab, und hier und da waren ein paar Tümpel, um die sich Kühe und Schafe scharten.

»Sehr angenehm, diese Weite«, sagte Omar. Er mußte sehr laut sprechen, um das Motorengeräusch zu übertönen.

»Ja«, sagte Pete.

»Es kommt mir fast vor wie in Kansas. Da ist auch alles so flach.«

Von weitem sahen sie ein paar Männer auf Pferden, die eine Viehherde über einen Weg trieben, der ihre Straße kreuzte. Pete drosselte das Tempo und holte aus dem Handschuhfach eine Schachtel Zigaretten hervor.

»Sind das Gauchos?« fragte Omar.

»Ja«, sagte Pete und preßte den Zigarettenanzünder neben dem Lenkrad. Dann hielt er Omar die Schachtel hin.

»Nein, danke«, sagte Omar.

»Nichtraucher?« fragte Pete.

»Ja.«

»Ich rauche auch nicht viel«, sagte Pete. »Eigentlich nur beim Autofahren. Ich liebe es, beim Fahren zu rauchen.«

»Sind Sie denn oft unterwegs, um nach Möbeln zu gucken?« fragte Omar.

»Ja, ich klappere hier die Bauernhöfe ab, manchmal fahre ich auch in die kleineren Städte. Sie glauben gar nicht, wie viele Leute ihre alten Möbel loswerden wollen. Jeder will sich was Neues kaufen.«

Der Zigarettenanzünder sprang heraus, und Pete zündete sich seine Zigarette an. Warmer, aromatischer Tabakrauch füllte die Fahrerkabine. Sie hielten und warteten, bis die Kühe die Straßenseite gewechselt hatte. Als ihnen einer der Gauchos zuwinkte, winkte Pete zurück, und sie fuhren weiter.

»Wollen Sie mit Caroline noch mal über Ihr Buch sprechen?« fragte Pete.

»Ja«, sagte Omar. »Ich brauche noch ihre Einwilligung. Sonst kann ich es nicht schreiben. Adams und Ardens Einwilligung habe ich bereits.«

»Ich verstehe«, sagte Pete. »Aber Caroline kann ganz schön stur sein.«

Omar nickte und dachte an seine unangenehmen Begegnungen mit ihr. Dann fragte er: »Was war Jules eigentlich so für ein Mensch?«

»So gut kannte ich ihn nicht«, sagte Pete. »Aber er war mir nicht besonders sympathisch.«

»Und warum nicht?« fragte Omar.

»Er guckte immer so«, antwortete Pete und machte ein grimmiges Gesicht. »Wahrscheinlich war er nicht sehr glücklich.«

»Was machte er denn so die ganze Zeit?« fragte Omar.

»Er war oft auf Reisen. In Europa und in den USA. Und wenn er hier war, saß er die meiste Zeit im Haus und schrieb. Ich kannte ihn ja nicht so lange. Vielleicht war er glücklicher, bevor ich kam.«

»Und vorher waren Sie in Deutschland?« fragte Omar.

»Ja«, sagte Pete. Er kurbelte das Fenster herunter und schnipste seinen Zigarettenstummel hinaus. Er ließ das Fenster offen.

»Und gefällt Ihnen Uruguay besser?« fragte Omar.

»O ja, viel besser«, sagte er. »In Deutschland war es kalt, und die Leute waren nicht sehr freundlich. Uruguay erinnert mich ein bißchen an Thailand.«

»An Thailand?«

»Ja, weil es so warm hier ist. In Deutschland habe ich immer gefroren. Da kann man nur Ski fahren. Fahren Sie auch Ski?«

»Nein«, sagte Omar.

»In Deutschland fährt jeder Ski.«

»Ich bin lieber am Strand in der Sonne«, sagte Omar.

»Ja, ich auch«, sagte Pete. »Wir haben übrigens sehr schöne Strände hier. Weiter im Süden. Da sollten Sie unbedingt mal hinfahren, bevor Sie wieder abreisen. Ist Ihre Freundin auch gern am Strand?«

»Sie hält es nicht lange in der Sonne aus«, sagte Omar. »Aber sie schwimmt gern.«

»Also ich liebe es, wenn die Sonne auf meine Haut brennt«, sagte Pete. Er hielt seinen Arm aus dem Fenster und drehte ihn im heißen Fahrtwind. »Wir können ja jetzt zu den Stränden fahren. Wir brauchen einfach nur geradeaus zu fahren. Die Straßen dorthin sind sehr gut.«

»Nein, lieber ein andermal«, sagte Omar. »Caroline erwartet uns, und es ist sehr wichtig, daß ich mit ihr spreche.«

»Gut«, sagte Pete und zog seinen Arm wieder ein. »Dann ein andermal.«

»Ja, sehr gern«, sagte Omar.

»Glauben Sie denn, daß Sie zurückkommen werden?« fragte Pete.

»Das hängt ganz davon ab, was Caroline sagen wird.«

»Dann hoffe ich, sie wird ja sagen«, antwortete Pete.

»Ja, das hoffe ich auch«, sagte Omar.

In der Ferne war eine Kreuzung zu erkennen. Schweigend sahen sie, wie sie langsam näherkam. Nach einer Weile sagte Pete: »Den Brief gibt es übrigens gar nicht.«

»Was?« fragte Omar und drehte sich zu ihm.

»Adam hat gesagt, daß es Jules' Brief über die Biographie gar nicht gibt. Caroline hat ihn erfunden.«

»Wann hat er Ihnen das gesagt?« fragte Omar.

»Vor ein paar Tagen. Als er sich wieder über Caroline aufgeregt hat. Da hat er mir erzählt, daß sie den Brief nur als Vorwand benutzt hat.«

Omar stützte sich mit der Hand auf das Handschuhfach und sah ihn nachdenklich an. »Hat Adam auch gesagt, was ihre wahren Gründe sind?« fragte er.

»Nein«, sagte Pete. »Aber sie sieht nicht sehr glücklich aus. Genauso wie Jules. Und unglückliche Menschen können sehr kompliziert sein.« Zur Veranschaulichung des Gesagten schnitt er wieder ein grimmiges Gesicht.

»Ja«, sagte Omar. »Das ist wohl wahr.«

»Fragen Sie Caroline doch mal, ob sie Ihnen den Brief zeigt«, schlug Pete vor.

»Ja«, sagte Omar. »Das ist eine gute Idee.«

An der Kreuzung bogen sie in eine schmale, einspurige Straße. Nach einer Weile kamen sie an einen Schotterweg, der von einem Gittertor versperrt war. Pete bat Omar, auszusteigen und das Tor zu öffnen.

»So, jetzt sind wir in Las Golondrinas«, sagte Pete, als Omar wieder eingestiegen war.

»Und was heißt ›Golondrina‹?« fragte Omar.

»Das ist eine kleine Singvogelart. Aber fragen Sie mich nicht nach der englischen Bezeichnung.«

Von weitem sahen sie bereits Gianfrancos und Donatellas Weinberg. Er bildete die einzige Erhöhung in der ansonsten flachen Landschaft. Davor rann ein kleiner Fluß, über den eine Holzbrücke führte, die fürchterlich knarrte, als sie hinüberfuhren. Das Haus stand ganz oben auf dem Berg, umgeben von üppig sprießenden Akaziensträuchern. Der Stuck des Hauses schien fast pink zu sein.

Pete parkte den Laster im Schatten einer der Nebengebäude, in denen offenbar Weinpressen und Fässer untergebracht waren. Als sie aussteigen wollten, kam ein Hund angelaufen und kläffte sie laut an. Es war ein Cockerspaniel mit bedrohlich gesträubtem Fell. Dann kam eine Frau aus dem Haus gerannt und rief: »*Càllate*, Faustus! *Càllate!*« Sie trug Jeans und ein Träger-Shirt und schien um die Fünfzig zu sein. Ihr Haar war blond gefärbt.

»Keine Angst, der tut Ihnen nichts«, rief sie den Männern zu. »Na komm, Faustus, komm her.«

Omar stieg aus, während Pete sitzen blieb. Offenbar traute er dem Hund noch nicht.

»*Càllate*«, schrie die Frau wieder, als der Hund nicht aufhörte zu bellen. Dann schlug sie ihm mit der Hand auf die Schnauze, und er war still. »Steigen Sie aus, der Hund tut Ihnen nichts«, sagte sie.

Omar ging zu ihr und stellte sich vor. Als sie seinen weichen Händedruck spürte, sah sie ihn überrascht an. »Ich hatte vor kurzem einen Unfall«, sagte er. »Ich bin noch nicht ganz bei Kräften.«

»Ach so«, sagte sie und lachte. »Also ich heiße Donatella. Und die anderen sind hinten im Garten. Wir essen gerade.«

»Oh, das wußten wir nicht«, sagte Omar. »Dann warten wir am besten, bis Sie fertig sind.«

»Aber nein. Kommen Sie. Wir haben genug für fünf Personen«, sagte sie. »Aber erst sollten Sie sich ein bißchen frisch machen. Sie sehen ja ganz verstaubt aus.«

Sie saßen auf der von Glyzinien umrankten Terrasse und aßen. Vor ihnen auf den Hängen glitzerten die Reben in der Sonne. Das Essen schmeckte vorzüglich, und die Atmosphäre am Tisch war sehr herzlich. Als sie ihren Espresso getrunken hatten, stand Caroline plötzlich auf. »So, dann machen Omar und ich jetzt mal einen Spaziergang«, sagte sie und schob ihre Sonnenbrille zurück ins Gesicht. In ihrer abrupten Geste lag etwas Anklagendes, so als hätte Omar sie alle aufgehalten und müsse jetzt ermahnt werden, endlich zur Sache zu kommen.

»Ja, natürlich«, sagte Omar und stand ebenfalls auf. »Vielen Dank für das schöne Essen. Es war wirklich sehr köstlich«, sagte er zu seinen Gastgebern.

Er folgte ihr durch den Laubengang, der zu den Weinhängen führte. Links und rechts von ihnen schlängelten sich wilde Rosen und Rittersporn durch die Gitterstäbe aus Holz. Die Sonne stand jetzt etwas tiefer und warf ihr schräges Licht durch die kleinen Rechtecke. Caroline zupfte eine Blume aus der bewachsenen Wand und begann sie zu zerpflücken. Erst die Blütenblätter, dann den Stengel.

»Danke, daß Sie mir erlaubt haben zu kommen«, sagte Omar.

Caroline zuckte mit den Schultern. »Sie haben einen langen Weg auf sich genommen«, erwiderte sie. »Pete ja auch. Armer Pete.«

»Ich wollte Sie sprechen, weil ich Ihnen einen Vorschlag machen wollte«, sagte Omar.

»Was denn für einen Vorschlag?« fragte sie.

»Sie wissen, daß ich Ardens und Adams Zustimmung bereits habe. Es liegt jetzt also nur noch an Ihnen, ob ich die Biographie schreibe oder nicht.«

»Ja und?«

»Ich weiß zwar nicht, warum Sie dagegen sind ...«

»Natürlich wissen Sie das«, sagte sie. »Wir haben doch ausführlich darüber gesprochen. Jules hat mir in seinem Brief geschrieben, daß er eine Biographie auf jeden Fall ablehnen würde.«

»Dieser Brief existiert nicht«, sagte Omar.

»Wie bitte?«

»Sie haben den Brief nur erfunden, um nicht Ihren wahren Grund nennen zu müssen.«

»Woher wissen Sie ... Wer hat Ihnen das erzählt?« fragte sie.

»Pete hat es mir erzählt. Und Pete weiß es von Adam.«

Caroline warf den kahlen Stengel ihrer Blume auf den Boden. »Sie hatten kein Recht, Ihnen das zu erzählen«, sagte sie verärgert.

»Der Brief ist ja auch völlig egal«, sagte Omar. »Entscheidend ist, daß Sie diese Biographie nicht wollen. Und das ist Ihr gutes Recht. Aber Adam und Arden haben auch ihre Rechte. Und ich habe auch gewisse Rechte in dieser Sache.«

»Was sollten Sie denn für Rechte haben?« fragte Caroline.

»Nun, ich habe das Recht, eine Biographie zu schreiben, über wen es mir beliebt. Also kann ich auch eine Biographie über Jules Gund schreiben. Wer sollte mich daran hindern?«

»Aber Sie brauchen doch meine Autorisierung«, sagte Caroline.

»Nein, ich kann die Biographie auch ohne Ihre Autorisierung schreiben.«

»Und was wollen Sie dann die ganze Zeit von mir?« fragte sie.

»Ich brauche Ihre Zustimmung, um mein Stipendium behalten zu können. Und um die Biographie beim Universitätsverlag zu veröffentlichen. Aber ich kann sie auch trotzdem schreiben und sie woanders veröffentlichen lassen.«

»Und dieses Risiko würden Sie eingehen?« fragte Caroline.

»Ja«, sagte er.

»Das glaube ich Ihnen nicht. Sie bluffen doch nur«, sagte Caroline und blieb stehen. »Und was für einen Vorschlag wollten Sie mir machen?«

»Mein Vorschlag ist folgender«, sagte er. »Ich werde die Biographie schreiben und mir allein von Adam und Arden dabei helfen lassen. Sie werden mit der Sache überhaupt nichts zu tun haben, Sie brauchen nicht einmal mehr mit mir zu reden, wenn Sie das wollen. Und wenn das Buch dann fertig ist, bekommen Sie es zur Durchsicht und können im Nachwort alles dementieren, was Sie für falsch halten.«

»Na, phantastisch«, sagte Caroline. »Dann wird mich ja erst recht jeder für ein Scheusal halten.« Sie schüttelte den Kopf und überquerte den Kiesweg, der an den Laubengang grenzte. Auf der gegenüberliegenden Seite war eine Sandsteinmauer, hinter der die terrassenförmig angelegten Weinhänge begannen. Caroline setzte sich auf die Mauer in die grelle Sonne.

»Ach, ist das alles anstrengend«, sagte sie und schaute zurück auf das grün-rote Meer aus Weinstöcken.

Omar setzte sich neben sie. Er bedauerte, daß ihre Differenzen diesen schönen Nachmittag so beeinträchtigten. Es hätte alles so perfekt sein können. Das angenehme Mittagessen, der erfrischende Rosé, der Espresso aus goldgeränderten Täßchen, die vielen zwitschernden Vögel. Waren das vielleicht Golondrinas? überlegte er. Klein waren sie ja, und Singvögel schienen es auch zu sein. Neben seinem Bein bemerkte er einen Gecko. Sein Kopf zuckte wie ein Sekundenzeiger. Dann schien er sich beobachtet zu fühlen und raste die Mauer hinunter, um sich im Gras zu verstecken.

Ihm war, als hätte Caroline etwas gesagt. Doch sie saß noch immer von ihm abgekehrt und schaute auf die Rebreihen. »Wie bitte?« fragte er.

Sie drehte sich zu ihm um. »Ich fragte, was die Ihnen sonst noch so alles erzählt haben.«

Omar fiel wieder ihre Unterhaltung im Atelier ein, ihr Gesicht, das sich zunehmend verdüstert hatte, als sie seine Ansichten über die Ehe und die Wollust der Männer hören wollte. Auch jetzt schien die Fassade ihrer arroganten Gelassenheit langsam zu zerbröckeln.

»Nichts weiter«, sagte er.

»Wahrscheinlich ist es ganz egal, wie ich mich entscheide«, sagte sie. »Ich werde so oder so wie ein Scheusal wirken.«

»Wie meinen Sie das?« fragte er.

»In Ihrem Buch werde ich als Scheusal dastehen, ob sie es nun mit oder ohne meine Autorisierung schreiben.«

»Aber nein«, sagte Omar. »Sie werden nicht als Scheusal dastehen. Sie sind kein Scheusal.«

»Sie kennen mich ja gar nicht«, erwiderte sie. »Was wissen Sie schon von mir?«

»Ich kenne Sie ein bißchen«, sagte er.

Sie schaute nach unten und schabte mit dem Fingernagel über eine grüne Flechte auf der Mauer. Dann schaute sie wieder hoch, und er blickte auf sein Spiegelbild in ihren dunklen Gläsern. »Wissen Sie, warum Jules sich umgebracht hat?« fragte sie.

»Nein«, antwortete er.

»Wußten Sie, daß er nach der *Gondel* noch ein Buch geschrieben hat?«

»Ja«, sagte er.

»Oh, das haben sie Ihnen auch erzählt?« fragte sie. »Gibt es denn überhaupt etwas, das Sie noch nicht wissen?«

»Ich weiß, daß Jules ein zweites Buch geschrieben hat. Über Ihr Leben hier zu dritt. Und daß er es nicht veröffentlichen wollte. Mehr weiß ich nicht.«

»Und wer hat Ihnen das gesagt?« fragte sie.

»Adam hat das Buch erwähnt, und Arden hat mir gesagt, wovon es handelte.«

»Und wer hat Ihnen erzählt, daß Jules es nicht veröffentlichen wollte?«

»Arden«, sagte er.

»Armer Omar«, sagte sie mitleidig. »Keiner hier erzählt Ihnen die Wahrheit.«

›Dann erzählen Sie mir doch endlich die Wahrheit‹, hätte Omar sie am liebsten angefahren. Doch er beherrschte sich und fragte vorsichtig: »Gibt es denn gar kein zweites Buch?«

»Nein, nicht mehr«, sagte sie. »Es hat mal eins gegeben. Jules hatte jahrelang daran gearbeitet, und vielleicht wäre es auch ein sehr schönes Buch geworden.«

»Und dies Buch existiert nicht mehr?« fragte er.

»Nein«, sagte sie.

»Ja, und warum nicht?« fragte Omar. »Was ist damit passiert?«

»Ich habe es verbrannt«, sagte sie.

»Oh …«, sagte Omar.

Caroline seufzte und senkte ihren Blick. Dann legte sie ihre Hand auf die Mauersteine und spreizte langsam ihre Finger. »Ich habe es verbrannt, weil ich das Gefühl hatte, Jules zuviel gegeben zu haben. Vielleicht habe ich ihm auch nicht zuviel gegeben, aber damals war mir so. Und ich wollte mir davon etwas zurückholen. Wissen Sie, es ist erniedrigend, wenn man selber nichts zustande bringt, kein Gemälde, kein Kind, und wenn dann das eigene fruchtlose Leben auch noch für das Kunstwerk eines anderen herhalten muß.« Sie machte eine Faust und klopfte damit auf den Stein. »Das ist eine Erklärung. Eine andere Erklärung ist, daß ich Jules nach seiner Rückkehr mit Arden nur noch gehaßt habe. Wie ich alle hier gehaßt habe, mich eingeschlossen. Vielleicht habe ich ihn aber auch zu sehr geliebt und konnte diese Liebe nicht mehr ertragen. Wie auch immer.« Sie schaute ihn wieder an. »Aber dafür haben wir ja jetzt Sie, Mr. Razaghi. Ich bin sicher, daß Ihre Biographie uns unser Leben genauestens erklären wird. Sammeln Sie unsere Scherben ein, und setzen Sie sie für uns zusammen. Dafür gibt es ja solche Leute wie Sie.«

Omar schwieg. Er hatte zu dieser fürchterlichen Enthüllung nichts zu sagen. Außerdem fühlte er sich plötzlich sehr unwohl in der heißen Sonne. Dr. Peni hatte ihm ein zehntägiges Alkoholverbot auferlegt, und daran hätte er sich besser halten sollen. Doch er war so nervös gewesen, und der Rosé hatte so köstlich ausgesehen.

Caroline stand auf und sagte: »Sie haben gewonnen, Sie bekommen meine Autorisierung. Ich habe nicht die Kraft, mich weiter gegen Sie alle aufzulehnen. Erklären Sie uns also unser Leben. Ich wünsche Ihnen viel Spaß dabei.«

Dann gingen sie zurück zur Terrasse. Donatella, Gianfranco und Pete saßen noch am Tisch und lachten.

Sie stiegen wieder in Petes Laster. Als Omar ausstieg und ihnen das Tor aufmachte, merkte er, wie kränklich er sich fuhlte. Er wünschte, die Fahrt läge schon hinter ihnen. Er wollte so schnell wie möglich in sein Bett.

Als sie auf der Landstraße waren, drehte sich Pete zu ihm. »Und wie war Ihr Gespräch mit Caroline?«

»Erfolgreich«, antwortete Omar etwas lustlos. »Sie hat ja gesagt.«

»Oh, wirklich?« sagte Pete. »Herzlichen Glückwunsch. Da freue ich mich aber für Sie.«

»Ja, danke«, sagte Omar.

Pete sah ihn skeptisch an. »Sie klingen aber nicht sehr glücklich.«

»Ich bin auch nicht glücklich.«

»Und warum nicht?« fragte Pete.

»Ich fühle mich nicht wohl«, sagte Omar. »Der Besuch hat mich ziemlich angestrengt.«

»Aber sind Sie nicht froh, daß Sie jetzt Ihr Buch schreiben können?«

»Ich weiß nicht«, sagte Omar.

Pete klopfte ihm tröstend auf den Oberschenkel. »Ach, das wird schon wieder«, sagte er. Dann nahm er das Lenkrad in beide Hände und schwieg für den Rest der Fahrt.

Ihm war sehr übel, als er die Treppe hochstieg. Er ging ins Badezimmer und mußte sich übergeben. Dann wusch er sich das Gesicht und legte sich ins Bett. Was sollte er jetzt tun? Wollte er die Biographie wirklich noch schreiben? Am liebsten hätte er sich mit Arden unterhalten, mit ihr beratschlagt, was er jetzt machen sollte. Doch Arden ging ihm aus dem Weg, seit Deirdre hier war. Wahrscheinlich bereute sie es, ihn geküßt zu haben, und hoffte jetzt, er würde ihren Kuß vergessen. Doch er erinnerte sich noch genau an alles. An ihren Spaziergang, den versiegten See, das Bootshaus, ihre Hände auf seinem Gesicht …

Da hörte er Schritte im Flur. Einen Moment lang dachte er, Arden wäre hochgekommen, um mit ihm über seinen Nachmittag bei Caroline zu reden. Doch als die Tür aufging, trat nicht Arden, sondern Deirdre herein.

»Na, wie war's?« fragte sie gespannt. Dann sah sie, wie blaß er aussah. »Was ist denn los? Fühlst du dich nicht gut?«

Er fuhr mit der Hand über sein Gesicht und merkte, daß er feuchte Wangen hatte.

»Was hast du denn?« fragte sie.

»Nichts«, sagte er.

»Natürlich hast du was. Du hast geweint. Du weinst ja noch immer.«

Omar verbarg das Gesicht in seinen Händen. Sie beugte sich über ihn und legte ihre Hand auf sein nacktes Bein. Er trug nur Boxershorts und lag auf der Decke, es war sehr warm im Zimmer. »Erzähl mir, was los ist.«

»Ich weiß auch nicht«, sagte er.

»Bedrückt dich irgend etwas?«

»Ja.«

»Hat Caroline nein gesagt?«

»Sie hat ja gesagt. Sie gibt mir ihre Einwilligung.«

»Aber das ist doch phantastisch. Was bedrückt dich dann? Ist es die ganze Aufregung?«

»Nein«, antwortete er. »Ich bin einfach nur traurig.«

»Aber wieso? Was macht dich traurig?«

»Ich weiß nicht. Alles irgendwie.«

Er spürte, wie sie sich zu ihm auf die Bettkante setzte. »Aber jetzt ist doch alles in Ordnung. Du hast ihre Einwilligung und darfst dein Stipendium behalten. In drei Tagen sind wir wieder Kansas, und dann kannst du wieder unterrichten und mit deinem Buch anfangen. Es gibt nichts, worüber du dir Sorgen zu machen brauchst. Was ist los, Omar? Was bedrückt dich so?«

Omar sagte noch immer nichts. Sie nahm seine Hände von seinem Gesicht und streichelte seine Wange. »Ich bin wirklich stolz auf dich«, sagte sie. »Es war bestimmt nicht leicht, mit Caroline zu reden. Und dann noch in deinem Zustand. Eigentlich hättest du gar nicht hinfahren dürfen, das weißt du ja. Aber du hast es trotzdem geschafft. Was hast du eigentlich zu ihr gesagt?«

»Ich möchte jetzt nicht darüber reden«, sagte er.

»Aber es geht dir doch gut, oder?«

»Ja, ich fühle mich nur ein bißchen schwach. Das ist alles.«

»Ich mache mir nämlich große Sorgen um dich.«

»Warum?«

»Ich weiß auch nicht. Du wirkst auf einmal so anders. Vielleicht hängt es mit deinem Unfall zusammen oder mit deinem Aufenthalt hier bei diesen Leuten. Wenn wir wieder zu Hause sind, wird wahrscheinlich alles wieder so, wie es war. Das heißt, es kann auch anders werden. Das kommt ganz darauf an …«

»Worauf?

»Ich habe über uns nachgedacht, Omar.« Deirdre schwieg

einen Augenblick. »Ich wollte dich fragen, ob du nicht Lust hast, bei mir einzuziehen. Mit deinem gebrochenen Handgelenk ganz allein in Yvonnes Haus, so weit draußen … Ich weiß nicht, ob das das Richtige ist. Und bei uns ist ja auch Winter, und du weißt, dein Wagen ist nicht der zuverlässigste. Außerdem wäre es wirklich an der Zeit, daß wir zusammenziehen.«

»Findest du?« fragte Omar. »Hast du nicht gesagt, ich müßte erst selbständiger werden und lernen, mehr Verantwortung zu tragen?«

»Aber das hast du doch«, sagte Deirdre. »Du hast so viel gelernt, seit du hier bist. Und Menschen ändern sich. Ich habe mich auch geändert. Mir ist zum Beispiel klargeworden, wie sehr ich dich brauche, wie sehr ich dich liebe. Auch wenn ich diesen Eindruck nicht immer erwecke. Aber tief in mir drinnen weiß ich, was ich für dich empfinde. Kannst du das verstehen?«

Omar nickte.

»Gut«, sagte sie. »Und wenn wir zu Hause sind, fangen wir noch mal ganz von vorn an. Ich meine, nicht von vorn anfangen … du weißt schon, was ich sagen will. Und ich glaube, zusammenzuziehen ist wirklich eine gute Idee. Dann wird sich bestimmt einiges ändern. Meinst du nicht?«

»Ich weiß nicht«, sagte Omar.

»Doch, bestimmt. Aber wir müssen das ja nicht jetzt entscheiden. Erhole dich erst mal. Dann kannst du ja irgendwann in Ruhe darüber nachdenken. Möchtest du jetzt schlafen, Omar?«

»Ja«, sagte er.

»Gut, dann gehe ich jetzt. Oder möchtest du noch etwas zu trinken haben? Ich kann dir ein Glas Wasser holen, wenn du willst.«

»Nein, danke«, antwortete er.

»Also, dann schlaf gut«, sagte sie und küßte ihn noch einmal. »Ich bin wirklich froh, daß wir über diese Dinge gesprochen haben. Und sei bitte nicht mehr traurig. Du hast heute wirklich Erstaunliches geleistet. Ich bin sehr stolz auf dich.« Sie ging hinaus und zog leise die Tür hinter sich zu.

Am Abend ging es ihm wieder besser. Die Kopfschmerzen waren vorbei, und er fühlte sich kräftig genug, um mit Deirdre einen Spaziergang zu machen. Sie liefen die Auffahrt bis zum Tor und schlenderten dann die Landstraße hinunter. Nach ein paar Schritten sahen sie nur noch Wald und Himmel. Die Sonne stand so tief, daß ihre Strahlen fast waagerecht auf die rötlich schimmernden Baumstämme trafen. Hinter ihnen auf der Straße tanzten ihre langen Schatten.

»Ist es nicht schön hier?« sagte Omar. Er bückte sich und fuhr mit der Hand über den Asphalt, der noch die Wärme des Tages gespeichert hatte. »Ich erinnere mich noch genau, wie ich das erste Mal hier entlanglief.«

»Wann war das?« fragte Deirdre.

»An meinem zweiten Tag hier, als ich Adam besuchte. Es war ein sehr schöner Tag, genauso wie heute. Ich war voller Zuversicht und glaubte, sie alle überzeugen zu können.«

»Na, das hast du ja jetzt auch«, sagte Deirdre.

Omar stand auf und ging weiter. »Ich glaube, ich habe eine Entscheidung getroffen«, sagte er.

»Was für eine Entscheidung?« fragte sie.

»Ich denke, ich werde die Biographie nicht schreiben.«

»Wie bitte?«

»Ja, ich halte es für das beste, sie nicht zu schreiben.«

»Omar, was erzählst du denn da?« sagte sie. »Ist dir nicht gut?«

»Doch, aber ich habe noch mal nachgedacht. Ich glaube, es wäre nicht richtig, die Biographie zu schreiben. Es würde auch kein sehr gutes Buch werden.«

»Aber wieso denn nicht?« fragte Deirdre. »Wie kommst du denn plötzlich auf solche Gedanken?«

»Das ist schwer zu erklären«, sagte er. »Ich fühle mich wie ein Eindringling hier. Das Leben dieser Leute geht mich doch eigentlich nichts an. Es kommt mir vor wie ein Teich, dessen Wasser mit der Zeit klar geworden ist. Und mit meinem Buch würde ich den ganzen Schmutz wieder aufwirbeln. Warum sollte ich das tun?«

»Aber was ist denn das für ein Vergleich?« sagte Deirdre. »Das ist doch totaler Unsinn. Das Wasser hier ist überhaupt nicht klar. Schau dir die Leute doch mal an. Aber wahrscheinlich hast du nur zuviel Zeit im Bett verbracht und zu lange nachgegrübelt. Warte mal ab, bis wir zu Hause sind, dann wirst du ganz anders über die Sache denken.«

»Ich glaube nicht, daß meine Entscheidung etwas mit mangelnder Distanz zu tun hat«, erwiderte er.

Die Bemerkung überraschte Deirdre. Es war eine untypische Antwort für Omar. »Wie dem auch sei«, sagte sie. »Vielleicht solltest du jetzt erst mal abschalten und an andere Dinge denken. Zu Hause können wir dann in Ruhe noch mal alles besprechen. Aber jetzt solltest du nicht mehr darüber nachgrübeln. Und sag bitte auch nichts den anderen davon. Das mußt du mir versprechen.«

Omar nickte.

»Wirklich«, sagte sie. »Das mußt du mir versprechen.«

»Ja, versprochen«, sagte er.

Sie waren an den Feldweg gelangt, der zu Adams Mühle führte. Dort blieben sie eine Weile stehen. »Ich glaube, ich werde mal kurz zu Adam gehen«, sagte er.

»Zu Adam? Was willst du denn da?« fragte sie.

»Ich wollte noch mal mit ihm reden, bevor wir abfliegen. Ich wollte ihm erklären, warum ich seine Gemälde nicht nach New York bringe.«

»Meinst du denn, das ist nötig? Die Idee war doch sowieso ziemlich lächerlich. Ich glaube nicht, daß er das wirklich ernst gemeint hat.«

»Trotzdem. Ich denke, ich schulde ihm eine Erklärung.«

»Und was willst du ihm sagen?« fragte sie.

»Ach, irgendwas«, sagte er. »Daß ich mich zu krank fühle, die Bilder mitzunehmen oder so was.«

»Ich kann auch mitkommen, wenn du willst. Zu zweit ist es bestimmt leichter.«

»Nein«, sagte er. »Das würde ich gern allein machen.«

»Wie du meinst. Aber du weißt, daß du ihm keinerlei Rechenschaft schuldig bist. Und denk bitte an dein Versprechen.«

»Ja, mache ich«, sagte er. »Wir sehen uns dann im Haus. Bis nachher.«

Deirdre blieb stehen und schaute ihm nach. Als er im Schatten der Bäume verschwunden war, drehte sie sich um und ging zurück.

Adam saß in der Mitte seines Hofs auf einem Holzstuhl. In der Hand hielt er ein Weinglas mit einer rosafarbenen Flüssigkeit. Wäre sein Anzug nicht so zerknittert und sein Haar nicht so zerzaust gewesen, hätte die Szene als Werbespot für Roséwein durchgehen können.

»Omar!« rief er erstaunt, als er ihn durch die Pforte kommen sah. »Guten Abend.«

»Guten Abend«, sagte Omar.

»Sie sind also wieder bei Kräften. Wie schön, Sie zu sehen.«

»Ja, es geht mir wieder besser«, sagte Omar.

»Darf ich Ihnen ein Glas Wein anbieten?« fragte Adam. »Die Flasche steht hier, aber Sie müßten ins Haus gehen und sich ein Glas holen.«

»Nein, vielen Dank. Ich darf noch keinen Alkohol trinken«, sagte Omar.

»Na, ein Gläschen wird Ihnen schon nicht schaden. Ein kühler Rosé belebt bei der Hitze.«

»Das habe ich in Las Golondrinas auch gedacht. Aber dann wurde mir hundeelend.«

»Das muß nicht am Wein gelegen haben«, sagte Adam. »Vielleicht lag es auch an Ihrer Gesellschaft. Wie ich gehört habe, sind Sie siegreich aus Ihrer Schlacht zurückgekehrt. Omar, der Siegreiche. Herzlichen Glückwunsch.« Er hob sein Glas, das im Abendrot schimmerte.

»Danke«, sagte Omar und schaute zu, wie Adam seinen Wein trank. »Eigentlich bin ich gekommen, um Ihnen etwas zu sagen.«

»Daran habe ich keinen Zweifel«, antwortete Adam. »Alle

Leute, die zu mir kommen, tun das, um mir etwas zu sagen. Nur ist es nie das, was ich hören möchte. Meistens jedenfalls nicht. Aber ich erinnere mich an eine Ausnahme. Da war ich so alt wie Sie, oder sogar jünger. Ich studierte gerade in Heidelberg, und eines Tages klopfte ein Junge an meine Tür. Ich wußte, daß er gekommen war, um mir zu sagen, daß er sich in mich verliebt hatte. Doch als er vor mir stand, bekam er keinen Ton heraus. Leider war auch ich zu schüchtern, um etwas zu sagen. Sie wissen ja, damals herrschte noch finsteres Mittelalter in diesen Dingen. Dabei hätte ich nur zu sagen brauchen: ›Komm rein, ich weiß schon, warum du hier bist.‹ Doch wir standen nur da und sahen uns verschämt an. Dann ging er wieder. Und so ließen wir unsere Chance verstreichen … Ich denke nicht, daß Sie gekommen sind, um mir zu sagen, daß Sie verliebt in mich sind.«

»Nein«, sagte Omar.

Adam betrachtete sein Glas. »Na, dann erzählen Sie mal, warum Sie hier sind.«

»Ich wollte Ihnen sagen, daß ich Ihre Gemälde nicht mitnehmen werde.«

»Ach so, die Gemälde«, sagte Adam. »Wollen Sie sie nicht mitnehmen, oder trauen Sie sich nicht?«

»Ich will sie nicht mitnehmen«, sagte Omar.

»Und warum nicht?« fragte Adam.

»Weil ich Caroline selber umgestimmt habe. Laut unserem Abkommen sollten Sie sie für mich umstimmen. Doch ich habe es auch allein geschafft.«

»Mhm«, sagte Adam. »Das ist wohl wahr. Sie haben Ihre Schlacht auch allein gewonnen.« Er hob wieder sein Glas. »Auf Omar, den Siegreichen.«

»Bitte, nennen Sie mich nicht so«, sagte Omar. »Es tut mir leid, ich hätte Ihnen wirklich gern geholfen. Aber es ist alles sehr kompliziert. Außerdem weiß ich gar nicht, ob ich …«

»Ob Sie was?« fragte er.

»Ach, das ist schwer zu erklären. Ich weiß nicht, ob Sie das verstehen würden.«

»O doch, ich verstehe. Ein bißchen wenigstens. Und wer

möchte auch schon alles verstehen? Ich jedenfalls nicht.« Er stand auf und sah zum Haus. »Mein Vorschlag war sicher etwas exzentrisch, aber man kommt auf die kuriosesten Ideen, wenn man älter wird. Und die Dinge lasten viel mehr auf einem, als man in seiner Jugend gedacht hätte.«

Omar war sich nicht sicher, wovon er sprach. »Wie gesagt«, antwortete er. »Es tut mir leid, daß das mit den Bildern nicht geklappt hat.«

Adam schaute ihn ernst an. »Nein, sagen Sie nicht, daß es Ihnen leid tut. Es wird genug andere Dinge geben, die Ihnen einmal leid tun werden. Vergessen Sie die Angelegenheit ganz einfach.«

»Gibt es denn sonst etwas, das ich für Sie tun kann?« fragte Omar.

»Nein«, sagte Adam. »Im Moment wüßte ich jedenfalls nichts. Aber wenn mir etwas einfällt, lasse ich es Sie wissen.«

»Nein, ernsthaft«, sagte Omar.

»Sie glauben nicht, daß ich das ernst meine?« fragte Adam.

»Das klang eben nicht so«, sagte Omar.

Dann tat Adam etwas Unerwartetes. Er kam ganz nah an Omar heran und strich ihm zärtlich über die Wange. »Ziehen Sie keine voreiligen Schlüsse, mein Junge«, sagte er. »Bei mir kann man sich nie sicher sein.«

19. Kapitel

Pete hatte sich angeboten, sie nach Tacuarembó zu fahren. Von dort aus ging ein Direktbus nach Montevideo. In Montevideo würden sie einmal übernachten und dann am nächsten Tag über Miami nach Kansas fliegen.

Deirdre stand in ihrem Zimmer vor ihren Sachen. Ihr Koffer war bereits gepackt. Jetzt suchte sie nur noch zusammen, was in den Rucksack gehörte. Als auch ihr Rucksack verschnürt war, brachte sie alles nach unten in die Halle und stellte es auf die Bank neben der Tür. Dann ging sie wieder hoch, um zu sehen, wo Omar blieb.

»Na, bist du soweit?« fragte sie.

Omar saß auf seinem Bett und starrte auf den Boden. Sie wußte, daß irgend etwas mit ihm nicht stimmte. Seit er auf die sonderbare Idee gekommen war, die Biographie doch nicht zu schreiben, hatten sie kaum ein Wort miteinander gewechselt. Sie hatte es für das Beste gehalten, ihn für die restlichen Tage hier in Ruhe zu lassen. Wenn sie wieder zu Hause waren, würden sie noch einmal über alles sprechen. Wenn er bis dahin nicht schon allein zur Vernunft gekommen war.

»Ja«, antwortete er und blickte auf seinen gepackten Koffer neben dem Bett.

»Na, dann los«, sagte sie. »Pete wird bestimmt jeden Moment kommen.«

Er stand auf und schaute sich in seinem Zimmer um, als hätte er etwas vergessen. »Weißt du eigentlich, wo Arden ist?« fragte er.

»In ihrem Zimmer, denke ich. Wieso? Sie hat gesagt, sie wollte runterkommen und sich von uns verabschieden, wenn wir losfahren.«

»Ich muß noch mal mit ihr reden«, sagte er.

»Ja, aber wozu denn?« fragte Deirdre.

»Ich wollte mich bei ihr für alles bedanken.«

»Aber kannst du das nicht machen, wenn wir losfahren?« fragte Deirdre.

»Nein, ich will jetzt mit ihr reden«, sagte er. »Und ich will es allein tun.«

»Na gut, wie du meinst«, antwortete sie. »Aber sprich bitte nicht mit ihr über die Biographie. Du hast mir versprochen, damit abzuwarten.«

»Ja, keine Angst«, sagte er. »Darüber wollte ich auch nicht mit ihr reden.« Er ging zur Tür und verschwand im Flur.

Ardens Zimmer lag in der ersten Etage. Er war zwar noch nie dort gewesen, wußte aber, wo es sich befand. Es war eins der beiden großen Zimmer über der Bibliothek und dem Wohnzimmer. Er durchquerte den langen Flur und klopfte an ihre Tür.

Arden machte die Tür auf. »Omar!« sagte sie entgeistert. Sie blickte ihn an, als hätte sie gedacht, er wäre schon längst abgereist.

»Ja, ich bin's«, sagte er. »Kann ich mal mit dir reden?«

Sie machte einen Schritt zurück, und er trat sein. Die Tür ließ sie offen.

Omar sah sich in dem großen Raum um. Die Rollos waren alle heruntergelassen, und er brauchte einen Moment, um sich an die Düsterkeit zu gewöhnen. Vor ihm an der Wand stand ein riesiges Bett, das noch ungemacht war. Daneben öffnete sich eine Tür zu einem kleinen Badezimmer. Auf der Fensterseite zur Auffahrt stand eine alte Couchgarnitur im Imperialstil, deren blasser Grünton offenbar als Vorlage für die blättrige Farbe an den Wänden gedient hatte. Der Läufer, auf dem sie beide standen, war so abgetreten, daß sein Gewebe schon durchschimmerte.

Nach einem Moment fragte Arden: »Ist Pete denn schon da?«

»Nein«, sagte Omar. »Aber ich wollte noch mal mit dir reden, bevor wir fahren.«

»Ich wäre auch runtergekommen, um mich von euch zu verabschieden«, sagte sie. »Portia hätte sich übrigens auch gerne verabschiedet, doch sie mußte leider zur Schule. Ich soll einen schönen Gruß von ihr ausrichten ...«

»Warum bist du mir aus dem Weg gegangen?« fragte Omar.

Sie schaute weg.

»Warum?« fragte er

»Ach, Omar«, sagte sie. »Ich weiß auch nicht. Ich hielt es für das beste. Als Deirdre herkam, wollte ich euch nicht stören, und ...«

»Aber ich liebe dich«, sagte Omar.

»Oh«, sagte sie und sah zu Boden. Dann schaute sie ihn an und lächelte. »Das ist sehr schmeichelhaft, Omar. Vielen

Dank. Aber was du sagst, ist natürlich Unsinn. Du kennst mich ja kaum.«

»Nein, ich liebe dich«, erwiderte er.

»Hör mal, Omar«, sagte sie. »Es war ein Fehler, daß wir uns am Bootshaus geküßt haben. Das hätte ich nicht tun sollen, wir hätten es beide nicht tun sollen. Ich mag dich sehr. Aber rede dir bitte nicht ein, daß du mich liebst.«

»Aber wieso denn?« fragte er.

»Nein, Omar. Glaube mir einfach. Ich will dir nicht weh tun. Und ich will auch nicht, daß du mir weh tust.« Sie legte ihre Hand auf seinen Arm. »Vergiß, was du eben gesagt hast. Wir brauchen darüber nicht mehr zu reden. Laß uns gute Freunde sein.«

Vom Fenster her hörten sie das Knirschen der Schottersteine. »So, da ist Pete«, sagte sie und drückte seinen Arm. »Jetzt mußt du gehen, du darfst deinen Bus nicht verpassen.«

Doch Omar bewegte sich nicht vom Fleck. Er schaute sie nur an.

Nach einem Moment ging Arden zur Tür und machte sie zu. Dann kam sie zurück und umarmte ihn. Omar schloß die Augen und schmiegte sich blind an sie. Er spürte ihre Hand in seinem Nacken. Dann öffnete er seinen Mund, und sie küßten sich sehr lange.

Auf dem Weg nach Tacuarembó schwiegen sie alle drei, als würden sie sich nicht kennen. Deirdre saß neben Pete auf dem Beifahrersitz und tat so, als würde sie schlafen. Pete ärgerte sich ein bißchen über dieses unehrliche Verhalten. Warum hatte sie nicht den Mut, einfach nur neben ihm zu sitzen und zu schweigen, wenn sie keine Lust hatte zu sprechen? Durch den Rückspiegel sah er gelegentlich zu Omar, der auch nichts zu sagen hatte. Er bewegte nicht einmal seinen Kopf und starrte nur mit leerem Blick auf die Landschaft.

Sie kamen zu früh an, und Pete schlug vor, mit ihnen bis zur Abfahrt des Busses zu warten. Doch Deirdre war nicht erfreut über seinen Vorschlag und gab ihm zu verstehen, daß sie lieber allein warten würden. Das bedrückte Pete, der sich die ganze Fahrt völlig anders vorgestellt hatte. Er hatte gedacht, sie würden während der Autofahrt miteinander plaudern und lachen und sich vor ihrer Abreise noch einmal herzlich umarmen. Er hatte sogar gehofft – weil er in ihrem Alter war und glaubte, irgendwie zu ihnen zu gehören –, sie würden ihn bitten, mit ihnen in die Vereinigten Staaten zu kommen. Doch das war natürlich absurd gewesen, völlig absurd, denn sie wollten ja nicht einmal mit ihm auf den Bus warten. Das heißt, Deirdre wollte es nicht. Sie war diejenige, die seinen Vorschlag gleich abgewürgt und ihn an seinen langen Rückweg erinnert hatte.

Jetzt stand er unschlüssig vor ihnen und suchte nach einem Vorwand, noch bleiben zu dürfen. Doch ihm fiel nichts ein. In solchen Dingen war er leider nicht sehr geschickt. Also mußte er wohl wieder zurückfahren. Er wollte sich ihnen ja auch nicht aufdrängen.

Nachdem sie das Gepäck aus dem Kofferraum geholt hatten, verschwand Deirdre in der Busstation, um die Fahrkarten zu kaufen. Omar blieb mit Pete draußen stehen. »Ich bin wirklich froh, daß wir uns begegnet sind«, sagte Pete und legte Omar die Hand auf die Schulter. »Schade, daß Sie schon wieder abreisen müssen.«

»Ja, das tut mir auch leid«, sagte Omar. »Und vielen Dank für alles, Pete.« Omar umarmte Pete etwas steif und klopfte ihm auf den Rücken. Pete roch seinen angenehmen Duft und spürte, wie warm seine Brust war. Über seine Schulter sah er, wie Deirdre mit dem Mann hinter dem Fahrkartenschalter sprach.

»Werden Sie denn zurückkommen?« fragte Pete.

»Ich denke, ja«, sagte Omar.

»Gut, dann werde ich Ihnen die Strände im Süden zeigen«, sagte Pete. »Und Sie können auch mal mitkommen, wenn ich nach Möbeln suche. Das wird bestimmt lustig werden.«

»Ja, gern«, sagte Omar.

Deirdre kam zurück und zeigte ihnen triumphierend die Fahrkarten, als hätte sie um sie kämpfen müssen. Vielleicht hatte sie wirklich um sie gekämpft. Sie schaute Pete fragend an, als wunderte sie sich, daß er immer noch da war. Pete reichte ihr die Hand und verabschiedete sich von ihr.

»Ja, auf Wiedersehen«, sagte Deirdre und nahm seine Finger in beide Hände. »Vielen, vielen Dank für alles. Für die Fahrt und was Sie sonst noch für uns getan haben.« Sie klang sehr herzlich. Offenbar meinte sie es ehrlich. Vielleicht hatte er sich vertan. Vielleicht war sie während der Fahrt tatsächlich eingeschlafen.

»Gern geschehen«, sagte er und schüttelte ihre beiden Hände. »Gute Reise.«

»Ja, Ihnen auch«, sagte Deirdre, obwohl er ja nur eine Stunde zu fahren hatte. Dann gab er Omar noch einmal die Hand und ging zurück zu seinem Wagen.

Als er eingestiegen war und sich nach ihnen umdrehte, waren sie bereits in der Busstation verschwunden. Er ließ den Motor an und fuhr los. Ein paar Kilometer nach Tacuarembó bremste er und hielt am Straßenrand. Jetzt, wo sie weg waren, hatte er das Gefühl, etwas Wichtiges verloren zu haben. Er wußte nicht genau, was, doch er spürte, daß es ihn sehr betrübte. Er blieb im Wagen sitzen und schaute lange aus dem Fenster. Er hatte es ja nicht eilig.

Pete kam sehr spät zu Hause an. Er hatte in einem kleinen Städtchen auf dem Rückweg noch drei Bier in einer Bar getrunken und dann im Auto ein paar Stunden geschlafen. Als es dunkel geworden war, hatte er an einem Rasthof gehalten und dort zu Abend gegessen. Jetzt überquerte er den Hof und sah, daß im Wohnzimmer noch Licht brannte. Adam hatte es wohl für ihn angelassen. Oder er hatte vergessen, es auszumachen, was eigentlich wahrscheinlicher war. Er ging durchs Treppenhaus ins Wohnzimmer, knipste dort das Licht aus und schaute in die Küche, wo ein Haufen unabgewaschenes Geschirr auf dem Tisch und im Waschbecken stand. Doch er war zu müde, um jetzt abzuwaschen, und ging zurück ins Wohnzimmer. Das Licht ließ er aus und setzte sich im Halbdunkeln auf die Couch. Die lange Fahrt hatte ihn erschöpft. Die Straße vor ihm war ungewöhnlich dunkel gewesen, und er hatte sich stark konzentrieren müssen, um nicht in den Graben zu fahren, wahrscheinlich weil einer der Scheinwerfer kaputt war. Er hatte noch immer ein Dröhnen in den Ohren, und das Gefühl, über den schwarzen Asphalt zu rauschen, war noch nicht verklungen. Es war ein vertrautes Gefühl. Er wußte, es würde noch einen Moment anhalten.

Als er die Treppe zum Schlafzimmer hochging, bemerkte er einen Lichtspalt unter der Tür. Er öffnete sie und sah Adam im Bett sitzen. Der hielt einen dicken Proust-Band in den Händen, den er auf seinen Schoß sinken ließ.

»Hallo Pete«, sagte er. »Ich habe dich kommen hören.«

»Tut mir leid, ich wollte dich nicht wecken«, sagte Pete und blieb in der Tür stehen.

»Nein, du hast mich nicht geweckt«, sagte Adam. »Ich habe hier gesessen und auf dich gewartet. Ich hatte Angst.«

»Wovor hattest du Angst?« fragte Pete.

»Ich hatte Angst, du würdest mit ihnen fortgehen und mich allein lassen.«

»Nein«, sagte Pete. »Und jetzt sind sie ja auch weg. Du brauchst dir also keine Sorgen zu machen.«

»Gut«, sagte Adam und lachte. »Sie waren auch lang genug hier, findest du nicht?«

Pete stand noch immer in der Tür.

»Willst du nicht reinkommen?« fragte Adam.

Pete antwortete nicht.

»Komm zu mir, Pete. Komm ins Bett.« Adam beugte sich nach vorn und kniff die Augen zusammen. Weinte Pete etwa? »Pete, was ist los?«

Pete stützte sich mit gekreuzten Armen gegen den Türpfosten. Er preßte sein Kinn auf die Brust und schluchzte.

Adam stand auf und ging zu ihm. Er legte seine Hand auf seinen Rücken und spürte, wie er bebte. »Warum weinst du denn, Pete?« fragte er zärtlich.

»Ich weiß es nicht«, sagte Pete und schluchzte wieder. »Ich dachte, ich wäre glücklich hier.«

Adam strich tröstend über sein langes Haar. »Na, komm Pete«, sagte er. »Komm ins Bett. Wir werden uns für dich etwas überlegen.«

Pete zog sich aus und legte sich zu ihm. Adam knipste die Nachtischlampe aus und umarmte ihn. Dann flüsterte er seinen Namen und streichelte ihn so lange, bis er aufhörte zu weinen. »Sei nicht mehr traurig«, sagte er. »Ich weiß, daß du von hier fort mußt.«

»Ich will aber nicht fort«, antwortete Pete. »Ich will hierbleiben. Bei dir.«

»Aber das Leben hier ist nichts für dich. Das weiß ich schon lange. Du mußt woandershin. Hier bei mir wirst du nicht glücklich.«

Pete sagte eine lange Weile nichts. Als er aufgehört hatte zu weinen, fragte er: »Und was soll aus dir werden? Du brauchst doch jemanden, der sich um dich kümmert.«

»Mach dir darüber keine Gedanken«, sagte Adam. »Ich komme auch allein zurecht. Ich bin sehr gut im Alleinsein.«

20. Kapitel

Ihre Rückreise war lang und beschwerlich. Das Schicksal schien es darauf angelegt zu haben, sie völlig demoralisiert in Kansas ankommen zu lassen. Im Bus nach Montevideo hatten sie stundenlang auf engen Sitzen ausharren müssen, und jetzt, als sie das Flugzeug nach Miami betraten, merkten sie, daß es ihnen in den nächsten acht Stunden nicht besser ergehen würde. Es war eine Maschine mit dicht gedrängten Fünfersitzreihen. Zu allem Übel waren ihre Plätze auch noch in der Mitte einer solchen Reihe und nicht am Gang oder Fenster.

»Das kann ja wohl nicht wahr sein«, sagte Deirdre, als sie sich gesetzt hatten. »Warum fliegen wir denn mit einer so großen Maschine zurück? Auf meinem Hinflug saß ich doch auch in einem ganz normalen Flugzeug. Da gab es nur Zweiersitze und einen Gang.«

»Versuche am besten zu schlafen«, sagte Omar. »Dann merkst du nicht, wie eng es ist.«

»Ja, du hast gut reden«, antwortete sie. »Du nimmst ja auch alle drei Stunden ein paar Schlaftabletten.« Dr. Peni hatte ihm Beruhigungsmittel für die Rückreise verschrieben.

»Also ich mache jetzt die Augen zu«, sagte er. »Du kannst mich ja wecken, wenn wir da sind.«

»Wenn wir mehr Platz hätten, würde ich auch versuchen zu schlafen«, sagte Deirdre. »Aber mit so vielen Fremden um mich herum kann ich das nicht. Vielleicht bleiben ja ein paar Plätze frei, dann können wir uns ausstrecken.«

»Das bezweifle ich. Der Flug war doch total ausgebucht. Sonst hätten wir unsere Plätze ja auch wechseln können.«

»Ja«, sagte Deirdre. »Aber manche Leute verpassen auch ihre Flüge ...«

In dem Moment kam eine junge Frau mit einem Baby im Arm ihren Gang entlang. Sie schaute suchend auf die Plätze vor ihnen.

»O nein«, zischte Deirdre. »Siehst du die Frau da? Bitte, lieber Gott, laß sie nicht neben uns sitzen.«

Doch Deirdres Bitte wurde nicht erhört. Die Frau hielt an ihrer Reihe, lächelte sie freundlich an und zwängte sich mit ihrem Baby an ihnen vorbei zum Fensterplatz. Ihr Baby hob sie auf den Sitz neben Deirdre. Dabei lächelte sie Deirdre noch einmal breit an, so als erwarte sie einen Kommentar zu ihrem niedlichen Nachwuchs. Deirdre überlegte, etwas zu sagen, doch mehr als ein schwaches Lächeln brachte sie nicht zustande. Warum gibt es keine Flüge für Eltern mit Kleinkindern? dachte sie. Oder wenigstens einen Abschnitt im Flugzeug für diese Leute?

Die Frau gab dem Baby eine Flasche mit einer orangefarbenen breiigen Flüssigkeit, die aussah wie Milch mit rohem Ei. Während das Baby nuckelte, schaute es Deirdre neugierig an. Deirdre drehte sich zu Omar, um ihm ihr Leid zu klagen, doch der sah nach vorn zu den Flugbegleitern, die gerade die Notfallprozeduren vorführten. Omar schaute sich jedesmal dieses Ritual an. Er las auch immer die Sicherheitsbroschüren, die in den Netzen vor ihnen steckten. Ihm taten die Stewards und Stewardessen leid, die von den meisten Passagieren vollständig ignoriert wurden. Zudem wollte er gut vorbereitet sein, falls es wirklich einmal zu einem Notfall kam. Die Sicherheitsvorkehrungen gingen ihm sogar nicht weit genug. Er hätte gern einmal eine der Rettungswesten und Sauerstoffmasken in die Hand genommen und ausprobiert.

Als die Flugbegleiter sich gesetzt hatten und sie in der Luft waren, stieß Deirdre ihn an. »Guck doch mal«, sagte sie. »Siehst du, was die Frau ihrem Baby da zu essen gibt?«

Omar lehnte sich nach vorn und schaute unauffällig zum Fenster. Die Frau hielt eine Dose mit rosafarbenen Inhalt in der Hand, aus der sie ihr Baby mit einem Löffel fütterte.

»Was ist das?« flüsterte Omar.

»Das ist Katzenfutter«, sagte Deirdre.

»Meinst du wirklich?« fragte er.

»Ja, natürlich«, sagte sie. »Kannst du dir das vorstellen? Die Frau füttert ihr Kind mit Katzenfutter. Ihr Kind!«

»Das glaube ich nicht«, sagte er.

»Aber ja, ich rieche es doch. Und man sieht es auch an der Dose.«

»Ich glaube, du irrst dich«, sagte Omar. »Und selbst wenn es Katzenfutter wäre ... Jeder hat so seine Eigenheiten.«

Die Frau hatte bemerkt, daß sie über sie sprachen, und lächelte sie an. Offenbar glaubte sie, sie amüsierten sich über den großen Appetit ihres Kindes. »Er hat immer einen großen Hunger«, sagte sie stolz.

Deirdre griff nach einer Zeitschrift, Omar nahm eine seiner Tabletten und schlief. Nach ein paar Stunden hörte er im Halbschlaf ein Geschrei neben sich. Als er die Augen öffnete, sah er, daß sowohl Deirdre als auch das Baby kreischten. Auf Deirdres Schoß prangte ein großer orangefarbener Fleck. Offenbar hatte sich das Baby auf ihren Rock übergeben. Deirdre fuchtelte wild mit den Armen umher und versuchte aufzustehen, woran sie ihr Gurt jedoch hinderte.

Die nächste halbe Stunde verbrachte sie damit, ihre Sachen zu reinigen und zu trocknen. Doch als sie von der Toilette zurückkam, roch ihr klammer Rock immer noch nach Babynahrung.

In Miami setzte sich ihr Unglück fort. Sie verpaßten ihren Anschlußflug und mußten ewig auf einen Stand-by-Flug warten. Da es viele Möglichkeiten gab, nach Hause zu fliegen – über Houston, Atlanta, Pittsburgh, Chicago, St. Louis –, und sie nicht wissen konnten, wo gerade zwei Plätze frei wurden, mußten sie die ganze Zeit in der Wartehalle in der Nähe des Abfertigungsschalters verbringen. Nach dem anstrengenden Flug wieder so lange herumzusitzen zerrte an ihren Nerven. Eine der Neonleuchten in dem sterilen Raum flackerte, und alle fünf Minuten ertönte eine schrille Stimme durch die Lautsprecher, die die langwierige Abfertigungsprozedur in allen Einzelheiten erklärte. Es war unmöglich, sich bei diesem Lärm zu unterhalten oder etwas zu lesen. Ja, man konnte nicht einmal denken.

Als sie nach vier Stunden immer noch kein Flugzeug mitgenommen hatte, schlug ihr Ärger in Resignation um. »Irgendwann werden wir wieder zu Hause sein«, sagte Deirdre. »Selbst wenn es noch ein paar Tage dauern sollte. Man kann uns ja nicht für den Rest unseres Lebens hier sitzen lassen.«

Omar nickte bloß erschöpft.

»Ich sehe die Treppe zu meiner Wohnung schon vor mir«, sagte sie. »Meine Haustür. Mein Wohnzimmer. Mein Schlafzimmer. Ach, ist das eine himmlische Vorstellung.«

»Ich will auch nur noch in mein Bett und meine Ruhe haben«, sagte Omar.

»In dein Bett?« fragte Deirdre. »Aber hatten wir nicht ausgemacht …«

»Was hatten wir ausgemacht?«

»Na ja, hast du nicht gesagt, du wollest mit zu mir kommen

und bei mir wohnen? Zumindest so lange, bis es dir bessergeht?«

»Hab ich das?« fragte er. »Aber ich sehne mich so nach meinem Bett. Kennst du nicht das Gefühl? Fühlst du dich nicht auch in deinem eigenen Bett am wohlsten?«

Deirdre schaute auf die Anzeigetafel mit den Flügen, die wieder nicht die ihren sein würden. »Du weißt ja, daß es genaugenommen nicht dein Bett ist«, sagte sie.

»Nicht mein Bett?« fragte er. »Ach so, du meinst, es ist Yvonnes Bett. Du willst sagen, daß ich gar kein eigenes Bett habe.«

»Nein, ich wollte nur sagen, daß du nicht allein wohnen solltest, solange du noch nicht bei Kräften bist. Hiawatha Woods liegt so weit draußen, und es ist gefährlich, wenn du dort ganz allein bist. Außerdem ist es ja wirklich nicht dein Bett. Es ist Yvonnes Bett, oder ihr Gästebett. Und in meinem Bett hast du mindestens genauso oft geschlafen seit deinem Brand. Deshalb verstehe ich auch nicht, wie du zu ihrem Bett eine intensive Beziehung aufgebaut haben willst und zu meinem nicht.«

Deirdre hatte recht, dachte er. In den vier Monaten seit dem Küchenbrand hatte er öfter in ihrem Bett geschlafen als in Yvonnes. Er mochte auch Deirdres Bett. Es war immer frisch bezogen, und sie hatte so viele Kissen. Aber es war ihr Bett, es stand in ihrer Wohnung. Er wollte aber in sein Bett. In welchem Bett er wie viele Stunden verbracht hatte, war doch völlig unerheblich. Es ging hier ja nicht um einen Rechtsstreit. Es ging darum, wo er sich am wohlsten fühlte, wenn er sich hinlegen und seine Ruhe haben wollte. Und das war nun mal in seinem Bett, vielmehr in Yvonnes Gästebett.

»Bei mir am See ist es aber so schön ruhig«, versuchte er es jetzt mit einer anderen Taktik. »Und bei dir ist immer so viel Lärm. Besonders jetzt, wo Marc Antony einen neuen Freund hat und die beiden ständig herumvögeln.«

»Omar!« sagte Deirdre empört. »Meine Wohnung ist überhaupt nicht laut. Und Marc Antony und sein Freund vögeln auch nicht ständig herum. Ich habe nur gesagt, daß ich sie zweimal gehört habe.«

»Ja, zweimal in einer Nacht«, erwiderte Omar verstimmt. »Und natürlich vögeln sie andauernd. Das ist doch immer so am Anfang einer Beziehung. Aber was soll dieses Gespräch überhaupt? Wir sehen unsere Betten ja sowieso nie wieder. Ich bezweifle nämlich, daß wir jemals hier wegkommen.«

Nach insgesamt sechs Stunden hatte ihr Warten ein Ende. Ihre Namen wurden aufgerufen, und ein Anschlußflug über Atlanta brachte sie ohne weitere Unannehmlichkeiten nach Hause. Marc Antony wollte sie vom Flughafen abholen, doch weil sie sich verspätet hatten, war er wieder nach Hause gefahren.

Omar entschloß sich, ein Taxi zu nehmen, das er mit dem Geld von seinem Stipendium bezahlen wollte. Schließlich war die Taxifahrt Teil seiner Rückreise. Als der Taxifahrer anbot, ihr Gepäck in den Kofferraum zu legen, lehnte er ab, und sie stellten ihre Koffer und Rucksäcke zwischen sich auf die Rückbank. (Omar ließ das Gepäck nie in den Kofferraum legen, weil er einen Aufschlag fürchtete.)

Als sie ein paar Kilometer gefahren waren und fast die Abfahrt nach Hiawatha Woods erreicht hatten, sah er über ihr Gepäck hinweg zu Deirdre. Sie lehnte mit dem Kopf gegen die Scheibe. Fahles Winterlicht fiel auf ihr Gesicht, und er bemerkte, wie abgezehrt und deprimiert sie aussah. Der Anblick ließ ein Gefühl von Mitleid und Zärtlichkeit in ihm aufsteigen. Wieviel hatte Deirdre doch für ihn getan, dachte er, wie viele Strapazen seinetwegen auf sich genommen. Sie war ihm nach Uruguay gefolgt, und nun brachte sie ihn sicher nach Hause.

»Deirdre?« fragte er leise.

Sie drehte sich zu ihm und versuchte zu lächeln. Omar hatte sie noch nie so niedergeschlagen gesehen.

»Ja?« fragte sie, die sonst so unermüdliche und tapfere Deirdre.

»Vielleicht hast du recht«, sagte er. »Vielleicht sollte ich wirklich die erste Zeit bei dir bleiben. Wenn ich darf …«

»Aber natürlich darfst du«, sagte sie und streckte ihren Arm durch die Rucksäcke, um ihn zu streicheln. »Du kannst so lange bei mir bleiben, wie du willst.«

Omar blieb drei Tage. Und am Morgen ihres dritten Tages schliefen sie miteinander. Sie erwachten beide im Dämmerlicht, so als hätten sie sich abgesprochen oder als hätte ein geheimer Zauber ihre Gefühle und Gedanken, während sie träumten, aufeinander abgestimmt. Es war schön, wenn es auf so spontane Art geschah. Ihr Liebesspiel in den kuschelig warmen Decken war sehr zärtlich. Danach blieben sie noch eine Weile eng umschlungen liegen und beobachteten, wie es langsam um sie herum heller wurde. Es war das letzte Mal, daß sie miteinander schliefen.

Am Nachmittag brachte Gwendolyn Pierce, die während Omars Abwesenheit in Yvonnes Haus gewohnt und sich um Mitzie gekümmert hatte, seinen Wagen in die Stadt. Wie abgesprochen, stellte sie ihn auf den Parkplatz der Bank in der Nähe vom Kipling. Dann legte sie den Zweitschlüssel unter den Sitz und klebte einen Brief für Omar ans Lenkrad.

Lieber Omar,

willkommen zu Hause. Ich hoffe, es geht dir wieder besser. Vielen Dank noch mal, daß du mich hier hast wohnen lassen. Ich habe mich hier sehr wohl gefühlt und eine Menge Arbeit geschafft. Die Gegend ist sehr friedlich, und man schafft hier wirklich viel. Vor allem weil der Fernseher nicht funktioniert. Ich weiß nicht, ob er kaputt ist, vielleicht habe ich mich auch nur zu blöd mit dem Antennenkabel angestellt. Probleme gab es hier sonst keine. Nur wußte ich nicht, was ich mit dem Dach machen sollte. Es hat hier ziemlich viel geschneit, und ich war nicht sicher, ob ich das Dach fegen sollte. Ich habe es nicht getan und hoffe, das war in Ordnung. Mitzie ging es auch sehr gut. Ich habe sie übrigens nach dem Mittagessen rausgelassen, und sie ist leider noch nicht zurückgekommen. Ich habe ein paarmal nach ihr gerufen, aber ich hatte keine Zeit, sie zu suchen, weil ich zu meinem Seminar mußte. Wenn du zurückkommst, ist sie bestimmt wieder da. Also noch mal vielen Dank und bis bald,

Gwen

PS: Ich habe ein paar Ferngespräche nach Tempe und New York geführt. Wenn du die Telefonrechnung bekommst, mußt du mir sagen, was ich dir schulde. Im Kühlschrank ist noch ein Stück Lasagne (vegetarisch), das du essen kannst.

PPS: Hast du schon gehört? Garfield ist emeritiert (endlich). Und GK ist jetzt Fachbereichsleiterin (würg).

Nachts, als Omar wieder zu Hause war und in dem Bett lag, das nicht ihm gehörte, wartete er auf Mitzies Rückkehr. Leider hatte sich Gwens Hoffnung nicht erfüllt. Mitzie war nicht zurückgekommen, und jetzt lauschte er auf ein Winseln oder Kratzen an der Tür. Kränklich, wie er noch war, hatte er den ganzen Nachmittag die umliegenden Wälder nach ihr abgesucht. Jetzt stellte er sich vor, wie sie draußen umherirrte und fror. In *Ruf der Wildnis* hatte er gelesen, daß sich Schlittenhunde Höhlen im Schnee gruben, in denen sie übernachteten. Ob Mitzie wußte, wie man das machte? War dieses Verhalten antrainiert oder instinktiv? Wahrscheinlich war es instinktiv, aber trat nur bei bestimmten Rassen auf. Dann dachte er, daß Mitzie vielleicht schon längst tot sei und zerquetscht am Straßenrand lag. Am Morgen würde er die umliegenden Straßen nach ihr abfahren.

Es ärgerte ihn, daß ihm andauernd irgend etwas passierte. Erst der Brand in seiner alten Wohnung und jetzt die Sache mit dem Hund. Überall lauerten kleine Gefahren auf ihn, denen er nicht entkommen konnte. Genauso wie seinem Unfall in Uruguay. Es war wie ein Fluch, der auf ihm lastete, dachte er. Warum traf es immer ihn? Er erinnerte sich an den Sekt, den er auf dem Hinflug getrunken hatte. Daran, wie er in Gedanken auf Deirdre und seine akademische Zukunft angestoßen hatte. Es war ein beschämender Gedanke. Er hatte alles falsch gemacht.

Am nächsten Tag hängte er Steckbriefe von Mitzie auf dem Unigelände aus. Am Kiosk begegnete er Lucy Greene-Kessler.

»Omar!« hörte er eine Stimme hinter sich rufen. »Wie schön, Sie zu sehen. Wie geht es Ihnen denn?«

Er drehte sich um und sah Lucy hinter sich stehen. Sie trug einen grünen Lodenumhang und einen sehr maskulin aussehenden Hut mit einer goldenen Feder. Ihre Wangen waren leicht gerötet, ihre Augen leuchteten eindringlich.

»Hallo Lucy«, sagte er. »Es geht mir ganz gut. Leider ist mir mein Hund weggelaufen. Yvonnes Hund.« Er zeigte ihr die Zettel in seiner Hand. »Wie ich gehört habe, sind Sie jetzt unsere Fachbereichsleiterin. Herzlichen Glückwunsch.«

»Na ja, stellvertretende Fachbereichsleiterin …«, sagte sie. »Und Sie sind wirklich wieder wohlauf? Wir haben ja alle gehört, was passiert ist. Wir haben uns große Sorgen gemacht.«

»Ja, ja, es geht mir schon viel besser.«

»Lagen Sie wirklich im Koma?« fragte sie.

»Ja.«

»Nun, wie schön, daß es Ihnen wieder bessergeht. Hatten Sie denn auch Gelegenheit, ein bißchen zu recherchieren? Damit die Reise nicht ganz umsonst war?«

»Ja, ein bißchen«, sagte er. »Aber darüber wollte ich sowieso noch mal mit Ihnen sprechen.«

»Gern«, antwortete sie. »Kommen Sie nachher einfach in mein Büro. Um vier vielleicht?«

»Ja«, sagte er.

»Gut. Dann sehen wir uns nachher … Ach ja, nur damit Sie Bescheid wissen, ich bin jetzt in Garfields Büro. Suchen Sie also nicht im Kellergeschoß nach mir.«

»Ja, gut«, sagte Omar. »Dann weiß ich Bescheid.«

Lucy Greene-Kessler hatte Garfields Büro gründlich umgeräumt. Es war ein sehr großer Raum mit einer Fensternische und einem Kamin im obersten Stockwerk der Dawe Hall. Sie hatte die alten Papierrollos durch Gardinen ersetzt und in die

Fensternische eine Couchgarnitur und einen Schaukelstuhl gestellt. Das Zimmer wirkte jetzt viel gemütlicher.

»Ja, ich habe hier einiges verändert«, sagte sie, als er hereinkam und sich umschaute. »Ich werde hier ja schließlich sehr viel Zeit verbringen. Es wird mein zweites Zuhause sein. Wie Garfield es hier zwischen all dem Plunder ausgehalten hat, ist mir schleierhaft. Aber wahrscheinlich hat er sowieso nichts anderes gemacht, als Frauen belästigt und seine eklige Pfeife geraucht. Ich mußte tagelang die Fenster öffnen, um seinen Gestank rauszukriegen. Ich wäre fast erfroren dabei.« Sie zog die Schultern hoch und schüttelte sich. »Aber jetzt kann man hier wenigstens atmen. Setzen wir uns doch nach da drüben.« Sie zeigte auf die Nische mit der Couch und den Sesseln. »Dahinten ist es gemütlicher. Am Schreibtisch komme ich mir immer wie Garfield vor. Er wollte den Schreibtisch ursprünglich mitnehmen, und von mir aus hätte er ihn gern haben können, aber er paßte nicht durch die Tür. Wahrscheinlich ist er vor ein paar Jahrhunderten durchs Fenster gehievt worden. Also werde ich wohl mit ihm leben müssen. C'est la vie, n'est-ce pas?«

»Oui«, sagte Omar und betrachtete den monströsen Schreibtisch. Er war mit komplizierten Schnitzereien verziert und hatte Dutzende Klauenfüße.

Lucy setzte sich auf den Schaukelstuhl und wies Omar einen Platz auf der Couch zu. Auf der Lehne des Schaukelstuhls hing ein Schal, den sie sich um den Hals wickelte. »Hier bei den Fenstern ist es immer einen Tick kühler, wie ich bemerkt habe. Ich wünschte, ich könnte den Kamin in Gang setzen. Garfield hatte ihn ja mit allem möglichen Ramsch zugestellt, und jetzt weiß keiner, ob er überhaupt noch funktioniert. Aber ich habe den Handwerkern schon Bescheid gesagt. Wenn er funktioniert, will ich hier regelmäßige Teenachmittage vor dem Kamin veranstalten. Kleine Diskussionsrunden mit Leuten aus dem Institut. Sie könnten übrigens auch einen Nachmittag kommen und uns von Ihrer Beschäftigung mit Gunk erzählen. Ich habe vor, Akademisches und Privates an unserer Uni stärker zu verzahnen.« Sie schob ihre gespreizten Finger veranschaulichend ineinander. »Schön wäre es auch, Leute von anderen Instituten herzuholen. Vielleicht ein paar Historiker, Chemiker oder Genderwissenschaftler. Je gemischter die Gruppen, desto größer der Erkenntnisgewinn. Finden Sie nicht?«

Omar nickte zustimmend.

»Apropos Teenachmittage. Darf ich Ihnen einen Tee anbieten? Ich brauche nur Kathy Bescheid zu sagen, und sie macht uns einen. Ich habe wunderbaren frischen Darjeeling.«

»Nein, danke«, antwortete Omar.

»Tja«, sagte Lucy und schaukelte ein bißchen mit ihrem Stuhl hin und her. »Wie schön, daß Sie da unten trotzdem noch was geschafft haben. Ich war übrigens sehr froh, daß Sie den Siebert-Petrie-Preis bekommen haben. Ich saß ja mit im Entscheidungsgremium. Wußten Sie das überhaupt? Nicht alle haben für Sie gestimmt. Garfield übrigens nicht. Er hielt Gunk für zu unbedeutend.«

»Gund«, sagte Omar.

»Wie bitte?«

»Gund heißt der Schriftsteller, über den ich recherchiert habt. Jules Gund. Nicht Gunk.«

»Gund, ja natürlich. Habe ich nicht auch ›Gund‹ gesagt? Wie dem auch sei, ich habe mich jedenfalls für Sie sehr eingesetzt. Garfield war ganz hingerissen von Teresha Lakes Arbeit über Hawthorne, aber wenn Sie mich fragen, wissen wir über Hawthorne schon alles, was es zu wissen gibt. Doch mit Ihrer Arbeit über Gund erobern wir neues Terrain. Mit jemandem wie Gund sind wir ganz vorn. Und genau da möchte ich unseren Fachbereich haben.«

Omar stand auf und sah über Lucys Kopf durch die Fenster. Es war inzwischen dunkel geworden, und die Laternen waren angegangen. Auf die Wege fielen dicke Schneeflocken. Sie fielen in einem Tempo, als könnten sie es nicht abwarten, die Erde unter sich zu begraben.

Omar räusperte sich. »Ich bin eigentlich hier, um Ihnen zu

sagen, daß ich die Biographie doch nicht schreiben will. Ich möchte das Stipendium wieder zurückgeben.«

Lucy sah ihn verblüfft an. »Ja, aber warum? Ich verstehe nicht ... Sie haben doch schon mit der Recherche begonnen.«

»Ja, aber ich möchte die Biographie trotzdem nicht mehr schreiben. Ich habe es mir anders überlegt.«

»Ja, aber wieso?«

Omar schüttelte den Kopf. »Ich werde nächstes Semester auch nicht mehr hier sein. Ich habe mich entschlossen, die Uni zu verlassen.«

»Hat das mit Garfield zu tun?« fragte sie. »Omar, ich verspreche Ihnen, mit mir wird sich hier einiges ändern. Unser Institut wird ...«

»Nein, es hat nichts mit dem Institut zu tun«, sagte Omar.

»Womit dann? Haben Sie irgendwo ein besseres Angebot bekommen?«

»Nein«, sagte er.

»Dann verstehe ich nicht ...«

»Ich kann es auch nicht erklären«, sagte er. »Ich habe einfach keine Lust mehr. Es ist nicht das, was ich mir ersehnt habe.«

»Oh«, sagte sie und spielte an ihrem Schal. »Betrifft das nur Ihre Doktorarbeit oder auch Ihre Arbeit als Assistent?«

»Beides«, antwortete er.

»Oh«, sagte sie wieder und sah ihn nachdenklich an. »Nun ja, Sie müssen natürlich wissen, was das beste für Sie ist. Zumindest hoffe ich das. Ein interessanter Unterricht ist ja auch nicht so leicht abzuhalten. Es ist nicht allen in die Wiege gelegt. Und vielleicht haben Sie wirklich kein Händchen dafür. Ich habe mal in die Beurteilungsbögen über Sie hineingesehen – ich will ja auch die Lehre an unserem Institut verbessern –, und ein paar Studentenkommentare haben mich tatsächlich etwas stutzig gemacht. Vielleicht ist es wirklich nicht Ihre Sache.«

»Ja, wahrscheinlich nicht«, sagte Omar.

»Nun, es kann auch ein Fluch sein«, sagte sie mit einem

gekünstelten Lachen. »Wer sich nicht dafür geboren fühlt, sollte es lieber lassen. Besser, Sie hören jetzt auf, als wenn Sie zu alt sind und nicht mehr zurückkönnen.«

»Ja, genau das denke ich nämlich auch«, sagte Omar.

»Trotzdem ist es schade. Das schöne Stipendium, Ihre ganze Arbeit über Gund … Na ja, vielleicht war er wirklich zu unbedeutend.«

»Wahrscheinlich«, sagte Omar. »Ich hatte jedenfalls nicht das Gefühl, daß es dort viel zu holen gibt.«

»Ach, das hat man ja so oft«, seufzte sie. »Da durchstöbern wir Wissenschaftler monatelang das Leben eines Autors und stellen dann fest, wie fade und belanglos es doch war. Deshalb liebe ich so meine Arbeit an Woolf: Bei ihr gibt es so viel zu erforschen, daß überhaupt kein Ende absehbar ist. Aber bei Leuten wie Gund … da stößt man wohl schnell auf felsigen Boden. Aber ich werde Sie vermissen, Omar. Wir alle werden Sie vermissen. Es war sehr schön, jemanden mit Ihrem kulturellen Hintergrund bei uns gehabt zu haben.«

»Ich wollte Ihnen nur rechtzeitig Bescheid sagen«, antwortete Omar. »Damit Sie für das nächste Semester umdisponieren können.«

»Ja, vielen Dank. Aber dieses Semester bleiben Sie doch noch, oder?«

»Ja, natürlich«, sagte er.

»Gut«, sagte sie und schüttelte ihm die Hand. »Dann werde ich mich mal wieder an die Arbeit machen. Die Arbeit einer stellvertretenden Fachbereichsleiterin hat nie ein Ende, stelle ich fest. Ich frage mich, wie Garfield das alles geschafft hat. Wahrscheinlich hat er es gar nicht geschafft.«

»Ja«, sagte Omar. »So wird es wohl gewesen sein.«

Deirdre war gerade auf dem Weg zu ihrem Tai-Chi-Kurs. Da entdeckte sie an einem Laternenpfahl den Steckbrief eines vermißten Hundes. Sie erkannte sofort Omars altertümliche Schrift:

Hund entlaufen. Ich vermisse seit Mittwoch, dem sechzehnten Januar, meine Hündin Mitzie. Sie ist klein und hat ein weißes zotteliges Fell. Wir wohnen in Hiawatha Woods. Wer sie gesehen oder gefunden hat, rufe mich bitte an. Meine Nummer ist 4482123. Vielen Dank.

O Gott, dachte sie, Mitzie ist wieder weggelaufen. Diese dämliche Hündin. Als sie am Kipling vorbeikam, schaute sie zufällig durch die Scheibe und sah Omar an der Bar sitzen. Er war allein und hockte vor einem Glas Bier. Sie ging hinein und setzte sich neben ihn.

Omar bemerkte sie erst gar nicht, so geistesabwesend schien er zu sein. Als sie ihre Hand auf seinen Arm legte, drehte er sich zu ihr. »Deirdre!« sagte er. »Was machst du denn hier?«

»Ich war gerade auf dem Weg zu meinem Tai-Chi-Kurs«, sagte sie. »Da habe ich dich hier sitzen sehen.« Sie schaute auf ihre Uhr. Wahrscheinlich würde sie jetzt zu spät kommen. »Aber was machst du denn hier ganz allein?« fragte sie und nahm einen Schluck von seinem Bier.

»Möchtest du auch eins?« fragte er.

»Nein, ich will gleich weiter«, sagte sie. »Ich habe übrigens deinen Steckbrief gesehen. Wie lange ist Mitzie denn schon weg?«

»Seit gestern mittag. Gwendolyn Pierce hat sie nach draußen gelassen, und seitdem ist sie nicht mehr zurückgekommen. Ich weiß gar nicht, was ich jetzt machen soll. Ich habe schon die Polizei angerufen, aber die haben keinen Hund gefunden, weder einen toten noch einen lebendigen. Also mußte ich die Zettel aufhängen.«

»Aber warum hast du denn kein Bild von ihr auf den Steckbrief kopiert? Dann würde man sie leichter erkennen.«

»Das wollte ich ja auch zuerst, aber ich habe kein Bild von ihr gefunden. Yvonne hat ihre ganzen persönlichen Sachen weggeräumt, oder vielleicht hat sie gar keine persönlichen Sachen. Also habe ich sie beschrieben.«

»Ja, aber klein, zottelig und weiß ... das sind ja viele Hunde.«

»Eine bessere Beschreibung ist mir nicht gelungen.«

»Ist ja auch egal«, sagte Deirdre. »Es ist ja nicht deine Schuld.«

»Wieso nicht meine Schuld?« fragte er. »Natürlich ist es meine Schuld. Ich bin doch verantwortlich für sie.«

»Ja, aber du warst doch nicht da, als sie verschwunden ist. Gwen Pierce hat auf sie aufpaßt, also ist sie die Verantwortliche. Sie hat Mitzie ohne Leine rausgelassen, und damit ist es ihre Schuld.«

Omar stellte seine Ellbogen auf die Bar und stützte sein Gesicht in die Hände. »Am besten du gehst jetzt«, sagte er. »Sonst kommst du noch zu spät zu deinem Tai Chi.«

Deirdre war, als würde Omar weinen. Doch sie konnte sein Gesicht nicht sehen. Sie legte zärtlich ihre Hand in seinen Nacken. »Ist alles in Ordnung, Omar?« fragte sie.

»Nein«, sagte er und schluchzte. »Überhaupt nichts ist in Ordnung.«

Deirdre legte ihren Arm um ihn und drückte ihn. »Ist es wegen Mitzie?« fragte sie. »Bist du deshalb so traurig? Mach dir keine Sorgen, Mitzie wird schon wieder zurückkommen. Und selbst wenn sie nicht zurückkommt, ist das kein Weltuntergang. Mitzie ist doch nur ein Hund. Yvonne wird Verständnis dafür haben. Du warst ja nicht da, als sie weglief ...«

»Es ist nicht wegen Mitzie«, sagte Omar. »Mitzie ist mir eigentlich völlig egal.«

»Ja, was ist es dann?« fragte sie. »Was ist passiert, Omar?«

Sie hörte Omars lautes Schlucken und spürte, wie seine Brust zitterte. Dann drückte sie ihn noch fester und fühlte seine Wärme unter seinem Hemd. Er trug das hellgrüne Lederhemd, das sie ihm zum Geburtstag geschenkt hatte, weil es so einen schönen Kontrast zu seiner dunklen Haut bildete.

»Omar, was ist passiert?« fragte sie noch einmal.

Omar nahm die Hände von seinem Gesicht und sagte: »Ich war gerade bei Lucy Greene-Kessler. Ich habe ihr gesagt, daß ich das Geld von dem Stipendium zurückgebe. Oder was noch davon übrig ist. Ich werde keine Biographie über Jules Gund mehr schreiben.«

Deirdre nahm einen kräftigen Schluck von seinem Bier. Dann bestellte sie sich auch ein Glas und schwieg eine Weile. Als das beschlagene Glas vor ihr stand, sagte sie leise: »Omar, irgendwas ist in Uruguay mit dir passiert. Irgendwas hat dich dort verändert. Es war nicht bloß der Unfall. Kannst du mir endlich mal sagen, was los ist?«

»Ich weiß auch nicht«, antwortete er. »Aber ich weiß, daß ich keine Biographie über Jules Gund schreiben will. Ich will über niemanden eine Biographie schreiben.«

»Und warum nicht? Gibt es irgendeinen Grund dafür?«

»Nein. Ich möchte es einfach nicht mehr. Es ist schwer zu erklären.«

»Omar«, sagte sie. »Ist es dir unangenehm, die Leute auszufragen? Ist das der Grund? Du weißt, daß das ganz normal bei einer Biographie ist. Jeder Biograph macht das. Du darfst da keine Rücksicht nehmen.«

»Warum darf ich das nicht?« fragte er trotzig.

»Weil du doch jetzt alles hast, was du brauchst. Das Stipendium, die Autorisierung ... Ich weiß nicht, was die Leute dir erzählt haben, aber du darfst dich davon nicht beeinflussen lassen. Wenn man eine Biographie schreiben will, muß man eben ein bißchen rücksichtslos sein.«

»Ich will aber nicht rücksichtslos sein«, sagte er. »Und ich habe meine Entscheidung schon gefällt. Ich war ja gerade bei Lucy Greene-Kessler. Ich gebe das Geld zurück und breche meine Dissertation ab.«

»Bist du dir wirklich sicher? Jetzt, wo du schon so viel von dem Geld ausgegeben hast?«

»Das Geld ist doch egal. Ich kann mir den Rest ja borgen. Vielleicht muß ich das Geld auch gar nicht zurückzahlen. Wichtig ist, daß ich endlich damit aufhöre.«

»Daß du womit aufhörst?« fragte Deirdre. »Wovon redest du die ganze Zeit, Omar?«

Omar sah sich um. Sie waren die einzigen im ganzen Restaurant. »Ich muß damit aufhören, so zu leben, wie ich lebe. Ich weiß, daß es nicht das Richtige für mich ist. Es ist nicht mein Leben.«

»Wie meinst du das: Es ist nicht dein Leben?« fragte sie. »Natürlich ist es dein Leben, wessen Leben denn sonst? Ich habe wirklich keine Ahnung, wovon du redest. Warst du eigentlich mal beim Arzt? Hast du dir mal einen Termin geben lassen?«

»Es ist nicht mein Leben«, wiederholte er. »Ich weiß nicht, was ich die letzten Jahre überhaupt gemacht habe. Aber es war nicht das Richtige für mich. Entschuldige bitte, Deirdre.«

Sie sah ihn fragend an. »Und was ist mit uns? Denkst du über uns genauso?«

»Ich denke, daß auch bei uns nicht alles so ist, wie es sein sollte«, sagte er. »Ich bin nicht ich selbst, wenn wir zusammen sind.«

»Natürlich bist du du selbst. Omar, ich liebe dich doch!«

»Ich bin mir nicht sicher, ob du das wirklich tust«, sagte er. »Ich glaube nicht, daß du mich gut genug kennst.«

Deirdre betrachtete die Schaumkrone auf ihrem Bier. Die vielen Bläschen schienen kleine hohe Schreie auszustoßen und sackten dann zusammen. »Was du da sagst, tut mir wirklich weh«, sagte sie. »Ich liebe dich nämlich wirklich. Und es stimmt nicht, daß ich dich nicht gut genug kenne. Ich kenne dich sogar sehr gut. Wir haben doch schon so viele Dinge zusammen erlebt. Natürlich kennt man einen Menschen nie hundertprozentig, aber ich glaube, ich kenne dich besser als irgend jemand sonst.«

Omar dachte an Arden, die ihn geküßt hatte. Wie gut kannte Arden ihn? In ihrer Nähe hatte er sich von Anfang an wohl gefühlt. Doch kannte sie ihn gut? Wahrscheinlich nicht. Er war ja nur sehr kurz bei ihr zu Besuch gewesen. Es mußte also an etwas anderem liegen. Nur an was?

»Vielleicht hast du recht«, sagte er. »Vielleicht kennst du mich gut. Aber ich glaube nicht, daß du mich verstehst.«

»Aber warum sollte ich dich nicht verstehen?« fragte sie.

»Weil du andauernd versuchst, mich zu ändern.«

»Aber das ist doch Quatsch«, sagte sie. »Das stimmt doch gar nicht. Ich versuche nicht, dich zu ändern. Ich liebe dich so, wie du bist, Omar. Ich möchte bloß, daß du deine Fähigkeiten voll ausschöpfst, daß du tust, was zu deinem Besten ist. Mehr nicht. Deshalb ermutige ich dich manchmal zu ein paar Dingen. Das heißt aber nicht, daß ich dich ändern will. Ich will dir nur helfen.«

»Wahrscheinlich haben wir andere Ansichten darüber, was für mich am besten ist«, sagte er.

»Und was ist deiner Meinung nach am besten für dich?« fragte sie »Deine ganze Promotion hinzuschmeißen?«

»Ja«, sagte er. »Ich habe darüber nachgedacht. Und ich glaube, es ist das beste.«

»Und kannst du mir mal begreiflich machen, warum?« fragte sie.

Omar dachte einen Moment nach. »Du kennst doch meine Geschichte«, sagte er. »Mein Vater wollte, daß ich Medizin studiere. Aber das hat mich nicht interessiert. Und weil ich gerne Bücher lese, dachte ich, daß ein Literaturstudium das Richtige für mich wäre. Ich wollte promovieren und irgendwann sogar Professor werden. Aber jetzt habe ich festgestellt, daß ich mich geirrt habe. Das Ganze ist nichts für mich. Ich lese zwar immer noch gern Bücher, aber mehr auch nicht. Ich unterrichte nicht gern, ich korrigiere nicht gern, ich habe auch nie gern Arbeiten geschrieben. Ich bin auch nicht gut in diesen Sachen. Das weiß ich jetzt, und damit muß ich mich abfinden. Ich bin nicht so wie du, Deirdre.«

Deirdre trank schweigend von ihrem Bier. Auf ihrer Wange sah er eine Träne.

»Und was willst du jetzt machen?« fragte sie. »Was soll aus dir jetzt werden?«

»Ich weiß es nicht«, sagte er. »Ich bin zwar schon achtundzwanzig, aber ich habe nicht die leiseste Ahnung, was aus mir werden soll. Ich weiß nicht, was meine Interessen sind, und ich weiß auch nicht, wo meine Fähigkeiten liegen. Ich weiß überhaupt nichts.«

Deirdre fuhr mit der Hand über die Theke. »Ich will hier nicht anfangen zu weinen«, sagte sie leise. »Ich will in diesem Scheiß-Kipling nicht auch noch anfangen zu heulen.«

»Endschuldige bitte, Deirdre«, sagte er. »Verzeih mir.«

»Dir verzeihen? Oh, ich hasse dich, Omar«, schluchzte sie. »Nein, ich hasse dich nicht, das ist das falsche Wort. Ich bin nur enttäuscht. Maßlos enttäuscht. Denn ich habe mir so gewünscht, daß bei dir alles klappt. Aber wahrscheinlich war das reine Selbstsucht, wahrscheinlich habe ich mir das nur meinetwegen gewünscht. Aber ich hatte mich so für dich gefreut, Omar, ich war so stolz auf dich gewesen. Wie du allein nach Uruguay geflogen bist, wie du am Ende ganz allein die Autorisierung bekommen hast ... Ich habe die Biographie schon fertig vor mir gesehen, deine ganze akademische Laufbahn! Aber vielleicht kenne ich dich wirklich nicht gut, oder verstehe dich nicht, wenn du sagst, daß das alles nicht das Richtige für dich ist. Aber ich wollte wirklich nur, daß du glücklich bist, das mußt du mir glauben ...«

»Du weißt, daß ich ohne dich erst gar nicht geflogen wäre«, sagte er.

»Ja«, antwortete sie und wischte mit dem Ärmel über ihre Wange. »Und was hat es dir gebracht? Einen Unfall, einen Krankenhausaufenthalt, und das viele Geld hast du auch ausgegeben.«

Sie starrten beide schweigend auf die Theke. Nach einer Weile sagte Omar: »Ich glaube, ich fahre jetzt nach Hause. Ich fühle mich nicht so gut. Mir wird noch manchmal ein bißchen komisch. Laß uns ein andermal über diese Dinge reden. Schaffst du es noch zu deinem Tai-Chi-Kurs?«

Sie schaute auf ihre Uhr.

»Nein«, sagte sie.

»Entschuldige«, sagte er.

»Hör doch auf, dich andauernd zu entschuldigen«, erwiderte sie.

»Ich möchte mich aber entschuldigen«, sagte er und küßte sie auf ihre feuchte Wange. »Und ich möchte dir danken.«

»Wofür?« fragte sie. »Dafür, daß ich dich nicht verstehe?«

»Nein«, sagte er. »Für deine Liebe.«

Er war müde, und es schien alles wie im Traum zu passieren: Er parkte seinen Wagen vorm Haus und sah Mitzie im Scheinwerferlicht auf der Veranda liegen. Als er ausstieg, kam sie bellend angelaufen und sprang ihn an. Obwohl er so lange fort gewesen war, erinnerte sie sich an ihn. Und sie schien sich sogar zu freuen, ihn zu sehen. Jetzt waren sie beide zurück und freuten sich aneinander.

Mitten in der Nacht klingelte das Telefon. Omar wachte auf und hatte keine Ahnung, wie spät es war. Er stand auf und nahm den Hörer ab. »Hallo«, sagte er.

»Hallo, ich habe Ihren Hund«, hörte er eine Frauenstimme sagen. »Ihren kleinen weißen zotteligen Hund. Ich habe ihn gefunden. Er ist hier bei mir.«

Omar erinnerte sich nur vage an Mitzies Rückkehr. War das vielleicht nur ein Traum gewesen? »Wirklich?« fragte er.

»Ja, wirklich. Gibt es denn eine Belohnung?«

»Einen Moment mal bitte«, sagte er und legte den Hörer auf die Flurkommode. Er ging in die Küche und sah Mitzie in ihrem Körbchen liegen. Sie schaute ihn verwundert an. Also war sie tatsächlich zurückgekehrt. Er ging zum Telefon und sagte: »Hören Sie? Mitzie ist hier, es muß sich wohl um einen anderen Hund handeln.«

»Sind Sie zu geizig, um eine Belohnung für Ihren Hund zu bezahlen?« fragte die Frau.

»Nein, natürlich nicht«, sagte Omar. »Aber mein Hund ist wieder da. Er ist von allein zurückgekommen.«

»Arschloch«, sagte die Frau und legte auf.

Omar ging zurück in die Küche zu Mitzies Körbchen und streichelte sie. Dann trank er ein Glas Wasser und aß ein paar von Gwendolyns fürchterlichen Süßstoffkeksen. Er merkte, daß er gar nicht mehr müde war, und dachte an die vielen

Steckbriefe, die er aufgehängt hatte. Vielleicht sollte er sie lieber abnehmen.

Er fuhr mit dem Wagen in die Stadt und parkte hinter der Bank. Einen Moment blieb er sitzen und versuchte sich zu erinnern, wo er die Zettel überall aufgehängt hatte. Er wollte sie möglichst vollständig wieder einsammeln. Dann stieg er aus und machte sich auf die Suche. Doch er fand nur siebenundvierzig von insgesamt fünfzig Steckbriefen. Die anderen fehlten. Vielleicht hatte sie jemand abgenommen. Oder er hatte vergessen, wo er sie aufgehängt hatte.

21. Kapitel

27. Februar 1996

Sehr geehrte Mrs. Gund, Ms. Langdon
und sehr geehrter Mr. Gund,

ich möchte mich mit diesem Brief noch einmal herzlich für Ihre Gastfreundschaft bedanken und mich zugleich entschuldigen, daß ich Sie so lange belästigt habe. Mein unangekündigtes Erscheinen war wirklich äußerst rücksichtslos, wie mir im nachhinein vollständig bewußt geworden ist. Auch für Ihre herzliche Pflege nach meinem Unfall bin ich Ihnen – und Dr. Peni – zu größtem Dank verpflichtet. Es geht mir jetzt übrigens viel besser. Nur manchmal fühle ich mich noch etwas kränklich, aber das wird sich mit der Zeit sicher geben.

Ein weiterer wichtiger Grund für mein Schreiben ist mein Entschluß, die Biographie über Jules Gund doch nicht zu schreiben. Ich habe lange nachgedacht, bevor ich diese schwierige Entscheidung getroffen habe. Sie geht einher mit meiner Absicht, die Universität ganz zu verlassen und eine andere berufliche Laufbahn einzuschlagen. (Meine Gründe für diese Absicht sind sehr kompliziert – zu kompliziert, um Sie Ihnen in diesem kurzen Brief zu erläutern.) Es ist mir daher sehr unangenehm, daß ich Sie mit meinem Anliegen sozusagen umsonst belästigt habe. Bitte sehen Sie mir auch das nach.

Dennoch bin ich sehr dankbar für die schöne Zeit, die ich in Ochos Rios verleben durfte (trotz meines Unfalls). Ich habe mich sehr wohl bei Ihnen gefühlt und werde mich an diese Zeit immer mit Freude erinnern. Nicht zuletzt, weil ich eine Menge von Ihnen gelernt habe. Auch dafür herzlichen Dank.

Leben Sie wohl, und grüßen Sie Pete und Portia ganz herzlich von mir,

Ihr Omar Razaghi

22. Kapitel

Zum Abschluß des Semesters veranstaltete Lucy Greene-Kessler einen Grillnachmittag in ihrem Garten. Auch Omar war gekommen und saß an einem Campingtisch auf dem Rasen. Als er eine Hand in seinem Nacken spürte, die ihn sanft zu massieren begann, drehte er sich um. Vor ihm stand Deirdre mit einem überladenen Teller voller Hähnchenteile, Kartoffel-, Nudel- und Fruchtsalat. »Sieht man dich auch mal wieder«, sagte sie und setzte sich zu ihm.

»Hallo Deirdre«, begrüßte er sie.

»Wie geht es dir?« fragte sie.

»Gut, danke«, sagte er. »Und dir?«

»Auch gut. Wir haben uns ja ewig nicht mehr gesehen. Schön, daß du hier bist.«

»Ja, ich habe mich ein bißchen rar gemacht«, antwortete er.

»Sehr rar«, sagte sie. »Aber Lucy Greene-Kesslers Karrieresprung hat uns wieder zusammengebracht. Ich habe nicht damit gerechnet, daß du kommst.«

»Ich wollte auch erst nicht kommen. Aber dann dachte ich, es wäre eine gute Gelegenheit, sich von allen zu verabschieden.«

»Verabschieden? Wo willst du denn hin?« fragte sie.

»Ich gehe zurück nach Toronto«, sagte er. »Da wohne ich erst mal eine Weile bei meinen Eltern.«

»Und was willst du in Toronto?«

»Ich werde für eine Weile im Krankenhaus arbeiten. Mein Vater hat mir einen Job verschafft.«

»Ja, als was denn?« fragte sie.

»Als Hilfsphysiotherapeut.«

»Und was macht ein Hilfsphysiotherapeut?«

»Er hält vermutlich die Patienten fest, während der Physiotherapeut sie quält.«

»Und wann soll es losgehen?« fragte Deirdre.

»In der ersten Juniwoche. Wenn Yvonne wieder da ist.«

»Und du hast dir das auch genau überlegt? Du willst wirklich bei deinen Eltern wohnen und im Krankenhaus arbeiten?«

»Ja, warum nicht«, sagte er.

»Trägst du dann auch einen weißen Anzug oder so was in der Art?«

»Ich weiß nicht genau«, sagte er. »Aber irgend so etwas werde ich wohl tragen müssen.«

»Und meinst du, du wirst bei deinen Eltern in Toronto zurechtkommen?«

»Ja, natürlich. Man stirbt ja nicht davon, wenn man bei seinen Eltern wohnt oder im Krankenhaus arbeitet.«

Das nicht, dachte sie, aber trotzdem wird etwas in ihm sterben. Wahrscheinlich, ohne daß er es merkt. Doch dann fiel ihr ein, daß das wohl bei allen Menschen so war, daß alle Menschen sich ständig veränderten und ihr altes Ich begruben. Sie schob ihren überfüllten Teller von sich weg und sagte: »Hast du Lust, einen kleinen Spaziergang zu machen?«

»Und wohin?« fragte er.

»Nirgendwohin. Nur einmal um den Block.«

»Wann?« fragte er. »Jetzt?«

»Nein«, stöhnte Deirdre. »Nächste Woche.«

Lucy wohnte in einem sehr hübschen alten Stadtviertel, das aus Eigentumshäusern mit großen Terrassen und getrimmten Hecken bestand. An einigen Haustüren hingen Frühlingskränze und Flaggen. Sie gingen die Auffahrt hoch bis zur Straße und spazierten dann den Bürgersteig entlang. Der Bürgersteig war von riesigen Platanen gesäumt, deren Wurzeln die alten Steinplatten an vielen Stellen aufgebrochen hatten.

Als sie um die Ecke gebogen waren, sagte Deirdre: »Ich habe übrigens eine Stelle an der Bucknell University bekommen.«

»Ist das wahr? Herzlichen Glückwunsch«, sagte Omar.

»Na ja, sie ist leider nur für ein Jahr. Du kennst das ja. Als wissenschaftliche Assistentin wird man völlig ausgebeutet. Aber man hat ja keine andere Wahl ...«

»Die Uni hat doch einen guten Ruf. Das Jahr wird sich auf deinem Lebenslauf gut machen. Und es wird eine interessante Erfahrung sein, mal woanders zu unterrichten. Ist das in Ohio?«

»Nein, in Pennsylvania«, sagte sie. »In einem Kuhdorf. Es wird also eine ganz schöne Umstellung für mich als Großstädterin.«

»Und wann fängst du an?« fragte Omar.

»Erst im Wintersemester. Den Sommer bleibe ich noch hier«, sagte sie und fuhr mit der Hand über einen schmiedeeisernen Gartenzaun. »Ach, Omar, willst du denn wirklich nach Toronto?«

»Ja«, sagte er mit fester Stimme. »Wenigstens für eine Weile. Bis ich weiß, was ich machen will. Oder kann.«

»Und was würdest du am liebsten machen?« fragte sie.

»Das weiß ich ja eben noch nicht. Deshalb will ich nach Toronto, um in Ruhe darüber nachzudenken. In Kansas hält mich jedenfalls nichts mehr.«

»Aber du könntest dir doch hier eine Arbeit suchen«, sagte sie.

»Ja, als Schuhverkäufer in der Einkaufspassage vielleicht.«

»Aber du als Physiotherapeut, oder Hilfsphysiotherapeut ... Ist das nicht auch eine komische Vorstellung?«

»Es ist ja nur vorübergehend«, sagte er. »Nur um etwas Geld zu verdienen und nachzudenken.«

Deirdre pflückte ein frisches, saftiggrünes Blatt von einem Zweig über ihnen. »Hast du eigentlich mal wieder was gehört von ihnen?« fragte sie und begann das Blatt zu zerreißen.

»Von wem?« fragte er.

»Na, du weißt schon«, sagte sie. »Von den Leuten da unten. Den Gunds.«

»Nein«, sagte er und schüttelte den Kopf.

»Bist du dir eigentlich immer noch sicher … Ich meine, denkst du jetzt auch noch, daß du die richtige Entscheidung getroffen hast?«

»Ja.«

Sie schaute zu ihm herüber. Er blickte entschlossen nach vorn. »Du hast keine Lust, darüber zu reden, nicht wahr?«

»Nein«, sagte er.

»Willst du allgemein nicht darüber reden, oder willst du nur mit mir nicht darüber reden?« fragte sie.

Omar zuckte mit den Achseln. Vor ihnen tauchte plötzlich ein kleines Mädchen mit einem Dreirad auf. Sie raste auf sie zu, so daß sie einen Schritt zur Seite machen mußten. Als sie weitergingen, sagte Deirdre: »Es ist schon seltsam. Ich weiß, daß wir nicht mehr zusammen sind, uns nicht mehr sehen, keine vertrauten Gespräche mehr miteinander führen … Trotzdem fällt es mir schwer, an deinem Leben nicht mehr teilzunehmen.«

»An meinem Leben nicht mehr teilzunehmen?« fragte er.

»Ja«, sagte sie. »Wahrscheinlich, weil du mir immer noch etwas bedeutest. Jedenfalls merke ich oft, daß mir unsere gemeinsamen Abende fehlen. Ich habe mich am Anfang sogar ziemlich elend gefühlt.« Sie warf die Überbleibsel ihres zerpflückten Blatts auf den Boden.

»Ach, Deirdre«, sagte er. »Ich muß wirklich hier weg. Ich will die ganze Sache so schnell wie möglich vergessen.«

»Auch die Sache mit uns?« fragte sie.

»Nein, natürlich nicht. Ich meine meine Doktorarbeit, die Reise nach Uruguay, mein Studium … Ich will nicht andauernd daran denken müssen, verstehst du?«

»Ja, ich verstehe«, sagte sie.

»Ich muß Abstand dazu gewinnen. Deshalb will ich auch nicht darüber reden.«

»Ich denke trotzdem oft daran«, sagte Deirdre. »Und eine Sache beschäftigt mich immer noch.«

Omar schwieg.

»Darf ich dich mal was fragen, Omar?«

Er schaute nach unten auf den zerklüfteten Bürgersteig, dessen verschobene Platten wie geologische Schollen aussahen.

»Darf ich?« fragte Deirdre.

Omar nickte.

»Also, ich habe oft über unsere Reise, oder deine Reise, nachgedacht. Und ich weiß, daß da unten irgendwas mit dir passiert ist. Ich meine jetzt nicht den Unfall. Irgend etwas anderes. Hast du ... hast du dich in Arden Langdon verliebt, Omar? Warst du deshalb die ganze Zeit so komisch?«

Sie kamen an einem Grundstück vorbei, das an einem Hang lag. Der Rasen war durch einen kniehohen Wall abgegrenzt. An einer Stelle waren drei Stufen eingelassen. Omar blieb stehen und setzte sich auf die unterste Stufe. Dann stützte er seine Ellbogen auf die Knie und drückte seine Stirn in seine Hände. Deirdre schaute zur Terrasse des Hauses, die nur ein paar Meter entfernt war. Es war niemand da, der sie beobachten konnte. Sie drehte sich um, und auch auf der Straße war niemand zu sehen. Auch das Mädchen mit dem Dreirad war nicht mehr zu hören. Sie ging zu ihm und setzte sich neben ihn auf die Treppe.

Eine Weile saß Omar in seiner gebeugten Haltung einfach so da. Als er endlich wieder zu ihr sah, wirkten seine Pupillen klein und verschoben, so als hätte er sie mit seinen Fäuste in die Augenhöhlen gepreßt. Sie bemerkte, wie groß seine Augenhöhlen waren, die ihr früher überhaupt nie aufgefallen waren.

»Laß mich über all diese Dinge erst mal hinwegkommen«, sagte er und schaute wieder nach vorn.

Deirdre schwieg. Sie hatte also recht gehabt. Und hier auf dieser Treppe vor einem wildfremden Haus würde nun alles zu Ende gehen. Das war der Schauplatz ihrer letzten Begegnung: ein anonymes Haus mit einer grünen Tür und ein paar Rhododendronsträuchern um eine Terrasse, auf der sich Dinge abspielten, von denen sie nie etwas erfahren würden.

Sie strich über ihren Rock. »Vielleicht aber auch nicht«, sagte sie.

»Was?« fragte er.

»Vielleicht aber auch nicht. Vielleicht kommst du auch nicht darüber hinweg.«

»Das muß ich aber«, sagte er. »Ich habe ja keine andere Wahl. Ich muß mir einen Plan machen und ihn dann auch ausführen.«

»Ja, als Hilfsphysiotherapeut kommt man bestimmt auf die besten Ideen.«

»Was soll ich denn sonst tun?« fragte er. »Ich brauche doch erst mal einen Job.«

»Dir stehen doch viele Wege offen«, sagte sie. »Du brauchst nur einen davon einzuschlagen.«

»Ja, ich weiß«, antwortete er. »Und der Glaube versetzt Berge.«

Sie saßen eine Weile auf der Treppe und schwiegen. Dann hatte Deirdre eine Idee. »Du kannst doch auch zurück nach Uruguay fahren«, sagte sie. »Zu Arden. Zu der Frau, die du liebst. Das wäre sicher eine bessere Idee, als mit einem Physiotherapeuten Leute in einem Krankenhaus zu quälen.«

»Arden liebt mich nicht«, sagte er.

»Woher weißt du das?« fragte sie.

»Sie hat es mir gesagt.«

»Ach, was Leute sagen und fühlen, sind zweierlei Dinge. Besonders in Sachen Liebe ... Abgesehen von mir. Ich habe dir natürlich immer die Wahrheit gesagt. Ich habe dich wirklich geliebt, Omar. Das weißt du hoffentlich.«

»Ja, das weiß ich«, sagte er.

»Gut«, antwortete sie und strich ihm durchs Haar. »Ich hatte nämlich schon meine Zweifel. Und du weißt, daß ich dich sehr vermissen werde.«

»Ja, ich werde dich auch vermissen«, sagte er.

»Das hört man gern«, erwiderte sie. Sie stand auf und sah

sich wieder um. Auf der gegenüberliegenden Straßenseite kamen jetzt ein paar Leute in ihre Richtung. »Also wenn du meine Meinung hören willst, dann rate ich dir, nicht nach Toronto zu fahren. Geh lieber wieder nach Uruguay. Da bist du besser aufgehoben.«

Omar lachte.

»Was?« fragte sie. »Warum lachst du?«

»Na ja«, sagte er. »Andauernd schickst du mich nach Uruguay.«

»Nein, nicht andauernd«, antwortete sie. »Nur zweimal.« Sie hielt ihm die Hand hin. »Komm, laß uns zurückgehen.«

23. Kapitel

Sie hatte sich verspätet. In Miami hatte sie ihren Anschlußflug verpaßt und war statt am frühen Abend erst nach Mitternacht in New York angekommen. Nachdem sie und ihr Gepäck wieder zueinandergefunden hatten und sie die Zollschranke passiert hatte, war es schon halb zwei. Sie winkte ein Taxi herbei, setzte sich auf die Rückbank und nickte ein. Als sie wieder erwachte, passierten sie gerade das Yankee Stadium, das ihrer Erinnerung nach eigentlich nicht auf der Strecke liegen durfte. Der Fahrer machte offenbar einen Umweg. Das Stadion schimmerte bläßlich wie in einem Traum. Vielleicht war es auch ein Traum, dachte sie, vielleicht schlief sie ja schon. Sie lehnte sich vor und klopfte an die Trennscheibe aus Plexiglas. Einen Moment lang wußte sie nicht, welche Sprache sie benutzen sollte.

»Wo sind wir denn?« fragte sie. »Warum fahren wir am Yankee Stadium vorbei? Ich will nach Manhattan. Jane Street, in Greenwich Village.«

»Diese Route ist schneller«, sagte der Fahrer. Seine dunklen schönen Augen schauten sie müde durch den Rückspiegel an. »Auf der anderen Strecke ist zuviel Verkehr.«

»Es ist mitten in der Nacht. Wie kann denn da zuviel Verkehr sein?« fragte sie.

»Vertrauen Sie mir«, sagte er. »Ich bringe Sie so schnell wie möglich nach Greenwich Village. Machen Sie sich keine Sorgen.«

Sie lehnte sich zurück und blickte in die menschenleeren Straßen. Der Fahrer würde von ihr kein Trinkgeld bekommen.

Der Wagen hielt am Straßenrand. »So, Ma'am. Da wären wir«, sagte der Fahrer.

Sie schaute auf das Gebäude neben sich, doch es sah ganz anders aus, als sie es in Erinnerung hatte. Aber sie war auch seit über dreißig Jahren nicht mehr hier gewesen. Sie hatte einmal hier gewohnt, in den Fünfzigern, knapp zwei Jahre lang. War es wirklich hier gewesen? Die Hausnummer stimmte wohl. »Ist das wirklich Jane Street?« fragte sie.

»Ja, Ma'am.«

Sie holte ihr Portemonnaie hervor und bezahlte. Sie gab dem Fahrer doch ein Trinkgeld, schließlich hatte er seine Aufgabe erfüllt und sie hergebracht. Was wußte sie schon über die besten Routen durch New York? Vielleicht führte die Strecke doch am Yankee Stadium vorbei, oder vielleicht war es ja sogar verlegt worden. Der Fahrer öffnete den Kofferraum und stellte ihren Koffer auf den Bürgersteig. Es war eine sehr angenehme Frühlingsnacht. Das saftige Laub der Bäume hing über der Straße.

»Das ist doch Ihr Gebäude, oder?« fragte er.

»Ja«, sagte sie. »Danke. Gute Nacht.«

Er blieb noch eine Weile mit seinem Wagen stehen und schaute zu ihr herüber. Dann startete er den Motor und fuhr los. Sie stand auf dem Bürgersteig und sah sich um. Über der Stadt lag ein Geruch, der ihr sehr vertraut vorkam. Sie schloß die Augen und atmete tief ein.

Im Foyer brannte zwar Licht, doch die Haustür war verschlossen. Sie hatte vereinbart, die Schlüssel beim Hauswart abzuholen, doch der hatte sie bereits um sechs Uhr abends erwartet. Jetzt war es zwei Uhr morgens. Sie überlegte kurz, sich ein Hotel zu suchen oder sich auf die Treppe zu setzen und zu warten, bis es hell wurde. Doch sie war zu müde, und das gab ihr den Mut, den Hauswart zu wecken. Sie drückte auf die Klingel mit der Aufschrift »Hauswart« und klingelte abermals, als niemand antwortete. Dann preßte sie den Schalter mehrere Male hintereinander, bis endlich eine quäkende Stimme in der Sprechanlage zu hören war. »Guten Abend«, sagte sie. »Hier ist Caroline Gund.«

Der Türöffner summte, und sie trat ein. Als sie ihren Koffer abgestellt hatte, atmete sie tief durch, als hätte sie gerade einen Berg erklommen. Sie hatte keine Ahnung, wo der Hauswart wohnte. Sie hatte nicht einmal gewußt, daß es einen Hauswart gab. Doch sie erinnerte sich wieder an den Hausflur und daran, daß Margots Wohnung im obersten Stock im hinteren Teil des Gebäudes lag. Sie schaute auf die Briefkästen an der Wand. Auf einem stand »M. Descourtieux«. Sie machte einen Schritt nach vorn und berührte das kühle Metall.

Die Fahrstuhltür ging auf, und ein Mann kam heraus, der noch damit beschäftigt war, sein Hemd in die Hose zu stecken. Sie hielt ihn im ersten Augenblick für den Taxifahrer, weil er dieselben dunklen, traurigen Augen hatte.

»Mrs. Gund?« fragte er.

»Ja«, sagte sie.

Er ging zu ihr und drückte ihr einen Schlüsselbund in die Hand. »Hier sind Ihre Schlüssel«, sagte er.

»Entschuldigen Sie, daß ich Sie geweckt habe. Mein Flug hatte leider Verspätung …«

»Das habe ich mir schon gedacht«, sagte er und deutete mit dem Kinn auf ihren Koffer. »Soll ich Ihnen helfen?«

»Nein, danke. Das geht schon.«

»Mein herzliches Beileid«, sagte er. »Ich habe Ihre Schwester sehr gemocht. Sie war eine richtige Dame.«

»Danke.«

»Sie hat hier sehr lange gewohnt«, sagte er.

»Ja. Vierzig Jahre.«

»Unglaublich«, sagte er und schüttelte den Kopf. »Hugo ist übrigens bei Mr. Perth in 6 B.«

Sie konnte mit der Bemerkung nichts anfangen und nickte nur. »Ich bin ganz schön müde«, sagte sie.

»Von wo kommen Sie jetzt?« fragte der Hauswart. »Aus Rußland?«

»Aus Uruguay ... Vielen Dank für die Schlüssel. Gute Nacht.«

»Gute Nacht«, sagte er und ging zurück zum Fahrstuhl.

Sie wartete, bis er verschwunden war, bevor sie noch einmal den Knopf drückte. Als die Schiebetür aufging, stieg sie ein und fuhr nach oben.

Sie brauchte einen Moment, um mit den Schlüsseln zurechtzukommen. Dann trat sie in den dunklen Wohnungsflur und tastete nach dem Lichtschalter, der noch an derselben Stelle war wie früher. Sie verriegelte die Eingangstür. Auf der rechten Seite des Flurs befand sich ein niedriges Regal, auf dem große, breite Keramikschüsseln standen. In den Schüsseln lagen Weihnachtsschmuck, Streichhölzer, Schlüssel und ein paar Münzen. Neben den Kleiderhaken hing ein Paul-Klee-Druck in einem Glasrahmen. Sie stellte ihren Koffer auf die Dielen und ging geradeaus ins Wohnzimmer. Auch hier sah inzwischen alles anders aus. Aber es wunderte sie, daß es nur an einer Seite Fenster gab. Sie hatte immer zwei Fensterreihen in Erinnerung gehabt. Das Zimmer wirkte mit den vielen Möbeln, Bücherregalen, Pflanzen und Gemälden ein bißchen vollgestellt, doch bei genauerem Hinsehen merkte sie, wie geschmackvoll alles eingerichtet worden war. Alles stand an seinem rechten Platz. Sie schritt über die Läufer und fuhr mit den Fingern über das teure Sofa, die Sessel und die schönen Tische. Es hatte sich inzwischen überall eine leichte Staubschicht gebildet. Dann klappte sie ein Flügelfenster auf, lehnte sich hinaus und schaute auf die Stadt. Alle Fenster ringsum waren dunkel, und es war still. Sehr still sogar für New Yorker Verhältnisse.

Sie ging zurück in den Flur und blieb an der Schwelle zum Schlafzimmer stehen. Hier hatten Margot und sie zusammen auf Matratzen am Boden geschlafen. Margot hatte bei Bergdorf Goodman gearbeitet. Sie selber hatte in einem Restaurant namens Périgord gekellnert und tagsüber Malunterricht an der Art Students League genommen. Sie hatten eine sehr glückliche Zeit hier verbracht, Margot und sie. Es kam ihr vor, als sei diese Zeit noch in den Räumen präsent, so als wäre sie, von Bernstein umschlossen, viele Jahre konserviert worden. Sie betätigte den Lichtschalter, doch es blieb dunkel im Schlafzimmer. An der Decke hing gar keine Lampe, sondern nur lose Kabel. Vielleicht war die Lampe kaputt und wurde gerade repariert. Oder die Leitung war defekt. Sie knipste die Nachttischlampe ein, und ein antikes Holzbett, das aussah wie ein Pferdeschlitten, kam zum Vorschein. Es war nicht gemacht, nur die Tagesdecke war flüchtig über das Bettzeug geworfen worden. Natürlich hatte Margot keine Zeit gehabt, das Bett zu machen, als sie ins Krankenhaus mußte. Ob sie von einem Krankenwagen abgeholt worden war? Es mußte sonderbar sein, sein Zuhause zum letzten Mal zu verlassen, zu ahnen, daß es das letzte Mal war. Drei Wochen hatte das Bett hier unberührt gestanden, während Margot im Krankenhaus im Sterben lag. Caroline setzte sich auf die Matratze und roch an den Kissen, um festzustellen, ob wenigstens der Geruch ihrer Schwester noch da war.

Sie schlief sehr lange am nächsten Morgen und erwachte in einem fremden Bett, das aussah wie ein Schlitten. Verwirrt sah sie sich um. Dann fielen ihr die Geschehnisse der letzten Wochen wieder ein: Margot war tot, und sie war nach New York gekommen, um sich um ihre Angelegenheiten zu kümmern, um ihre Eigentumswohnung und ihre Firma.

In der Dusche benutzte sie eine Seife, die nach Flieder roch und die Haut ihrer Schwester berührt hatte. Sie hatte die Badezimmerschränkchen geöffnet und sich alles angesehen – die Duschgels, die Parfümfläschchen, die Make-up-Dosen, die Medikamente und die Schachtel mit der Aufschrift: *Descourtieux, Margot: dreimal am Tag eine Kapsel zur Schmerzlinderung.*

Als sie sich angezogen hatte, ging sie in die Küche, die sie als erstes aufräumen wollte. Sie nahm einen Müllbeutel zur Hand und warf all die Lebensmittel aus dem Kühlschrank hinein. Als sie gerade einen zweiten Beutel hervorholen wollte, da der Kühlschrank noch halbvoll war, klopfte es an der Tür. Wer konnte das sein? Außer dem Hauswart wußte keiner, daß sie hier war.

Sie öffnete die Haustür, und ein Mann Anfang Dreißig stand vor ihr. Er trug Jeans und T-Shirt und war barfuß. »Guten Tag«, sagte er. »Ich bin Tom Perth. Von nebenan. Aus 6 B. Sind Sie Margots Schwester?«

»Ja, ich bin Caroline Gund«, sagte sie und schüttelte die Hand, die ihr entgegengestreckt wurde.

»Antonio, der Hauswart, hat mir erzählt, daß Sie hier sind«, sagte er. »Ich wollte Ihnen nur mitteilen, daß ich noch Hugo habe.«

»Hugo?« fragte Caroline. »Wer ist denn Hugo?«

»Oh«, sagte er überrascht. »Das ist Margots Hund. Sie wußten gar nicht, daß sie einen Hund hatte?«

»Nein«, antwortete sie. »Das wußte ich nicht.«

»Ja, Hugo ist eine französische Bulldogge. Ich habe auf ihn aufgepaßt, während Margot im Krankenhaus war.«

»Vielen Dank«, sagte Caroline.

»Ja, und jetzt wollte ich ihn zurückbringen, ich muß nämlich morgen nach Los Angeles. Das heißt, am Donnerstag.«

»Ja ...«, sagte Caroline. Was sollte sie denn mit einem Hund? »Hätten Sie nicht Interesse, ihn zu behalten?« fragte sie.

»Oh, ich mag Hugo sehr gern«, antwortete er. »Aber ich bin zu oft unterwegs, um ihn zu behalten.«

»Mhm«, sagte Caroline.

»Können Sie ihn denn nicht nehmen?« fragte er.

»Eigentlich nicht. Ich bin nur zu Besuch hier. Aus Uruguay.«

»Ich dachte, Margot käme aus Frankreich«, sagte er.

»Ja, das stimmt. Ich bin auch von da, aber ich lebe in Uruguay.«

»Tja, auf jeden Fall wollte ich Ihnen Hugo erst mal zurückgeben«, sagte er. »Sind Sie heute nachmittag da?«

»Ja«, sagte sie. »Das heißt, nein. Ich habe um zwei einen Termin bei Margots Rechtsanwältin.«

»Gut, dann komme ich am Abend. Sind Sie um sechs wieder hier?«

»Ja, natürlich«, sagte sie und dachte einen Moment nach. »Muß ich eigentlich etwas mitbringen für den Hund? Ich meine, zur Hundepflege?«

»Nein, das brauchen Sie nicht«, sagte er. »Ich habe seine ganzen Sachen, die bringe ich heute abend mit. Also bis heute abend.« Er drehte sich um und ging.

»Warten Sie ...«

Tom Perth drehte sich um und sah sie fragend an.

»Verzeihen Sie meine Neugier«, sagte sie. »Aber kannten Sie meine Schwester gut?«

»Relativ gut«, sagte er. »Für New Yorker Nachbarschaftsverhältnisse jedenfalls. Wir sind manchmal essen gegangen. Und ich habe mich immer um Hugo gekümmert, wenn sie verreiste.«

»Ist sie oft verreist?« fragte Caroline.

»Ja, mehrere Male im Jahr. Sie war viel geschäftlich unterwegs.«

»Ich kannte meine Schwester leider nicht sehr gut, müssen Sie wissen. Wir hatten überhaupt keinen Kontakt mehr ...«

»Sie hat Sie auch nie erwähnt«, sagte er.

»Ja, das kann ich mir denken.«

»Sie sehen ihr übrigens sehr ähnlich«, sagte er.

»Wirklich?« fragte sie.

»Ja«, sagte er. »Aber jetzt muß ich los. Ich habe um elf einen Massagetermin. Also bis heute abend.«

»Ja, bis heute abend. Vielen Dank.« Caroline ging in die Küche zurück zum Kühlschrank. Hugo, dachte sie. Was soll ich denn mit einem Hund?

Tamara Shelley, Margots Rechtsanwältin, erklärte ihr, daß das Testament eine klare Dreiteilung des Nachlasses in Margots Firma, ihre Wohnung und ihre Ersparnisse vorsah. Ihre Firma

(Descourtieux Textiles & Fabrics, Inc.), die Stoffe importierte und Muster entwarf, ging auf Margots Teilhaberin, eine gewisse Anna Powel, über. Ihre Ersparnisse und ihr Vermögensfonds – beides ergab zusammen einen Wert von vierhunderttausend Dollar – wurden zu gleichen Teilen der American Cancer Society, Planned Parenthood und Fresh Air Fund vermacht. Die Wohnung, die Margot gekauft hatte, nachdem sie in den Siebzigern an die Hausgemeinschaft veräußert worden war, hatte sie Caroline vererbt – samt allem, was darin stand: den Möbeln, dem Schmuck, den Kleidern, den Kunstgegenständen und den Büchern.

Tamara hielt das Testament für sehr durchdacht und unmißverständlich. Sie rechnete mit keinerlei Schwierigkeiten. Als Caroline fragte, wann sie die Wohnung verkaufen könne, erfuhr sie, daß das erst in sechs bis acht Monaten möglich war, wenn das Testament rechtskräftig sein würde. Sie riet ihr jedoch, mit dem Verkauf der Wohnung zu warten, da sich die Immobilienpreise erst noch erholen mußten. »Vermieten Sie die Wohnung doch eine Zeitlang«, schlug sie ihr vor. Laut Vertrag sei Caroline berechtigt, die Wohnung innerhalb von fünf aufeinanderfolgenden Jahren drei Jahre lang zu vermieten. Tamara gab ihr die Adressen einiger Wohnungsmakler. Dann ließ sie Caroline ein paar Formulare unterschreiben und verabschiedete sich von ihr. Im Flur der Rechtsanwaltskanzlei mußte sie wieder an Hugo denken. Warum war er in dem Testament nicht erwähnt worden, wenn Margot alles so sorgfältig geplant hatte? Offenbar zählte er stillschweigend zum Inventar der Wohnung. Sie konnte also mit ihm machen, was sie wollte. Sie konnte ihn behalten, ihn verschenken oder ihn der North Shore Animal League übergeben, die sich um herrenlose Haustiere kümmerte. Tamara hatte ihr die Telefonnummer aufgeschrieben.

Sie verließ das Bürogebäude und trat auf die stark befahrene Straße. Dabei war ihr schwindlig. Warum hatte Margot ihr die Wohnung vermacht? Und all ihre Sachen? Wollte sie damit etwas bezwecken?

An der Fifth Avenue blieb sie stehen und ließ den Schwarm Fußgänger an ihr vorbeiziehen. Es war ein schöner sonniger Tag, und sie dachte an den nahenden Sommer. Nach einem Moment ging sie weiter Richtung Central Park und betrat Bergdorf Goodman, wo Margot damals Seidenschals und Taschentücher verkauft hatte. Einmal hatte sie sogar Grace Kelly bedient. Sie hatte ein weißes Leinenhalstuch, das mit böhmischen Kristallen umfaßt war, bei ihr gekauft, wie sie ihr berichtet hatte. Grace Kelly war längst tot. Jetzt war auch Margot tot.

Hinter dem Lancôme-Tresen stand eine junge Frau, die auf sie zukam und ihr anbot, sie zu schminken. Caroline lehnte ab und ging wieder hinaus. Sie schlenderte durch den Park und setzte sich nach einer Weile auf eine Bank. Neben ihr saß eine Frau mit ihrem Kind. Das Kind lutschte lustlos an einem Speiseeis. Caroline lehnte sich zurück und schloß die Augen. Sie genoß die Sonnenstrahlen auf ihrer Haut und das von früher gewohnte Dröhnen der Stadt. Was mache ich hier bloß? dachte sie. Damals hatte sie Jules bekommen und Margot New York – so hatten sie es ausgehandelt. Doch jetzt war sie wieder hier und besaß auch noch Margots New Yorker Wohnung. Sie gehörte ihr jetzt ganz allein, und sie konnte damit anstellen, was sie wollte. Sie konnte die Möbel umräumen, die Wände bemalen, frische Blumen in die Vasen stecken ... Sie erinnerte sich an den Blumenstand am Eingang des Parks, wo sie ganze Eimer voller Phloxe, Pfingstrosen und Kosmeen gesehen hatte.

Als sie wieder in der Wohnung war, duschte sie noch einmal, so warm war ihr auf ihrem Spaziergang geworden. Sie steckte ihr Haar hoch und benutzte wieder Margots Seife. Auf dem Rückweg hatte sie einen dicken Strauß Pfingstrosen gekauft, der jetzt im Wohnzimmer in einer Waterford-Vase stand und bald prächtig aufblühen würde. Außerdem hatte sie eine Flasche Grappa sowie Kirschen und Pistazien gekauft.

Kurz nach sechs klopfte Tom Perth an ihre Tür. Er trug

jetzt ein weißes Oberhemd und eine blaue Leinenhose. Sein blondes Haar war gegelt und zurückgekämmt. An der Leine hielt er Margots Hund.

»Guten Abend«, sagte sie und ließ Mann und Hund eintreten. »Das ist Hugo?«

In ihrem Flur stand eine mittelgroße rehbraune Dogge mit plattgedrückter Schnauze und Fledermausohren. Von ihren Lefzen tropfte Speichel. Caroline bückte sich und strich über Hugos Kopf.

»Ja, das ist Hugo«, sagte Tom. »Leider verträgt er die Hitze nicht so gut.«

»Gehen wir in die Küche«, sagte Caroline. »Dann kann ich ihm etwas zu trinken geben.«

Sie füllte eine Glasschale mit Wasser und stellte sie auf den Boden. Tom machte die Leine los, und Hugo schleckte durstig sein Wasser.

»Kann ich Ihnen etwas anbieten?« fragte Caroline. »Leider habe ich nur Weißwein da.«

»Ja, gern«, sagte Tom. »Ein Glas würde ich nehmen.«

Sie holte den Wein aus dem leeren Kühlschrank und füllte zwei von Margots schönen Gläsern. »Gehen wir ins Wohnzimmer. Dort ist es kühler«, sagte sie.

Tom setzte sich auf einen der Stühle, die mit schwerem Chintz überzogen waren. Caroline nahm auf der Couch Platz. Hugo blieb in der Küche bei seinem Wasser. »Wohnen Sie schon lange hier?« fragte sie und füllte die Pistazien in eine Schüssel.

»Etwa zehn Jahre«, sagte er. »Seit ich in New York bin.«

»Und wo lebten Sie vorher?« fragte sie.

»In Maine«, sagte er. »Da bin ich aufgewachsen.«

Tom stand auf und ging zum Fenster. Er schaute kurz hinaus und sah sich dann im Wohnzimmer um. »Es ist schon seltsam, hier ohne Margot zu sein«, sagte er.

Caroline erwiderte darauf nichts und trank ihren Wein.

»Was hat Sie denn nach Uruguay geführt?« fragte er und setzte sich wieder.

»Ich habe einen Uruguayer geheiratet«, sagte sie.

»Ich verstehe. Und wie ist das Leben so in Uruguay?« fragte er.

»Schön. Und sehr ruhig. Übrigens habe ich auch mal in dieser Wohnung gewohnt. Mit Margot zusammen. Bis 1959.«

»Oh, das ist ja schon sehr lange her«, sagte er.

»Ja, das ist es. Wie gut kannten Sie sich denn? Sie und Margot?«

»Ich würde nicht sagen, daß wir die engsten Freunde waren, aber wir haben uns gut verstanden. Ich mochte Margot. Sie war ein sehr netter Mensch.«

»Glauben Sie, daß sie glücklich war?« fragte Caroline erneut.

Er sah nachdenklich auf das Glas in seiner Hand. »Sie saß manchmal auf der Couch. Dort, wo Sie jetzt sitzen. Und ich konnte sie sehen, wenn sie die Vorhänge nicht zuzog. Von meinem Fenster aus.« Er zeigte mit der Hand hinter sich. »Sie saß da oft allein und las. Und sie hatte eine Brille auf, die sie sonst nie trug. Ab und zu kam ich rüber, und dann tranken wir noch eine Tasse Tee zusammen. Sie machte sehr guten Tee. Sie brachte ihn immer aus Paris mit. Mir hat sie auch mal eine Dose geschenkt.«

»Und hatten Sie den Eindruck, daß sie glücklich war?« fragte Caroline.

»Ja. Margot machte einen sehr ausgewogenen Eindruck. Ich denke, sie mochte ihr Leben.«

»Das freut mich zu hören«, sagte Caroline. »Wissen Sie, ob Sie viele Freunde hatte? Oder einen Freund?«

»O ja, sie hatte sehr viele Freunde. Sie hat oft Dinnerpartys veranstaltet. Sie war eine hervorragende Köchin. Und zu Weihnachten gab sie immer ein großes Fest. Dann stellte ich ihr immer meinen Kühlschrank zur Verfügung.«

Caroline fuhr mit dem Finger über den Rand ihres Glases und hörte aufmerksam zu.

»Und wenn sie von ihren Reisen zurückkam, während ich solange auf Hugo aufgepaßt habe, brachte sie mir immer etwas mit. Kein einfallsloses Mitbringsel, wie man es von den meisten Leuten bekommt, sondern immer etwas Stilvolles. Eine schöne Schüssel, antike Manschettenknöpfe oder eine hübsche Krawatte. Einmal hatte sie mir in Italien sogar ein Hemd nähen lassen, aus einem Stoff, den sie auf einem Straßenmarkt gekauft hatte. Margot war sehr großzügig. Viele der schönsten Dinge, die ich besitze, habe ich von ihr.«

Caroline stellte ihr Glas ab und rieb mit dem Finger über ihre Wange.

»Entschuldigung«, sagte er. »Ich wollte Sie nicht traurig machen.«

»Nein«, sagte sie. »Erzählen Sie weiter. Ich weiß ja so gut wie nichts über meine Schwester.«

»Das finde ich wirklich sonderbar«, sagte er. »Und auch schade. Denn Sie sind Margot so ähnlich. Sie hätten gute Freundinnen sein können.«

»Früher waren wir das auch«, sagte Caroline. »Als wir hier zusammen wohnten. Aber das liegt schon Ewigkeiten zurück.«

»Darf ich fragen, was damals passiert ist?« fragte er.

Caroline trank ihren Wein und nahm sich eine Pistazie. »Ich habe mich in ihren Freund verliebt«, sagte sie. »Und dann habe ich ihn geheiratet.«

»Den Uruguayer?« fragte er.

»Ja«, antwortete sie und lächelte ein wenig: Jules, den Uruguayer.

»Oh«, sagte Tom.

»Ja, ich weiß. Es war eine fürchterliche Sache. Wahrscheinlich das Schlimmste, was man einer Schwester antun kann.«

»Aber Sie taten es doch nicht aus böser Absicht ...«, sagte er.

»Nein, das nicht. Wir waren damals alle noch sehr jung, und es passierte alles so schnell. Wir heirateten heimlich im Rathaus und flogen noch in derselben Nacht nach Uruguay. Margot hat uns nie vergeben. Obwohl wir ihr Briefe geschrieben und sie um Verzeihung gebeten haben. Doch das konnte sie nicht verzeihen. Seitdem hatten wir keinen Kontakt mehr.«

»Das ist ja eine erstaunliche Geschichte«, sagte Tom. »Und danach waren Sie die ganze Zeit in Uruguay?«

»Ja. Ab und zu bin ich nach Paris geflogen, um meine Mutter zu besuchen. Aber in New York war ich seitdem nie wieder.«

Sie wurden von Hugo unterbrochen, der fiepsend durch die Tür kam. Er setzte sich vor sie und sah sie an.

»Na, Hugo«, sagte Tom. »Willst du jetzt raus? Das ist normalerweise seine Zeit.«

»Wie oft muß man denn am Tag mit ihm raus?« fragte Caroline.

»Dreimal. Morgens, jetzt und kurz vorm Schlafengehen. Wenn Sie wollen, können wir zusammen gehen, dann zeige ich ihnen die Route, die ich immer laufe.«

Sie gingen los, und am Ende des Blocks gab Tom ihr die Leine. »Nehmen Sie ihn mal, dann gewöhnt er sich an Sie«, sagte er. »Abends gehe ich normalerweise bis zum Fluß mit ihm. Am Morgen und in der Nacht reicht es, wenn Sie mit ihm um den Block gehen. Er braucht nicht so viel Auslauf.«

Caroline nahm die Leine. Dann überquerten sie die Straße.

»Mögen Sie Hunde eigentlich?« fragte Tom.

»Tja, das weiß ich gar nicht«, sagte Caroline. »Ich habe noch nie einen gehabt.«

»Hugo ist ein sehr lieber Hund«, sagte Tom. »Er ist sehr gut erzogen.«

»Möchten Sie ihn wirklich nicht haben?« fragte Caroline. »Es wäre so schön, wenn er bei Ihnen bleiben könnte.«

Tom schüttelte den Kopf. »Nein, tut mir leid«, sagte er. »Ich bin fast jeden Monat ein paar Tage in L. A.«

»Beruflich?« fragte sie.

»Ja«, sagte er.

»Was machen Sie denn?«

»Ich schreibe Drehbücher. Das heißt, ich schreibe Drehbücher um.«

»Für Filme?«

»Ja«, sagte er.

»Ich habe schon seit Ewigkeiten keinen Film mehr gesehen«, sagte sie.

»Da haben Sie wahrscheinlich auch nicht viel verpaßt.«

Sie standen am West Side Highway und warteten vor einer Ampel. »Ich wußte gar nicht, daß wir so nah am Hudson gewohnt haben«, sagte sie.

»Es war früher keine besonders gute Gegend«, sagte er. »Vielleicht waren Sie deshalb nie hier.«

Sie überquerten die Straße und gingen am Flußufer entlang Richtung Süden. »Jetzt ist es aber sehr schön hier«, sagte sie. »Wie weit kann man denn eigentlich laufen?«

»Im Grunde den ganzen Fluß entlang. Bis Battery Park.« Er zeigte mit der Hand nach vorn.

Caroline schaute konzentriert auf die andere Flußseite. »Darf ich Sie noch etwas über meine Schwester fragen?«

»Ja, natürlich«, sagte er.

»Hatte Margot ... hatte sie einen Freund?«

»Nein, in den letzten Jahren nicht, glaube ich. Aber früher, als wir uns kennenlernten, kam öfter ein Mann zu ihr, ein Rechtsanwalt. Er lebte mit seiner Familie in San Francisco. Und wenn er in New York war, wohnte er bei ihr. Sie verreisten auch zusammen.«

»Aber dann trennten sie sich wieder?« fragte Caroline.

»Ja, irgendwann hörte er auf, sie zu besuchen. Mehr kann ich Ihnen auch nicht sagen. Margot hat darüber nicht mit mir gesprochen. Dann ging sie häufig mit anderen Männern aus. In die Oper oder ins Ballett, sie hatte für beides Abonnements. Manchmal habe ich sie begleitet. Einen festen Freund schien sie nicht mehr zu haben. Aber ich denke nicht, daß sie einsam war. Ich glaube, sie war gern allein. Vor Hugo hatte sie auch schon einen Hund. Einen Dackel. Fritz. Ein ziemlich unangenehmes Tier.«

»Tom, ich würde mich freuen, wenn Sie ein paar Sachen von meiner Schwester nehmen würden«, sagte Caroline. »Aus ihrer Wohnung, meine ich. Irgend etwas, was Ihnen gefällt.«

Sie spürte einen Ruck an der Leine. Hugo hatte sich hingehockt und schien nicht mehr weiter zu wollen.

»Hugo läßt es einen wissen, wenn es ihm reicht«, sagte Tom.

»Heißt das, wir müssen jetzt umkehren?« fragte Caroline.

»Manchmal läßt er sich überlisten«, sagte Tom. »Aber für mich wird es jetzt Zeit.«

»Ja, natürlich«, sagte Caroline, und sie drehten um. »Gäbe es denn etwas in der Wohnung, das Ihnen gefällt?«

»Meinen Sie das ernst?« fragte er.

»Ja. Suchen Sie sich einfach etwas aus.«

»Ein paar Sachen würden mir schon gefallen«, sagte er. »Aber ich befürchte, die sind relativ wertvoll.«

»Um so besser«, sagte Caroline. »Welche denn?«

»Die Uhr im Wohnzimmer finde ich ganz schön«, sagte er. »Und die Rudy-Burkhardt-Fotos im Flur haben mir auch immer sehr gefallen.«

»Gut, dann nehmen Sie sich diese Sachen bitte.«

»Vielen Dank«, sagte er. »Was werden Sie eigentlich mit dem Rest in der Wohnung machen?«

»Gute Frage«, sagte sie. »Ich denke, ich werde einen Großteil davon verkaufen.«

»Aber passen Sie auf. Margots Sachen sind wirklich wertvoll. Sie hat nie irgendwelchen Plunder gekauft.«

»Ja, ich werde vorsichtig sein«, antwortete sie.

Auf der Rückroute kamen sie an einem Restaurant vorbei. »Chez Stadium« stand auf der rotbraunen Markise. Vor der Fensterscheibe waren zwei Tische mit Besteck und Servietten aufgestellt. In der Abendsonne, die ihr warmes Licht über die Straße warf, sahen sie sehr einladend aus. »Ist das ein gutes Restaurant?« fragte sie.

»Ja, es ist nicht schlecht«, sagte Tom.

Vor der Fahrstuhltür verabschiedeten sie sich, und Caroline ging mit Hugo zurück in die Wohnung. Der Hund schritt voran ins Wohnzimmer. Im Gegensatz zu ihr fühlte er sich offenbar sehr heimisch hier. Sie betrachtete die Burkhardt-Fotos im Flur und die Hängeuhr im Wohnzimmer. Tom schien ein Auge für stilvolle Dinge zu haben. Andererseits war die ganze Wohnung sehr stilvoll eingerichtet.

Zu Abend aß sie in dem Restaurant, das sie auf dem Rückweg passiert hatten. Sie setzte sich nach draußen an einen der beiden Tische und genoß die frühabendliche Ruhe. Sie merkte, daß sie immer noch sehr angespannt von all den Ereignissen in der letzten Zeit war. Gelegentlich liefen Leute auf dem Bürgersteig an ihr vorbei und lächelten sie an. Sie trank zwei Gläser Wein zum Essen und bestellte danach eine Tasse Kaffee, um ihr schönes Plätzchen im Freien noch etwas länger zu genießen. Ochos Rios kam ihr auf einmal sehr weit weg vor. Sie hatte es immer für ihr Zuhause gehalten, doch vielleicht hatte sie sich geirrt. Aber das war schwer zu beurteilen, und sie fand es auch zu anstrengend, mit vollem Bauch darüber nachzudenken. Sie bezahlte die Rechnung und ging zurück zu ihrer Wohnung.

Als sie im Wohnzimmer durch Margots alte Magazine blätterte, hörte sie Hugo durch den Flur kommen. Auf der Türschwelle zum Wohnzimmer blieb er stehen und sah sie eindringlich an.

»Na, was ist denn?« fragte sie. »Willst du jetzt raus?«

Er sah sie mit angewinkeltem Kopf an. Sie schaute auf die Uhr. Es war schon elf Uhr. »Na, dann komm«, sagte sie. »Gehen wir noch eine kleine Runde.«

Als sie um den Block liefen, fragte sie sich, wie sehr Hugo wohl sein Frauchen vermißte. Er ist ein sehr tapferer Hund, dachte sie. Sie merkte, daß sie begann, ihn zu mögen. Als sie zurückkam, begleiteten sie zwei junge Frauen im Fahrstuhl. Die Frauen, vermutlich ein Paar, hielten Programmhefte oder etwas Ähnliches in den Händen. Vielleicht kamen sie gerade aus dem Theater.

»Na, wie geht's, Hugo?« fragte eine der Frauen und bückte sich, um den Hund zu streicheln. Dann stand sie auf und sah Caroline an. »Sind Sie eine Bekannte von Margot?« fragte sie.

»Ich bin Margots Schwester«, sagte Caroline.

»Oh, mein herzliches Beileid«, erwiderte sie. »Wir haben gehört, was passiert ist.« Die andere Frau nickte anteilnehmend.

»Danke«, antwortete Caroline. Sie wußte nicht so recht, was sie weiter sagen sollte. Deshalb wies sie mit dem Kinn auf die Programmhefte und fragte: »Waren Sie im Theater?«

»Nein, im Ballett«, sagte die Frau.

»Und war es gut?« fragte Caroline.

»Ja, sehr gut.« In dem Moment ging die Fahrstuhltür auf, und sie stiegen aus. Die Frauen verabschiedeten sich von ihr.

»Ja, gute Nacht«, sagte Caroline.

Im Flur ließ sie Hugo von der Leine, worauf er ins Wohnzimmer trottete und sich auf den Läufer legte. Caroline ging ins Bad und machte sich bettfertig. Bevor sie sich hinlegte, ging sie noch mal ins Wohnzimmer und knipste das Licht aus. Hugo schaute im Liegen neugierig zu ihr hoch. »Gute Nacht, Hugo«, sagte sie.

Als sie im Bett lag, hörte sie ein Winseln und Schaben an der Schlafzimmertür. Sie stand auf und öffnete die Tür. Hugo sah sie mit traurigem Blick an. Sie ließ die Tür offen und legte sich wieder hin.

Später, als sie schon fast eingeschlafen war, sprang Hugo zu ihr ins Bett. Sie spürte, wie er sich mehrere Male hin- und herwälzte. Dann legte er sich neben ihre Füße und schlief auch.

24. Kapitel

Es war der vorletzte Schultag im Juni vor den Winterferien. Portia stieg in den Schulbus und setzte sich neben ihre Freundin Ana Luz auf einen der vorderen Plätze. Als jemand aus dem hinteren Teil des Busses ihren Namen rief, kletterte sie mit den Knien auf den Sitz und schaute über die Rücklehne.

Er saß ganz allein auf der hintersten Bank. Die Mädchen

hatten sich alle auf die anderen Sitze verteilt. Es wirkte etwas peinlich, wie er dort als einziger Erwachsener saß und albern lächelte. Portia überlegte kurz, ihn zu ignorieren.

»Wer ist das denn?« fragte Ana Luz und kniete sich ebenfalls auf ihren Sitz.

»Das ist der Mann, der das Buch über meinen Vater schreiben wollte. Der Mann, der vom Baum gefallen ist.«

»Und was will der hier?«

»Keine Ahnung«, sagte Portia. »Aber ich werde mal hingehen. Halt mir meinen Platz frei.«

Giselle, Claudia, Serafina und Teresa, die normalerweise auf der Rückbank saßen und rauchten, hatten sich jetzt auf den vorletzten Sitzen niedergelassen. Omar hatte sie verdrängt. Sie starrten Portia perplex an, als sie auf sie zukam. In den hinteren Teil des Busses wagten sich sonst nur Mädchen aus den höheren Klassen, doch Portias Bündnis mit dem mysteriösen Erwachsenen hatte die Rangordnung außer Kraft gesetzt. Stolz schritt sie an ihnen vorbei und setzte sich zu Omar.

»Was machen Sie denn hier?« fragte sie.

»Ich fahre mit dem Bus nach Ochos Rios«, sagte er.

»Ja, das sehe ich. Aber warum sind Sie hier?«

Ein Rattern ertönte, und sie fuhren los. Omar beantwortete Portias Frage nicht. Ana Luz schaute noch immer zu ihnen herüber.

»Du kannst ruhig zu deiner Freundin gehen«, sagte Omar. »Ich wollte nur hallo sagen.«

»Werden Sie wieder bei uns wohnen?« fragte Portia.

»Ich weiß es noch nicht. Vielleicht.«

»Weiß denn meine Mutter, daß Sie kommen?« fragte Portia.

»Nein«, sagte Omar.

Portia schaute sich sein Gesicht an. Es sah ein bißchen anders aus, als sie es in Erinnerung hatte. Was genau anders war, konnte sie nicht sagen.

»Wie geht es euch allen denn?« fragte Omar.

»Gut«, sagte Portia. »Aber Caroline ist nicht mehr da. Und Pete ist auch weg.«

»Und wo sind sie?« fragte Omar.

»Caroline ist in New York«, sagte sie. »Und Pete hat in Montevideo ein Geschäft. Er verkauft jetzt seine Möbel selber. Manchmal kommt er vorbei, wenn er nach Möbeln sucht.«

»Und Adam?« fragte Omar.

»Adam ist noch da«, sagte sie.

»Und deine Mutter?«

»Natürlich ist meine Mutter auch noch da«, sagte Portia leicht empört. »Ich habe übrigens Ihren Schuh wiedergefunden. Wissen Sie noch? Den Schuh, den Sie verloren haben, als Sie vom Baum gefallen sind. Ich habe ihn beim Rasenmähen gefunden. Meine Mutter hat gesagt, ich soll ihn wegwerfen, weil er voller Ameisen war. Aber ich habe ihn aufgehoben.«

Ana Luz schaute noch immer zu ihnen herüber. Als Omar ihr winkte, drehte sie sich erschrocken um. »Ich kann mich gar nicht mehr erinnern, daß ich meine Schuhe verloren habe«, sagte er.

»Es war ja nur einer. Wir haben Ihnen die Schuhe ausgezogen, weil Sie so sehr angeschwollen sind. Sie haben so stark gestrampelt, daß einer dabei weggeflogen ist. Jetzt sehen Sie aber wieder besser aus. Nicht mehr so angeschwollen.«

»Ja, ich habe mich ganz gut erholt«, sagte er.

»Wir haben jetzt eine Medizin im Kuhlschrank, falls jemand gestochen wird«, sagte Portia. »Jemand wie Sie, meine ich. Wir haben auch eine Spritze, die man in den Po bekommt. Aber warum sind Sie wieder hier?«

Omar überlegte, was er sagen sollte. »Mir war einfach danach«, antwortete er.

Am Tor zur Auffahrt stiegen sie aus und liefen zum Haus. »Warten Sie hier«, sagte Portia, als sie in der Halle waren. »Ich hole schnell meine Mutter.« Sie verschwand durch die Tür zum Küchentrakt.

Omar sah sich um in der großen Halle, wo er an seinem zweiten Abend auf Arden gewartet hatte. Auf dem großen

Tisch mit den Perlmuttintarsien, auf dem früher immer eine Vase mit Blumen gestanden hatte, lagen jetzt nur noch Briefe, Zeitungen und Magazine. Und eine Staubschicht. Es mußte hier einmal gewischt werden, dachte er. Dann ging er zur Verandatür und sah den runden Tisch auf dem Hof, an dem sie am ersten Abend gegessen hatten. Jetzt war er in eine schwarze Plane gewickelt. Es war Winter hier, erinnerte er sich. Und das ließ alles viel weniger idyllisch aussehen als damals: Der Himmel war düster, die Blätter lagen verwelkt auf der Erde, der Springbrunnen war abgestellt, und der Tisch war in eine häßliche Plane gewickelt.

»Portia?« hörte er plötzlich eine Stimme aus dem ersten Stock. Es war Arden. Sie war nicht in der Küche, sondern in ihrem Zimmer gewesen.

Hätte er einen Schritt nach vorn gemacht, hätte sie ihn von der Empore aus sehen können. Doch er war auf einmal wie gelähmt. Er hätte sie gern begrüßt, doch er konnte sich nicht bewegen. Seine Reise hierher war so überstürzt gewesen, daß er gar nicht nachgedacht hatte, was er bei ihrer Begegnung sagen sollte. Er war am selben Tag abgeflogen, als Yvonne zurückgekehrt war, und hatte niemandem von seinen Reiseplänen erzählt. Das Ticket hatte er mit seiner Kreditkarte gekauft und war ein paar Tage später einfach losgeflogen. Es war ein spontaner Entschluß gewesen. Er hatte nicht zu lange nachdenken wollen, bevor er am Ende doch noch einen Rückzieher machte. Kauf das Ticket, und flieg einfach los, hatte er sich gesagt. Und solange er im Flugzeug und im Bus gesessen hatte, war auch alles in Ordnung gewesen, er war ruhig und voller Vorfreude. Doch jetzt, wo er sich wie ein Dieb an die Verandatür unter der Empore drückte, holten ihn all seine Zweifel wieder ein. Er spürte, wie sein Herz raste und wie verkrampft er war. Er war so verkrampft, daß er nicht einmal durch die Tür in den Hof entwischen konnte.

Jetzt hörte er Ardens Schritte auf der Treppe. Nach ein paar Stufen verstummten sie wieder. Offenbar hatte sie ihn bemerkt. Er drehte sich ganz langsam um und sah sie auf dem ersten Treppenabsatz mit den Händen am Geländer stehen. Im ersten Augenblick war er schockiert, wie schön sie aussah. Hatte sie gewußt, daß ich komme? überlegte er. Hatte sie sich deshalb so schön gemacht? Der Gedanke war natürlich absurd. Wahrscheinlich war es nur ihre Pose, die diese Wirkung auf ihn hatte: Sie sah aus wie eine Frau auf einem Gemälde, an dessen Maler er sich jetzt nicht erinnern konnte. Oder es war einfach der Umstand, daß sie nach so langer Zeit tatsächlich vor ihm stand. Denn er hatte schon befürchtet, sie nie wiederzusehen. Sie hätte abgereist sein können, so wie Caroline und Pete. Sie hätte auch gestorben sein können. Es war ja alles möglich ...

»Omar?« fragte sie ungläubig.

Er nickte, konnte sich aber immer noch nicht rühren.

»Ich dachte, es wäre Portia gewesen«, sagte sie.

»Ja. Portia ist auch hier«, sagte er. »Sie sucht in der Küche nach dir.«

»Ich war oben in meinem ...« Sie zeigte mit den Fingern in den ersten Stock. Dann schüttelte sie den Kopf. »Ich verstehe nicht. Was machst du hier? Warum bist du gekommen? Wir haben deinen Brief gelesen, und ich dachte, es wäre alles vorbei.«

»Ist es auch«, sagte er. »Ich meine, mit dem Buch ist alles vorbei ...«

»Und was willst du dann hier?«

»Ich will dich etwas fragen«, sagte er.

»Du willst mich etwas fragen? Deshalb bist du den ganzen Weg hierhergekommen? Um mich etwas zu fragen?«

»Ja«, sagte er und machte ein paar Schritte auf sie zu. Da kam Portia zurück in die Halle.

»Sie ist nicht in der Küche«, sagte sie. »Wahrscheinlich ist sie oben.«

»Ich bin hier, mein Schatz«, rief Arden und stieg die restlichen Stufen hinunter.

»Hallo Mutti«, sagte Portia. »Omar und ich sind zusammen im Schulbus gekommen.«

»Wirklich?«

»Ja. Kann ich jetzt meinen Imbiß haben?«

»Hol ihn dir selber«, sagte Arden. »Nimm dir eine Birne und ein paar Kekse.«

»Die Birnen sind alle«, sagte Portia.

»Dann nimm dir eine Banane oder einen Apfel.«

Portia blieb stehen und schaute sie fragend an.

»Jetzt geh schon«, sagte Arden. Portia drehte sich um und ging mit langsamen Schritten in die Küche.

»Ich verstehe nicht, warum du hier bist«, sagte Arden. »Gibt es noch irgendwelche formellen Angelegenheiten zu klären?«

»Nein«, sagte er.

»Und warum bist du dann hier?«

»Weil ich dich etwas fragen wollte«, wiederholte er.

»Ja, und was, bitte schön?« fragte sie.

Omar war so nervös, daß er seine Frage vergessen hatte.

Arden ging zu dem Tisch, hinter dem er stand. »Was willst du mich fragen?« fragte sie mit gereizter Stimme.

Omar hatte sich ihre Begegnung ganz anders vorgestellt. Er hatte gedacht, daß ein paar Tage vergehen würden, bevor sie über diese Dinge so direkt sprechen würden. Falls überhaupt – denn er hatte geglaubt, sie würde wissen, warum er zurückgekommen war. Doch jetzt stand sie vor ihm, ohne sich zu freuen, und verlangte eine Erklärung von ihm. Wahrscheinlich war es doch ein Fehler gewesen herzukommen, dachte er.

Doch jetzt gab es kein Zurück mehr. Und das war ja auch der Grund für seinen überstürzten Aufbruch gewesen. Er hatte keine Lust gehabt, lange nachzudenken, er wollte einfach nur zu ihr fahren und bei ihr sein. Er strich mit dem Finger über den staubigen Tisch und suchte nach einer Antwort. Als er wieder zu ihr hochsah, schien sich ihr Ärger ein bißchen gelegt zu haben. Ihr Blick wirkte nachsichtiger und etwas neugierig. Durchs Fenster sah er, daß es angefangen hatte zu regen.

»Ich glaube, ich habe dich geküßt, weil ich mich in dich verliebt habe«, sagte er.

»Aha«, sagte sie. »Glaubst du das …«

»Ja«, antwortete er.

»So, so«, sagte sie.

»Und darf ich fragen, warum du mich geküßt hast?« fragte er.

Sie errötete und sah auf den Tisch. »Ich weiß es nicht, das ist schwer zu erklären«, sagte sie. »Es war alles so verwirrend. Dein plötzlicher Besuch, die Sache mit der Biographie, unser Spaziergang …«

»Aber hast du denn gar nichts für mich empfunden?« fragte er.

Sie schaute ihn halb kummervoll, halb anklagend an. »Doch«, sagte sie nach einem Moment. »Wahrscheinlich habe ich das.«

»Und warum hast du dann nichts gesagt?« fragte Omar. »Ich war doch die ganze Zeit hier.«

»Ach, Omar, das verstehst du nicht«, sagte sie. »Das ist alles nicht so einfach. Es geht auch nicht nur um den Kuß, es geht darum, was vorher alles passiert ist, früher, meine ich … Du kannst hier auch nicht einfach nach Belieben auftauchen. Soll das ewig so weitergehen?« Sie schien auf einmal wütend zu werden. »Ich finde, es war nicht richtig von dir herzukommen. Ich denke, du solltest wieder abfahren.«

»Aber du verstehst nicht …«

»Was verstehe ich nicht?« fragte sie mit scharfer Stimme.

»Entschuldige, Arden«, sagte er niedergeschlagen. »Vielleicht war es wirklich ein Fehler, daß ich hergekommen bin, ohne vorher Bescheid zu sagen. Ich mache ja andauernd alles falsch. Ich wünschte, ich würde einmal im Leben etwas richtig machen. Ich wünschte, ich hätte mit dir alles richtig gemacht. So wie andere Leute das gemacht hätten. Leute, die klüger sind als ich. Aber ich wußte es nicht besser. Und hätte ich deshalb überhaupt nichts machen sollen?«

»Omar, ich habe keine Ahnung, wovon du redest«, sagte sie. »Aber du kannst hier nicht einfach aufkreuzen und erwarten …«

»Ich rede davon, daß ich dich liebe«, erwiderte er. »Ich liebe dich, Arden! Und ich dachte, du hättest auch etwas für mich empfunden. Ich war mir so sicher, daß du auch etwas empfunden hast. Die ganze Zeit hatte ich das Gefühl gehabt, jeden Augenblick ...« Er blickte sie inständig an. »Jeden Augenblick.«

Arden sank auf die Bank neben der Tür und schloß die Augen. Es war sehr still um sie herum. Nur der Regen war zu hören. Dann stand sie abrupt auf und sagte: »Es tut mir leid, Omar. Aber ich liebe dich nicht.« Sie sprach sehr laut und deutlich, so als wolle sie keinen Zweifel an der Richtigkeit ihrer Worte aufkommen lassen. »Und du hast recht: Es war ein Fehler von dir, einfach herzukommen, ohne vorher Bescheid zu sagen. Das war nicht richtig von dir. Deshalb solltest du jetzt auch wieder gehen.«

Omar wußte nicht, wie er in dieser Situation reagieren sollte. Aber er spürte, daß er jetzt auf keinen Fall etwas Falsches sagen durfte. Es war einer dieser wichtigen Momente im Leben, wo man genau überlegen mußte, was man tat. »Ich liebe dich Arden«, sagte er schließlich. Mehr fiel ihm nicht ein.

»Nein, Omar«, sagte sie. »Du mußt jetzt gehen. Bitte geh!«

Omar ging zur Tür und nahm seinen Rucksack. Dann drehte er sich noch einmal um. Arden stand reglos vor der Verandatür und starrte in den Hof. Sie schaute auf den Tisch mit der häßlichen Plane, in der sich die Regentropfen sammelten. Omar wandte sich nach vorn und schritt hinaus in den Regen.

Arden wußte nicht, wie lange sie schon vor der Verandatür stand und auf den Tisch blickte, als Portia zurückkehrte. Sie hatte jegliches Zeitgefühl verloren. Portia sah sie besorgt an. »Was ist denn?« fragte sie. »Du hast ja geweint.«

Arden wischte mit dem Handrücken über ihre Wange. »Hast du gegessen?« fragte sie.

»Ja«, sagte Portia. Dann standen sie einen Moment schweigend nebeneinander. Eine absurde Situation, dachte Arden. Mutter und Tochter, die sich nichts zu sagen haben.

»Wo ist er denn?« fragte Portia.

»Er ist wieder gegangen«, sagte Arden.

»Wohin denn? Ich wollte ihm doch noch seinen Schuh geben.«

»Welchen Schuh?«

»Den Schuh, den ich auf der Wiese gefunden habe. Ich habe ihn für ihn aufgehoben. Er weiß, daß ich ihn habe.«

»Ich glaube nicht, daß er damit noch etwas anfangen kann«, erwiderte Arden.

Portia sagte nichts darauf und sah sie nur an. »Warum hast du denn geweint?« fragte sie.

»Weil ...«, hob Arden an.

»Ja?«

»Weil Menschen manchmal weinen, wenn sie zu starke Empfindungen haben.«

»Und das hast du?« fragte Portia.

»Ja«, sagte Arden.

Omar war völlig durchnäßt, als er Adams Haus erreichte. Er klopfte, doch niemand antwortete. Als er die Tür öffnen wollte, schien sie verschlossen zu sein. Dann erinnerte er sich, daß sie geklemmt hatte, als er das letzte Mal hier war. Mit einem kräftigen Ruck stieß er sie schließlich auf. Er betrat das dunkle Treppenhaus und überlegte, sich einfach ins Wohnzimmer auf die Couch zu legen. Am nächsten Morgen würde er dann nach Tranqueras laufen. An den Weg erinnerte er sich ja noch.

Auf einmal wurde es hell im Treppenhaus. Er schaute nach oben und sah Adam im Bademantel am Geländer stehen. »Wer ist denn da?« rief er mit heiserer Stimme.

»Ich bin's«, rief Omar zurück. »Omar Razaghi.«

»Mein Gott, Omar! Was machen Sie denn hier?« fragte Adam.

»Ich bin gekommen, um mit Arden zu reden«, sagte Omar. »Aber das ist eine lange Geschichte. Jetzt brauche ich eine Unterkunft für die Nacht. Ich wollte fragen, ob ich bei Ihnen übernachten darf oder ob Sie mich nach Tranqueras fahren können.«

»Ich fahre nicht mehr Auto«, sagte Adam. »Außerdem hat Pete den Wagen, und Pete ist in Montevideo. Kommen Sie mal hoch, und erzählen Sie mir Ihre lange Geschichte. Ich muß leider im Bett bleiben, ich habe die Grippe. In der Küche ist eine Flasche Scotch. Können Sie die mitbringen? Ich sehne mich schon den ganzen Tag danach.«,

»Wo ist denn die Küche?« fragte Omar.

»Gehen Sie einfach geradeaus. Die Küche ist direkt hinter dem Wohnzimmer. Es kann sein, daß Sie zwei Gläser ausspülen müssen. Leider bin ich kein so guter Hausmann wie Pete. Jetzt muß ich zurück ins Bett. Beeilen Sie sich.«

Omar ging durchs Wohnzimmer in die winzige Küche und fand neben einem Berg schmutzigen Geschirrs die Flasche Scotch. Er spülte zwei Gläser aus, nahm die Flasche und ging die Treppe hoch zu Adams Schlafzimmer. Adam saß im goldenen Schimmer einer Nachttischlampe auf einem überdachten Doppelbett. Der Rest des Zimmers war dunkel. Er sah nicht gut aus.

»Kommen Sie«, sagte Adam. »Nehmen Sie sich einen Stuhl, und setzen Sie sich zu mir. Mein Gott, Sie sind ja völlig durchnäßt. Ist Ihnen nicht kalt?«

»Doch, ein bißchen«, sagte Omar.

»Dann ziehen Sie die nassen Sachen besser aus und trocknen sich ab. Neben der Tür hängt Petes Morgenmantel. Den können Sie anziehen. Auf einem der Stühle müßte ein Handtuch liegen. Aber zuerst müssen Sie mir einen Scotch eingießen.«

Omar füllte eins der beiden Gläser und reichte es Adam. Dann verschwand er in einer düsteren Ecke des Zimmers und zog sich die nassen Sachen aus. »Sie brauchen auch etwas für Ihre Füße«, hörte er Adam sagen. »In der Kommode sind Socken. Im obersten Schubfach.«

Omar zog sich Petes gesteppten Morgenmantel an und nahm sich dann ein Paar Socken aus dem Schubfach.

»So, jetzt gießen Sie sich auch mal einen Scotch ein, und setzen Sie sich zu mir. Und dann will ich Ihre lange Geschichte hören.«

Omar befolgte seine Anweisungen. Doch er wußte nicht, wie er seine Geschichte beginnen sollte. Er nahm einen Schluck Scotch und betrachtete das Glas in seinen Händen.

»Na los, erzählen Sie«, sagte Adam.

»Ich weiß nicht, wo ich anfangen soll«, sagte Omar.

»Fangen Sie am Anfang an. Geschichten sollten vom Anfang her erzählt werden. Wie Sie wissen, bin ich ein sehr traditionsbewußter Mensch.«

»Es begann alles mit meinem Besuch hier im Januar«, sagte Omar.

»Erst da?« fragte Adam. »Dann kann es aber keine lange Geschichte sein.«

»Natürlich gibt es eine Vorgeschichte«, sagte Omar. »Doch der Wendepunkt fand hier statt.«

»Der Wendepunkt?« fragte Adam. »Was hat sich gewendet? Und wie kam es dazu?«

»Ich habe mich in Arden verliebt«, sagte Omar.

»O nein, wie dumm von Ihnen«, sagte Adam. »Aber hatten Sie nicht schon eine Freundin? Ihre reizende junge Begleiterin. Wie hieß sie doch gleich … Doris?«

»Sie hieß Deirdre. Aber wir haben uns getrennt. Wir paßten nicht zueinander.«

»Und jetzt sind Sie hier, um Arden Ihre Liebe zu gestehen«, sagte Adam.

»Ja, aber wir hatten uns hier schon einmal geküßt. An dem Tag, als ich den Unfall hatte. Auf unserem Spaziergang zur Gondel. Vor dem Bootshaus.«

»Ach, wie romantisch«, seufzte Adam. »Aber dann fielen Sie ins Koma?«

»Ja. Und als ich wieder zu mir kam, war Deirdre hier, und ich konnte nicht mehr mit Arden reden. Sie ging mir die ganze Zeit aus dem Weg. Und dann sind Deirdre und ich zusammen abgereist.«

»Und zu Hause haben Sie es sich dann anders überlegt und wollten die Biographie doch nicht schreiben.«

»Ja, das stimmt. Das tut mir auch sehr leid. Ich habe Ihnen

die ganzen Umstände also umsonst gemacht … Auf jeden Fall war ich vorhin bei Arden, aber sie hat mich wieder weggeschickt. Sie hat gesagt, es sei nicht richtig von mir gewesen, einfach so bei ihr aufzutauchen. Sie ist richtig wütend geworden. Ich glaube, ich habe sie verletzt. Und weil es draußen so stark geregnet hat, bin ich zu Ihnen gekommen.«

»Und jetzt sind Sie hier«, sagte Adam.

»Ja, jetzt bin ich hier. Und ich habe mal wieder Mist gebaut. Ich baue andauernd Mist.«

»Jetzt trinken Sie erst mal Ihren Scotch«, sagte Adam. »Und dann schenken Sie uns noch mal nach.«

»Was würden Sie denn jetzt an meiner Stelle tun?« fragte Omar und goß ihnen beiden nach.

»Gehen Sie morgen noch einmal zu ihr, und reden Sie in Ruhe mit ihr«, sagte Adam. »Daß Arden Sie heute rausgeschmissen hat, überrascht mich nicht. Sie können ja nicht aus heiterem Himmel bei ihr auftauchen und ihr Ihre Liebe erklären. So etwas tut man nicht. Ein traditionsbewußter Mensch wie ich weiß das.«

»Und was soll ich zu ihr sagen?« fragte Omar.

»Entschuldigen Sie sich bei ihr. Arden muß doch glauben, Sie wollen sie so mir nichts, dir nichts überrumpeln.«

»Das will ich gar nicht«, sagte Omar. »Wirklich nicht …«

»Erzählen Sie das nicht mir, sondern Arden. Und wenn sie Sie wieder wegschickt, geben Sie ihr etwas Bedenkzeit. Sie dürfen aber nicht aufgeben. Ich weiß, daß Arden sich in Sie verliebt hat.«

»Wirklich? Woher wissen Sie das?«

»Das war mir schon klar, als ich von Ihrem Besuch erfahren habe«, sagte Adam. »Ja, eigentlich schon vorher, als Ihr Brief hier ankam. Sie wissen ja nicht, wie schnell sich manche Leute verlieben. Besonders Arden. Sie war ein reifer Apfel, der gepflückt werden mußte. Hätte ein Pavian an ihre Tür geklopft, hätte sie sich auch in ihn verliebt.«

»Sie meinen, es waren nur die Umstände …«

»Ich meine, daß Arden Sie liebt. Über alles andere brauchen

Sie sich keine Gedanken zu machen. Und sie liebt Sie jetzt mehr, als sie Sie je lieben wird. Noch entsprechen Sie dem Idealbild ihrer Liebe. Sie kennen sich ja noch nicht sehr gut.«

»Ich habe aber trotzdem das Gefühl, daß wir uns gut kennen«, sagte Omar. »Gleich am ersten Abend hatte ich das Gefühl, das etwas zwischen uns funkte.«

»Na, da bin ich froh, daß ich nicht da war und mir das erspart blieb. Kein Wunder, daß Caroline geflohen ist. Sie ist jetzt übrigens in New York. Haben Sie schon gehört? Die Gute hat uns verlassen.«

»Ja, Portia hat es mir erzählt. Und was macht sie in New York?«

»Ihre Schwester ist gestorben, und Caroline hat ihre Eigentumswohnung geerbt. Was sie sonst noch dort macht, weiß ich nicht. Wahrscheinlich nichts. Die meisten Menschen machen ja im Grunde nichts.«

»Vielleicht malt sie wieder«, sagte Omar.

»Ja, genau. Ich sage ja: Wahrscheinlich macht sie nichts.«

»Und Pete ist auch nicht mehr hier?« fragte Omar.

»Ja, Pete ist in Montevideo. Dort verkauft er seinen Ramsch jetzt selber. Die Frau aus New York hat ihm geholfen, seinen eigenen Laden aufzumachen. Wir brauchten die Gemälde also gar nicht zu schmuggeln. Er kommt auch so zurecht. Manchmal kommt er vorbei, wenn er nach neuem Kram sucht.«

»Vermissen Sie ihn denn?« fragte Omar.

Adam sah ihn mit zusammengekniffenen Augen an. »Müssen Sie so grausame Fragen stellen? Sie haben doch das Talent zu einem Biographen.«

»Entschuldigen Sie«, sagte Omar.

»Natürlich vermisse ich Pete. Aber es ist besser so, wenn er weg ist. Es ist besser so ... Das sagt man doch, wenn man etwas tut, das man eigentlich nicht will, oder? Und so werde ich ganz allein in den Abgrund vor mir stürzen.«

»Entschuldigen Sie«, sagte Omar noch einmal.

Adam schwieg. Dann ließ er sich von Omar noch einmal nachschenken.

»Sonderbar«, sagte Adam. »Ich beginne in meinem Alter wohl doch noch an Gott zu glauben. Da liege ich hier und denke an die Flasche Scotch in der Küche, die sich unten in unerreichbarer Ferne für mich befindet – vielleicht hätte ich es nach unten geschafft, aber dann wäre ich nie wieder hochgekommen –, und da stehen Sie plötzlich in der Tür. Kann man sich einen besseren Gottesbeweis vorstellen? Sie haben keine Ahnung, wie sehr ich mich nach einem Tröpfchen Scotch gesehnt habe, nach dem Gefühl, für ein paar Stunden ein ganzer Mensch zu sein, der sich wohl fühlt und zufrieden einschlafen kann.«

»Kann ich Ihnen sonst noch etwas bringen?« fragte Omar. »Etwas zu essen vielleicht?«

»Ja, wenn Sie da unten noch was Eßbares finden. Vielleicht liegt irgendwo noch eine Dose Suppe herum.«

»Gut, dann gehe ich mal runter«, sagte Omar.

»Warten Sie. Könnte ich Sie noch um einen Gefallen bitten?« fragte Adam. »Es ist mir äußerst unangenehm, und ich hoffe, Sie werden es nicht als Zumutung empfinden ... Unter meinem Bett steht eine Schüssel, in die ich mein Wasser lasse. Hätten Sie die Güte, sie mit nach unten zu nehmen und in der Toilette auszuleeren?«

Omar kniete sich vor das Bett und zog vorsichtig eine breite Keramikschüssel hervor. Dann ging er zur Tür und sagte: »Ich bin gleich wieder zurück.«

Unten entleerte er die Schüssel in der Toilette, dann suchte er in der Küche nach etwas zum Essen. Die Dosen schienen aufgebraucht zu sein, aber in den Regalen fand er noch Brot, ein Glas Honig und ein paar Äpfel. Er legte alles auf ein Tablett und ging damit nach oben.

Als er ins Schlafzimmer kam, sah er, daß Adam eingeschlafen war. Er stellte das Tablett auf den Nachttisch und betrachtete Adams Gesicht. Im Schlaf schien es eine gewisse Würde, ja Schönheit auszustrahlen. Besonders im Schlaf. Er nahm sich einen Apfel und eine Scheibe Brot, knipste das Licht aus und ging leise nach unten.

Er aß das Brot und den Apfel im Stehen und legte sich dann auf die Wohnzimmercouch. Auf der Lehne lag ein Wolldecke, mit der er sich zudeckte. Arden hatte unrecht gehabt, ging es ihm durch den Kopf. Sein Herkommen war kein Fehler gewesen – nicht, wenn man länger darüber nachdachte. Warum verstand Arden das nicht? Er starrte an die hohe dunkle Decke und fühlte sich plötzlich sehr einsam und unverstanden. Und ihm war kalt. Trotz Petes Morgenmantel und der Decke, die er fest um sich geschlungen hatte.

Arden und Portia standen vorm Tor zu ihrer Auffahrt und warteten auf den Schulbus. Nachdem der Bus mit Portia abgefahren war, blieb Arden noch eine Weile stehen. Sie hatte keine Lust, zurück ins Haus zu gehen. Vielleicht sehe ich mal nach Adam, dachte sie und lief die Straße hinunter. Der Asphalt war immer noch naß. Es hatte die ganze Nacht geregnet. In den Wäldern tropfte das Wasser noch von den Blättern.

Als sie an den Feldweg zu Adams Mühle kam, sah sie Omar und erschrak. Er war etwa zehn Meter von ihr entfernt und kam auf sie zu. Sie überlegte, in den Wald zu flüchten, doch er schien sie bereits bemerkt zu haben. Sie blieben beide stehen und sahen sich an. Dann gingen sie weiter aufeinander zu.

»Guten Morgen«, sagte sie zu ihm.

»Guten Morgen«, sagte er. »Ich war gerade auf dem Weg zu dir. Ich wollte mich entschuldigen. Es war wirklich nicht richtig von mir, so zu handeln.«

»Nein, nein«, sagte Arden. Sie hielt abwehrend ihre Hand vor die Brust, als wollte sie ein Auto stoppen. »Ich muß mich bei dir entschuldigen.«

Er sagte nichts und sah sie nur an.

»Ich glaube, ich habe einfach Angst bekommen«, sagte sie. »Es hat mit Jules zu tun und dem, was passiert ist. Ich dachte, ich hätte nicht mehr das Recht, mich zu verlieben. Ich hatte auch Angst, es nicht noch einmal auszuhalten.«

»Was auszuhalten?« fragte Omar.

Sie fuhr flüchtig mit der Hand über das Revers seiner Jacke.

»Diese Ungewißheit«, sagte sie und legte ihre Hand auf seine Brust. »Die Ungewißheit, daß du wieder gehen würdest. Andauernd tauchst du hier auf und verschwindest wieder. Das habe ich nicht ausgehalten. Es kam mir alles so willkürlich vor, so planlos. So zerbrechlich wie Glas, das jeden Moment zerspringen kann.« Sie begann zu weinen.

Omar nahm ihre Hand. Dann legte er seinen Arm um sie und zog sie an sich. »Aber das ist doch ganz falsch«, sagte er. »Daß ich hergekommen bin, ist überhaupt nicht planlos.«

25. Kapitel

Deirdre hatte Omar einen Brief an die Adresse seiner Eltern geschrieben, doch nie eine Antwort bekommen. Ihr Vertrag an der Bucknell University war verlängert worden, erst für zwei Jahre, dann für ein weiteres letztes Jahr, und jetzt war sie auf der Suche nach einer neuen Stelle. Da ein Teil ihrer Doktorarbeit (»Rose Macaulay, Penelope Mortimer, Nina Bawden: Literatur der Geschlechter oder das literarische Geschlecht«) in den *Publications of the Modern Language Association of America* erschienen war, hatte sie viele Einladungen zu Vorstellungsgesprächen bekommen. Anfang Januar sprach sie mit zwei Professoren der Barnard University in New York, die sie anschließend zum Mittagessen eingeladen hatten. Da sie noch Zeit bis zur Abfahrt ihres Zuges hatte, ließ sie sich von ihnen ein gutes Buchgeschäft empfehlen.

Labyrinth hieß der empfohlene Buchladen, in dem es hauptsächlich Bücher von Universitätsverlagen gab. Deirdre verbrachte eine anregende Stunde vor den Regalen. Als sie wieder gehen wollte, entdeckte sie auf einem der Tische mit den verramschten Büchern einen Titel, der ihre Aufmerksamkeit erregte: »Auf und davon: Elizabeths Bishops Jahre in Brasilien« von Omar Razaghi. Es war ein häßliches senffarbenes Bändchen mit mattschwarzer Aufschrift, herausgegeben vom

Verlag der University of New Mexico. Deirdre zog es neugierig aus dem Bücherstapel und las den Klappentext:

Der dreizehnte Band unserer Serie »Südamerikanische Schriftsteller des zwanzigsten Jahrhunderts« wirft einen Blick auf Elizabeth Bishops Jahre in Brasilien und ihr literarisches Werk, das zu jener Zeit entstanden ist. Razaghi zeichnet einfühlsam ihre Lebensumstände nach und liefert eine präzise Auswertung ihres lyrischen Werks und ihrer Übersetzungen, die überzeugend seine These belegt, daß Bishop auch zu den bedeutendsten Autorinnen unseres Nachbarkontinents zu rechnen ist. Bemerkenswert ist sein Neuansatz, der Bishop in eine Reihe mit den großen südamerikanischen Schriftstellerinnen stellt. Fern von ihrem Vaterland, wurde Bishop in der neuen Umgebung und Sprache heimisch.

Die Reihe »Südamerikanische Autoren des zwanzigsten Jahrhunderts«, herausgegeben von Diogenes González-Barahona und Susan Shreve Shepard, ist Teil unseres Programms »Südamerikanische Literatur im Vergleich«. Sie erscheint beim Verlag der University of New Mexico.

Omar Razaghi wurde 1969 in Teheran, Iran, geboren und emigrierte 1979 nach Kanada. Er machte seinen Bachelor-Abschluß in Geschichte an der York University und sein Master-Diplom in Literatur an der University of Kansas, wo er den »Dolores-Faye-und-Bertram-Siebert-Petrie-Preis für biographische Studien« für seine Arbeit über Jules Gund erhalten hat. Razaghi lebt in Uruguay mit seiner Frau und seinen beiden Töchtern Portia und Adela.

Deirdre schaute auf die Widmung: Für Arden. Sie kaufte gleich fünf Exemplare. Sie kosteten nur einen Dollar achtundneunzig.

Deirdre bekam die Stelle an der Barnard University und zog nach New York. Im Winter darauf begleitete sie ein Mann, den sie in ihrem Tai-Chi-Kurs kennengelernt hatte, in die Oper.

(*Les Contes d'Hoffmann* wurde gespielt.) In der Pause lehnte sie mit ihrem Begleiter am Geländer der Empore und schaute hinab in das überfüllte Foyer. Sie unterhielten sich gerade über die Machtstrategien sogenannter Hosenträgertypen. Direkt unter ihnen war eine von Topfpflanzen abgegrenzte Fläche, auf der Leute an kleinen Tischen saßen und Desserts zu sich nahmen. Das operninterne Bistro war offenbar für Leute gedacht, die sich gern in der Öffentlichkeit zeigten. Deirdre wollte gerade etwas zu dieser peinlichen Selbstdarstellung sagen, da fiel ihr eine Frau an einem der Tische auf, die ihr bekannt vorkam.

»Da ist jemand, den ich kenne«, sagte sie zu ihrem Begleiter. »Ich werde mal kurz hingehen. Entschuldige mich bitte.«

»Ja«, antwortete er. »Dann gehe ich solange zur Toilette. Wir treffen uns dann auf unseren Sitzen.«

Deirdre lief die purpurnen Stufen hinunter und drängelte sich durch die Menschenmenge. Die Frau, die sie zu kennen glaubte, stand gerade auf und sagte etwas zu ihrem Begleiter. Dann lief sie mit ihrer Handtasche Richtung Toilette. Deirdre ging auf sie zu, und als die Frau sie ansah, glaubte sie, von ihr erkannt worden zu sein. Doch dann sah sie wieder weg.

»Entschuldigen Sie«, sagte Deirdre zu ihr, als sie vor ihr stand. »Sind Sie nicht Caroline Gund?«

Caroline schaute sie mit einem überraschten Gesichtsausdruck an. Sie trug einen langen schwarzen Rock und eine fliederfarbene Seidenbluse, deren Saum an der Hüfte zu einer auffälligen Schleife geknotet war. Um den Hals hatte sie eine Kette aus handgeschmiedeten Silberblättchen gelegt. Ihr Haar war noch immer lang und elegant frisiert, inzwischen jedoch ganz grau. »Ja, ich bin Caroline Gund«, sagte sie.

»Ich bin Deirdre MacArthur. Erinnern Sie sich noch an mich? Ich war vor ein paar Jahren in Ochos Rios. Zusammen mit Omar Razaghi.«

»Ah, Deirdre, natürlich«, antwortete sie und hielt ihr lächelnd die Hand hin. »Wie geht es Ihnen?«

»Danke, sehr gut«, sagte Deirdre. »Ich stand gerade oben

auf der Empore und habe Sie gesehen.« Sie zeigte mit der Hand nach oben. »Und da wollte ich mal guten Abend sagen.«

»Das ist nett von Ihnen. Gefällt Ihnen die Oper?« fragte Caroline.

»Ja, sie ist ganz schön. Aber wie geht es Ihnen? Was macht das Leben in Ochos Rios?« fragte Deirdre. Die Frage klang wie ein bekannter Schlager: *Was macht das Leben in Gloca Morra?*

»Oh, da fragen Sie die Falsche. Ich lebe jetzt in New York. Ich bin hierher gezogen. Gleich nach Ihrem Besuch übrigens.« Sie schaute auf ihre mit kohlschwarzen Schmucksteinen besetzte Handtasche und spielte mit einem der Steine.

»Haben Sie schon von Omars Buch gehört?« fragte Deirdre.

»Omars Buch?«

»Ja, er hat ein Buch über Elizabeth Bishop geschrieben. Über ihre Zeit in Brasilien.«

»Tut mir leid«, sagte Caroline. »Das ist mir leider entgangen.«

»Es ist ziemlich gut«, sagte Deirdre.

Caroline schaute wieder auf ihre Handtasche.

»Sie wissen doch bestimmt, daß Omar jetzt in Uruguay lebt. Er hat Arden geheiratet.«

»Ja, mir war, als hätte ich so etwas gehört ...«, sagte Caroline.

»Haben Sie denn keinen Kontakt mehr zu ihnen?« fragte Deirdre.

»Nein«, sagte sie und lächelte. »Und wie geht es Ihnen? Wohnen Sie immer noch in ... wo war das? Nebraska?«

»Kansas. Nein, ich bin jetzt an der Barnard Universität hier in New York«, sagte sie. »Wollen Sie denn nie wieder zurück nach Ochos Rios?«

»Nein«, sagte Caroline. »Ich habe noch mal geheiratet. Und mein Zuhause ist jetzt hier.«

»Und malen Sie noch?« fragte Deirdre.

»Nein, ich male nicht mehr«, sagte sie und wedelte mit der Hand vor ihrem Gesicht, als bekäme sie zuwenig Luft. »Aber jetzt müssen Sie mich entschuldigen, ich war gerade auf dem Weg zur Toilette. Sie wissen ja, wie lang die Schlangen sind. Und ich will die Barkarole nicht verpassen.«

»Ja, natürlich«, sagte Deirdre. »Es war schön, Sie wiederzusehen …«

»Ja, ebenso«, sagte Caroline und drückte ihr die Hand. »Auf Wiedersehen. Und viel Spaß bei der Barkarole.«

Deirdre ging durchs Foyer Richtung Treppe. An der Terrasse blieb sie stehen und trat kurz hinaus. Um sie herum standen Leute, die bibbernd an ihren Zigaretten sogen. Der Springbrunnen in der Mitte des Platzes sprudelte, obwohl es unter null Grad sein mußte. Über dem Strahl war eine Dampfwolke, die sich in der Nacht auflöste.

Carolines Mann saß bereits an seinem Platz, als sie zurückkehrte. Er stand auf und ließ sie vorbeigehen. Als sie sich gesetzt hatte, drapierte er sorgsam ihren Schal um ihren Hals. Er sog ihr Parfüm ein, das sie neu aufgetragen hatte, und küßte ihre Wange. Caroline lächelte. Doch sie sah unbeirrt auf den goldenen Vorhang.

»Wer war denn die junge Frau, mit der du gesprochen hast?« fragte er sie.

»Ach, niemand«, sagte sie. »Sie hat mich nur mit jemandem verwechselt.«

Auch Deirdre ging zurück zu ihrem Platz. Sie holte ein Taschentuch hervor und putzte sich die Nase. Ihr Begleiter nahm ihre Hand und drückte sie. »Du bist ja eiskalt«, sagte er.

»Ja, ich war kurz draußen«, antwortete sie.

»Komm mal her«, sagte ihr Begleiter und legte seine großen kräftigen Hände um die ihren. Sie waren angenehm warm. »Wer war denn diese Frau?« fragte er.

»Ach, die habe ich in Uruguay kennengelernt«, sagte sie.

»In Uruguay? Wann warst du denn in Uruguay?«

»Vor ein paar Jahren. Vor fünf Jahren, um genau zu sein.«

»Und was hast du dort gemacht?« fragte er.

Deirdre schüttelte den Kopf.

»Erzähl doch mal«, sagte er.

»Ach, das ist eine lange Geschichte«, sagte sie.

»Macht nichts«, antwortete er. »Ich höre gern lange Geschichten.«

Deirdre räusperte sich und wollte gerade ein paar Worte sagen, da ging um sie herum das Licht aus. Das Publikum klatschte, und der Dirigent erschien. Konzentriert hob er die Arme und sah ins Orchester. Dann setzte leise die Musik ein.

Neil Blackmore

Soho Blues

Roman

Aus dem Englischen
von Kathrin Razum

286 Seiten
Band 1733
ISBN 3-7466-1733-2

So melancholisch und geheimnisvoll wie ein Solo von John Coltrane, so unverwechselbar wie die Stimme von Billie Holiday: »Soho Blues« ist die bewegende Geschichte einer leidenschaftlichen, lebenslänglichen Liebe zweier Menschen, die sich in einem Netz von Abhängigkeit und Verrat, Hoffnung und Desillusion, Liebe und Haß befinden.

»Eine herzzerreißende Lektüre, die große Gefühle weckt.«

Osnabrücker Zeitung

»Ein raffiniertes Debüt.«

MAX

AtV
Aufbau Taschenbuch Verlag

Peter Cameron

Damals ist ein fernes Land

Roman

Aus dem Amerikanischen von Nikolaus Stingl

254 Seiten
Band 1501
ISBN 3-7466-1501-1

»Wann immer ich an Andorra denke, werde ich es zuerst so sehen, wie ich es zum ersten Mal wirklich sah: Unter mir ausgebreitet, sonnenbeglänzt, wunderbar.

Ich ließ alle Fenster und Türen offen. Es war ein schöner Tag, und ein warmer Wind wehte durchs Zimmer und trug die letzten Spuren von mir daraus fort.«

Alex Fox, ein Antiquar aus San Francisco, will einer tragisch geendeten Liebe entfliehen und beginnt in der magischen Schönheit Andorras ein neues Leben. Aber für ihn wie für die rätsel haften Menschen, die seine Freundschaft suchen, erweist sich das Damals als ein schicksalhaftes Land, dem man niemals entfliehen kann.

AtV
Aufbau Taschenbuch Verlag

Stephen Fry
Der Sterne Tennisbälle
Roman

Aus dem Englischen
von Ulrich Blumenbach

391 Seiten. Gebunden
ISBN 3-351-02929-2

Ned hat alles, wovon andere Jungs mit achtzehn nur träumen: gute Noten, ein hübsches Gesicht, alle Cricketregeln im Kopf, einen Vater im Unterhaus, eine schöne und kluge Freundin. Bis ihm ein aus Mißgunst zusammengeschweißtes Trio falscher Freunde einen üblen Streich spielt. Zunächst verläuft alles nach Plan, aber dann verschwindet Ned spurlos, und alle müssen erfahren, daß wir mitnichten unseres eigenen Glückes Schmiede sind, sondern nur »der Sterne Tennisbälle« ... Der neue Roman von Stephen Fry, witzig, fesselnd, pointenreich, ist ein furioses Drama um Rache und Vergeltung.

»Ein wunderbar phantasiewütiges und urkomisches Buch, bei dem kein Rachegelüst unbefriedigt bleibt.« *Brigitte*

»Meisterhaft!« *Stern*

»Fry ist ein großer Sprachwitzler und Situationskomiker.«
Das Magazin

Aufbau-Verlag

Giles Foden

Der letzte König
von Schottland

Roman

*Aus dem Englischen
von Ulrich Blumenbach*

429 Seiten. Gebunden
ISBN 3-351-02916-0

»Eine kluge literarische Annäherung an die Faszination der Macht und die Macht der Angst.«

Brigitte

»›Der letzte König von Schottland‹ ist ein makaberes Stück Historie und weit mehr als das Psychogramm eines Größenwahnsinnigen und eines Mitläufers. Jede der Figuren erzählt eine eigene Geschichte – über Uganda. Im Ton angemessen sarkastisch, führt der Autor sie ebenso fulminant wie leichtfüßig zu einem höchst spannenden (und man traut es sich kaum zu sagen: manchmal auch amüsanten) Ganzen zusammen.«

NDR

»...in ›Der letzte König von Schottland‹ hat der Diktator Ugandas eine ganz elementare Faszination. «

taz

»Das Buch besticht durch seine saftig-dichte, realienreiche afrikanische Atmosphäre.«

Wiener Zeitung

Aufbau-Verlag